# 白居易集箋校

〔唐〕白居易 著
朱金城 箋校

八

上海古籍出版社

# 白居易集箋校卷第六十七

## 判 凡五十道

### 得丁上言豪富人畜奴婢過制請據品秩爲限約或責其越職論事不伏

品秩異倫，臧獲有數。苟踰等列，是紊典常。丁志在作程，惡夫過制。爰陳誠於白奏，俾知禁於素封。將使豪富之徒，資雖積於鉅萬；僮僕之限，數無踰於指千。抑淫義叶於隋時，革弊道符於漢日。責其論事，無乃失辭？若守職以越思，則爲出位；將盡忠於陳計，難伏嘉言。楚既失之，鄭有辭矣。

【箋】作於貞元十八年（八〇二），三十一歲，長安。城按：此卷那波本編在卷五〇。

【校】〔隋時〕「隋」，宋本作「隨」。城按：楊堅北周時受封於隨，後代北周有天下，改國號爲隋。

## 得甲爲邠州刺史正月令人修耒耜廉使責其失農候訴云土地寒

教有權節，業無易宜。地苟異於寒温，農則殊於早晚。甲分憂率職，從俗勉人。天時有常，農宜先定；地氣不類，寒則晚成。雖從揉木之時，未建把草之候。正惟廉使，何昧遺風？縱稼器之已修，先成焉用？苟土膏之不起，欲速何爲？誠宜嘉乃辨方，豈可詰其行古？循諸周禮，修耒雖在於季冬；訓此豳人，于耜未乖於正月。責則迂也，訴之宜哉！

【箋】作於貞元十八年（八〇二），三十一歲，長安。

【校】

〔題〕「土地」，英華作「郊地」。

〔殊於〕英華作「殊其」。

〔把草〕「把」，疑當作「耙」。

〔循諸周禮〕英華作「稽諸呂禮」，注云：「集作『周』。」

## 得乙掌宿息井樹賓至不誅相翔者御史糾之辭云罪在守塗之人

姦或不誅，吏將焉用？苟欲科其官失，必先辨以司存。乙慎守無聞，庀徒有怠。嘉賓戾止，誠宜慮以相翔；暴客聿來，固合擒而勿佚。既隳官禁，是縱公行。且戒事之前，不申嚴於聚托；慢官之後，欲移過於守塗。誠乖率屬之方，宜甘責帥之罰。然以官雖聯事，等列或殊；罪不同科，重輕宜別。比夫所屬，請以異論。

【箋】

作於貞元十八年（八〇二），三十一歲，長安。

【校】

〔聚托〕「托」，宋本、那波本、盧校俱作「㯰」。全文作「柝」。城按：「㯰」或作「拓」，又作「托」。

## 得景爲私客擅入館驛欲科罪辭云雖入未供

傳舍是崇，使車攸處。將供行李，必辨公私。何彼客遊，欲從公食。豈無逆旅，宜受饋於盤飧；既匪使臣，何苟求於館穀？信饔飧而是啓，寧僭濫之可容？同周官之廬，入宜銜命；非鄭氏之驛，置豈延賓？法既自干，咎將誰任？然則不應入而妄入，刑固難逃；而已供與未供，罪宜有別。請從減降，庶叶科條。

【箋】

作於貞元十八年（八〇二），三十一歲，長安。

〔題〕唐律疏議卷二六雜律上：「諸不應入驛而入者笞四十，輒受供給者杖一百，計贓重者準盜論。雖應入驛，不合受供給而受者，罪亦如之。」疏議曰：「不應入驛而入者笞四十。雜令：私行人職事五品以上，散官二品以上，爵國公以上，欲投驛止宿者聽之。邊遠及無邨店之處，九品以上，勳官五品以上及爵遇屯驛止宿亦聽，並不得輒受供給。謂私行人不應入驛而入者笞四十，輒受供給，準贓雖少皆杖一百，計贓得罪，重於杖一百者準盜論。雖應入驛，準令不合受供給而受，亦與不應入驛人同罪，强者各加二等。」

## 得洛水暴漲吹破中橋往來不通人訴其弊河南府云雨水猶漲未可修橋縱苟施功水來還破請待水定人又有辭

大水爲災，中橋其壞。車徒未濟，誠有阻於往來；修造從宜，亦相時之可否。顧茲浩浩，阻彼憧憧。人訴川梁不通，壅而爲弊；府慮水沴荐至，毁必重勞。苟後患之不圖，則前功之盡棄。將思濟衆，固合俟時。徵啓塞之文，雖必葺於一日；防懷襄之害，未可應乎七星。無取人辭，請依府見。

【箋】 作於貞元十八年（八〇二），三十一歲，長安。

【校】 〔題〕「吹破」，全文作「決破」。

## 得景爲將敵人遺之藥景受而飲之或責失人臣之節不伏

軍尚隱情，臣宜守道。況握中權之要，當絶外交之嫌。景受命建牙，遇敵飲藥。直雖可舉，忠則不知。且事君在公，訓旅貴信。失人臣之節，爾豈自明？惑士卒之心，吾將安仰？況兵惟尚詐，人不易知。同饋醪而無他，推誠猶可；苟流毒而不察，雖悔寧追？無謀既昧三思，不伏恐涉貳過。勿疑以飲，徒徇陸抗之名；未達而嘗，且墜宣尼之訓。是違師律，難償鄰言。

【箋】

作於貞元十八年（八〇二），三十一歲，長安。

【校】

〔受命〕宋本、那波本俱倒作「命受」。

〔失人臣〕「失」，英華訛作「夫」。

〔流毒〕宋本、那波本、英華、盧校俱倒作「毒流」。

## 得丁將在别屯士卒有犯每專殺戮御史舉劾訴稱曾受棨戟之賜

將非處右，莫敢示威；軍或别屯，則宜專命。丁位雖佐理，分以戎行。執專征之權，錫弓於周典；操司殺之柄，受棨於漢儀。既有令而必行，信無瑕而可戮。實握兵之能政，奚執簡之舉違？如或禀命於連營，畏予不敢；今則分部而賜戟，無我有違。宜崇魏絳之威，勿議秦彭之罪。

【箋】

作於貞元十八年（八〇二），三十一歲，長安。

【校】

〔司殺〕「殺」，馬本、全文俱作「獄」，非。據宋本、那波本、英華、盧校改正。

〔有令〕「令」，馬本作「命」，非。據宋本、那波本、英華、全文、盧校改正。

〔有違〕英華作「有尤」。

## 得甲告老請立長爲嗣長辭云不能請讓其弟或詰之云弟好仁

讓賢雖仁，廢長非順。徒聞建善則理，其如亂嗣不祥？甲告老於朝，立子爲後。雖急難自舉，必有可觀者焉；而長幼以倫，無所苟而已矣。況欲正其爵位，豈宜越以雁行？于弟克恭厥兄，徒見好仁之請；知子莫若於父，盍從立長之言？無忌雖欲傳家，季札終當棄室。諒可致詰，罔聽不能。

【箋】

作於貞元十八年（八〇二），三十一歲，長安。

【校】

〔題〕「立長」下英華有「子」字。

〔爲後〕英華作「於後」，注云：「集作『爲後』。」

〔于弟〕「于」，英華作「子」。

〔徒見〕英華作「徒有」。

〔盍從〕宋本、那波本俱作「蓋從」。英華注云：「集作『蓋』。」

〔致詰〕英華作「致告」。

## 得乙出妻妻訴云無失婦道乙云父母不悅則出何必有過

孝養父母，有命必從；禮事舅姑，不悅則出。乙親存爲子，年壯有妻。兆啓和鳴，授室之儀雖備；德非柔淑，宜家之道則乖。若無爽於聽從，曷見尤於譴怒？信傷婉娩，理合仳離。且聞莫慰母心，則宜去矣；何必有虧婦道，然後棄之？未息游詞，請稽往事。姜詩出婦，蓋爲小瑕；鮑永去妻，亦非大過。明徵斯在，薄訴何爲？

【箋】

作於貞元十八年（八〇二），三十一歲，長安。

【校】

〔題〕「得乙出妻」，馬本、全文俱訛作「得甲出妻」，據宋本、那波本、盧校改正。

〔譴怒〕「譴」，馬本訛作「讉」，據宋本、那波本、全文、盧校改正。

〔婉娩〕「娩」，馬本注云：「武綰切。」

## 得景有姊之喪合除而不除或非之稱吾寡兄弟不忍除也

喪雖寧戚，禮且節哀。俾不足與有餘，必跂及而俯就。景愛深血屬，禮過時制。興鮮兄之歎，情既鍾於孔懷；及居姊之喪，服將除而不忍。雖志崇敦睦，而事越典彝。況儀貴適中，哀不在外。宜抑情而順變，多奚以爲？苟在禮而或踰，過猶不及。請遵仲尼之訓，無執季路之辭。

【箋】作於貞元十八年（八〇二），三十一歲，長安。

## 得丁陷賊庭守道不仕賊帥逼之辭云堯舜在上下有巢許遂免所司欲旌其節大理執不許

臣節貴忠，國經懋賞。宜遵善道，難廢彝章。丁陷在賊庭，强其禄仕。敦在三之義，因時難而名聞；守無二之忠，經歲寒而節見。逼夷、齊以周粟，引巢、許於唐臣。

身以道存，情非利動。所當厚獎，何乃深疑？且人無不臣之心，所謂順也；邦有惟重之典，其可廢乎？從亂則必論辜，守道豈無旌善？野哉大理，信乃執迷；展矣所司，誠爲勸沮。

【箋】

作於貞元十八年（八〇二），三十一歲，長安。

## 得景爲大夫有喪丁爲士而特弔或責之不伏

官有常尊，禮無不敬。位若殊於等列，弔則異其節文。景爲大夫，丁乃元士。居喪而哭，合遵朝夕之期；特弔以行，奚越尊卑之序？既乖前典，乃速斯言。且禮貴明徵，位宜慎守。俟非其事，信干食菜之榮；儀失其宜，徒展贈蒭之意。是曰無上，將何以觀？

【箋】

作於貞元十八年（八〇二），三十一歲，長安。

【校】

〔景爲〕「爲」，英華作「惟」，注云：「集作『爲』。」

〔俟非〕英華作「事非」。

## 得吏部選人入試請繼燭以盡精思有司許之及考其書判善惡與不繼燭同有司欲不許未知可否

旁求俊造，迨將筮仕；歷試文辭，俾從卜夜。苟狂簡而無取，宜確執而勿聽。萃彼羣才，登于會府。惟賢是急，慮失寶於握珠；有命則從，許借光於秉燭。及乎考覈，罕有菁英。屬辭既謝於揀金，待問徒煩於繼火。將期百鍊之後，思苦彌精；何意一場之中，心勞逾拙？曷如早已，焉用晚成？敢告有司，勿從所請。

【箋】

作於貞元十八年（八〇二），三十一歲，長安。

〔題〕見卷六〇論重考試進士事宜狀箋。

【校】

〔許借〕「許」，英華作「何」，注云：「集作『許』。」

〔於秉燭〕「於」下英華注云：「集作『而』。」

〔逾拙〕「逾」，英華作「愈」，注云：「集作『逾』。」

## 得乙貴達有故人至坐於堂下進以僕妾之食或誚之乙曰恐以小利而忘大名故辱而激之也

貴賤苟合，曾是汎交；窮達相致，乃爲執友。乙既登貴仕，爰有故人。以爲念舊追歡，知己之心未至；行權勵節，成人之美則多。不登夫子之堂，乃進僕人之食。苟推誠而相激，雖屈辱以何傷？安賓敗名，重耳竟慙於子犯；感而成事，張儀終謝於蘇君。是勉後圖，且符往行。如或讖纔半面，契未同心。雖發憤以達人，必取怨於謗己。以斯致誚，亦謂合宜。

【箋】

作於貞元十八年（八〇二），三十一歲，長安。

【校】

〔汎交〕「交」，馬本訛作「文」，據宋本、那波本、全文改正。

## 得景領縣府無蓄廩無儲管郡詰其慢職景云王者富人藏於下故也

賦斂異名，君臣殊政。藏諸百姓，在王者而則然；虛我千倉，於職司而不可。景匱茲國用，豐彼家財。人不誅求，誠爲寬政；府無儲蓄，寧匪慢官？況今征稅有常，公私兼濟。苟能取之以道，則下自樂輸；何必藏之於人，使上將乏用？既爽奉公之節，宜甘掠美之科。罔縱縣辭，請依郡詰。

【箋】作於貞元十八年（八〇二），三十一歲，長安。

## 得丁食於喪者之側而飽或責之辭云主人食我以禮故飽

飲食以陳，庶無求飽；齊衰可恤，仁豈忘情？丁靡念人喪，姑求主禮。遇加籩之膳，誠可療飢；對泣血之哀，亦宜忘味。既念吉蠲之饎，是忘惻隱之心。況春於其鄰，相猶違禮；而食於其側，飽亦非仁。徒嘉施氏之儀，且昧宣尼之教。勿思變色，當顧戚容。

【箋】

作於貞元十八年（八〇二），三十一歲，長安。

【校】

〔齊衰〕「齊」，宋本、那波本俱誤作「齋」。「衰」，英華作「斬」，注云：「集作『衰』。」

〔姑求〕「姑」，馬本作「故」，非。據宋本、英華、全文、盧校改正。那波本作「始」，亦非。

## 得甲爲獄吏因走限内他人獲之甲請免罪

圜土不嚴，罪人其遁。亡而由己，誠曰慢官；獲則因人，其何補過？相維彼甲，所謂攸司。不念恪居，儆于羑里；旋聞失守，逸乃楚囚。雖非故縱所因，曾是慢常而致。徒稱勿佚，未可塞違。得於他人，自是疏網無漏；失其所職，豈可出匣不科？無貪假手之功，固合甘心於罰。

【箋】

作於貞元十八年（八〇二），三十一歲，長安。

〔題〕唐律疏議卷二八捕亡：「諸流徒囚役限内而亡者，一日笞四十，三日加一等，過杖一百，五日加一等。主守不覺失囚，減囚罪三等，即不滿半年徒者，一人笞三十，三人加一等，罪止杖一百。監當官又減三等。故縱者各與同罪。」

【校】

〔相維彼甲〕英華作「相彼維甲」。

〔所因〕「因」，馬本、全文俱作「爲」，非。據宋本、那波本、英華、盧校改正。

〔出匣〕英華作「出柙」。

〔固合〕「合」，英華作「念」，注云：「集作『合』。」

〔於罰〕「罰」，英華作「責」，注云：「集作『罰』。」

## 得乙川游所由禁之云有故要渡

示衆知防，必修水禁；救人鮮死，無縱川游。乙行險不思，憑河無悔。慕吕梁之術，習於浮水；違周官之令，忘彼危身。將不弔而是虞，雖有故而宜禁。忘子産喻政，爾則狎而玩之；引仲尼格言，吾恐蹈而死者。既殊利涉，當戒善游。未可加刑，且宜知懼。

【箋】

作於貞元十八年（八〇二），三十一歲，長安。

## 得景爲將每軍休止不繕營部監軍使劾其無備辭云有警軍陣必成何必勞苦

將苟有謀，勞而後逸；師不用律，臧亦爲凶。況未靖方隅，尚勤征伐。即戎推轂，既崇四七之名；臨敵屯營，何乖什伍之列？是使人慢，孰謂戎昭？薄威雖欲恤勞，徹警恐爲懈怠。且有嚴有翼，猶奪先人之心；不備不虞，寧救長蛇之尾？必也權能制勝，謀必出奇。亦待臨事有成，然後斯言可信。監軍之劾，舉未失中；彼景之辭，試可乃已。

【箋】

作於貞元十八年（八〇二），三十一歲，長安。

## 得丁乘車有醉吐車茵者丁不科而吏請罪之丁不許

克寬克仁，所謂易事；不知不慍，是曰難能。況乎醉起甕間，嘔盈車上。小人沉湎，自貽誚於彼昏；君子含弘，乃忘情於斯怒。宥過所宜無大，知非庶使有慚。未乖觀過之仁，雅叶諦思之義。且恕當及物，察貴用情。絶纓繼淫，醉而猶捨；吐茵及亂，誤豈不容？無從下吏之規，庶叶前賢之美。

【箋】作於貞元十八年（八〇二），三十一歲，長安。

【校】〔含弘〕「弘」，全文作「宏」，蓋避清諱改。

## 得甲牛觝乙馬死請償馬價甲云在放牧處相觝請陪半價乙不伏

馬牛于牧，蹄角難防。苟死傷之可徵，在故誤而宜別。況日中出入，郊外寢訛。

既谷量以齊驅，或風逸之相及。爾牛孔阜，奮騂角而莫當；我馬用傷，蹶駿足而致斃。情非故縱，理合誤論。在皁棧以來思，罰宜惟重；就桃林而招損，償則從輕。將息訟端，請徵律典。當陪半價，勿聽過求。

【箋】

作於貞元十八年（八〇二），三十一歲，長安。

〔題〕唐律疏議卷十五廐庫：「諸犬自殺傷佗人畜産者，犬主償其減價。餘畜自相殺傷者，償減價之半。即故放令殺傷佗人畜産者，各以故殺傷論。」疏議曰：「犬性噬齧，或自殺傷佗人畜産，犬主償其減價，以犬能噬齧，主須制之，爲主不制，故令償減價。餘畜，除犬之外皆是。自相殺傷者，謂牛相觝殺，馬相蹹死之類。假有甲家牛觝殺乙家馬，馬本直絹十匹，爲觝殺估皮肉直絹兩匹，即是減八匹絹，甲償乙絹四匹，是名償減價之半。」

【校】

〔題〕「請償馬價」，英華作「乙請償價」。

〔谷量〕「谷」，馬本、全文俱作「品」，非。按：「谷量」，見漢書貨殖傳，據宋本、那波本、英華、盧校改正。

〔風逸之〕「之」，英華作「而」，注云：「集作『之』。」

## 得景娶妻三年無子舅姑將出之訴云歸無所從

承家不嗣，禮許仳離；去室無歸，義難棄背。景將崇繼代，是用娶妻。百兩有行，既啓飛鳳之兆；三年無子，遂操别鵠之音。將去舅姑，終鮮親族。雖配無生育，誠合比於斷絃；而歸靡適從，庶可同於束蘊。固難効於牧子，宜自哀於鄧攸。無抑有辭，請從不去。

【箋】

作於貞元十八年（八〇二），三十一歲，長安。

〔題〕唐律疏議卷十四户婚下「諸妻無七出及義絶之狀」條疏議曰：「雖犯七出，有三不去。三不去者謂：一經持舅姑之喪，二娶時賤後貴，三有所受無所歸。而出之者杖一百，並追還合。若犯惡疾及姦者，不用此律。謂惡疾及姦，須有三不去亦在出限，故云不用此律。」

## 得丁喪親賣宅以奉葬或責其無廟云貧無以爲禮

慎終之道，必信必誠；死葬之儀，有豐有省。諒欲厚於卜宅，亦難輕於慮居。丁昊天降凶，遠日叶吉。思葬具之豐備，欲祔九原；顧家徒之屢空，將鬻五畝。愛雖深於送死，義且涉於傷生。念顔氏之貧，豈宜厚葬？覽子游之問，固合稱家。禮所貴於從宜，孝不在於益侈。盍仲破産之禁，以避無廟之嫌。

【箋】

作於貞元十八年（八〇二），三十一歲，長安。

【校】

〔五畝〕「五」，宋本、那波本、英華俱作「三」。

〔送死〕英華作「喪死」。

〔在於〕英華作「在乎」。

〔盍仲〕「盍」，宋本、那波本俱作「蓋」。英華作「合」。

## 得甲之周親執工伎之業吏曹以甲不合仕甲云今見修改吏曹又云雖改仍限三年後聽仕未知合否

業有四人，職無二事。如或居肆，則不及仕門。甲爰有周親，是稱工者。方恥役以事上，且思禄在其中。有慕九流，雖欲自遷其業；未經三載，安可同升諸公？難違甲令之文，宜守吏曹之限。如或材高拔俗，行茂出羣。豈唯限以常科，自可登乎大用。以斯而議，誰曰不然？

【箋】

作於貞元十八年（八〇二），三十一歲，長安。

【校】

〔仕門〕二字馬本訛作「任」，據宋本、那波本、英華、盧校改正。全文注云：「一作『任』。」非。

〔恥役〕英華作「執伎」，注云：「集作『恥役』。」

〔拔俗〕「拔」，英華訛作「技」。

## 得乙請用父蔭所司以贈官降正官蔭一等乙云父死王事合與正官同

官分正贈，蔭別品階。如酬死繼之勳，則厚賞延之寵。追思乙父，勵乃臣節。捐軀致命，尚克底定爾功；繼代勸能，豈忘勤恤我後？椒聊既稱有實，桃李未可無陰。忠且忘身，優宜及嗣。如或病捐館舍，贈官當合降階；今則死衛國家，叙蔭所宜同正。庶旌義烈，用叶條章。

【箋】
作於貞元十八年（八〇二），三十一歲，長安。
〔題〕唐六典卷二吏部郎中條「有以資蔭」下注云：「贈官降正官一等。」

【校】
〔蔭別〕英華作「蔭列」。
〔如酬〕「如」，英華作「既」，注云：「集作『如』。」
〔追思〕「追」上英華有「今」字。
〔底定〕「底」下英華注云：「一作『立』。」
〔椒聊〕「聊」，馬本訛作「柳」。城按：「椒聊」爲詩唐風篇名，據宋本、那波本、英華、全文、盧校改正。

## 得景爲録事參軍刺史有違法事景封狀奏聞或責其失事長之道景云不敢不忠於國

守位居常，小宜事大；持法舉正，卑可糾尊。景名署外臺，身由中立。直而自守，郡郵之政必行；明不相蒙，州將之邪無隱。且六條枉撓，百事滋昏。苟不提綱，是爲漏網。雖舉違犯上，虧敬長之小心；而陳奏盡忠，得事君之大節。既非下訕，難抑上聞。

【箋】作於貞元十八年（八〇二），三十一歲，長安。

【校】〔直而〕英華作「直宜」。

## 得丁私發制書法司斷依漏洩坐丁訴云非密事請當本罪

君命是專，刑其無小；王言非密，罪則從輕。丁乃攸司，屬當行下。不慎厥德，擅發如綸之言；自災于身，難求疏網之漏。然則法通加減，罪有重輕。必也志在私行，唯當專達之責；如或事關樞密，則科漏洩之辜。請驗跡於紫泥，方定刑於丹筆。

【箋】作於貞元十八年（八〇二），三十一歲，長安。

〔題〕唐律疏議卷九職制上：「諸漏洩大事應密者絞。非大事應密者，徒一年半。」

【校】

〔王言〕「言」，馬本作「者」，非。據宋本、那波本、英華、全文、盧校改正。

## 得甲爲所由稽緩制書法直斷合徒一年訴云違未經十日

王命急宣，行無停晷；制書稽緩，罪有常刑。將欲正其科繩，必先揆以時日。甲懈位敗度，慢令速尤。蓄怠棄之心，既虧臣節；壅駿奔之命，自抵國章。然則審時勾稽，考程定罪。法直以役當期月，所由以違未浹辰。將計年以斷徒，恐乖閲實；請據日而加等，庶叶決平。是曰由文，俾乎息訟。

【箋】

作於貞元十八年（八〇二），三十一歲，長安。

〔題〕唐律疏議卷九職制上：「諸稽緩制書者，一日笞五十（注：謄制敕符移之類皆是），一日加一等，十日徒一年。」

【校】

〔停晷〕「晷」，馬本注云：「古委切。」

〔自抵〕「抵」，馬本、全文俱作「犯」，非。據宋本、那波本、英華、盧校改正。

〔決平〕「決」，馬本、全文俱作「公」，非。按：「決平」，見漢書杜周傳，兹據宋本、那波本、英華、盧校改正。

## 得乙盜買印用法直斷以僞造論訴云所由盜賣因買用之請減等

賄以公行，印惟盜用。罪之大者，法可逃乎？伊人無良，同惡相濟。所由既敗官爲墨，予取予求；彼乙乃竊器成姦，不畏不入。潛謀斯露，竊弄難容。猶執薄言，將求末減。用因於買，比自作而雖殊；情本於姦，與僞造而何異？以兹降等，誠恐利淫。

【箋】

作於貞元十八年（八〇二），三十一歲，長安。

〔題〕唐律疏議卷十九賊盜三：「諸盜官文書印者徒二年。餘印杖一百。（注：謂貪利之而非行用者。餘印謂印物及畜産者。)」疏議曰:「印者,信也。謂印文書施行,通達上下,所在信受,故曰官文書印。盜此印者徒二年。餘印杖一百,餘印謂給諸州封函及畜産之印,在令式,印應官給,但非官文書之印,盜者皆杖一百。注云:謂貪利之而非行用者,皆謂藉以爲財,不擬行用,若將行用,即從僞造僞寫封用規避之罪科之。」

## 得有聖水出飲者日千數或謂僞言不能愈疾且恐争鬬請禁塞之百姓云病者所資請從人欲

執禁之要,在乎去邪;爲政之先,必也無訟。毖彼泉水,流于道周。飲瓢之人孔多,蔑聞病間;濫觴之源不足,必起争端。訟所由生,欲不可縱。上善未能利物,左道足以惑人。且稽以祥符,徵之時事。地不藏寶,當今自出醴泉;天之愛人,從古未聞聖水。無聽虚誕之説,請塞訛僞之源。

【箋】

作於貞元十八年(八〇二),三十一歲,長安。

## 得景有志行隱而不仕爲郡守所辟稱是巫家不當選吏功曹按其詭詐景不伏

鳴鶴處陰，聲聞于外；玄豹隱霧，樂在其中。此將適於退藏，彼何强之維縶？景業敦道行，志薄官情。太守以舉爾所知，將申蒲帛之聘；夫子以從吾所好，不顧弓旌之招。懼俗吏之徒勞，引巫家以自穢。冀其言遜獲免，翻以行詐論辜。況商洛拂衣，漢且求之不得；潁川洗耳，堯亦存而勿論。天子尚不違情，功曹如何按罪？

【箋】

作於貞元十八年（八〇二），三十一歲，長安。

【校】

〔玄豹〕「玄」，全文作「元」，蓋避清諱改。

〔潁川〕「潁」，馬本、英華俱訛作「穎」，宋本、那波本俱訛作「穎」，據全文改正。

# 得丁爲刺史見冬涉者哀之下車以濟之觀察使責其不順時修橋以徼小惠丁云恤下

津梁不修，何以爲政？車服有命，安可假人？丁職是崇班，體非威重。輕漢臣之寵，失位於高車；徇鄭相之名，濟人於大水。志雖恤下，道昧叶中。與其熊軾涉川，小惠未遍；曷若虹橋通路，大道甚夷？啓塞既闕於日修，揭厲徒哀其冬涉。事關失政，情近沽名。宜科十月不成，庶辨二天無政。

【箋】

作於貞元十八年（八〇二），三十一歲，長安。

〔題〕唐律疏議卷二七雜律下：「其津濟之處，應造橋航，及應置船筏而不造置，及擅移橋濟者杖七十，停廢行人者杖一百。」

【校】

〔崇班〕「崇」，英華作「榮」，注云：「集作『崇』。」

〔道昧〕「昧」，英華作「未」，注云：「集作『昧』。」

# 得甲告其子行盜或誚其父子不相隱甲云大義滅親

法許原親，慈通隱惡。俾恩流于下，亦直在其中。甲忝齒人倫，忍傷天性。義方失教，曾莫愧於父頑；攘竊成姦，尚不爲其子隱。道既虧於庭訓，禮遂闕於家肥。且情比攘羊，可謂不慈傷教；況罪非石厚，徒云大義滅親。是不及情，所宜致誚。

【箋】

作於貞元十八年（八〇二），三十一歲，長安。

〔題〕唐律疏議卷六名例六：「諸同居若大功以上親，及外祖父母、外孫，若孫之婦，夫之兄弟，及兄弟妻，有罪相爲隱。部曲奴婢爲主隱，皆勿論。即漏露其事及擿語消息，亦不坐。其小功以下相隱，減凡人三等。若犯謀叛以上者，不用此律。」

【校】

〔題〕「不相隱」，英華作「不相爲隱」，「爲」下注云：「一作『容』。」

〔忝齒〕英華作「齒忝」。

〔天性〕英華作「天情」。

〔攘羊〕「羊」，英華訛作「年」。

# 得州府貢士或市井之子孫爲省司所詰申稱羣萃之秀出者不合限以常科

惟賢是求，何賤之有？況士之秀者，而人其捨諸？惟彼郡貢，或稱市藉。非我族類，別嫌雜以蕭蘭；舉爾所知，安得棄其翹楚？誠其惡於裨敗，諒難捨其茂異。揀金於砂礫，豈爲類賤而不收？度木於澗松，寧以地卑而見棄？但恐所舉失德，不可以賤廢人。況乎識度冠時，出自牛醫之後；心計成務，擢於賈豎之中。在往事而足徵，何常科而是限？州申有據，省詰非宜。

【箋】

作於貞元十八年（八〇二），三十一歲，長安。

【校】

〔題〕「申稱」，英華作「申云」，注云：「集作『稱』。」「之秀」，英華作「之才」，注云：「集作『秀』。」

〔其惡〕英華作「有惡」。

〔捨其〕「其」，英華作「於」，注云：「集作『其』。」

〔何常科〕「何」，馬本、全文俱作「可」，非。據宋本、那波本、英華、盧校改正。

## 得乙充選人識官選人代試法司斷乙與代試者同罪訴云實不知情

官擇賢良，選稽名實。苟作僞而心拙，必代斲而手傷。乙情非容姦，行乖周慎。將如吾面，遂充識以不疑；未見子心，果代試而有悔。既彰聞而貽戚，乃連坐以論辜。察情諒不同謀，結罪誠應異罰。法無攸赦，選者當准格論；人不易知，識官所宜情恕。削奪恐爲過當，貶降庶叶決平。

【箋】作於貞元十八年（八〇二），三十一歲，長安。

【校】〔題〕「識官」，馬本、全文俱訛作「職官」。城按：盧校云：「識官如今保結。」據宋本、那波本、英華、盧校改正，下同。

〔而心拙〕「而」，英華作「以」，注云：「集作『而』。」下同。

# 得甲與乙爵位同甲以齒長請居乙上乙以皇宗不伏在甲下有司不能斷

庠序辯儀，則先長長；朝庭列位，必尚親親。惟彼周行，是名同位。德非心競，禮失肩隨。甲以桑榆年高，何以卑我？乙以葛藟族貴，奚獨後予？各興争長之辭，遂昧常尊之位。然禮經尚齒，且王室貴親。晉、鄭同儕，信高卑之或等；滕、薛異姓，諒先後之可知。難遵少長之倫，宜守親疏之序。

【箋】

作於貞元十八年（八〇二），三十一歲，長安。

# 得選舉司取有名之士或云不息馳騖恐難責實

聲雖非實，善豈無名？不可苟求，亦難盡棄。屬時當仄席，任重掄材。思得士於聲華，懼誘人於奔競。若馳騖而方取，慮非歲貢之賢；如寂寥而後求，恐失日彰之善。將期摭實，必在研精。但取捨不私，是開乎公道；則吹嘘無益，自閉其倖門。名勿論於有無，鑒自精於舉措。

【箋】作於貞元十八年（八〇二），三十一歲，長安。

【校】〔題〕「選」下馬本衍「用」字，據宋本、那波本、英華、全文改正。

〔仄席〕「仄」，馬本、全文俱作「側」，非。據宋本、那波本、英華、盧校改正。

〔如寂寥〕「如」，英華作「儻」，注云：「集作『如』。」

〔研精〕「精」下英華注云：「集作『情』。」

## 得太學博士教胄子毁方瓦合司業以非訓導之本不許

教惟馴致，道在曲成。將遜志以樂羣，在毁方而和衆。況化人由學，成性因師。雖和光以同塵，德終不雜；苟圓鑿以方枘，物豈相容？道且尚於無隅，義莫先於不劇。司業以訓導貴別，或慮雷同；學官以容衆由寬，何傷瓦合？教之未墜，蓋宣尼之言然；文且有徵，則戴氏之典在。將勸學者，所宜韙之。

【箋】

作於貞元十八年（八〇二），三十一歲，長安。

【校】

〔題〕「得太學博士」，英華作「太學官」。

〔苟圓鑿以方枘〕英華作「苟圜鑿而方柄」。

〔不劚〕「劚」，宋本、馬本、那波本俱作「斸」，非。據英華、全文、盧校改正。又，「翻」，馬本注云：「呼對切。」

〔將勸〕「勸」，英華作「觀」，注云：「集作『勸』。」

# 得甲居家被妻毆笞之鄰人告其違法縣斷徒三年妻訴云非夫告不伏

禮貴妻柔，則宜禁暴；罪非夫告，未可麗刑。何彼無良？於斯有怒。三從罔敬，待以庸奴之心；一杖所加，辱於女子之手。作威信傷於婦道，不告未爽於夫和。招訟於鄰，誠愧聲聞于外；斷徒不伏，未乖直在其中。雖昧家肥，難從縣見。

【箋】作於貞元十八年（八〇二），三十一歲，長安。

〔題〕唐律疏議卷二二鬭訟二：「諸妻毆夫，徒一年。若毆傷重者，加凡鬭傷三等（注：須夫告乃坐）。死者斬。」

【校】

〔一杖〕「杖」，宋本、那波本、盧校俱作「抶」。

〔婦道〕「道」，英華作「順」，注云：「集作『道』。」

〔未爽〕英華作「未失」，注云：「集作『爽』。」

〔夫和〕英華作「夫義」，注云：「集作『和』。」

〔不伏〕英華作「不杖」。

〔雖昧〕「昧」，英華作「未」，注云：「集作『昧』。」

〔縣見〕英華、全文俱作「縣責」。

## 得乙居家理廉使舉請授官吏部以無出身不許使執云行成於内可移於官

調選正名，誠宜守序；敷求懋德，安可拘文？乙積行於中，闇彰于外。廉使以道敦知己，欲致我於青雲；天官以限在出身，將棄予於白屋。事雖異見，理可明徵。掄瑣瑣之材，則循舊格；刈翹翹之楚，寧守常科？幸當仄席之求，無惑刻舟之執。況自家刑國，移孝入忠。既聞道不虚行，足見舉非失德。所宜堅決，無至深疑。

【箋】

作於貞元十八年（八〇二），三十一歲，長安。

【校】

〔調選〕英華作「選調」，注云：「集作『調選』。」

〔棄予〕「予」，英華作「子」。

〔刈翹〕「刈」，英華作「割」。

〔仄席〕「仄」，馬本、全文俱作「側」，非。據宋本、那波本、英華、盧校改正。

〔入忠〕英華作「資忠」。

## 得景定婚訖未成而女家改嫁不還財景訴之女家云無故三年不成

義敦好合，禮重親迎。苟定婚而不成，雖改嫁而無罪。景謀將著代，禮及問名。

二姓有行，已卜和鳴之兆；三年無故，竟愆嬿婉之期。桃李恐失於當年，榛栗遂移於他族。既聞改適，乃訴納徵。揆情而嘉禮自虧，在法而娉財不返。女兮不爽，未乖九十之儀；夫也無良，可謂二三其德。去禮逾遠，責人斯難。

【箋】

作於貞元十八年（八〇二），三十一歲，長安。

〔題〕唐律疏議卷十三户婚中：「諸許嫁女，已報婚書及有私約（注：約謂先知夫身老幼疾殘養庶之類），而輒悔者，杖六十（注：男家自悔者不坐，不追聘財），雖無許婚之書，但受娉財亦是（注：娉財無多少之限，酒食者非，以財物爲酒食者，亦同娉財）。若更許他人者，杖一百。已成者徒一年半，後娶者知情減一等。女追歸前夫，前夫不娶，還娉財，後夫婚如法。」

## 得丁爲大夫與管庫士爲友或非之云非交利也

見賢不稱，且虧事上之節；非義苟合，則涉黷下之嫌。丁貴乃立家，友其管庫。不思進善，徒務降尊。若接而或非，自貽交利之責；儻知而不舉，則速蔽賢之尤。既未覈於是非，姑欲紊乎貴賤。況公叔薦士，家臣尚見同升；雖文子好能，管庫不聞爲友。信乖慎守，宜及或非。

【箋】作於貞元十八年（八〇二），三十一歲，長安。

【校】〔姑欲〕「姑」，馬本、全文俱作「故」，非。據宋本、那波本、盧校改正。

## 得四軍帥令禁兵於禁街中種田御史劾以無勑文辭云因循歲久且有利於軍

爲國勸農，田疇有制；示人知禁，衢路攸先。瞻彼三農，藝斯五稼。且町疃是務，豈是膽軍？雖轍迹不加，未爲曠土。輦轂必資於平易，康莊難縱以荒蕪。務有畔之農，秋成而利亦蓋寡；侵如砥之道，歲久而弊則滋多。請論環衛之非，式表鐵冠之劾。

【箋】作於貞元十八年（八〇二），三十一歲，長安。

【校】〔町疃〕馬本「町」注云：「他頂切，田踐處。」「疃」注云：「土旱切，禽獸所踐處。」

## 得甲爲郡守部下漁色御史將責之辭云未授官已前納采

諸侯不下，用戒淫風；君子好求，未乖婚義。甲既榮爲郡，且念宜家。禮未及於結褵，責已加於執憲。求娶於本部之内，雖處嫌疑；定婚於授官之前，未爲縱欲。況禮先納采，足明嬿婉之求。娉則爲妻，殊非强暴之政。宜聽隼旟之訴，難科漁色之辜。

【箋】作於貞元十八年（八〇二），三十一歲，長安。

## 得乙爲三品見本州刺史不拜或非之稱品同

桑梓攸重，必在恪恭；官品斯同，則宜抗禮。乙班榮是踐，威重可觀。況衣錦還鄉，已崇三品之袟；雖剖符臨郡，應無再拜之儀。豈以州里版圖，而紊邦家典制？如或商、周不敵，敢不盡禮事君？今且晉、鄭同儕，安得降階卑我？既不愆素，何恤或非。

【箋】

作於貞元十八年（八〇二），三十一歲，長安。

## 得景爲獸人冬不獻狼責之訴云秦地無狼

鮮或不給，既曠乃官；辭且無徵，是重而罪。景獸人斯掌，禽獻罔供。當路可求，曾不思於疐尾；充庖爲用，遂有闕於去腸。既愆冬獻之期，難償西鄰之責。載詳地產，重抵國章。薦必以時，吾能言於周有；生靡常所，子勿謂其秦無。縱口給之不慚，在面欺而無捨。

【箋】

作於貞元十八年（八〇二），三十一歲，長安。

【校】

〔禽獻〕「獻」，馬本、英華俱訛作「獸」，據宋本、那波本、全文、盧校改正。

〔去腸〕「去」，馬本作「充」，非。據宋本、那波本、英華、全文、盧校改正。

〔西鄰〕英華作「秋官」。

〔載詳〕「載」上英華有「爰」字。

〔重抵〕「重」上英華有「須」字。「抵」，馬本、全文俱作「振」，據宋本、那波本、英華改。又「抵」下英華注云：「集作『核』。」全文注云：「一作『核』。」

## 得景負丁財物丁不告官强取財物過本數縣司以數外贓論之不伏

人縱於貪，動而生悔；物非其道，取則有贓。丁放利欲贏，景逋債未償。懷不忌而强取，姑務豐財；逞無厭之過求，豈非黷貨？情難容於强暴，法必禁以奪攘。以交易而求多，尚宜准盜；在倍稱而過數，孰謂非贓？若以律論，當從縣斷。

【箋】作於貞元十八年（八〇二），三十一歲，長安。

## 得乙請襲爵所司以乙除喪十年而後申請引格不許乙云有故不伏

爵命未墜，嗣襲有期。在紀律而或愆，當職司而宜舉。乙舊德將繼，新命未加。

所宜纂彼前修，相承以一子；何乃廢其後嗣，自棄於十年？歲月既已滋深，公侯固難必復。然以法通議事，理貴察情。如致身於宴安，則宜奪爵；若居家而有故，尚可策名。須待畢辭，方期析理。

【箋】

作於貞元十八年（八〇二），三十一歲，長安。

【校】

〔纂彼〕「彼」，英華作「乃」，注云：「集作『彼』。」

〔方期〕「期」下英華注云：「集作『斯』。」

## 得丁爲士葬其父用大夫禮或責其僭辭云從死者

禮惟辨貴，孝不貶親。是謂奉先，孰云僭上？丁慶加一命，憂及三年。凶降昊天，且結茹荼之痛；吉從遠日，方追食菜之榮。既貴賤之殊宜，亦父子之異道。同曾元易簀，正位於大夫；殊晏嬰遺車，見非於君子。未爽慎終之義，允符從死之文。辭則有徵，責之非當。

【箋】作於貞元十八年（八〇二），三十一歲，長安。

## 得甲將死命其子以嬖妾爲殉其子嫁之或非其違父之命子云不敢陷父於惡

觀行慰心，則禀父命；辨惑執禮，宜全子道。甲立身失正，没齒歸亂。命子以邪，生不戒之在色；愛妾爲殉，死而有害於人。違則棄言，順爲陷惡。三年之道，雖奉先而無改；一言以失，難致親於不義。誠宜嫁是，豈可順非？況孝在慎終，有同魏顆理命；事殊改正，未傷莊子難能。宜忘在耳之言，庶見因心之孝。

【箋】作於貞元十八年（八〇二），三十一歲，長安。

【校】〔題〕「嬖妾」，馬本訛作「嬖安」，據宋本、那波本、英華、全文改正。

# 白居易集箋校卷第六十八

## 碑誌序記表讚論衡書 凡十三首

### 故京兆元少尹文集序

天地間有粹靈氣焉，萬類皆得之，而人居多。就人中，文人得之又居多。蓋是氣凝爲性，發爲志，散爲文。粹勝靈者，其文沖以恬。靈勝粹者，其文宣以秀。粹靈均者，其文蔚温雅淵，疏朗麗則，檢不扼，達不放，古淡而不鄙，新奇而不怪。吾友居敬之文，其殆庶幾乎！居敬姓元，名宗簡，河南人。自舉進士，歷御史府，尚書郎，訖京兆亞尹，二十年，著格詩一百八十五，律詩五百九，賦述銘記書碣讚序七十五，總七百六十九章，合三十卷。長慶三年冬，疾彌留，將啓手足，無他語。語其子途云：吾平生酷嗜詩，白樂天知我者，我殁，其遺文得樂天爲之序，無恨矣。既而途奉理命，號而告予。無幾何，會予自中書舍人出牧杭州，歲餘改右庶子，移疾東洛。明年，復刺蘇州，四年間三换官，往復奔命，不啻萬里。席不遑煖，矧筆硯乎？故所託文，久未果就。及刺蘇州，又劇郡，治數月，政方暇。因發閲篋衮，睹居敬所著文，其間與予唱和者數十首。燭下諷讀，憯惻久之，恍然疑居敬在傍，不知其一生一死也。遂援筆草序，序成復視，涕與翰俱，悲且吟曰：「黄壤詎知我？白頭徒念君。唯將老年淚，一灑故人文。」重曰：「遺文三十軸，軸軸金玉聲。龍門原上土，埋骨不埋名。」嗚呼居敬！若職業之恭慎，居處之莊潔，操行之貞端，襟靈之曠淡，骨肉之敦愛，丘園之安樂，山水風月之趣，琴酒嘯詠之態，與人久要，遇物多情，皆布在章句中，開卷而盡可知也，故不序。時寶曆元年冬十二月乙酉夕，在吴郡西園北齋東牖下作序。

【箋】

作於寶曆元年（八二五），五十四歲，蘇州，蘇州刺史。城按：此卷那波本編在卷五九。

〔元少尹〕元宗簡。參見卷十九和元少尹新授官、朝迴和元少尹絶句、重和元少尹、新秋早起有懷元少尹及卷二一題故元少尹集後二首等詩。

〔黄壤詎知我二首〕即卷二一題故元少尹集後二首。

【校】

〔題〕英華「京」上無「故」字。

〔疏朗〕「疏」上英華有「凝」字。

〔麗則〕「則」，宋本、馬本俱作「利」，據那波本、英華、全文改。

〔不扼〕英華作「不阨」，注云：「集作『扼』。」

〔古淡〕「淡」，宋本、那波本、英華、盧校俱作「常」。

〔京兆亞尹〕「京」下宋本、馬本、那波本俱脱「兆」字，據英華、全文補。

〔二十年〕英華作「凡二十八年」。那波本「二」上有「凡」字。

〔銘記〕各本均誤作「名記」，據英華改正。

〔長慶三年冬〕城按：白氏長慶二年作晚歸有感詩（卷十一）自注云：「元八少尹今春櫻桃花時長逝。」又同年作元家花詩（卷十五）云：「失却東園主，春風可得知？」則宗簡當卒於長慶二年三、四月間，各本作「三年冬」，俱誤。又英華、全文「冬」下俱有「遘」字。

〔彌留〕「留」，馬本作「篤」，非。據宋本、那波本、英華、全文改正。

〔啓手足〕「手」下宋本、馬本、那波本俱脱「足」字，據英華、全文補。

〔發閲篋衮〕英華、全文俱作「發篋閲」三字。

〔著文〕「文」下英華有「集」字。

〔曠淡〕英華作「擴澹」。

〔嘯詠〕「詠」，英華作「吟」，注云：「集作『詠』。」

〔乙酉〕城按：寶曆元年十二月己亥朔，是月無「乙酉」，似應作「己酉」。

## 海州刺史裴君夫人李氏墓誌銘 并序

夫人贊皇縣君李氏，趙郡高邑人也。六代祖素立，安南都護。五代祖休烈，趙州刺史。高祖諱至遠，天官侍郎。曾祖諱畬，國子司業。祖諱承，工部尚書，湖南觀察使。考諱藩，門下侍郎、同平章事，贈户部尚書。夫人諱娥，相國長女也。適河東裴君克諒，今爲海州刺史。一子曰鍼，左衛騎曹參軍。一女適隴西李遂，遂爲壽州録事參軍。由此而上，得於國史家諜云。夫人爲相門女，邦君妻，不以華貴驕人，能用恭儉克己。撫下若子，敬夫如賓。衣食之餘，傍給五服親族之飢寒者。又有餘，散霑先代僕使之老病者。又有餘，分施佛寺僧徒之不足者。澣衣菲食，服勤禮法。禮法之外，諷釋典，持真言，棲心空門，等觀生死。故治家之日，欣然自適；捐館之夕，恬然如歸。寶曆二年三月一日，疾終于海州官第。其歲十一月十四日，歸祔于某所先塋，享年五十有四。夫人之從裴君也，歷官九任，凡三十一年，族睦家肥，輔佐之力也。由此而上，得於裴君狀云。夫源遠者流長，根深者枝茂。噫！李氏之世禄世德，有所從來。矧相國端方廉雅，孝友忠肅，自從事彭城，登庸宰府，不以夷險而遷其道，宜乎居極位，享名賢也。夫人敬恭勤儉，柔順慈惠。自女於室，婦於家，不以初終而怠其行，宜乎啓封邑，光德門也。裴君修文達政，潔己愛人。自佐邑從軍，連牧二郡，不以寒暑而易其心，宜乎荷百禄，號良二千石也。嗚呼！非此父不生此女，非是夫不稱是妻，斯所謂類以相從，合而具美者也。論譔表誌，其可闕乎！銘曰：

高邑之祥，降於李氏。相門之慶，鍾于女子。女子有行，歸我裴君。君亦良士，宜賢夫人。夫人雖歿，風躅具存。勒名泉户，作範閨門。

【箋】

作於大和元年（八二七），五十六歲，洛陽。

〔海州〕見卷四八海州刺史王元輔加中丞制箋。

〔裴君〕裴克諒。城按：新書卷七一上宰相世系表東眷裴房有克諒，行軍司馬政之子，當即其人。

〔李藩〕憲宗朝，拜門下侍郎、同平章事。見舊書卷一四八、新書卷一六九本傳。城按：舊書本傳云：「李藩，字叔翰，趙郡人。曾祖至遠，天后時李昭德薦爲天官侍郎，不詣昭德謝恩，時昭德怒，奏黜爲壁州刺史。祖畬，開元時爲考功郎中。……父承，爲湖南觀察使，亦有名。」與白氏所叙世系相合。

【校】

〔題〕英華無「并序」二字。

〔至遠〕英華作「志遠」。

〔曾祖諱畬〕「祖」下宋本、馬本、那波本、全文俱脱「諱」字，據英華補。

〔湖南〕「湖」，馬本訛作「河」，據宋本、那波本、英華、全文、盧校改正。

〔録事參軍〕英華作「刺史參軍」。

〔相門女邦君妻〕「女」、「妻」上英華均有「之」字。

〔散霑〕「霑」，英華作「活」，注云：「集作『沾』。」

〔寶曆二年〕「二」，宋本、馬本、那波本、英華、全文俱訛作「三」，今改正。城按：寶曆無三年。

〔享年〕「年」上馬本、全文俱脱「享」字，據宋本、那波本、英華、盧校補。

〔世德〕英華作「也德」。

〔名賢〕英華作「賢名」，是。

〔此女〕「此」，英華作「其」，注云：「集作『此』。」

〔歸我〕「我」，英華作「老」，注云：「集作『我』。」

## 如信大師功德幢記

有唐東都臨壇開法大師，長慶四年二月十三日，終于聖善寺華嚴院，春秋七十有五，夏臘五十二。是月二十二日，移窆于龍門山之南崗。寶曆元年某月某日，遷葬于奉先寺，祔其先師塔廟。穴之上，不封不樹，不廟不碑。不勞人，不傷財。唯立佛頂尊勝陁羅尼一幢。幢高若干尺，圜若干尺，六隅七層，上覆下承，佛儀在上，經呪在中，記讚在下。皆師所囑累，門人奉遺志也。師姓康，號如信，襄城人。始成童，授蓮花經於釋巖。既具戒，學四分律於釋晤。後傳六祖心要於本院先師。浄名、楞伽、俱舍、百法，經根論枝，罔不通焉。由是禪與律交修，定與慧相養。蓄爲道粹，揭爲僧豪。自建中訖長慶，凡九遷大寺居，十補大德位，蒞法會、主僧盟者二十二年。勤宣佛命，卒復祖業。若貴賤，若賢愚，若小中大乘人，游我門，繞我座，禮我足，如羽附鳳，如水會海。於戲！非夫動爲儀，言爲法，心爲道場，則安能使化緣法衆悅隨欣戴，一至於是耶？同學大德繼居本院者曰智如，弟子上首者曰嚴隱，暨歸靖、藏周、常賁、懷嵩、圓恕、圓昭、貞操等若干人，聚謀幢事。琢刻既成，將師理命，請蘇州刺史白居易爲記。記既訖，因書二四句偈以讚云：師之度世，以定以慧。爲醫藥師，救療一切。師之闍維，不塔不祠。作功德幢，與衆共之。

【箋】

作於寶曆元年（八二五），五十四歲，蘇州，蘇州刺史。

〔如信〕城按：白氏有感悟妄緣題如上人壁詩（卷二五），作於寶曆二年，時間相符，疑即指如信。

〔聖善寺〕在洛陽。李綽尚書故實：「聖善寺銀佛，天寶亂爲賊截將一耳。後少傅白公奉佛銀三鋌添補，然不及舊者。會昌拆寺，命中貴人毀像，收銀送内庫中，人以白公所添鑄比舊耳少銀數十兩，送詣白公索餘銀，恐涉隱没故也。」文苑英華卷二一六有李華東都聖善寺無畏三藏碑。並參見白氏東都十律大德長聖善寺鉢塔院主智如和尚茶毗幢記（卷六九）、聖善寺白氏文集記（卷七〇）等文。

〔奉先寺〕清統志河南府：「奉先寺在洛陽縣西南三十里闕塞山，後魏修建。」

〔智如〕見卷二五與僧智如夜話詩箋。

【校】

〔囑累〕「累」，馬本、全文俱作「纍」，非。據宋本、英華、盧校改正。

那波本作「果」，英華注云：「集作『果』，非。」又英華「累」下有「而」字。

〔具戒〕「具」，馬本、全文俱作「則」，非。據宋本、那波本、英華、盧校改正。

〔經根論枝〕英華作「經根論披閱」五字，注云：「集作『經根論枝』，又作『經論披閱』。」

〔道粹〕「道」，馬本、全文俱作「通」，非。據宋本、那波本、英華、盧校改正。

〔僧豪〕英華作「僧毫」。

〔佛命〕「命」，馬本、全文俱作「令」，非。據宋本、那波本、英華改正。

〔小中大〕馬本、全文俱作「小大中」，據宋本、那波本、盧校乙轉。英華作「中小大」。

〔道場〕此下英華有「者」字。

〔本院〕英華作「大院」，注云：「集作『本』，是。」

〔歸靖〕此下英華注云：「一作『精』。」

〔圓昭〕此下英華注云：「蜀本作『照』。」

〔理命〕「理」，英華作「治」，注云：「集作『理』。」

## 華嚴經社石記

有杭州龍興寺僧南操，當長慶二年，請靈隱寺僧道峯講大方廣佛華嚴經至華藏世界品，聞廣博嚴浄事。操歡喜發願，願於白黑衆中勸十萬人，人轉華嚴經一部。十萬人又勸千人，人諷華嚴經一卷。每歲四季月，其衆大聚會。於是攝之以社，齊之以齋。自二年夏至今年秋，凡十有四齋。每齋，操捧香，跪啓於佛曰：願我來世生華藏世界，大香水海上，寶蓮金輪中，毗盧遮那如來前，與十萬人俱，斯足矣。又於衆中募財，置良田十頃，歲取其利，永給齋用。予前牧杭州時，聞操發是願。今牧蘇州時，見操成是功。操自杭詣蘇，凡三請於予曰：操八十一矣。朝夕待盡，恐社與齋來者不能繼其志。乞爲記誡，俾無廢墜。予即十萬人中一人也，宜乎志而贊之。噫！吾聞一毛之施，一飯之供，終不壞滅。況田千畝，齋四時，用不竭之征，備無窮之供乎？噫！吾聞一願之力，一偈之功，終不壞滅。況十二部經常出於百千人口乎？況十萬部經常入於百千人耳乎？吾知操徒必果是願。若經之句義，若經之功神，則存乎本傳。若社人之姓名，若財施之名數，則列于别碑。斯石之文，但叙見願，集來緣而已。寶曆二年九月二十五日，前蘇州刺史白居易記。

【箋】

作於寶曆二年（八二六），五十五歲，蘇州。城按：輿地紀勝卷二臨安府：「龍興寺華嚴經社石記，寶曆三年九月二十五日蘇州刺史白居易撰，寺僧南操立。」寶曆無三年，各本白集俱題「寶曆二年九月二十五日前蘇州刺史白居易記」，蓋作記時白已罷蘇任，故稱前，「三年」字誤。

〔龍興寺〕咸淳臨安志卷八五：「千頃山龍興寺，在（昌化）縣西北六十里。元和間黄蘗禪師開山。中和四年賜慈雲禪師額。」

【校】

〔華藏〕此下英華注云：「集作『嚴』。」

〔十萬人〕英華作「千萬人」。注云：「集疊人字。」

〔人轉〕「轉」上英華無「人」字，注云：「集疊『人』字。」

〔又勸〕「又」上英華有「中」字。

〔人諷〕「諷」上英華無「人」字，注云：「集疊『人』字。」

〔大聚〕「聚」，英華作「穌」，注云：「集作『聚』。」

〔願我〕「願」，馬本訛作「顧」，據宋本、那波本、英華、全文、盧校改正。

〔華藏〕「華」下英華有「嚴」字。

〔十頃〕「十」，宋本作「千」，非。

〔予前〕「予」，英華訛作「于」。

〔聞操〕「聞」，英華作「見」，注云：「集作『聞』。」

〔自杭詣蘇〕「自」下馬本脱「杭」字，據宋本、那波本、英華、全文、盧校補。「詣」下英華注云：「一作『之』。」

〔八十一〕英華作「八十二」。

〔待盡〕「待」，宋本、那波本俱作「迨」，英華注云：「集作『迨』。」

〔百千人口〕「千」上各本俱脱「百」字，據英華增。

## 吴郡詩石記

貞元初，韋應物爲蘇州牧，房孺復爲杭州牧，皆豪人也。韋嗜詩，房嗜酒，每與賓友一醉一詠，其風流雅韻，多播於吴中。或目韋、房爲詩酒仙。時予始年十四五，旅二郡，以幼賤不得與遊宴，尤覺其才調高而郡守尊。以當時心言異日蘇、杭苟獲一郡，足矣。及今自中書舍人間領二州，去年脱杭印，今年佩蘇印，既醉於彼，又吟於此。酣歌狂什亦往往在人口中。則蘇、杭之風景，韋、房之詩酒，兼有之矣。豈始願及此哉？然二郡之物狀人情，與曩時不異。前後相去三十七年，江山是而齒髮非，又可嗟矣。韋在此州歌詩甚多，有郡宴詩云：「兵衛森畫戟，燕寢凝清香。」最爲警策。今刻此篇于石，傳貽將來，因以予旬宴一章亦附于後。雖雅俗不類，各詠一時之志。

偶書石背，且償其初心焉。寶曆元年七月二十日，蘇州刺史白居易題。

【箋】

作於寶曆元年（八二五），五十四歲，蘇州，蘇州刺史。見陳譜。

〔韋應物〕兩唐書俱無傳，惟國史補數語存其生平爲人。宋沈作喆韋刺史傳云：「應物，京兆長安縣人。自江州刺史居二歲，召至京師。貞元二年（城按：韋應物刺蘇在貞元四年，乃孫晟之後任，沈傳誤）由左司郎中補外得蘇州刺史。」所記較國史補爲詳備，而刺蘇後復有「江淮鹽鐵轉運、守太僕少卿兼御史中丞」一銜，則採自劉禹錫大和六年蘇州舉韋中丞自代狀，誤合二者爲一人。胡震亨唐音癸籤卷二九、錢大昕十駕齋養新録卷十二俱嘗辨其誤，錢氏之文云：「韋應物，貞元二年，由左司郎中出爲蘇州刺史，而劉禹錫集中有大和六年除蘇州舉韋應物自代狀，宋葉少藴、胡元任已疑其非一人，而沈作喆撰韋傳合而一之，篇末雖亦有疑詞，而終未敢決。近世陳少章景雲據白樂天於元和中謫江州後貽書元微之，於文中盛稱韋蘇州詩，又言『當蘇州在時，人亦未甚愛重，必待身後，人始貴之』，則是時蘇州已殁，而劉狀又在此書十年以後，則其所舉必別是一人矣。樂天守蘇日，夢得以詩酬之云：『蘇州刺史例能詩，西掖今來替左司。』言白之名足繼左司耳，非謂實代其任也。沈傳謂『貞元二年補外，得蘇州刺史。久之，白居易自中書舍人出守吴門，應物罷郡，寓郡之永定佛寺』，則誤甚矣。白公出守在長慶間，距貞元初垂四十年，豈有與韋交代之理乎？大昕案：樂天刺蘇州在寶曆元年，陳以爲在長慶間亦誤。」所考頗詳。近人余嘉錫四庫提要辨證卷二〇集部一、岑仲勉唐集質疑俱踵此説，余氏誤據舊書德宗紀證應物貞元二年刺蘇，爲孫晟之前任，雖云應物罷郡後寓居佛寺，不久即卒，然亦未考得劉集中之韋中丞爲何人。城按：淳熙秘閣續帖載白居易與劉禹錫書云：「冬候斗寒，不審動止何似？居易蒙免。韋楊子（旁注：遞中）、李宗直、陳清等至，連奉三問，并慰馳心。」則知此人即曾爲揚子（揚通楊）留後之另一韋應物，與居易亦有往還也。

〔房孺復〕房琯之子。德宗時，自浙西節度韓滉幕累拜杭州刺史。坐妻杖殺侍兒貶連州司馬。見舊書卷一百十一房琯傳。城按：舊傳未詳孺復刺杭年月，據勞格讀書雜識卷七杭州刺史考可推知其爲杭州刺史在建中二年以後，貞元六年之前。

〔相去三十七年〕城按：居易寶曆元年（八二五）除蘇州刺史，上溯三十七年，當爲貞元四年（七八八）。考舊書德宗紀：（貞元四年秋七月），乙亥，以蘇州刺史孫晟爲桂州刺史、桂管觀察使。則應物爲孫晟之後任，其罷郡在貞元六年以後（見傅璇琮韋應物繫年考證）。如爲貞元三年，則距寶曆元年應爲三十八年，而居易是年爲十六歲，非「十四五」，疑白氏此文所記有誤。

〔郡宴詩〕韋應物郡齋雨中與諸文士燕集詩：「兵衛森畫戟，宴寢凝清香。海上風雨至，逍遥池閣涼。煩痾近消散，嘉賓復滿堂。自慚居處崇，未覩斯民康。理會是非遣，性達形迹忘。鮮肥屬時禁，蔬果幸見嘗。俯飲一杯酒，仰聆金玉章。神歡體自輕，意欲凌風翔。吴中盛文史，羣彦今汪洋。方知大藩地，豈曰財賦强！」城按：韋應物五言詩最爲白氏所賞，韻語陽秋卷一云：「韋應物詩平平處甚多，至於五字句則超然出於畦逕之外，如遊溪詩『野水烟鶴唳，楚天雲雨空』，南齋詩『春水不生烟，荒崗筠翳石』，詠聲詩『萬物自生聽，太空常寂寥』，如此等句豈下於『兵衛森畫戟，燕寢凝清香』哉！故白樂天云：『韋蘇州五言詩高雅閒淡，自成一家之體。』東坡亦云：『樂天長短三千首，却愛韋郎五字詩。』」

〔句宴一章〕即卷二一郡齋旬假命宴呈座客示郡寮詩。

【校】

〔蘇州牧〕英華作「蘇州刺史」，注云：「二字集作『牧』。」

〔杭州牧〕「州」下英華無「牧」字。

〔豪人〕「豪」下英華注云：「一作『碩』。」

〔時予〕「予」上英華無「時」字，注云：「集有『時』字。」

〔旅二郡〕「旅」下英華有「于」字。

〔既醉於彼又吟於此〕英華作「既醉於此又吟於彼」。

〔始願〕「願」，英華、文粹俱作「望」，英華注云：「集作『願』。」

〔最爲〕「最」上英華有「當時」二字。

〔之志〕「志」，文粹作「至」。

## 吴興靈鶴贊 事具黄籙齋記中。

有鳥有鳥，從西北來。丹腦火綴，白翎雪開。遼水一去，緱山不迴。噫吴興郡，孰爲來哉？寶曆之初，三元四齋。天無微飈，地無纖埃。當白晝下，與紫雲偕。三百六十，拂壇徘徊。上昭玄貺，下屬仙才。誰其居之？太守姓崔。

【箋】

作於寶曆二年（八二六），五十五歲，蘇州，蘇州刺史。城按：張君房雲笈七籤卷一二一：「崔公玄亮，奕葉崇道。雖登龍射鵠，金印銀章，踐鴛鷺之庭，列珪組之貴，參玄趨道之意未嘗忘也。寶曆初，初除湖州刺史。二年乙巳（城按：二年爲丙午，非乙巳），於紫極宫修黄籙道場，有鶴三百六十五隻翔集壇所，紫雲蓬勃，祥風虚徐，與之俱自西北而至。其一隻朱頂皎白無復玄翮者，棲於虚皇臺上，自辰及酉而去。杭州刺史白居易聞其風而悦之，作吴興鶴讚云：『有鳥有鳥……』」城按：白氏此文及雲笈七籤所記，均荒誕不經，君房所云崔玄亮寶曆初除湖州及居易寶曆間爲杭州刺史，亦誤。

〔太守姓崔〕指湖州刺史崔玄亮。見卷二一崔湖州贈紅石琴薦焕如錦文無以答之以詩酬謝詩箋。

【校】

〔題〕此下小注「黄籙」，馬本作「黄録」，據宋本、英華改。全文題作「吴興雲鶴贊」，非。那波本、全文俱無注。

〔上昭〕英華作「上照」。

〔居之〕那波本作「尸之」。英華注云：「一作『尸』。」

# 錢塘湖石記

錢塘湖事，刺史要知者四條，具列如左：

錢塘湖一名上湖，周迴三十里。北有石函，南有笕。凡放水溉田，每減一寸，可溉十五餘頃，每一復時，可溉五十餘頃。先須别選公勤軍吏二人，一人立於田次，一人立於湖次，與本所由田户據頃畝，定日時，量尺寸，節限而放之。若歲旱，百姓請水，須令經州陳狀，刺史自便押帖，所由即日與水。若待狀入司，符下縣，縣帖鄉，鄉差所由，動經旬日，雖得水而旱田苗無所及也。大抵此州春多雨，夏秋多旱，若隄防如法，蓄洩及時，即瀕湖千餘頃田無凶年矣。州圖經云：湖水溉田五百餘頃，謂係田也。今按水利所及，其公私田不啻千餘頃也。自錢塘至鹽官界，應溉夾官河田，須放湖入河，從河入田。準鹽鐵使舊法，又須先量河水淺深，待溉田畢，却還本水尺寸。往往旱甚，即湖水不充。今年修築湖堤，高加數尺，水亦隨加，即不啻足矣。脱或不足，即更決臨平湖，添注官河，又有餘矣。雖非澆田時，若官河乾淺，但放湖水添注，可以立通舟船。俗云：決放湖水，不利錢塘縣官。縣官多假他詞以惑刺史。或云魚龍無所託，或云茭菱失其利。且魚龍與生民之命孰急？茭菱與稻粱之利孰多？斷可知矣。又云放湖即郭内六井無水，亦妄也。且湖底高，井管低，湖中又有泉數十眼，湖耗則泉湧，雖盡竭湖水，而泉用有餘。況前後放湖，終不至竭。而云井無水，謬矣！其郭中六井，李泌相公典郡日所作，甚利於人。與湖相通，中有陰竇。往往堙塞，亦宜數察而通理之。則雖大旱，而井水常足。湖中有無税田，約十數頃，湖淺則田出，湖深則田没。田户多與所由計會，盜洩湖水，以利私田。其石函南筧并諸小筧闥，非澆田時，並須封閉築塞，數令巡檢，小有漏泄，罪責所由，即無盜洩之弊矣。又若霖雨三日已上，即往往堤決，須所由巡守預爲之防。其筧之南舊有缺岸，若水暴漲，即於缺岸洩之。又不減，兼於石函南筧洩之，防堤潰也。大約水去石函口一尺爲限，遇此須泄之。予在郡三年，仍歲逢旱。湖之利害，盡究其由。恐來者要知，故書於石。欲讀者易曉，故不文其言。長慶四年三月十日，杭州刺史白居易記。

【箋】

作於長慶四年（八二四），五十三歲，杭州，杭州刺史。見陳譜。新書卷一一九白居易傳：「遷爲杭州刺史。始築堤捍錢塘湖，鍾洩其水，溉田千頃。復浚李泌六井，民賴其汲。」輿地碑記目一載西湖石函記，即此文。

〔錢塘湖〕即西湖。見卷二〇錢塘湖春行詩箋。

〔錢塘〕錢塘縣。咸淳臨安志卷十七：「錢塘縣在城府治北四里。」按：「錢塘」之「塘」字，本不從土，至唐時始加土，後遂因之。

〔鹽官〕鹽官縣。元和郡縣志卷二五：「鹽官縣本漢舊縣。……武德四年省入錢塘界。貞觀四年復置。」咸淳臨安志卷十七：「鹽官縣在府治東一百二十九里。」

〔官河〕杭州運河。咸淳臨安志卷三五：「今城中運河有二：其一曰茅山河，南抵龍山浙江閘口，而北出天宗門。其一曰鹽橋河，南至州前碧波亭下，東合茅山河而北出餘杭門。」

〔臨平湖〕元和郡縣志卷二五：「臨平湖在（鹽官）縣西五十五里。溉田三百餘頃。」太平寰宇記卷九三杭州：「臨平湖在（鹽官）縣西五十里。湖在臨平山南。」

〔六井〕在杭州城内，水口均與西湖相通。咸淳臨安志卷三三：「六井：相國井在甘泉坊側，西井（一名化成井）在安國羅漢寺前，方井（俗呼四眼井）在三省激賞酒庫西，白龜池在三省激賞酒庫西，小方井（俗呼六眼井）在錢塘門内裴府前，金牛井（今廢）。」又蘇軾六井記：「潮水避錢塘而東擊西陵，所從來遠矣。沮洳斥鹵化爲桑麻之區，而久乃爲城邑聚落，凡今之平陸皆江之故地，其水苦惡，惟負山鑿井，乃得甘泉，而所及不廣。唐宰相李公長源始作六井，引西湖水以足民用。其後刺史白公樂天治湖濬井，刻石湖山，至于今賴之。始長源六井：其最大者在古清湖，爲相國井。其西爲西井。少西而北爲金牛池。又北而西附城爲方井，爲白龜池。又北而東至錢塘縣治之南爲小方井。而金牛之廢久矣。」

〔李泌〕字長源。德宗時，自檢校御史中丞、充澧朗硤團練使。無幾，改杭州刺史。興元初，召赴行在。見舊書卷一三〇李泌傳。城按：舊傳未詳泌何年刺杭。考舊書卷十二德宗紀：「（建中二年九月）戊辰，以杭州刺史元全柔爲黔中經略詔討使、觀察等使。」則李泌當即元全柔之後任。又咸淳臨安志卷四五云：「李泌，自澧硤團練使徙杭州刺史。有風績，引西湖水入城爲六井，大爲民利。德宗在奉天召赴行在。」

〔石函〕咸淳臨安志卷三九：「石函橋閘，在錢塘門外，湖漲則開此洩於下湖。」

【校】

〔題〕「錢塘」，宋本、那波本、盧校俱作「錢唐」，下同。參見前箋。

〔二人〕此下各本俱脱「一人」二字，據那波本增。

〔一人立於湖次〕各本俱脱此六字，據那波本增。

〔夏秋多旱〕「秋」上馬本、全文俱脱「夏」字，據宋本、那波本、盧校補。

〔凶年矣〕此下那波本無注。

〔須放〕「須」，宋本、馬本俱作「湖」，非。據那波本改正。

〔脱或〕「脱」，馬本、全文俱作「晚」，非。據宋本、那波本、盧校改正。

〔餘矣〕此下那波本無注。

〔或云魚龍〕「云」上馬本、全文俱脱「或」字，據宋本、那波本、盧校補。

〔芠菱〕馬本、全文俱倒作「菱芠」，據宋本、那波本、盧校乙轉。下同。

〔潰也〕此下那波本無注。

## 蘇州刺史謝上表

臣居易言：伏奉三月四日恩制，授臣使持節蘇州諸軍事、守蘇州刺史。臣以其月二十九日發東都，今月五日到州，當日上訖。時當明盛，寵在藩條。祇命荷恩，以感以懼。臣某誠歡誠幸，頓首頓首。伏惟皇帝陛下，嗣膺曆數，重造寰區。將致升平，在先政化。詢求牧守，勤恤黎元。實陛下慎選惟良之秋，責成共理之日也。臣以微陋，早忝班行。前自中書舍人出爲杭州刺史，幸免敗闕，實無政能。已蒙寵榮，入改宮相；今奉恩寄，又分郡符。獎飾具載於詔中，慶幸實生於望外。況當今國用，多出江南。江南諸州，蘇最爲大。兵數不少，税額至多。土雖沃而尚勞，人徒庶而未富。宜擇循良之吏，委以撫綏；豈臣瑣劣之才，合當任使？然既奉成命，敢不誓心。必擬夕惕夙興，焦心苦節。唯詔條是守，唯人瘼是求。諭陛下憂勤之心，布陛下慈和之澤。則亭育之下，疲人自當感恩；而歲時之間，微臣或希報政。塵瀆皇鑒，吐露赤誠。寵至空驚，恩深未答。無任慚惶懇激之至。謹差軍事散將某乙奉表陳謝以聞。臣某誠惶誠恐頓首頓首。謹言。

【箋】

作於寶曆元年（八二五），五十四歲，蘇州刺史。陳譜寶曆元年乙巳：「三月四日除蘇州刺史。二十九日發東都。……五月五日到任。」

【校】

〔題〕此下英華注云：「敬宗。」

〔三月四日〕「三」上那波本衍「去年」二字。參見前箋。

〔其月〕「其」，馬本、英華、全文俱作「某」，非。據宋本、那波本、盧校改正。

〔將致〕「致」，馬本訛作「至」，據宋本、那波本、英華、全文、盧校改正。

〔幸免〕「幸」，英華作「苟」，注云：「集作『幸』。」

〔亭育〕「亭」，馬本誤作「涵」，據宋本、那波本、英華、全文、盧校改正。
〔報政〕英華作「報効」。

## 三教論衡

大和元年十月，皇帝降誕日，奉勅召入麟德殿内道場，對御三教談論，略録大端，不可具載。

第一座　秘書監、賜紫金魚袋白居易。安國寺賜紫引駕沙門義休。太清宮賜紫道士楊弘元。

### 序

中大夫、守秘書監、上柱國、賜紫金魚袋臣白居易言：談論之先，多陳三教，讚揚演說，以啓談端。伏料聖心，飽知此義。伏計聖聽，飫聞此談。臣故略而不言，唯序慶誕，贊休明而已。聖唐御區宇二百年，皇帝承祖宗十四葉。大和初歲，良月上旬，天人合應之期，元聖慶誕之日。雖古者有祥虹流月，瑞電繞樞，彼皆瑣微，不足引諭。伏惟皇帝陛下，臣妾四夷，父母萬姓，恭勤以修己，慈儉以養人。戎夏乂安，朝野無事。特降明詔，式會嘉辰。開達四聰，闡揚三教。儒臣居易，學淺才微。謬列禁筵，猥登講座。天顔咫尺，隕越于前。竊以釋門義休法師，明大小乘，通内外學。靈山嶺岫，苦海津梁。於大衆中，能師子吼。所謂彼上人者，難爲酬對。然臣稽先王典籍，假陛下威靈。發問既來，敢不響答？

**僧　問**

義休法師所問：毛詩稱六義，論語列四科，何者爲四科？何者爲六義？其名與數，請爲備陳者。

**對**

孔門之徒三千，其賢者列爲四科。毛詩之篇三百，其要者分爲六義。六義者：一曰風，二曰賦，三曰比，四曰興，五曰雅，六曰頌。此六義之數也。四科者：一曰德行，二曰言語，三曰政事，四曰文學。此四科之目也。在四科内，列十哲名。德行科則有顔淵、閔子騫、冉伯牛、仲弓，言語科則有宰我、子貢，政事科則有冉有、季路，文學科則有子游、子夏，此十哲之名也。四科六義之名數，今已區别。四科六義之旨意，今合辨明。請以法師本教佛法中比方，即言下曉然可見。何者？即如毛詩有六義，亦猶佛法之義例有十二部分也。佛經千萬卷，其義例不出十二部中。毛詩三百篇，其旨要亦不出六義内。故以六義可比十二部經。又如孔門之有四科，亦猶釋門之有六度。六度者，六波羅蜜。六波羅蜜者，即檀波羅蜜、尸波羅蜜、羼提波羅蜜、毗梨耶波羅蜜、禪定波羅蜜、般若波羅蜜。以唐言譯之，即布施、持戒、忍辱、精進、禪定、智慧，是也。故以四科可比六度。又如仲尼之有十哲，亦猶如來之有十大弟子。即迦葉、阿難、須菩提、舍利弗、迦旃延、目乾連、阿那律、優波離、羅睺羅、富樓那是也。故以十哲可比十大弟子。夫儒門釋教，雖名數則有異同；約義立宗，彼此亦無差别。所謂同出而異名，殊途而同歸者也。所對若此，以爲何如？更有所疑，即請重難。

## 難

法師所難：十哲四科，先標德行。然則曾參至孝，孝者百行之先。何故曾參獨不列於四科者？

## 對

曾參不列四科者，非爲德行才業不及諸人也。蓋繫於一時之事耳。請爲始終言之。昔者仲尼有聖人之德，無聖人之位。棲棲應聘，七十餘國。與時竟不偶，知道終不行，感鳳泣麟，慨然有吾已矣夫之歎。然後自衛反魯，删詩、書，定禮、樂，修春秋，立一王之法，爲萬代之教。其次則叙十哲，倫四科，以垂示將來。當此之時，顔、閔、游、夏之徒，適在左右前後，目擊指顧，列入四科，亦一時也。孝經云：「仲尼居，曾子侍。」此言仲尼閑居之時，曾參則多侍從。曾參至孝，不忍一日離其親，及仲尼旅遊歷聘，自衛反魯之時，曾參或歸養於家，不從門人之列。倫擬之際，偶獨見遺。由此明之，非曾參德行才業不及諸門人也。所以不列四科者，蓋一時之闕耳。因一時之闕爲萬代之疑。從此辨之，可無疑矣。

## 問僧

儒書奥義既已討論，釋典微言亦宜發問。

### 問

維摩經不可思議品中云：「芥子納須彌。」須彌至大，至高，芥子至微至小，豈可芥子之内入得須彌山乎？假如入得，云何得見？假如却出，云何得知？其義難明，請言要旨。僧答不録。

難

法師所云：芥子納須彌，是諸佛菩薩解脱神通之力所致也。敢問諸佛菩薩以何因緣，證此解脱？修何智力，得此神通？必有所因，願聞其説。僧答不録。

問道士

儒典佛經，討論既畢。請迴餘論，移問道門。臣居易言：我大和皇帝祖玄元之教，挹清浄之風。儒素緇黄，鼎足列座。若不講論玄義，將何啓迪皇情？道門楊弘元法師，道心精微，真學奥秘。爲仙列上首，與儒争衡。居易竊覽道經，粗知玄理。欲有所問，冀垂發蒙。

問

黄庭經中有養氣存神、長生久視之道。嘗聞此語，未究其由。其義如何，請陳大略。道士答不録。

難

法師所答養氣存神長生久視之大略，則聞命矣。敢問黄者何義，庭者何物？氣養何氣，神存何神？誰爲此經，誰得此道？將明事驗，幸爲指陳。道士答不録。

## 道士問

法師所問：孝經云：「敬一人則千萬人悦。」其義如何者？

### 對

謹按：孝經廣要道章云：「敬者禮之本也，敬其君則臣悦，敬一人則千萬人悦。所敬者寡，而悦者衆。此之謂要道也。」夫敬者謂忠敬盡禮之義也，悦者謂悦懌歡心之義也。要道者謂施少報多簡要之義也。如此之義，明白各見於經文。其間别有所疑，即請更難。

### 難

法師所難云：凡敬一人則合一人悦，敬二人則合二人悦。何故敬一人而千萬人悦？又問所悦者何義，所敬者何人者？

### 對

孝經所云一人者，謂帝王也。王者無二，故曰一人。非謂臣下衆庶中之一人也。若臣下，敬一人則一人悦，敬二人則二人悦。若敬君上，雖一人即千萬人悦。何以明之？設如有人盡忠於國，盡敬於君，天下見之，何人不悦？豈止千萬人乎？

設如有人不忠於國，不敬於君，天下見之，何人不怒？亦豈止千萬人乎？然敬即禮也，禮即敬也。故傳云：見有禮於其君者，事之如孝子之養父母也。如此則豈獨空悦乎？亦將事而養之也。見無禮於其君者，誅之如鷹鸇之逐鳥雀也。如此則豈獨空不悦乎？亦將逐而誅之也。由此而言，則敬不敬之義，悦不悦之理，瞭然可見，復何疑哉？

## 退

臣伏惟三教談論，承前舊例，朝臣因對敭之次，多自叙才能及平生志業。臣素無志業，又乏才能。恐煩聖聰，不敢自叙。謹退。

【箋】

作於大和元年（八二七），五十六歲，長安，秘書監。城按：舊書卷一六六白居易傳：「文宗即位，徵拜秘書監，賜金紫。九月，上誕節，召居易與僧惟澄、道士趙常盈對御講論於麟德殿。居易論難鋒起，辭辨泉注，上疑宿搆，深嗟挹之。」所載僧惟澄、道士趙常盈與此文異。又按：唐承北朝風氣，歷代皆舉行三教論衡。當時儒釋道三教並重，每由朝廷主持三教論衡，肆其駁難，如白氏文中所述者是。久之，逐漸戲劇化，終由李可及演爲滑稽戲。以後宋雜劇、金院本内，以「三教」爲題材，不勝枚舉。又三教論衡在德宗時已不啻聽説書，看雜技。如新書卷一六一徐岱傳：「帝以誕日，歲歲詔佛老者大論麟德殿，並召岱及趙需、許孟容、韋渠牟講説。始三家若矛盾然，卒而同歸於善，帝大悦。」足見三家預有謀酌及脚本，旨在取帝大悦而已。其事自非使藝化不可，後來演變愈具體，甚且戲劇化。據白氏此文所載，在麟德殿之内道場設三高座，乃其場面也。升座者，儒官原服賜紫金魚袋，釋爲賜紫引駕沙門，道亦賜紫道士，乃其服裝也。僧問儒對，僧難儒對，儒問僧答，儒難僧答，儒問道答，儒難道答，道問儒對，道難儒對，然後退，乃其情節與科白也。新書藝文志載初唐之孫思邈早有會三教論一卷，内容或不外此，則又其脚本之所本也。以上考證見任半塘唐戲弄二辨體及三劇録兩節。

〔麟德殿〕見卷四一傳法堂碑箋。

【校】

〔大和〕馬本、全文俱作「太和」，非。據宋本、那波本、盧校改正。下同。

〔第一座〕此下小注「義休」，宋本、那波本、盧校俱作「義林」。下同。那波本此下無注。

〔富樓那〕各本俱脱，據維摩經二弟子品補。

〔可無疑矣〕「可」上馬本、全文俱衍「又」字，據宋本、那波本、盧校删。

〔要旨〕此下那波本無注。

〔願聞其説〕此下那波本無注。

〔玄元〕「玄」，全文作「元」，蓋避清諱改。下同。

〔弘元〕「弘」，全文作「宏」，蓋避清諱改。

〔大略〕此下那波本無注。

〔指陳〕此下那波本無注。

〔何人者〕「人」下馬本、全文俱脱「者」字，據宋本、那波本、盧校補。

〔有人〕全文倒作「人有」。

〔伏惟〕「惟」，宋本、那波本、盧校俱作「准」。

〔三教〕「教」，宋本、那波本俱作「殿」。

〔對敭〕「敭」，馬本、那波本俱訛作「敭」，據宋本、全文、盧校改正。

〔才能〕「才」，馬本訛作「不」，據宋本、那波本、全文、盧校改正。

## 沃洲山禪院記

沃洲山在剡縣南三十里，禪院在沃洲山之陽，天姥岑之陰。南對天台，而華頂、赤城列焉。北對四明，而金庭、石鼓介焉。西北有支遁嶺，而養馬坡、放鶴峯次焉。東南有石橋溪，溪出天台石橋，因名焉。其餘卑巖小泉，如子孫之從父祖者，不可勝數。東南山水越爲首，剡爲面，沃洲、天姥爲眉目。夫有非常之境，然後有非常之人棲焉。晉、宋以來，因山洞開，厥初有羅漢僧西天竺人白道猷居焉，次有高僧竺法潛、支道林居焉。次又有乾、興、淵、支、遁、開、威、藴、崇、實、光、識、斐、藏、濟、度、逞、印，凡十八僧居焉。高士名人有戴逵、王洽、劉恢、許玄度、殷融、郄超、孫綽、桓彦表、王敬仁、何次道、王文度、謝長霞、袁彦伯、王蒙、衛玠、謝萬石、蔡叔子、王羲之凡十八人，或遊焉，或止焉。故道猷詩云：「連峯數千里，脩林帶平津。茅茨隱不見，雞鳴知有人。」謝靈運詩云：「暝投剡中宿，明登天姥岑。高高入雲霓，還期安可尋？」蓋人與山相得於一時也。自齊至唐，兹山寖荒，靈境寂寥，罕有人遊。故詞人朱放詩云：「月在沃洲山上，人歸剡縣江邊。」劉長卿詩云：「何人住沃洲？」此皆愛而不到者也。大和二年春，有頭陀僧白寂然來遊兹山，見道猷、支、竺遺跡，泉石盡在，依依然如歸故鄉，戀不能去。時浙東廉使元相國聞之，始爲卜築；次廉使陸中丞知之，助其繕完。三年而禪院成，五年而佛事立。正殿若干間，齋堂若干間，僧舍若干間，夏臘之僧歲不下八九十。安居遊觀之外，日與寂然討論心要，振起禪風。白黑之徒，附而化者甚衆。嗟乎！支、竺殁而佛聲寢，靈山廢而法不作。後數百歲而寂然繼之，豈非時有待而化有緣耶！六年夏，寂然遣門徒僧常贇自剡抵洛，持書與圖，詣從叔樂天乞爲禪院記云。

昔道猷肇開兹山，後寂然嗣興兹山，今日樂天又垂文兹山，異乎哉！沃洲山與白氏其世有緣乎！

【箋】

作於大和六年（八三二），六十一歲，洛陽，河南尹。見陳譜。城按：嘉泰會稽志卷八：「沃洲山真覺院在（新昌）縣東四十里。方新昌未爲縣時在剡縣南三十里。居沃洲之陽，天姥之陰，南對天台山之華頂。赤城，北對四明山之金庭、石鼓，西北有支遁養馬坡、放鶴峯，東南有石橋溪，溪源出天台石橋，故以爲名。晉白道猷、竺法潛、支道林、乾、興、淵、支、道、開、威、藴、崇、實、光、識、斐、藏、濟、度、逞、印皆嘗居焉。會昌廢。大中二年，有頭陀白寂然來游，戀戀不能去，廉使元微之始爲卜築。白樂天爲作記，以爲『東南山水，越爲首，剡爲面，沃洲、天姥爲眉目』，其稱之如此。舊名真封寺，不知其始，治平三年賜今額。」「大和二年」，嘉泰會稽志誤作「大中二年」當以白氏此文爲正。又此文收入會稽掇英總集卷十八。

〔剡縣〕漢舊縣。武德中，以縣爲嵊州。六年，廢州。縣仍舊，改屬越州。梁開平中，析剡縣置新昌縣。見元和郡縣志卷二六、嘉泰會稽志卷一。

〔天姥〕天姥山。元和郡縣志卷二六：「天姥山在（剡）縣南八里。」

〔天台〕天台山。元和郡縣志卷二六：「天台山在（唐興）縣北一十里。」

〔華頂〕華頂峯。方輿勝覽卷八台州：「華頂峯在天台縣東北六十里，蓋天台第八重最高處。」

〔赤城〕赤城山。元和郡縣志卷二六：「赤城山在（唐興）縣北六里。」

〔四明〕四明山。嘉泰會稽志卷九：「四明山在（餘姚）縣南一百十里，高二百十一丈，周回二百一十里。山四傍皆虚明，玲瓏如牖，故名。」

〔金庭〕金庭山。嘉泰會稽志：「金庭洞天在（嵊）縣南，天台、華頂之東門也。」

〔石鼓〕石鼓山。嘉泰會稽志卷九：「石鼓山在（嵊）縣東五十里，有石鼓神祠。」

〔支遁嶺〕世説新語言語篇：「支公好鶴，住剡東岇山（劉孝標注：支公書曰：山去會稽二百里）。有人遺其雙鶴，少時翅長欲飛，支意惜之，乃鎩其翮。鶴軒翥不復能飛，乃反顧翅，垂頭視之，如有懊喪意。林曰：『既有陵霄之姿，何肯爲人作耳目近玩？』養令翮成，置使飛去。」

〔養馬坡〕嘉泰會稽志卷十：「放馬澗在（新昌）縣東三十二里，支道林放馬之所。」

〔石橋〕輿地紀勝卷十二台州：「石橋在天台縣北五十里。按天台山記：『橋頭上有小亭，橋長七丈，北闊二尺，南闊七尺，龍形龜背，架在壑上。有兩澗合流於橋下，橋勢峭峻，過者目眩心悸。其橋有尖起高丈餘，多莓苔甚滑，度彼不得。』孫綽天台山賦曰：『跨穹窿之懸磴，臨萬丈之絶冥。踐莓苔之滑石，搏壁立之翠屏。』」

〔乾興淵至十八僧居焉〕據慧皎高僧傳初集卷四所載：晉剡沃洲山僧有支遁、支法虔、竺法仰，晉剡東岬山僧有竺道盛、竺法友、竺法藴、康法識、竺法濟，晉剡白山僧有于法開、于法威，晉剡山僧有于法蘭、竺法興、支法淵、于法道，晉剡葛峴山僧有竺法崇、道寶。餘則未詳。

〔朱放〕字長通，南陽人。貞元二年，詔舉韜晦奇才，拜左拾遺不就。見唐才子傳、登科記考卷十二。

〔月在沃洲山上兩句〕全詩卷三一五朱放剡山夜月詩：「月在沃洲山上，人歸剡縣溪邊。漠漠黄花覆水，時時白鷺驚船。」

〔劉長卿〕字文房，河間（或曰宣城）人。開元二十一年進士第。以詩馳聲上元、寶應間。權德輿嘗呼爲「五言長城」。新唐書藝文志集部别集類：「劉長卿集十卷。字文房。至德監察御史。以檢校祠部員外郎爲轉運使判官、知淮西鄂岳轉運留後，鄂岳觀察使吴仲孺誣奏，貶潘州南巴尉，會有爲辨之者，除睦州司馬。終隨州刺史。」城按：劉長卿先於至德三年（乾元元年），由蘇州長洲尉貶爲潘州南巴尉。再於大曆八年至十二年間，因吴仲孺之誣奏由淮西鄂岳轉運留後貶爲睦州司馬。後之唐詩紀事、唐才子傳等書所載俱沿襲新唐書藝文志之誤。詳見傅璇琮劉長卿事迹考辨（中華文史論叢第八輯）。

〔何人住沃洲〕全詩卷一四七劉長卿秋夜肅公房喜普門上人自陽羨山至：「山棲久不見，林下偶同遊。早晚來香積，何人住沃洲？寒禽驚後夜，古木帶高秋。卻入千峯去，孤雲不可留。」

〔白寂然〕贊寧宋高僧傳卷二七：「釋寂然，姓白氏，不知何許人也。……大和二年，振錫觀方，訪天台勝境，到剡沃洲山者。……浙東廉使元相國稹聞之，始爲卜築。……後終於山院。大和七年，時白樂天在河南保釐爲記，劉賓客禹錫書之。」

〔元相國〕元稹。

〔陸中丞〕陸亘。舊書卷十七上文宗紀：「(大和三年九月)戊戌，以前睦州刺史陸亘爲越州刺史、浙東觀察使代元稹。」又舊書卷十七下文宗紀：「(大和七年閏七月)癸未，以太子賓客李紳檢校左散騎常侍、兼越州刺史、充浙東觀察使代陸亘。以亘爲宣歙觀察使。」

【校】

〔父祖〕「祖」，馬本作「母」，非，據宋本、那波本、文粹、會稽掇英、全文、盧校改正。

〔支道林〕「道」，宋本、那波本作「遁」，非。城按：支遁字道林。

〔斐藏〕「斐」，馬本、全文俱作「裴」，非。據宋本、那波本、文粹、盧校改正。

〔大和〕「大」，馬本、那波本、全文俱作「太」，非。據宋本、文粹改正。

〔丞知〕「知」，全文注云「一作『和』」。

## 修香山寺記

洛都四郊，山水之勝，龍門首焉。龍門十寺，觀遊之勝，香山首焉。香山之壞久矣，樓亭騫崩，佛僧暴露。士君子惜之，予亦惜之。佛弟子恥之，予亦恥之。頃予爲庶子、賓客分司東都時，性好閑遊，靈跡勝概，靡不周覽。每至兹寺，慨然有葺完之願焉。迨今七八年，幸爲山水主，是償初心復始願之秋也。似有緣會，果成就之。噫！予早與故元相國微之定交於生死之間，冥心於因果之際。去年秋，微之將薨，以墓誌文見託。既而元氏之老，狀其臧獲輿馬綾帛洎銀鞍玉帶之物，價當六七十萬，爲謝文之贄，來致於予。予念平生分，文不當辭，贄不當納。自秦抵洛，往返再三，訖不得已，迴施兹寺。因請悲智僧清閑主張之，命謹幹將士復掌治之。始自寺前亭一所，登寺橋一所，連橋廊七間。次至石樓一所，連廊六間。次東佛龕大屋十一間。次南賓院堂一所，大小屋共七間。凡支壞、補缺、壘隤、覆漏、杇墁之功必精，赭堊之飾必良。雖一日必葺，越三月而就。譬如長者壞宅，鬱爲導師化城。於是龕像無燥濕陊泐之危，寺僧有經行宴坐之安。游者得息肩，觀者得寓目。關塞之氣色，龍潭之景象，香山之泉石，石樓之風月，與往來者耳目一時而新。士君子、佛弟子豁然如釋憾刷恥之爲者。清閑上人與予及微之皆夙舊也，交情願力，盡得知之。感往念來，歡且贊曰：凡此利益，皆名功德。而是功德，應歸微之。必有以滅宿殃，薦冥福也。予應曰：嗚呼！乘此功德，安知他劫不與微之結後緣於兹土乎？因此行願，安知他生不與微之復同遊於兹寺乎？言及於斯，漣而涕下。唐大和六年八月一日，河南尹太原白居易記。

【箋】

作於大和六年（八三二），六十一歲，洛陽，河南尹。陳譜大和六年壬子：「八月一日有修香山寺記，寺在龍門山，後魏熙平元年建。」城按：寶刻叢編四引諸道石刻録載唐香山寺碑，末題「唐大和六年八月一日河南尹太原白居易記」，即此文，又白氏有重修香山寺畢題二十二韻以記之詩（卷三一），可參看。

〔香山寺〕見卷二二舒員外遊香山寺數日不歸兼辱尺書大誇勝事時正值坐衙慮囚之際走筆題長句以贈之詩箋。

〔龍門十寺〕石窟、靈巖、乾元、廣化、崇訓、寶應、嘉善、天竺、奉先、香山十寺。俱爲後魏時所建，至唐時惟奉先、香山二寺最盛。見乾隆河南府志卷七五。

〔去年秋〕元稹卒於大和五年七月二十二日。見卷七〇元稹墓誌銘。

〔臧獲〕奴婢。惠棟松崖筆記卷一：「風俗通曰：古制無奴婢，即犯事者也。臧者，贓罪没入官。獲者，逃亡獲得。皆爲奴婢者也。本李壁王荆公詩注。」

〔清閑〕見卷二二秋遊平泉贈韋處士閑禪師、卷二七贈僧五首之五清閑上人、卷三一喜照密閑實四上人見過等詩箋。

〔闕塞〕闕塞山。亦名龍門山或伊闕山、闕口山。見卷二五龍門下作詩箋。并參見後校文。

〔香山之泉石〕龍門山，東曰香山，西曰龍門。兩山對峙，石壁峭立，望之若闕，伊水歷其門。見卷二五龍門下作詩箋。

〔石樓〕見卷二二香山寺石樓潭夜浴詩箋。

**【校】**

〔四郊〕「郊」，馬本、那波本、全文俱作「野」，非。據宋本、英華、盧校改正。

〔佛僧〕「僧」，英華作「寺」，注云：「集作『僧』。」

〔庶子〕「庶」，英華作「太」，注云：「集作『庶』。」

〔山水〕「水」，英華作「林」，注云：「一作『水』。」

〔元相國〕英華作「相國元公」，注云：「四字集作『元相國』。」

〔輿馬〕「輿」，各本俱誤作「與」，據英華改正。

〔往返〕此下英華有「者」字。

〔迴施〕此上英華有「乃」字，注云：「集無『乃』字。」

〔因請〕「因」下英華注云：「一作『固』。」

〔將士〕此下英華注云：「一作『仁』。」

〔連廊〕「連」上那波本多「連樓一所」四字。英華作「連樓廊」三字。

〔壘隤〕「壘」，英華作「疊」，注云：「集作『壘』。」

〔朽墁〕「朽」，宋本、馬本、那波本俱訛作「杇」，據全文、盧校改正。英華作「圬」。

〔闕塞〕各本俱誤作「關塞」。城按：白氏大和六年所作重修香山寺畢題二十二韻以紀之詩（卷三一）云：「闕塞龍門口，祇園鷲嶺頭。」則當作「闕塞」，據改正。

〔爲者〕「爲」下各本俱脱「者」字，據英華增。英華注云：「集無『者』字。」

〔往念〕「往」下英華注云：「一作『性』，非。」

〔歡且〕「歡」下英華注云：「一作『嘆』。」

〔薦冥福〕「薦」，宋本作「廌」。按：「薦」通「廌」。

〔他劫〕英華作「化劫」。

〔玆土〕此下英華注云：「一作『西方』。」

〔漣而〕「而」，英華作「然」，注云：「集作『而』。」

## 薦李晏韋楚狀

### 朝議大夫前使持節海州諸軍事守海州刺史上柱國李晏

右前件官，比任海州刺史，被本道節度使配諸州税麥，一例加估徵錢，晏頻申奏，恐損百姓。本使稱用軍事切，不得已而從之。及被人論，朝庭勘覆，責不聞奏，除替削階。在法誠合舉行，於晏即爲獨屈。況晏累爲宰牧，皆著良能。清白公勤，頗聞於衆。自經停罷，已涉三年。退居洛陽，窮餓至甚。身典三郡，家無一金。據此清廉，別堪優奬。又建中初李正己與納連反，汴河阻絶，轉輸不通。晏先父洧，即正己堂弟，爲徐州刺史。當叛亂之時，洧以一郡七城，歸國効順。棄一家百口，任賊誅夷。開運路之咽喉，斷兇渠之右臂。遂使逆謀大挫，妖寇竟消。從此徐州埇橋，至今永爲内地。如洧之子，實可念之。臣以洧之忠功不可忘，晏之吏材不可棄。伏希聖念，量授一官。庶使廉吏忠臣，聞之有所激勸。

【箋】作於大和六年（八三二），六十一歲，洛陽，河南尹。見陳譜。

〔李晏〕李洧之子。見卷四六襄州别駕府君事狀箋。

〔韋楚〕見卷二二秋遊平泉贈韋處士閑禪師詩箋。

〔李正己〕見卷四六襄州别駕府君事狀箋。

〔洧〕李洧。見卷四六襄州别駕府君事狀箋。

〔埇橋〕見卷四六襄州别駕府君事狀箋。

【校】

〔題〕此後宋本、那波本俱有「河南府」三字另行。

〔申奏〕英華作「申論」，注云：「集作『奏』。」

〔除替削階〕英華作「除削官階」，注云：「集作『替削』。」

〔在法〕英華作「雖在法則」，注云：「四字集作『在法』。」

〔晏即〕「即」，英華作「則」，注云：「集作『即』。」

〔連反〕「反」，宋本、那波本俱作「友」。

〔運路之〕「之」，英華作「於」，注云：「集作『之』。」下同。

〔臣以〕「臣」下英華有「伏」字。

〔有所〕「所」，英華作「以」，注云：「集作『所』。」

## 伊闕山平泉處士韋楚

右件人，隱居樂道，獨行善身。斂跡市朝，息機名利。況家傳簪組，兄在班行。而楚獨棲山卧雲，練氣絶粒。滋味不接於口，塵埃不染其心。二十餘年，不改其樂。志齊箕、潁，節類顔、原。搢紳之間，多所稱歎。臣爲尹正，合具薦論。雖飛鴻入冥，自忘飲啄；而白駒在谷，亦貴縶維。儻蒙寘彼周行，縻之好爵。降羔鴈之禮命，助鵷鷺之羽儀。足以厚貞退之風，遏躁進之俗。兹亦盛事，有裨聖朝。

以前件如前，臣伏以念功振滯，前王之令猷；貢士推能，長吏之本職。其李晏、韋楚並居府界，不踐公門。臣實諳知，輒敢論薦。有涉塵黷，無任兢惶。謹具奏聞，伏聽勅旨。大和六年六月二十六日河南尹臣白居易狀奏。

【箋】

〔伊闕山〕元和郡縣志卷五：「伊闕山在（伊闕）縣北四十五里，兩山相對，望之若闕，伊水流其間，故名。」

〔平泉〕見卷二二秋遊平泉贈韋處士閑禪師詩箋。

【校】

〔家傳〕「傳」，英華作「承」，注云：「集作『傳』。」

〔箕潁〕「潁」，宋本、馬本、那波本俱訛作「穎」，據英華、全文改正。

〔合具〕英華作「理合」，注云：「集作『合具』。」

〔前件〕此下英華有「謹具」二字。

## 與劉蘇州書

夢得閣下：前者枉手扎數幅，兼惠答憶春草、報白君已下五六章。發函披文，而後喜可知也。又覆視書中有攘臂痛拳之戲，笑與抃會，甚樂甚樂，誰復知之？因有所云，續前言之戲耳，試爲留聽！與閣下在長安時，合所著詩數百首，題爲劉白唱和集卷上下。事具集解中。去年冬，夢得由禮部郎中、集賢學士遷蘇州刺史。冰雪塞路，自秦徂吴。僕方守三川，得爲東道主。閣下爲僕税駕十五日，朝觴夕詠，頗極平生之歡。各賦數篇，視草而别。歲月易得，行復周星。一往一來，忽又盈篋。誠知老醜冗長爲少年者所嗤。然吴苑、洛城相去二三千里，捨此何以啓齒而解頤哉？嗟乎！微之先我去矣，詩敵之勍者，非夢得而誰？前後相答，彼此非一。彼雖無虚可擊，此亦非利不行。但止交綏，未嘗失律。然得雋之句，警策之篇，多因彼唱此和中得之。他人未嘗能發也。所以輒自愛重，今復編而次焉，以附前集，合前三卷，題此卷爲下，遷前下爲中。命曰劉白吴洛寄和卷，自大和五年冬送夢得之任之作始。居易頓首。

【箋】

作於大和六年（八三二），六十一歲，洛陽，河南尹。城按：寶刻類編七載此書。岑仲勉論白氏長慶集源流并評東洋本白集一文謂此書作於大和七年，誤。詳見後考。

〔劉蘇州〕劉禹錫。見卷二六寄劉蘇州詩箋。

〔憶春草〕劉集外二憶春草詩云：「憶春草，處處多情洛陽道。金谷園中見日遲，銅駝陌上迎風早。河南大尹頻出難，只得池塘十步看。府門閉後滿街月，幾處遊人草頭歇。館娃宮外姑蘇臺，鬱鬱芊芊撥不開。無風自偃君知否？西子裙裾曾拂來。」此詩題下原注「春草，樂天舞妓名。」（城按：結一廬本無此注，據全詩卷三五六補録。）又寄贈小樊云：「花面丫頭十三四，春來綽約向人時。終須買取名春草，處處將行步步隨。」又劉集外四酬喜相遇同州與樂天替代詩原注：「前章比言春草，白君之舞妓也，故有此答。」

〔報白君〕劉集外二樂天寄憶舊遊因作報白君以答詩云：「報白君，別來已度江南春。江南春色何處好？燕子雙飛故宮道。春城三百七十橋，夾岸朱樓隔柳條。丫頭小兒蕩畫槳，長袂女郎簪翠翹。郡齋北軒卷羅幕，碧池逶迆繞畫閣。池邊緑竹桃李花，花下舞筵鋪彩霞。吴娃足情言語點，越客有酒巾冠斜。座中皆言白太守，不負風光向杯酒。酒酣擘牋飛逸韻，至今傳在人人口。報白君，相思空望嵩丘雲。其奈錢塘蘇小小，憶君淚點石榴裙。」

〔攘臂痛拳之戲〕淳熙秘閣續帖載白居易與劉禹錫書云：「微既往矣，知音兼勍敵者，非夢而誰？故來亦有『脱膊毒拳、腦門起倒』之戲，如此之樂誰復知之？從報白君『颭榴裙』之逸句，少有登高之稱，豈人之遠思。唯餘兩僕射歎詞，乃至金環翠羽之悽韻，每吟皆數四，如清光在前。」

〔劉白唱和集卷上下〕見卷六九劉白唱和集解。

〔去年冬〕劉禹錫，大和五年十月自禮部郎中、集賢學士出爲蘇州刺史。見卷二六寄劉蘇州詩箋。

〔各賦數篇〕即劉集外二中赴蘇州酬別樂天、贈樂天、福先寺雪中酬別樂天、醉答樂天等詩。

〔劉白吳洛寄和卷〕此卷附劉白唱和集爲三卷。新書卷六〇藝文志丁部集類文史類：「劉白唱和集三卷，劉禹錫、白居易。」宋史卷二〇九藝文志八集類總集類著録同。

【校】

〔與閣下〕「閣」上那波本、英華、全文俱有「僕」字。

〔百首〕英華作「百篇」，注云：「集作『首』。」

〔卷上下〕此下那波本、全文俱無注。

〔歲月易得〕「得」，馬本、全文俱作「邁」，據宋本、那波本、英華、盧校改。

〔盈篋〕「盈」，英華作「滿」，注云：「集作『盈』。」

〔老醜〕英華作「醜老」，注云「集作『老醜』。」

〔相答〕「答」，英華作「償」，注云：「集作『答』。」

〔唱此〕英華作「此唱」，注云：「集作『唱此』。」

〔合前〕那波本、全文作「合成」。

〔寄和卷〕「卷」，那波本作「集」。

〔大和五年〕「五年」，各本俱誤作「六年」，今改正。見前箋。

# 白居易集箋校卷第六十九

## 碑序解祭文記 凡十二首

### 故饒州刺史吴府君神道碑銘 并序

汨市朝，溺妻子，非達也。囚山林，擯血屬，亦非達也。若有人與羣動處一代間，彼爲彼，我爲我，不自潔，不自污，不巢許，不伊吕，水其心，雲其身，浮沉消息，無往而不自得者，其達人乎！吾友吴君嘗從事於斯矣。君諱丹，字真存。太子通事舍人覽之曾孫，睦州司馬庶之孫，太子宫門郎、贈工部尚書詮之長子。以進士第入官。官歷正字，協律郎，大理評事，監察殿中侍御史，太子舍人，水部庫部員外郎，都官駕部郎中，諫議大夫，大理少卿，饒州刺史。職歷義成軍節度推官，浙西道節度判官，潼關防禦判官，鎮州宣慰副使，匭函使。階至中大夫。勳至上柱國。讀書數千卷，著文數萬言。寶曆元年六月某日，薨于饒州官次。其年十一月某日，葬于常州晉陵縣仁和鄉北原，從遺志也。君生四五歲，弄泥沙時所作戲，輒象道家法事。八九歲，弄筆硯時所出言，輒類詩家篇章。不自知其然，蓋宿集儒玄之業明矣。既冠，喜道書，奉真籙，每專氣入静，不粒食者累歲。顥氣充而丹田澤，飄然有出世心。既壯，在家爲長，屬有三幼弟、八稚姪，嗷嗷慄慄，不忍見其飢寒，慨然有干禄意。乃曰：肥遁不可以立訓，吾將業儒以馳名。名競不可以恬神，吾將體玄以育德。凍餒不可以安道，吾將强學以徇禄。禄位不可以多取，吾將知足而守中。繇是去江湖，來京師，求名得名，求禄得禄。身榮家給之外，無長物，無越思。素琴在左，黄庭在右。澹乎自處，與天和始終。履仕途二十七年，享壽命八十二歲。無室家累，無子孫憂。屈伸寵辱，委順而已。未嘗一日戚戚其心，至于歸全反真。故予所謂達人之徒歟，信矣！仲弟湖州長史某以予辱與其兄游，既爲同門生，又爲同舍郎，周知初終，託爲碑紀。噫！先生之道吾能引古以明之。銘曰：

漢中大夫，東方曼倩。夏侯湛高之，作廟貌讚。唐中大夫，真存先生。白樂天知之，作神道銘。嗚呼二大夫，異代而同塗。其皆達者乎？

【箋】

作於寶曆元年（八二五），五十四歲，蘇州，蘇州刺史。城按：此卷那波本編在卷六〇。容齋三筆卷十三饒州刺史條云：「饒州良牧守，自吴至今，以政績著者有九賢，郡圃立祠以事，此外知名者蓋鮮。白樂天集有吴府君碑云：君諱丹，字真存，以進士第入官。讀書數千卷，著文數萬言。生四五歲，所作戲輒象道家法事。既冠，喜道書，奉真籙，每專氣入静，不粒食者數歲，飄然有出世心。既壯，在家爲長屬，有三幼弟、八稚姪，不忍見其饑寒，慨然有干禄意。求名得名，家無長物，澹乎自處，與天和始終。享壽命八十二歲，無室家累，無子孫憂，終于饒州官次。大略如此。吴君在饒，雖無遺事可紀，以其邦君之故，姑志於書。吴爲人清浄恬寂，所謂達士，然年過八十，尚領郡符，又非爲妻子計者，良不可曉。唐之治不播棄黎老，故其居職不自以爲過云。」又輿地碑記卷亦載此碑。

〔饒州〕見卷九將之饒州江浦夜泊詩箋。

〔吴府君〕吴丹。參見卷五贈吴丹、卷六酬吴七見寄、卷十三留别吴七正字、卷十九吴七郎中山人詩制班中偶贈絶句等詩。

【校】

〔囚山林〕「囚」，馬本、全文俱作「困」，據宋本、那波本、文粹、盧校改。

〔其達人〕「其」，馬本、全文俱作「非」，非。據宋本、那波本、文粹、盧校改正。

〔從事〕「從」上文粹有「嘗」字，文意似較順，據增。

〔推官〕文粹作「判官」。

〔副使〕「使」，全文注云：「一作『司』。」

〔十一月〕「十」下馬本脱「一」字，據宋本、那波本、文粹、全文補。

〔宿集〕「集」，文粹作「習」。

〔名競〕「競」，馬本誤作「兢」，據宋本、那波本、全文、盧校改正。

〔恬神〕文粹作「怡神」。

## 蘇州重玄寺法華院石壁經碑文

碑在石壁東次，石壁在廣德法華院西南隅，院在重玄寺西若干步，寺在蘇州城北若干里。以華言唐文譯刻釋氏經典，自經品衆佛號以降，字加金焉。夫開士悟入諸佛知見，以了義度無邊，以圓教垂無窮，莫尊於妙法蓮華經，凡六萬九千五百言。證無生忍，造不二門，住不可思議解脱，莫極於維摩經，凡二萬七千九十二言。攝四生九類，入無餘涅槃，實無得度者，莫先於金剛般若波羅蜜經，凡五千二百八十七言。壞罪集福，浄一切惡道，莫急於佛頂尊勝陀羅尼經，凡三千二十言。應念順願，願生極樂土，莫疾於阿彌陀經，凡一千八百言。用正見觀真相，莫出於觀音普賢菩薩法行經，凡六千九百九十言。詮自性，認本覺，莫深於實相法密經，凡三千一百五言。空法塵，依佛智，莫過於般若波羅蜜多心經，凡二百五十八言。是八種經，具十二部，合一十一萬六千八百五十七言，三乘之要旨，萬佛之秘藏盡矣。是石壁積四重，高三尋，長十有五常，厚尺有咫。有石蓮敷覆其上下，有石神固護其前後。火水不能燒漂，風日不能摇消。所謂施無上法，盡未來際者也。唐長慶二年冬作，大和三年春成，律德沙門清晃矢厥謀，清海繼厥志。門弟子南容成之，道則終之，寺僧契元捨藝而書之，郡守居易施詞而讚之。讚曰：

佛涅槃後，世界空虚。惟是經典，與衆生俱。設有人書貝葉上，藏檀龕中。非堅非久，如蠟印空。假使人刺血爲墨，剥膚爲紙。即壞即滅，如筆畫水。噫！畫水不若文石，印蠟不若字金。其功不朽，其義甚深。故吾謂石經功德，契如來付囑之心。

【箋】

作於大和三年（八二九），五十八歲，洛陽，太子賓客分司。城按：輿地紀勝卷五平江府碑記載有重玄寺法華院石壁經碑文，即此文。又按：李慈銘越縵堂讀書記：「閲通考經籍志。長慶三年十月，白香山譔蘇州重玄寺法華院石壁金字經敘，言蓮華經、維摩詰經、金剛經、陀羅尼經、阿彌陀經、普賢法行經、法蜜經、波羅蜜多心經，是八種經具十二部，合一十一萬六千八百五十七字，三乘之要旨，萬佛之秘藏盡矣。洪文敏隨筆稱之以爲深通佛典。余謂香山本習浄土，所記特禪學宗旨耳。」考白氏此文乃大和三年作，非長慶三年十月作，李氏亦沿襲通考之誤。

〔重玄寺〕吴地記：「重玄寺，梁衛尉卿陸僧瓚天監二年旦暮見住宅有瑞雲覆之，遂奏請舍宅爲重雲寺。臺省誤寫爲『重玄』，時賜大梁廣德重玄寺。」又吴郡圖經續記：「唐時重玄寺閣一角忽墊，計數千緡方可扶薦。一匠云：『不足勞人，請得一夫斫楔可正也。』主寺者從之。僧食訖，輒持楔數片，登高敲斲，未逾月，閣柱悉正。」城按：此節蓋本之李肇所記，國史補卷中云：「蘇州重玄寺閣，一角忽墊，計其扶薦之功，當用錢數千貫。有遊僧曰：『不足勞人，請一夫斫木爲楔，可以正也。』寺主從之。僧每食畢，執柯登閣，敲椓其間。未逾月，閣柱悉正。」

〔阿彌陀經〕嚴元照蕙櫋雜記：「白樂天蘇州重玄寺碑數佛經八種，各列其字數。其數阿彌陀經一千八百字，較今所傳者少五十六字。或疑白公但舉成數，然餘七經皆數其奇零，不應此經獨舉成數也。」

【校】

〔題〕「重玄」，全文作「重元」，蓋避清諱改。下同。

「碑文」，文粹作「之碑」。

〔開士〕「士」，那波本訛作「示」。

〔五千〕「五」，馬本、全文俱作「九」，非。據宋本、那波本、文粹、盧校改正。

〔一十一萬六千八百五十七言〕城按：以上合計當作「一十一萬七千五十七言」，各本俱誤。

〔五常〕「常」，文粹作「丈」。

〔設有人〕「設」，馬本作「説」，非。據宋本、那波本、文粹改正。又全文「設」下有「復」字。

## 池上篇 并序

都城風土水木之勝在東南偏，東南之勝在履道里，里之勝在西北隅，西閈北垣第一第即白氏叟樂天退老之地。地方十七畝，屋室三之一，水五之一，竹九之一，而島樹橋道間之。初樂天既爲主，喜且曰：雖有臺池，無粟不能守也，乃作池東粟廩。又曰：雖有子弟，無書不能訓也，乃作池北書庫。又曰：雖有賓朋，無琴酒不能娱也，乃作池西琴亭，加石樽焉。樂天罷杭州刺史時，得天竺石一，華亭鶴二以歸，始作西平橋，開環池路。罷蘇州刺史時，得太湖石、白蓮、折腰菱、青板舫以歸，又作中高橋，通三島逕。罷刑部侍郎時，有粟千斛，書一車，洎臧獲之習筦磬絃歌者指百以歸。先是潁川陳孝山與釀法，酒味甚佳。博陵崔晦叔與琴，韻甚清。蜀客姜發授秋思，聲甚淡。弘農楊貞一與青石三，方長平滑，可以坐卧。大和三年夏，樂天始得請爲太子賓客，分秩於洛下，息躬於池上。凡三任所得，四人所與，泊吾不才身，今率爲池中物矣。每至池風春，池月秋，水香蓮開之旦，露清鶴唳之夕，拂楊石，舉陳酒，援崔琴，彈姜秋思，頽然自適，不知其他。酒酣琴罷，又命樂童登中島亭，合奏霓裳散序。聲隨風飄，或凝或散，悠揚於竹烟波月之際者久之。曲未竟而樂天陶然已醉睡於石上矣。睡起偶詠，非詩非賦，阿龜握筆，因題石間。視其粗成韻章，命爲池上篇云爾。

十畝之宅，五畝之園。有水一池，有竹千竿。勿謂土狹，勿謂地偏。足以容膝，足以息肩。有堂有亭，有橋有船。有書有酒，有歌有絃。有叟在中，白鬚飄然。識分知足，外無求焉。如鳥擇木，姑務巢安。如鼃居坎，不知海寬。靈鶴怪石，紫菱白蓮。皆吾所好，盡在我前。時引一盃，或吟一篇。妻孥熙熙，雞犬閑閑。優哉游哉，吾將終老乎其間。

【箋】作於大和三年（八二九），五十八歲，洛陽，太子賓客分司。見陳譜。

〔履道里〕見卷二三履道新居二十韻詩箋。

〈天竺石〉〈華亭鶴〉白氏洛下卜居詩（卷八）云：「三年典郡歸，所得非金帛。天竺石兩片，華亭鶴一雙。」

〈太湖石〉汪立名云：「按：公有奉和牛思黯太湖石兼呈夢得詩，其末云：『共嗟無此分，虛管太湖來。』自注：『與夢得俱典姑蘇，而不獲此石。』而此詩序中又云：『罷蘇州刺史時得太湖石』，豈歸洛既久，舊物皆不復存邪！」

〈白蓮〉白氏種白蓮詩（卷二六）云：「吴中白藕洛中栽，莫戀江南花懶開。萬里攜歸爾知否？紅蕉朱槿不將來。」問江南物詩（卷二七）：「歸來未及問生涯，先問江南物在耶？引手摩挲青石笋，迴頭點檢白蓮花。蘇州舫故龍頭暗，王尹橋傾鴈齒斜。別有夜深惆悵事，月明雙鶴在裴家。」

〈青板舫〉白氏感蘇州舊舫（卷三五）云：「畫梁朽折紅窗破，獨立池邊盡日看。守得蘇州船舫爛，此身豈合不衰殘。」

〈陳孝山〉即陳岵。元和元年登達於吏理可使從政科。見登科記考卷十六。白氏偶吟詩（卷二七）云：「元氏詩三帙，陳家酒一瓶。」又詠家醖十韻詩（卷二六）「新方要妙得於陳」句自注云：「陳郎中岵傳受此法。」

〈崔晦叔〉崔玄亮。白氏唐故虢州刺史贈禮部尚書崔公墓誌銘（卷七〇）：「遺誡諸子，其書大略云：……吾玉磬琴留别樂天，請爲墓誌云爾。」城按：玄亮卒於大和七年，此時所贈者當係另一琴。

〔秋思〕見卷二二和微之詩之二十三和嘗新酒詩箋。

〔楊貞一〕楊歸厚。劉集卷八管城新驛記：「大和二年閏三月，滎陽守歸厚上言，……太守姓楊氏，字貞一，華陰弘農人。」並參見卷十一初到忠州登東樓寄萬州楊八使君詩箋。

〔阿龜〕白行簡之子。見卷二〇路上寄銀匙與阿龜詩箋。

【校】

〔臺池〕「臺」下宋本、馬本俱脱「池」字，據那波本增。盧校作「池臺」。

〔始作〕「作」，馬本作「住」，非。據宋本、那波本、盧校改正。

〔太湖石〕盧校謂「石」下各本脱「五」字。

〔潁川〕「潁」，各本俱誤作「穎」，今改正。

〔大和〕「大」，馬本訛作「太」，據宋本、那波本改正。

〔鶴唳〕「唳」，馬本訛作「淚」，據宋本、那波本、盧校改正。

〔有亭〕「有」，馬本作「一」，非。據宋本、那波本、盧校改正。

〔有船〕「有」，馬本作「一」，非。據宋本、那波本、盧校改正。

〔飄然〕「飄」，盧校作「颩」。

〔如竈居坎〕「竈」，馬本訛作「龜」。城按：俞樾茶香室叢鈔卷八：「王應奎柳南隨筆云：莊子秋水篇：「子獨不聞夫埳井之鼃乎。……」白香山池上篇「如鼃居坎，不知海寬」，用此事也。坎字本即「埳」字，而鼃字頗近鼅字，近世相沿誤刻，前明如董尚書，今如王吏部皆喜寫池上篇，而「鼃」字不免沿誤作「鼅」，亦疏於考訂矣。」今據宋本、那波本、盧校改正。

## 因繼集重序

去年，微之取予長慶集中詩未對答者五十七首追和之，合一百一十四首寄來，題爲因繼集卷之一。因繼之解，具微之前序中。今年，予復以近詩五十首寄去，微之不踰月依韻盡和，合一百首，又寄來，題爲因繼集卷之二。卷末批云：更揀好者寄來。蓋示餘勇，磨礪以須我耳。予不敢退舍，即日又收拾新作格律共五十首寄去，雖不得好，且以供命。夫文猶戰也，一鼓作氣，再而衰，三而竭。微之轉戰，迨兹三矣。即不知百勝之術多多益辨耶！抑又不知鼓衰氣竭，自此爲遷延之役耶！進退唯命。微之，微之！走與足下和答之多，從古未有。足下雖少我六七年，然俱已白頭矣。竟不能捨章句，抛筆硯，何癖習如此之甚歟！而又未忘少年時心，每因唱酬，或相侮謔，忽忽自哂，况他人乎？因繼集卷且止於三可也。忽恐足下懶發，不能成就至三，前言戲之者，姑爲巾幗之挑耳。然此一戰後，師亦老矣，宜其櫜弓匣刃，彼此與心休息乎！和晨興一章録在別紙。語盡於此，亦不修書。二年十月十五日，樂天重序。

【箋】

作於大和二年（八二八），五十七歲，長安，刑部侍郎。城按：白氏和微之詩二十三首序（卷二二）云：「微之又以近作四十三首寄來，命僕繼和。……況曩者唱酬，近來因繼，已十六卷，凡千餘首矣。其爲敵也，當今不見。其爲多也，從古未聞。所謂天下英雄唯使君與操耳。」元稹前序已佚，「因繼」之意義，亦可於此略獲其解。又白氏集後記云：「又有元白唱和因繼集共十七卷，……」

〔和晨興〕見卷二二和微之詩二十三首。

【校】

〔卷之二〕此下那波本、全文俱無注。

〔予復〕二字宋本、那波本俱誤倒。

〔須我〕「須」，英華作「戰」，注云：「集作『須』」。

〔益辨〕「辨」，宋本、全文俱作「辧」。盧校：「『辧』、『辨』古亦通。」英華作「辯」。城按：「辨」、「辯」字通。

〔筆硯〕英華作「筆研」。
〔姑爲〕全文作「殆爲」。
〔宜其〕「宜」下馬本、全文俱脱「其」字，據宋本、那波本、英華、盧校補。
〔重序〕此下英華有「復以詩」三字，注云：「京本作『復以近詩』。」

## 劉白唱和集解

彭城劉夢得，詩豪者也。其鋒森然，少敢當者。予不量力，往往犯之。夫合應者聲同，交争者力敵，一往一復，欲罷不能。繇是每製一篇，先相視草。視竟則興作，興作則文成。一二年來，日尋筆硯，同和贈答，不覺滋多。至大和三年春已前，紙墨所存者凡一百三十八首。其餘乘興扶醉，率然口號者，不在此數。因命小姪龜兒編録，勒成兩卷。仍寫二本，一付龜兒，一授夢得小兒崙郎，各令收藏，附兩家集。予頃以元微之唱和頗多，或在人口，常戲微之云：僕與足下，二十年來爲文友詩敵，幸也，亦不幸也。吟詠情性，播揚名聲，其適遺形，其樂忘老，幸也。然江南士女語才子者，多云元、白，以子之故，使僕不得獨步於吴、越間，亦不幸也。今垂老復遇夢得，得非重不幸耶！夢得，夢得！文之神妙，莫先於詩。若妙與神，則吾豈敢？如夢得「雪裏高山頭白早，海中仙果子生遲」、「沉舟側畔千帆過，病樹前頭萬木春」之句之類，真謂神妙。在在處處應當有靈物護之。豈唯兩家子姪秘藏而已！己酉歲三月五日，樂天解。

【箋】

作於大和三年（八二九），五十八歲，長安，刑部侍郎。見陳譜。城按：白氏與劉蘇州書（卷六八）云：「僕與閣下在長安時，合所著詩數百首，題爲劉白唱和集卷上下。……今復編而次焉，以附前集，合成三卷，題此卷爲下，遷前下爲中，命名劉白吳洛寄和卷。」又白氏集後記稱「劉白唱和集五卷」，則係後來又增編者。此題稱「劉白唱和集解」而不云序者，蓋避禹錫父緒嫌名也。

〔崙郎〕劉集卷二〇名子説：「長子曰咸允，字信臣。次曰同廙，字敬臣。」又全詩卷三五二有柳宗元殷賢戲批書後寄劉連州并示孟崙二童詩，孟郎當是禹錫長子，咸允之乳名，崙郎當是次子同廙之乳名。

〔雪裹高山頭白早四句〕城按：禹錫「雪裹高山頭白早，海中仙果子生遲」、「沉舟側畔千帆過，病樹前頭萬木春」之句，簡鍊沉著，微婉含蓄，蓋正爲樂天之所短，故於此傾倒備至。而王士禛乃痛詆之，其香祖筆記卷五云：「白樂天論詩多不可解，如劉夢得『雪裹高山頭白早，海中仙果子生遲』、『沉舟側畔千帆過，病樹前頭萬木春』等句，最爲下劣，而樂天乃極賞歎，以爲此等語在在當有神物護持，悖謬甚矣。元、白二集瑕瑜雜陳，持擇須慎，初學人尤不可觀之。白古詩晚歲重複什而七八，絶句作眼前景語，却往往入妙。如『上得籃輿未能去，春風敷水店門前』、『可憐九月初三夜，露似珍珠月似弓』之類，似出率意，而風趣復非雕琢可及。」又池北偶談卷十四云：「樂天作劉白唱和集解，獨舉夢得『雪裏高山頭白早，海中仙果子生遲』、『沉舟側畔千帆過，病樹前頭萬木春』，以爲神妙，且云『此等語在在處處應有靈物護之』，殊不可曉。宜元、白於盛唐諸家興會超詣之妙，全未夢見。」其實所謂盛唐之作，當元和時已視同土飯陳羹，樂天所論，尤非功力遠不及之淺人如漁洋者所能置喙也。

【校】

〔大和〕「大」，馬本、全文俱作「太」，非。據宋本、那波本改正。

〔以子之故〕「子」上那波本衍「予」字。

〔海中仙果子生遲〕「果」下那波本脱「子」字。

## 祭中書韋相公文

維大和三年歲次己酉，六月己酉朔，三十日戊寅，中大夫、守太子賓客分司東都、上柱國、晉陽縣開國男、食邑三百户、賜紫金魚袋白居易，謹以茶果之奠，敬祭于故中書侍郎平章事、贈司空韋公德載：惟公忠貞大節，輔弼嘉謨，倚注深恩，哀榮盛禮。伏見册贈制中已詳。惟公世禄官業，家行士風，茂學清詞，沖襟弘度。伏見碑誌文中已詳。此不重書，但申夙願。公佩服世教，棲心空門。外爲君子儒，内修菩薩行。常接餘論，許追高蹤。元和中，出守開、忠二郡日，公先以喻金鑛偈相問，往復再三。繇是法要心期，始相會合。長慶初，俱爲中書舍人日，尋詣普濟寺宗律師所，同受八戒，各持十齋。繇是香火因緣，漸相親近。及公居相位，走在班行。公府私家，時一相見，佛乘之外，言不及他，誓趨菩提，交相度脱。去年臘月，勝業宅中，公云必結佛緣，無如願力。因自開經篋，出大方廣佛華嚴經中十願品一通，合掌焚香，口讀手授。云自持護，始傳一人。曾未經旬，公即捐館。追思覆視，似不偶然。今即日於道場齋心持念，一願一禮，如公在前。以至他生，不敢廢墜。若與公同科第，聯官寮，奉笑言，蒙推奬，窮通榮悴之感，離合存殁之悲，盡成虚空，何足言歎？今兹薦奠，不設葷腥。庶幾降臨，鑒察精意。噫！浮生是幻，真諦非空。靈鷲山中，既同前會；兜率天上，豈無後期？嗚呼韋君！先後間耳。伏惟尚饗！

【箋】

作於大和三年（八二九），五十八歲，洛陽，太子賓客分司，見陳譜。

〔中書韋相公〕韋處厚。字德載。寶曆二年十二月，拜中書侍郎、同中書門下平章事。大和二年十二月，卒。年五十六。贈司空。見舊書卷一五九、新書卷一四二本傳、舊書卷十七上文宗紀。又白氏大和三年初作和自勸詩（卷二二）自注云：「韋中書、孔京兆、錢尚書、崔華州，十五日間相次病逝。」

〔普濟寺〕見卷二一題道宗上人十韻并序箋。

〔宗律師〕僧道宗。卷二一題道宗上人十韻并序。云：「普濟寺律大德宗上人法堂中有故相國鄭司徒、歸尚書、陸刑部、元少尹及今吏部鄭相、中書韋相、錢左丞詩，覽其題，皆與上人唱酬。」其中所稱之「中書韋相」即韋處厚。

〔勝業宅〕勝業坊韋處厚宅。城按：勝業坊在長安朱雀門街東第四街。

【校】

〔大和〕「大」，馬本、全文俱誤作「太」，據宋本、那波本、英華改正。

〔六月己酉朔〕「己」，英華作「乙」，誤。

〔嘉謨〕英華作「嘉謩」。

〔常接〕英華作「嘗接」，注云：「集作『常』。」

〔菩提〕英華作「菩徒」，非。

〔交相〕「相」，英華作「親」，注云：「集作『相』。」

〔必結〕「必」，英華作「心」，注云：「集作『必』。」

〔十願品〕「十」上英華無「中」字，注云：「京本有『中』字。」

〔一禮〕「禮」，馬本、全文俱作「力」，非。據宋本、那波本、英華、盧校改正。

〔若與〕「若」上英華有「至」字。

〔精意〕「精」，英華作「情」，注云：「集作『精』。」

# 祭弟文

維大和二年歲次戊申，十二月壬子朔，三十日辛巳，二十二哥居易以清酌庶羞之奠致祭于郎中二十三郎知退之靈：日月不居，新婦龜兒等疊酷如昨。俯及歲暮，奄過大祥。禮制云終，追號永遠。哀纏手足，悲裂肝心。痛深痛深，孤苦孤苦！嗚呼！自爾去來，再周星歲。前事後事，兩不相知。今因奠設之時，粗表一二。吾去年春授秘書監賜紫，今年春除刑部侍郎。孤苦零丁，又加衰疾。殆無生意，豈有宦情？所以僶俛至今，待終龜兒服制。今已請長告，或求分司，即擬移家，盡居洛下。亦是夙意，今方決行。養病撫孤，聊以終老。合家除蘇蘇外，並是通健。龜兒頗有文性，吾每自教詩書，三二年間，必堪應舉。阿羅日漸成長，亦勝小時。吾竟無兒，窮獨而已。茶郎叔母已下，並在鄭滑，職事依前。蘄蘄、卿娘、盧八等同寄蘇州，免至飢凍。遥憐在符離莊上，亦未取歸。宅相得彭澤場官，各知平善。骨兜、石竹、香鈿等三人久經驅使，昨大祥齋日，各放從良。尋收膳娘，新婦看養。下邽楊琳莊，今年買了，并造院堂已成。往日亦曾商量，他時身後甚要新昌西宅，今亦買訖。爾前後所著文章，吾自檢尋編次，勒成二十卷，題爲白郎中集。嗚呼！詞意書跡，無不宛然。唯是魂神，不知去處。每開一卷，刀攪肺腸；每讀一篇，血滴文字。擬憑崔二十四舍人譔序，他日及吾文集，同付龜、羅收傳。前年已來，合家所造齋供功德，皆領得否？朔望晨夕，饗奠復嘗來無？不諭音容，潛殁已久。乃至夢寐，相見全稀。豈幽冥道殊，莫有拘礙；將精爽還散，杳無覺知？不然，何一去三年而茫昧若此？吾今頭白眼暗，筋力日衰。黄壤之期，亦應不遠。但恐前後乖隔，不知得見爾無？下邽北村，爾塋之東，是吾他日歸全之位。神縱不合，骨且相依。豈戀餘生？願畢此志。嗚呼！奠筵將徹，幃帳欲收。此生之間，豈有見日？未死之際，應無忘期。仰天一號，心骨破碎。猶冀萬一，聞吾此言。痛心痛心，千萬千萬！尚饗！

【箋】作於大和二年（八二八），五十七歲，長安，刑部侍郎。陳譜大和二年戊申：「除夜知退大祥，有祭文。」

〔知退〕居易弟行簡，字知退。見卷二四歲暮寄微之詩之一箋。城按：行簡曾爲主客、膳部、度支等郎中。見郎官考卷十三、舊書卷一六六白居易傳、白氏醉吟先生墓誌銘。

〔龜兒〕白行簡子。見卷二〇路上寄銀匙與阿龜詩箋。城按：吴騫尖陽叢筆卷九：「翰府名談：『白龜年遇李太白，遺書一卷曰：讀之可辨九天禽語，大地禽言。……龜年，樂天之姪也。』」所記雖荒誕不經，然亦爲龜兒名龜年之一證。

〔阿羅〕居易之女。見卷十六羅子詩箋。

〔宅相〕居易大兄白幼文之子。白氏祭浮梁大兄文（卷四〇）云：「宅相癡小，居易無男，撫視之間，過於猶子。」

〔新昌西宅〕居易長安新昌坊宅。見卷十九新昌新居書事四十韻因寄元郎中張博士詩箋。城按：居易新昌宅購於長慶元年二月，據此文知大和二年又加擴充，至大和九年售去。

〔崔二十四舍人〕崔咸。據文苑英華卷三八二授賈餗等中書舍人制，崔咸自職方郎中、知制誥遷中書舍人。又勞格郎官考卷五據新書賈餗傳，謂此番遷授在大和三年七月。則白氏作此文時，咸方爲職方郎中、知制誥，知制誥在唐人文字中亦得稱爲舍人。並參見卷十六惜落花贈崔二十四詩箋。

【校】

〔疊酷〕「疊」，馬本、全文俱作「曡」，據宋本、那波本、盧校改。城按：「疊」、「曡」字通。

〔三二年〕馬本、全文俱作「二三年」，據宋本、那波本乙轉。

〔院堂〕宋本、那波本俱作「堂院」。

## 祭李司徒文

維大和四年歲次庚戌，七月癸酉朔，十九日辛卯，中大夫、守太子賓客分司東都、上柱國、賜紫金魚袋白居易，内重表弟朝請大夫、守少府監、上柱國李翺，謹以清酌庶羞之奠敬祭于故相國、興元節度、贈司徒李公：惟公之生，樹名致節，忠貞諒直，天下所仰。惟公之殁，遭罹禍亂，寃憤痛酷，天下所知。雖千萬其言，終不能盡。故兹奠次，但寫私誠。居易應進士時，以鄙劣之文，蒙公稱獎。在翰林日，以拙直之道，蒙公扶持。公雖徇公，愚則受賜。或中或外，或合或離。契闊綢繆，三十餘載。至於豆觴之會，軒蓋之遊，多奉光塵，最承歡惠。眷遇既深於常等，痛憤實倍於衆情。永訣奈何，長慟而已。翺情兼中外，分辱眷知。綿以歲時，積成交舊。敢申薄奠，庶鑒微衷。

嗚呼哀哉，伏惟尚饗！

【箋】作於大和四年（八三〇），五十九歲，洛陽，太子賓客分司。陳譜大和四年庚戌：「有同李翺祭李司徒文，李絳也。是歲遇害於興元。」

〔李司徒〕李絳。字深之。趙郡贊皇人。元和二年，自監察御史充翰林學士，與白居易同在院，情誼甚篤。元和六年，拜中書侍郎、同中書門下平章事。同列李吉甫便僻善逢迎帝意，絳梗直，多所規諫，故與吉甫不協。大和二年，出爲興元尹、山南西道節度使。四年二月，在鎮爲亂兵所害，贈司徒。見舊書卷一六四，新書卷一五二本傳及舊書卷十五憲宗紀、卷十七下文宗紀、重修承旨學士壁記。

〔李翺〕見卷五一張植李翺等二十人亡母追贈郡縣夫人制箋。按：翺大和初入朝爲諫議大夫，三年二月拜中書舍人。後坐謬舉柏耆左授少府少監。大和五年十二月，自鄭州刺史遷桂管觀察使。見舊書卷一六〇、新書卷一七七本傳及舊書文宗紀。可知白氏草此文時翺在長安，惟文中作「少府監」，非少府少監，與本傳異，俟考。并參見卷五一張植李翺等二十人亡母追贈郡縣夫人制箋。

【校】〔歲次庚戌〕「庚戌」，各本俱誤作「戊戌」，今改正。

〔樹名致節〕「致」，馬本、全文俱作「制」，非。據宋本、那波本、盧校改正。英華作「樹置名節」。

〔遭罹〕「遭」，英華作「連」，注云：「集作『遭』。」

〔禍亂〕「亂」，英華作「變」，注云：「京本作『亂』。」

〔故兹〕「故」，英華作「兹」，注云：「集作『兹』。」

〔進士時〕「士」下英華無「時」字。

〔永訣〕「訣」，宋本、那波本、盧校俱作「決」。

〔薄奠〕「奠」，英華作「酬」，注云：「集作『酬』。」

## 祭微之文

維大和五年歲次辛亥，十月乙丑朔，十日辛巳，中大夫、守河南尹、上柱國、晉陵縣開國男、食邑三百户、賜紫金魚袋白居易，以清酌庶羞之奠，敬祭于故相國、鄂岳節度使、贈尚書右僕射元公微之：惟公家積善慶，天鍾粹和。生爲國禎，出爲人瑞。行業志略，政術文華，四科全才，一時獨步。雖歷將相，未盡謨猷。故風聲但樹於蕃方，功利不周於夷夏。噫！此蒼生之不大遇也，在公豈有所不足耶？詩云：「淑人君子，胡不萬年？」又云：「如可贖兮，人百其身。」此古人哀惜賢良之懇辭也。若情理憤痛，過於斯者，則號呼壹鬱之不暇，又安可勝言哉？嗚呼微之！貞元季年，始定交分。行止通塞，靡所不同；金石膠漆，未足爲喻。死生契闊者三十載，歌詩唱和者九百章，播於人間，今不復叙。至於爵禄患難之際，寤寐憂思之間，誓心同歸，交感非一。布在文翰，今不重云。唯近者公拜左丞，自越過洛，醉别悲吒，投我二詩云：「君應怪我留連久，我欲與君辭别難。白頭徒侶漸稀少，明日恐君無此歡。」又曰：「自識君來三度别，這迴白盡老髭鬚。戀君不去君須會，知得後迴相見無。」吟罷涕零，執手而去。私揣其故，中心惕然。及公捐館於鄂，悲訃忽至，一慟之後，萬感交懷。覆視前篇，詞意若此。得非魄兆先知之乎！無以繼寄悲情，作哀詞二首，今載於是，以附奠文。其一云：「八月涼風吹白幕，寢門廊下哭微之。妻孥親友來相弔，唯道皇天無所知。」其二云：「文章卓犖生無敵，風骨精靈殁有神。哭送咸陽北原上，可能隨例作埃塵？」嗚呼微之！始以詩交，終以詩訣。絃筆兩絶，其今日乎！嗚呼微之！三界之間，孰不生死？四海之内，誰無交朋？然以我爾之身，爲終天之别。既往者已矣，未死者如何？嗚呼微之！六十衰翁，灰心血淚，引酒再奠，撫棺一呼。佛經云：凡有業結，無非因集。與公緣會，豈是偶然？多生已來，幾離幾合？既有今别，寧無後期？

公雖不歸，我應繼往。安有形去而影在，皮亡而毛存者乎？嗚呼微之！言盡於此。尚饗！

【箋】

作於大和五年（八三一），六十歲，洛陽，河南尹。見陳譜。城按：顧成志課餘偶筆：「有云祭文近於輓辭，不可無韻，然輓辭與祭文體自不同，毋庸泥此。唐人如駱右丞、宋延清儷語有無韻者，張燕公、權文公散體有無韻者，亦有四言無韻者。凡情矣之作，則皆無韻，如昌黎祭十二郎文，劉夢得之祭柳，白樂天之祭元，李義山之祭外舅，皆是也。」

〔微之〕元稹。大和五年七月二十二日卒於鄂岳節度使任所。見白氏元稹墓誌銘（卷七〇）。

〔公拜左丞〕舊書卷十七上文宗紀：「（大和三年九月）戊戌，以前睦州刺史陸亘爲越州刺史、浙東觀察使代元稹。以稹爲尚書左丞代韋弘景。」

〔投我二詩〕城按：此二詩，元集不載，全詩卷四二三元稹詩題作過東都別樂天二首，蓋輯自白集。

【校】

〔哀詞二首〕即卷二七哭微之二首詩。

〔題〕英華作「祭元相公文」。

〔大和〕全文誤作「太和」。

〔歲次辛亥〕「辛亥」，各本俱訛作「己亥」，據英華改正。

〔晉陵〕據本集前後各文及舊唐書、新唐書本傳，當作「晉陽」，「陵」字疑誤。

〔以清酌〕「以」上英華有「謹」字。

〔元公〕各本俱誤作「元相」，據英華改正。

〔微之〕此下英華有「之靈」二字。

〔蕃方〕英華作「藩方」。城按：「蕃」、「藩」字通。

〔大遇也〕「遇」上馬本、全文俱脱「大」字，據宋本、那波本、英華補。

〔壹鬱〕「壹」，馬本、全文俱作「抑」，非。據宋本、那波本、盧校改正。英華作「噎鬱」，「噎」下注云：「集作『呼壹』。」

〔三十載〕「三」上英華有「近」字，注云：「集無此字。」

〔人間〕英華作「人聽」，注云：「集作『聞』。」

〔悲吒〕馬本、全文俱作「愁淚」，非。據宋本、那波本、英華、盧校改正。

〔辭別〕「辭」，英華作「離」，注云：「集作『辭』。」

〔又曰〕「曰」，英華作「云」，注云：「集作『曰』。」

〔這迴〕「這」，英華作「遮」，注云：「集作『這』。」

〔私揣〕「揣」，英華作「怪」，注云：「集作『揣』。」
〔悲訃〕「訃」，英華作「訊」，注云：「集作『訃』。」
〔萬感〕「感」，英華作「恨」，注云：「集作『感』。」
〔魄兆〕全文作「魂兆」。
〔先知之乎〕英華作「將先知乎」，注云：「集作『先知之乎』。」
〔哀詞二首〕「二首」，英華作「三章」，注云：「集作『首』。」
〔埃塵〕此下英華有「其三云今在豈有相逢日未死應無暫忘時從此三篇收淚後終身無復更吟詩」三十一字。城按：本集及全詩俱未載此詩。
〔詩訣〕宋本作「詩決」。
〔其今日乎〕「日」下英華無「乎」字。
〔孰不生死〕英華作「應不生死」，注云：「集作『孰不生死』。」
〔誰無交朋〕「無」下英華衍「無」字。「交」，英華作「友」，注云：「集作『交』。」
〔血淚〕「淚」，英華作「流」，注云：「集作『淚』。」
〔既有今別〕英華無此四字。

# 唐故湖州長城縣令贈户部侍郎博陵崔府君神道碑銘 并序

公諱孚，字某，古太嶽胤也，今博陵人也。唐、虞之際，因生爲姜姓。暨周封齊，分類曰崔氏。長源遠派，大族清門。珪組賢俊，準繩濟美。斯崔氏所以綿千祀而甲百族也。隋散騎常侍諱洽，公六代祖也。唐冀州武强令諱紹，曾祖也。監察御史諱預，王父也。常州江陰令育，皇考也。公幼以門蔭子補太廟齋郎。初調授汝州葉縣尉，再調改宋州單父尉。時天寶末，盜起燕、薊，毒流梁、宋，屠城殺吏，如火燎原。單父之民，將墜塗炭。公感激奮發，仗順興兵。挫敗賊徒，保全鄉縣。拳勇之旅，歸之如雲。方欲糾合貔虎，殿誅蛇豕，京觀羣盜，金湯一方。本道節度使奇之，將議上聞，會有同事者争功，陰相傾奪。公超然脱屣，遂以族行。東游江、淮，安時俟命。屬吴王出閤領鎮，求才撫人，常聞公名，試以吏事。遂表請爲宋城尉，事舉，移假漣水令，賞緋魚袋。縣政修，轉常州録事參軍。糾察課成，浙東採訪使聞之，奏授越州餘姚令。吏畏人悦，歲未滿，浙西採訪使知之，奏改湖州長城令。長城之理，又加於前二邑焉。政成秩滿，解印罷去。優游自得，獨善其身。興元元年，疾殁於宋。大和五年，遷葬於洛。享年若干，詔贈尚書户部侍郎。夫人隴西李氏，追封岐國夫人，皆從子貴也。公爲人儀表魁梧，氣概倜儻，負不羈之才，慕非常之功。始發軔於單父，志立而功不就。終税駕於長城，道行而位不達。善慶所積，實生司空。司空諱弘禮，公之幼子也。以學發身，以文飾吏，以幹蠱克家，以忠壯許國。典十郡，領二鎮，再釐東土，追命上公。雖天與之才，國與之位，亦由公義方之訓輔而成焉。大丈夫貯蓄材術，樹置功利，鎡錤富貴，焯燿家邦，不當其身而得於後。父析子荷，相去幾何？嗚呼崔公！何不足之有？按國典：官五品已上墓廟得立碑。又按喪葬令：凡諸贈官得同正官之制。其孫彦防、彦佐等奉父命，述祖德，揭石于墓，勒銘于碑。銘曰：

天無全功，賢無全福。既享天爵，難兼世禄。矯矯崔公，道積厥躬。大志長略，卷于懷中。黄綬遏寇，思奮奇功。銅印字人，躬行古風。才高位下，步闊塗窮。音戢羽翮，不展心胸。天道有知，善積慶鍾。昭哉報施，其在司空。

【箋】

作於大和五年（八三一），六十歲，洛陽，河南尹。城按：此碑寰宇刻叢編四清河縣下引訪碑録作崔弘禮碑，誤，居易撰書者乃弘禮父碑也。

〔湖州長城縣〕本漢烏程縣地。晉太康三年分其地置長城縣。唐屬湖州。見元和郡縣志卷二五。

〔弘禮〕舊書卷一六三崔弘禮傳：「崔弘禮，字從周，博陵人。北齊懷遠之七代孫。祖育，常州江陰令。父孚，湖州長城令。……文宗即位，就加檢校左僕射。理鄆三載，改授東都留守。仍遷刑部尚書，詔赴闕，以疾未至。太（大）和四年十月，復除留守。是歲十二月卒，年六十四，贈司空。」城按：舊書卷十七下文宗紀：「（大和四年十二月）癸亥（二十三日），東都留守崔弘禮卒。」則弘禮卒時，居易猶未除河南尹，此碑云「其孫彦防彦佐等奉父命」，當係四年末弘禮未卒時所請託。

〔其孫〕南雷文定三集卷三：「昌黎碑誌只書子女，更無書孫者。孫逖爲杜義寬碑，書孫以表其墓。權文公爲王端碑，書孫以葬其王父。白樂天碑崔孚，書孫以求其文。張曲江爲吕處真書其孫女，爲李仁瞻書其孫。李迴秀爲裴希惇書其孫。皆以立碑故，其他皆不書也。至宋則書孫矣。」

【校】

〔題〕英華作「故湖州長城縣令贈户部侍郎博陵崔府君神道碑」。

〔準繩〕此下英華注云：「一作『繩繩』」。

〔公六代祖〕「六」上馬本脱「公」字，據宋本、那波本、英華、全文、盧校增。

〔江陰令〕「令」下英華有「諱」字。

〔蔭子〕「蔭」，英華作「門」，注云：「集作『蔭』字」。

〔鄉縣〕英華作「鄉原」。

〔之旅〕「旅」，英華作「女」。

〔事舉〕「舉」，英華作「畢」，注云：「集作『舉』。」

〔課成〕「成」，馬本、全文俱作「賦」，非。據宋本、那波本、英華、盧校改正。

〔岐國夫人〕「岐」，英華誤作「鼓」。「夫」上英華有「太」字，注云：「集無此字。」

〔領二鎮〕「二」，英華作「三」。

〔上公〕英華作「上功」。

〔天與之才〕此下馬本脱「之才國與」四字，據宋本、那波本、英華、全文、盧校增。

〔鎡錤〕宋本、那波本、英華俱作「鎡基」。城按：「鎡錤」亦作「鎡基」。

〔心胸〕「胸」，英華字缺。

〔慶鍾〕「鍾」，馬本作「終」，非，據宋本、那波本、英華、全文改正。

## 大唐泗州開元寺臨壇律德徐泗濠三州僧正明遠大師塔碑銘 并序

娑婆世界中有釋迦如來，出爲上首。如來滅後，像法中或羅漢僧，或菩薩僧，在在處處，出爲上首。佛道未喪，間生其人。故泗州開元寺臨壇律德大師，實一方上首也。大師譙郡酇人，世姓暴氏，僧號明遠。七歲依本郡霈禪師出家，十九從泗州靈穆律師受具戒，五夏通四分律、俱舍論，乃升講座，乃登戒壇。元和元年，衆請充當寺上座。明年，官補爲本州僧正，統十二部。開元寺北地二百步，作講堂七間，僧院六所。淮、泗間地卑多雨潦，歲有水害。師與郡守蘇遇等謀於沙湖西隙地創避水僧坊，建門廊廳堂廚廄二百間，植松杉楠檉檜一萬本。由是僧與民無墊溺患。旋屬災焚本寺，寺殲像滅僧潰者數年。師與徐州節度使王侍中有緣侍中名智興。遂合願叶力，再造寺宇。乃請師爲三郡僧正，奏乞連置戒壇。因其施利，廓其規度。侍中又以家財萬計助而成之。自殿閣堂亭廊庖廩藏，洎僧徒臧獲傭保馬牛之舍，凡二千若干百十間。其中像設之儀，器用之具，一無闕者。長慶五年春作，大和元年秋成，輪奐莊嚴，星環棋布。如自地踊，若從天降。供施無虚日，鍾梵有常聲。四衆知歸，萬人改觀。於是增上慢者起敬，種善根者發心。利喜饒益，叵能具舉。若非大師於福智僧中而得第一，若非侍中於敬信人中亦爲第一，則安能大作佛事而中興像教者乎？故如來所謂我滅後我法傳授於弟子，囑於大臣，斯言信矣。師以大和八年十二月十九日齋時終於本寺本院。是月二十九日，道俗衆萬輩，恭敬悲泣，備涅槃威儀，遷全身歸于湖西塼塔，遵本教而奉先志也。報年七十，僧臘五十有一。始出家訖于遷化，志業行願，道力化緣，引而伸之，隨日廣大。前後臨戒壇者八，登律座者十有五。僧尼得度者三萬衆，江、淮行化者四十年。或疑是人如來所使羅漢菩薩，吾焉知之？初大師以功德爲心，既成而化；侍中以譔録見託，未就而薨。今按弟子僧僧亮、元素行狀序而銘之。嗚呼！所以滿大師之願，終侍中之志也。銘曰：

平地踊塔，多寶示現。險路化城，導師方便。緊我大師，亦有大願。像法是弘，塔廟是建。佛人交接，兩得相見。法有毗尼，衆有僧尼。承教於佛，得度於師。宣傳戒藏，振起律儀。四十餘載，勤而行之。福德如空，不可思議。緣合而來，功成而去。如性不動，色身無住。示有遷化，非實滅度。表塔勒銘，門人戀慕。

【箋】

作於大和八年（八三四），六十三歲，洛陽，太子賓客分司。

〔泗州開元寺〕明統志卷七鳳陽府：「開元寺在舊府城東門内，又名莊臺寺，唐開元間建。」城按：泗州開元寺，貞元間遭火焚，貞元十五年修復。見李翱泗州開元寺鐘銘。此文謂「旋屬災焚本寺」，當係又一次被焚。

〔上座〕唐六典卷四：「每寺上座一人，寺主一人，都維那一人，共綱統衆事。」唐律疏議卷六名例六：「疏議曰：觀有上座、觀主、監齋；寺有上座、寺主、都維那。是爲三綱。」

〔王侍中〕王智興。長慶初，充武寧軍節度使。大和初，進位侍中。見舊書卷一五六本傳。

【校】

〔譙郡〕「譙」，馬本訛作「醮」，據宋本、那波本、全文、盧校改正。

〔有緣〕此下那波本、全文無注。

〔器用〕「器」，宋本作「𦉥」。

〔五年〕城按：長慶僅四年，「五」當爲「四」之訛文，各本俱誤。

〔叵能〕「叵」，馬本、全文俱訛作「巨」，據宋本、那波本、盧校改正。

〔僧僧亮〕全文作「僧元亮」。

〔衆有僧尼〕「衆」，馬本、全文俱作「象」，非。據宋本、那波本、盧校改正。

〔如性〕「如」，馬本、全文俱作「知」，非。據宋本、那波本改正。

## 東都十律大德長聖善寺鉢塔院主智如和尚茶毗幢記

浮圖教有茶毗威儀，事具涅槃經。陀羅尼門有佛頂呪功德，事具尊勝經。經文甚詳，此記不載。今但載大師僧行佛事，興建幢義趣而已。大師姓吉，號智如，絳郡正平人。自孩及童，不飲酒，不茹葷，不食肉，不兒戲。年十二，授經於僧皎。二十二受具戒於僧晤，學四分律於曇濬律師，通楞伽思益心要於法凝大師。貞元中，寺舉省選，累補昭成、敬愛等五寺開法臨壇大德。繇是行寖高，名寖重，僧尼輩請以聖善寺勑置法寶嚴持院處之。居十年而法供無虚日，律講無虚月。使疑者信，惰者勤，增上慢者退。僧風驟變，佛事勃興，實我師傳授誘誨之力也。大和八年十二月二十三日，終於本院。報年八十六，僧夏六十五。明年正月十五日，合都城道俗萬數，具涅槃儀，移窆於龍門祖師塔院。又明年某月某日，用闍維法遷祔於奉先寺祖師塔西而建幢焉。噫！大師自出家至即世，前後講毗尼三十會，度苾蒭百千人，秉律登壇，施法行化者五十五載。而身相長大，面相端嚴，心不放逸，口無戲論。四部瞻仰，敬而畏之。矧又以直心坐道場，以密行傳法藏。爲東王城十大德首，爲南贍部八關戒師。名冠萬僧，利及百衆。所謂提智慧劍，破煩惱賊，撾無畏鼓，降内外魔，凜乎佛庭之直臣，鬱乎僧壇之大將者也。初師之將遷化也，無病無惱，晏坐齋心。領一童詣諸寺，遇像致敬，逢僧與遊。口雖不言，心若默别。後數日而化，識者異之。及臨盡滅也，告弟子言：我殁後當依本院先師遺法，勿塔勿墳，唯造佛頂尊勝陀羅尼經一幢，寘吾茶毗之所。吾形之化，吾願常在。願依幢之塵之影，利益一切衆生，吾願足矣。今院主上首弟子振公洎傳法受遺侍者弟子某等若干人，合力建幢，以畢師志。振輩以居易辱爲是院門徒者有年矣，又十年以還，蒙師授八關齋戒見託爲記，附于真言。蓋欲以奉本教而滿先願，尋往因而集來果也。欲重宣此義，以一偈贊之。偈云：

幢功德甚大，師行願甚深。孰見如是幢，不發菩提心？

【箋】

作於開成元年(八三六)，六十五歲，洛陽，太子少傅分司。

〔聖善寺〕見卷六八如信大師功德幢記箋。

〔智如〕見卷二五與僧智如夜話詩及卷六八如信大師功德幢記。

〔振公〕白氏聖善寺白文文集記(卷七〇)云：「與今長老振大士爲香火之社。」

【校】

〔曇〕馬本注云：「徒含切。」

〔大和〕「大」，馬本、全文俱作「太」，非。據宋本、那波本改正。

〔塔院〕「院」，馬本、全文俱作「陂」，非。據宋本、那波本、盧校改正。

〔苾蒭〕「苾」，馬本注云：「覓筆切。」

〔秉律〕「秉」，全文作「乘」。
〔撾〕馬本注云：「莊加切。」
〔陀羅尼經〕「尼」下宋本、那波本俱無「經」字。

白居易集箋校卷第六十九

# 白居易集箋校卷第七十

## 銘誌贊序祭文記辭傳 凡十八首

### 酒功贊 并序

晉建威將軍劉伯倫嗜酒，有酒德頌傳於世。唐太子賓客白樂天亦嗜酒，作酒功贊以繼之。其詞云：

麥麴之英，米泉之精。作合爲酒，孕和産靈。孕和者何？濁醪一樽。霜天雪夜，變寒爲温。産靈者何？清醑一酌。離人遷客，轉憂爲樂。納諸喉舌之内，淳淳泄泄上音諄，下音裔。醍醐沆瀣；沃諸心胸之中，熙熙融融，膏澤和風。百慮齊息，時乃之德。萬緣皆空，時乃之功。吾常終日不食，終夜不寢。以思無益，不如且飲。

【箋】

作於大和二年（八二八）至大和四年（八三〇），洛陽。城按：此卷那波本編在卷六一。

【校】

〔有酒〕「有」下英華注云：「一作『作』。」

〔傳於世〕「傳」下英華注云：「一作『行』。」

〔霜天〕此下英華注云：「一作『月』，或作『朝』。」

〔淳淳泄泄〕此下那波本、馬本、英華、全文俱無注，據宋本增。

〔醍醐〕馬本「醍」下注云：「他禮切。」「醐」下注云：「洪孤切。」

〔沆瀣〕馬本「沆」下注云：「何黨切。」「瀣」下注云：「何戒切。」

## 唐故武昌軍節度處置等使正議大夫檢校户部尚書鄂州刺史兼御史大夫賜紫金魚袋贈尚書右僕射河南元公墓誌銘 并序

公諱稹，字微之，河南人。六代祖巖，隋兵部尚書，封昌平公。五代祖弘，隋北平太守。高祖義端，魏州刺史。曾祖延景，岐州參軍。祖諱悱，南頓縣丞，贈兵部員外郎。考諱寬，比部郎中，舒王府長史，贈尚書右僕射。妣滎陽鄭氏，追封陳留郡太夫人。公即僕射府君第四子，後魏昭成皇帝十五代孫也。公受天地粹靈，生而岐然，孩而嶷然。九歲能屬文，十五明經及第。二十四調判入四等，署秘省校書。二十八應制策，入三等，拜左拾遺。即日獻教本書，數月間上封事六七。憲宗召對，言及時政，執政者疑忌，出公爲河南尉。丁陳留太夫人憂，哀毁過禮，杖不能起。服除之明日，授監察御史。使于蜀，按任敬仲獄得情。又劾奏東川帥違詔條過籍税。又奏平塗山甫等八十八家冤事。名動三川，三川人慕之，其後多以公姓字名其子。朝廷病東諸侯不奉法，東御史府不治事，命公分臺而董之。時有河南尉離局從軍職，尹不能止。監察使死，其柩乘傳入郵，郵吏不敢詰。内園司械繫人踰年，臺府不得知。飛龍使匿趙氏亡命奴爲養子，主不敢言。浙右帥封杖杖安吉令至死，子不敢愬。凡此者數十事，或奏，或劾、或移，歲餘皆舉正之。内外權寵臣無奈何，咸不快意。會河南尹有不如法事，公引故事奏而攝之甚急。先是不快者，乘其便相噪嗾，坐公專逞作威，黜爲江陵士曹掾。居四年，徙通州司馬。又四年，移虢州長史。長慶初，穆宗嗣位，舊聞公名，以膳部員外郎徵用。既至，轉祠部郎中，賜緋魚袋，知制誥。制誥，王言也，近代相沿，多失於巧俗。自公下筆，俗一變至於雅，三變至於典謨。時謂得人。上嘉之，數召與語，知其有輔弼才。擢授中書舍人，賜紫金魚袋，翰林學士承旨。尋拜工部侍郎，旋守本官、同中書門下平章事。公既得位，方將行己志，答君知。無何，有憸人以飛語搆同位，詔下按驗無狀，上知其誣，全大體，與同位兩罷之。出爲同州刺史。始至，急吏緩民，省事節用，歲收羨財千萬，以補亡户逋租。其餘因弊制事，瞻上利下者甚多。二年，改御史大夫、浙東觀察使。將去同，同之耆幼鰥獨，泣戀如别慈父母，遮道不可遏。送詔使導呵揮鞭有見血者，路闢而後得行。先是，明州歲進海物，其淡蚶非禮之味尤速壞，課其程日馳數百里。公至越，未下車，趨奏罷。自越抵京師，郵夫獲息肩者萬計，道路歌舞之。明年，辯沃瘠，察貧富，均勞逸以定税籍。越人便之，無流庸，無逋賦。又明年，命吏課七郡人冬築陂塘，春貯水雨，夏溉旱苗，農人賴之，無凶年，無餓殍。在越八載，政成課高。上知之，就加禮部尚書，降璽書慰諭，以示旌寵。又以尚書左丞徵還，旋改户部尚書、鄂岳節度使。在鄂三載，其政如越。大和五年七月二十二日，遇暴疾，一日薨于位，春秋五十三。上聞之，軫悼不視朝，贈尚書右僕射，加賻贈焉。前夫人京兆韋氏，懿淑有聞，無禄早世。生一女曰保子，適校書郎韋絢。今夫人河東裴氏，賢明知禮，有輔佐君子之勞，封河東郡君。生三女：曰小迎，未笄；道衛、道扶，齠齔。一子曰道護，三歲。仲兄司農少卿積，姪御史臺主簿某等銜哀襄事。裴夫人、韋氏長女暨諸孤等，號護靨翣，以六年七月十二日，祔葬於咸陽縣奉賢鄉洪瀆原，從先宅兆也。公著文一百卷，題爲元氏長慶集，又集古今刑政之書三百卷，號類集，並行於代。公凡爲文，無不臻極，尤工詩。在翰林時，穆宗前後索詩數百篇，命左右諷詠，宮中呼爲元才子。自六宮兩都八方至南蠻東夷國，皆寫傳之。每一章一句出，無脛而走，疾於珠玉。又觀其述作編纂之旨，豈止於文章刀筆哉？實有心在於安人活國，致君堯、舜，致身伊、皋耳。抑天不與耶！將人不幸耶！予嘗悲公始以直躬律人，勤而行之，則坎壈而不偶，謫瘴鄉凡十年，髮班白而歸來。次以權道濟世，變而通之，又齟齬而不安，居相位僅三月，席不煖而罷去。通介進退，卒不獲心。是以法理之用，止於舉一職，不布於庶官；仁義之澤，止於惠一方，不周於四海。故公之心不足也。逢時與不逢時同，得位與不得位同，富貴與浮雲同。何者？時行而道未行，身遇而心不遇也。執友居易，獨知其心，以泣濡翰，書銘于墓曰：嗚呼微之！年過知命，不謂之夭。位兼將相，不謂之少。然未康吾民，未盡吾道。在公之心，則爲不了。嗟乎哉！道廣而俗隘，時矣夫！心長而運短，命矣夫！嗚呼微之，已矣夫！

【箋】

作於大和六年（八三二），六十一歲，洛陽，河南尹。見陳譜。城按：寶刻叢編八引京兆金石録云：「唐武昌軍節度使元稹碑，唐白居易撰，元和中立。」「元和」乃「大和」之誤，今所傳乃元公墓誌銘，非碑也。稹墓或别立碑，未必同係居易所作。

〔武昌軍節度〕元和元年，升鄂岳觀察使爲武昌軍節度使，至五年罷武昌軍節度，置鄂岳都團練觀察使。見新書方鎮表。城按：方鎮表失載敬宗時復置一事。錢大昕廿二史考異卷五五云：「按宰相表，僧孺罷相出鎮武昌在寶曆元年正月。今以方鎮表考之，憲宗元和元年，升鄂岳觀察使爲武昌軍節度使。五年，罷武昌軍節度使，置鄂岳都團練觀察使。中更穆宗、敬宗、文宗、武宗四朝俱無改易，直至宣宗大中元年，始有復置武昌軍之文。蓋方鎮表失載敬宗初復置一事矣。僧孺鎮武昌凡五年，復入相，而杜元穎、元微之相繼爲武昌軍節度使。微之卒，而崔郾爲鄂岳安黄觀察使，不稱節度，是武昌節鎮之罷在大和五年也。」城按：杜元穎未鎮武昌，錢氏所考微誤。

〔鄂州〕舊爲郢州。隋平陳，改爲鄂州。唐因之，屬江南道，爲鄂岳觀察使治所。見元和郡縣志卷二六。

〔昌平公〕文苑英華辨證卷三：「白居易元稹誌：六代祖巖封武平公，集作『昌平』，當從文粹作『平昌』，見隋書本傳及唐世系表。」城按：舊書卷一六六元稹傳亦作「昌平」。

〔北平太守〕隋書卷六二元巖傳：「子弘嗣，仕歷給事郎、司朝謁者、北平通守。」是通守，非太守。新書宰相世系表又誤作「北平刺史」。

〔鄭氏〕白氏唐河南元府君夫人滎陽鄭氏墓誌銘（卷四二）：「故中散大夫、尚書比部郎中、舒王府長史河南元府君諱寬，夫人滎陽縣太君鄭氏……」

〔第四子〕白氏唐河南元府君夫人滎陽鄭氏墓誌銘（卷四二）：「夫人有四子二女：長曰沂，蔡州汝陽尉。次曰秬，京兆府萬年縣尉。次曰積，同州韓城尉。次曰稹，河南縣尉。長女適吴郡陸翰，翰爲監察御史。次爲比丘尼，名真一。」

〔十五代孫〕據岑仲勉唐集質疑元稹世系所考，稹爲昭成皇帝十四代孫，元稹仲兄墓誌銘十七世，白氏元稹墓誌十五世，舊書元稹傳十世，均誤。

〔九歲能屬文〕元集卷三〇叙詩寄樂天書：「稹九歲學賦詩，長者往往驚其可教。」舊書卷一六六元稹傳：「稹八歲喪父，其母鄭夫人，賢明婦人也。家貧，爲稹自授書，教之書學。稹九歲能屬文。」新傳略同。

〔十五明經及第〕元集卷三〇誨姪等書：「至年十五，得明經及第。」舊書卷一六六元稹傳：「十五兩經擢第。」新書卷一七四元稹傳：「十五擢明經。」

〔調判入四等〕舊書卷一六六元稹傳：「二十四，調判入第四等，授秘書省校書郎。」城按：錢大昕廿二史考異卷六〇云：「舊書元稹傳：『二十四調判入第四等。』此試書判拔萃科也。四等尚爲優選，則上三等尤難得，所謂久虚之等也。」

〔拜左拾遺〕舊書卷一六六元稹傳：「二十八，應制舉才識兼茂明於體用科，登第者十八人，稹爲第一，元和元年四月也。制下，除右拾遺。」城按：元集卷二八才識兼茂明於體用策一道自注云：「校書郎時應制考入三次等，充勑頭，授左拾遺。」新傳亦作「左拾遺」，舊傳作「右拾遺」誤。

〔河南尉〕元集卷十酬翰林白學士代書一百韻詩自注：「予元和元年任拾遺，八十三日延英對，九月十三日貶授河南尉。」舊書卷一六六元稹傳：「稹性鋒鋭，見事風生。既居諫垣，不欲碌碌自滯，事無不言，即日上疏論諫職。……乃獻教本書曰：……憲宗覽之甚悦。又論西北邊事，皆朝政之大者，憲宗召對，問方略，爲執政所忌，出爲河南尉。」新傳略同。

〔丁陳留太夫人憂〕元稹母鄭氏卒於元和元年九月十六日。見白氏唐河南元府君夫人滎陽鄭氏墓誌銘。

〔使于蜀〕元集卷十七使東川詩序：「元和四年三月七日，予以監察御史使川。」

〔任敬仲獄〕元集卷三七彈奏劍南東川節度使狀云：「臣昨奉三月一日敕，令往劍南東川詳覆瀘川監官任敬仲贓犯，於彼訪聞嚴礪在任日擅没前件莊宅奴婢等。」

〔東川帥〕元稹劾奏劍南東川節度使嚴礪違制擅賦，籍没管内將士官吏百姓及前資寄塗山甫等八十八户莊宅共一百二十二所，奴婢共二十七人。時礪已死，七州刺史皆罰俸。見元集卷三七彈奏劍南節度使狀及本書卷五九論元稹第三狀箋。

〔離局從軍職〕元集卷三二敘奏：「河南尉判官，予劾之，忤宰相旨。」

〔監察使死〕指武寧軍節度使王紹護送監軍孟昇喪事。見卷五九論元稹第三狀箋。

〔内園司〕元集卷三二叙奏：「無何外莅東都臺。天子久不在都，都下多不法，百司皆牢獄，有栽接吏械人逾歲而臺府不得而知之者。予因飛奏絶百司專禁錮。」

〔飛龍使〕元集卷三二叙奏：「飛龍使誘趙寔家逃奴爲養子。」

〔浙右帥〕指韓皋封杖決殺孫澥事。見卷五九論元稹第三狀箋。

〔河南尹有不如法事〕見卷五九論元稹第三狀箋。

〔江陵士曹掾〕元稹貶江陵士曹參軍，在元和五年三月。元稹泛江翫月十二韻序云：「予以元和五年自監察御史貶授江陵士曹掾。」又有三月二十四日宿曾峯館夜對桐花寄樂天詩，可證於三月二十日之前離長安。

〔通州司馬〕元集卷十二酬樂天東南行詩一百韻序云：「元和十年三月二十五日，予司馬通州，二十九日，與樂天於鄠東蒲池村別，各賦一絶。」

〔虢州長史〕元稹自通州司馬移虢州長史在元和十三年十二月。元集卷十二酬樂天東南行詩一百韻序云：「元和十年三月二十五日，予司馬通州。……十三年，予以赦當遷。」又元集卷五九告畬三陽神文稱「維元和十三年歲次戊戌十一月辛巳朔十日庚寅通州司馬稹」。則知其遷虢州長史必在是年十二月間，而於十四年春初離通州也。

〔以膳部員外郎徵用〕白氏長慶元年二月所作元稹除中書舍人翰林學士賜紫金魚袋制（卷五

○）云：「尚書祠部郎中、知制誥、賜緋魚袋元稹，去年夏拔自祠曹員外，試知制誥。」則以膳部員外郎徵用必在元和十五年春。

〔擢授中書舍人〕丁居晦重修承旨學士壁記：「元稹，長慶元年二月十六日，自祠部郎中、知制誥充，仍賜紫。十七日，拜中書舍人。」城按：稹所著壁記及白氏墓誌均謂翰林、中舍一日同授，故白氏元稹除中書舍人翰林學士賜紫金魚袋制有「一日之中，三加新命」之語，所記與重修承旨學士壁記小異。

〔工部侍郎〕舊書卷十六穆宗紀：「（長慶元年十月壬午），河東節度使裴度三上章論翰林學士元稹與中官知樞密魏弘簡交通，傾亂朝政。以稹爲工部侍郎，罷學士。」

〔同中書門下平章事〕舊書卷十六穆宗紀：「（長慶二年二月辛巳），以工部侍郎元稹守本官、同平章事。」

〔出爲同州刺史〕舊書卷十六穆宗紀：「（長慶二年）六月甲戌朔，甲子，司徒、平章事裴度守尚書右僕射，工部侍郎、平章事元稹爲同州刺史。」元集卷三二敍奏：「卒命予與裴俱宰相。復有購狂民告予借客刺裴者，鞫之復無狀，然而裴與予以故俱罷相。」

〔浙東觀察使〕舊書卷一六六元稹傳：「（長慶三年），改授越州刺史、兼御史大夫、浙東觀察使。」又會稽掇英總集卷十八唐太守題名記：「元稹，長慶三年八月，自同州防禦使授，大和三年九月，除尚書左丞。」

〔明州歲進海物〕新書卷一七四元稹傳：「明州歲貢蚶，役郵子萬人，不勝其疲，稹奏罷之。」並參見元集卷三九浙東論罷進海味狀。

〔加禮部尚書〕元稹加禮部尚書銜在大和元年九月，舊書卷十七上文宗紀：「（大和元年九月）丁丑，浙西觀察使李德裕、浙東觀察使元稹就加檢校禮部尚書。」白氏有微之就拜尚書居易續除刑部因書賀意兼詠離懷詩（卷二五）。

〔鄂岳節度使〕舊書卷十七下文宗紀：「（大和四年正月）辛卯，以武昌節度使、鄂岳蘄黃安中等觀察處置等使、金紫光禄大夫、檢校吏部尚書、同中書門下平章事、上柱國、奇章郡開國公牛僧孺爲兵部尚書、同中書門下平章事。……辛丑，以尚書左丞杜元穎檢校户部尚書、充武昌軍節度使。」城按：據白氏墓誌，舊紀「杜元穎」爲「元稹」之訛。

〔七月二十二日〕舊書卷十七下文宗紀：「（大和五年八月）庚午（五日），武昌軍節度使、檢校户部尚書元稹卒。」與墓誌異。城按：唐實録書法於外臣之卒，率以報到日爲準，固因追書不便，尤與廢朝有關。故元稹之卒，仍以墓誌爲正。

〔前夫人京兆韋氏〕元稹前妻韋叢，卒於元和四年七月九日。見卷十四答謝家最小偏憐女詩箋。城按：劉青芝續錦機卷五云：「子女皆統於父，雖異母而不分書所出。……此定例也。然婦無别誌，即附見夫誌之内者，前後夫人不妨分屬子女。如昌黎碑楊燕奇：夫人李氏有男四人，女三人，後夫人雍氏有男一人，女二人。誌昭武李公三娶，元配韋氏生子紘，女貢，次配崔氏生綽、紹、綰，今夫人無子。白樂天之誌元微之，穆員之誌鄭叔則，皆用此例。」

〔韋絢〕新書卷五九藝文志韋絢劉公嘉話録一卷條下注云：「絢字文明，執誼之子也。」城按：郎官考卷四引石刻韋端志云：「子絢，前太廟齋郎。」與新志異，疑係另一人。

〔裴氏〕元稹後妻裴淑。元集卷十二酬樂天東南行詩一百韻序云：「通之人莫知言詩者，唯妻淑在旁。」

〔道衛〕疑即白詩中之「阿衛」。白氏夢微之詩（卷三五）「阿衛韓郎相次去，夜臺茫昧得知不」自注云：「阿衛，微之小男。韓郎，微之愛婿。」「男」疑爲「女」字之誤。

〔道護〕即道保。見卷二八和微之道保生三日詩箋。

〔洪瀆原〕畢沅關中勝蹟圖志卷二：「畢原在咸陽縣北。……雍大記：咸陽原在渭水北九嵕山南。縣志：西起武功，東盡高陵，其上文、武、成、康、周公、太公及秦漢君臣陵墓多在焉。一名咸陽北阪，一名長平坂，其趾爲洪瀆原。」

〔元才子〕新書卷一七四元稹傳：「稹尤長於詩，與居易名相埒，天下傳諷，號元和體，往往播樂府。穆宗在東宫，妃嬪近習皆誦之，官中呼元才子。」

【校】

〔題〕「唐故」二字英華作「相國」。「度」下文粹有「觀察」二字。

〔昌平〕文粹、英華、全文俱作「平昌」，是。參見前箋。

〔兵部員外郎〕「外」下馬本脱「郎」字，據宋本、那波本、文粹、英華、全文、盧校補。

〔右僕射〕「右」，英華作「左」，注云：「集本、文粹作『右』。」

〔十五代〕「五」，英華作「九」，誤。詳前箋。

〔調判〕「調」，馬本、全文俱作「試」，據宋本、那波本、文粹、英華、盧校改。

〔秘省〕英華作「秘書省」。

〔校書〕英華作「校書郎」。

〔杖不〕此下英華注云：「文粹作『而』。」

〔明日〕「日」，英華作「年」。

〔塗山甫〕英華作「塗三輔」。

〔朝廷病〕「病」，英華作「疾」，注云：「一本作『病』。」

〔監察使〕「使」上英華有「御」字。

〔入郵〕「入」上英華有「入郡」二字，注云：「一本無此二字。」

〔臺府〕「臺」，馬本作「登」，非。據宋本、那波本、文粹、英華、全文、盧校改正。

〔帥封〕「帥」下英華注云：「一作『使』。」

〔杖安吉〕「杖」下英華注云：「一作『結決』。」

〔專逞〕「逞」，宋本、文粹、英華俱作「達」。

〔穆宗〕此下英華有「皇帝」二字，注云：「二本無此二字。」

〔下筆〕「筆」，英華訛作「車」。

〔三變〕英華作「雅一變」，「一」下注云：「二本字作『二三』。」

〔典謨〕英華作「典謩」。

〔知其有輔弼才〕「知」下英華無「其」字，注云：「二本作『知其有輔弼才』。」

〔搆同位〕「搆」，宋本作「犯御嫌名」。

〔遏送〕二字馬本、全文俱作「通」，據宋本、那波本、文粹、英華、盧校改正。

〔使導〕「導」，文粹、英華俱作「道」。英華注云：「集作『導』。」

〔蚶〕馬本注云：「呼甘切。」

〔察貧富〕英華作「察富貧」。

〔均勞逸〕「均」，英華作「審」，注云：「二本作『均』。」

〔冬築陂塘〕「冬」，馬本、全文俱作「各」，非。據宋本、那波本、文粹、英華改正。

〔水雨〕文粹、英華俱作「雨水」。

〔賴之〕此下宋本、馬本俱脱「無凶年」三字，據那波本、文粹、英華、全文增。英華注云：「二本無此三字。」

〔鄂岳〕「岳」，英華作「州」，注云：「二本作『岳』。」

〔大和〕「大」，英華作「太」，誤。

〔尚書右僕射〕「右」，宋本、那波本、英華俱作「左」。英華注云：「二本作『右』。」城按：題作「右僕射」，當以作「右」爲是。

〔賻贈〕英華作「贈賜」，注云：「二本作『賻贈』。」

〔齠齓〕馬本「齠」下注云：「田聊切。」「齓」下注云：「初謹切。」

〔司農少卿積〕「積」，英華作「程」，注云：「二本作『積』。」城按：「程」當爲「秬」之訛文，惟元秬卒於元和十四年，必非白文所指，英華蓋誤。但白文謂元積爲稹之「仲兄」，亦非。

〔暨諸〕英華作「聚諸」。

〔廧翜〕馬本「廧」下注云：「慈良切。」「翜」下注云：「即涉切。」

〔號類集〕「號」，英華作「名」。

〔活國〕「活」，馬本、文粹、英華、全文俱作「治」，非。據宋本、那波本、盧校改正。英華注云：「集作『活』。」

〔勤而行之〕英華作「行而勤之」。

〔舉一職〕「舉」，英華作「脩」，注云：「二本作『舉』。」

〔得位同〕「位」下馬本脱「同」字，據宋本、那波本、英華、全文、盧校改正。

〔富貴〕宋本倒作「貴富」。

〔之少〕英華作「之小」。

〔嗟乎哉〕此下英華注云：「二字文粹作『惜』或『惜哉』。」

# 唐故虢州刺史贈禮部尚書崔公墓誌銘 并序

唐有通四科、達三教者，曰惟崔公。公諱玄亮，字晦叔。其先出於炎帝，至裔孫穆伯受封于崔，因而命氏。漢初始分爲清河、博陵二祖，故其後稱博陵人。曾祖悦，洛州司户參軍，贈太子少保。祖光迪，贈贊善大夫。考抗，揚州司馬兼通事舍人，贈太子少師。妣太原王氏，贈晉陽郡太夫人。公即少師季子。解褐補秘書省校書郎，從事宣、越二府，奏授協律郎，大理評事。朝廷知其才，徵授監察，轉殿中，歷侍御史，膳部、駕部員外郎，洛陽令，密州刺史。公既至密，密民之凍餒者賑卹之，疾疫者救療之，胔骼未殯者命葬藏之，男女過時者趨嫁娶之。三月而政立，二年而化行。密人悦之，發於謡詠。换歙州刺史，其政如密。先是，歙民畜馬牛而生駒犢者，官書其數，吏緣爲姦。公既下車，盡焚其籍，孳息貨易，一無所問。先是，歙民居山險，而輸税米者擔負跋涉，勤苦不支。公許其計斛納緡，賤入貴出。官且獲利，人皆忘勞。農人便之，歸如流水。朝廷聞其政，徵拜刑部郎中。謝病不就，俄改湖州刺史。政如密、歙，加之以聚羨財而代逋租，則人不困；謹茶法以防黠吏，則人不苦；修堤塘以備旱歲，則人不饑。罷氓賴之，如依父母。入爲秘書少監，改曹州刺史、兼御史中丞，謝病不就，拜太常少卿，遷諫議大夫。屢上封章，言行職舉，上召對，加金紫以獎之，假貂蟬以寵之。未幾，朝有大獄，人心惴駭。勢連中外，衆以爲寃。百辟在庭，無敢言者。公獨進及霤，危言觸鱗，天威赫然，連叱不去。遂置笏伏陛，極言是非，血淚盈襟，詞竟不屈。上意稍悟，容而聽之，卒使罪疑唯輕，實公之力。既而真拜，因旌忠臣，由是正氣直聲，震耀朝右。搢紳者賀，皆曰：國有人焉，國有人焉。公以爲名不可多取，退不必待年。決就長告，徑遵歸路。朝廷不得已，在途拜太子賓客分司東都。公濟源有田，洛下有宅。勸誨子弟，招邀賓朋，以山水琴酒自娱，有終焉之志。無何，又除虢州刺史，蓋執政者惜其去，將欲馴致而復用之。大和七年七月十一日，遇疾，薨于虢州廨舍。天子廢朝一日，贈禮部尚書。周行士林，聞者相弔；宗族交友，靡不出涕。遺直遺愛，公兼有焉。嗚呼！公之將終也，遺誡諸子，其書大略云：吾年六十六，不爲無壽。官至三品，不爲不達。死生定分，何足過哀？自天寶已還，山東士人皆改葬兩京，利於便近。唯吾一族，至今不遷。我殁宜歸全于滏陽先塋，正首丘之義也。送終之事，務從儉薄。保家之道，無忘孝悌。吾玉磬琴留別樂天，請爲墓誌云爾。夫人范陽盧氏，先公而歿。有子九人：長曰熖，通事舍人。次曰芻言、罕言，舉進士。次曰緩，中牟尉。其下皆幼稚。熖等哀毁孝敬，號護轜翣。以九年四月二十八日，用大葬之禮，歸窆于磁州昭義縣磁邑鄉北原，遷盧夫人而合祔焉，遵理命也。公之丁少師憂也，退居高郵。其地卑濕，泣血卧苫者三載，因病痺其兩股焉。逮于終身，竟不能趨拜。從祖弟仁亮竄謫巴南，歿而後歸。公先命長男熖護喪歸葬，後命幼子聽繼絶承祧。自宗族及朋執間，有死無所歸、孤無所依者，公或葬之祭之，或衣之食之，或婚之嫁之。侯、齊二家之類是也。故閨門稱其孝，羣從仰其仁，交遊服其義，可不謂德行乎？公幼嗜學，長善屬文。以辭賦舉進士，登甲科；以書判調天官，入上等。前後文集凡若干卷，尤工五言七言詩。警策之篇，多在人口。其餘製述，作者許之。可不謂文學乎？公之典密、歙、湖也，理化如彼。可不謂政事乎？居大諫、騎省也，忠讜如此。可不謂言語乎？公夙慕黄、老之術，齋心受籙，伏氣鍊形。暑不流汗，冬不挾纊。膚體顔色，冰清玉温。未識者望之如神仙中人也。在湖三歲，歲修三元道齋，輒有彩雲靈鶴，迴翔壇上，久之而去。前後致齋七八，而鶴來儀者凡三百六十。其内修外感也如此。可不謂通於大道乎？公之晚年，又師六祖。以無相爲心地，以不二爲法門。每遇僧徒，輒論真諦。雖耆年宿德，皆心伏之。及易簀之夕，大怖將至，如入三昧，恬然自安。仍於遺疏之末手筆題云：「蹔榮蹔悴敲石火，即空即色眼生花。許時爲客今歸去，大曆元年是我家。」解空得證也又如此。可不謂達於佛性乎？總而言之，故曰通四科、達三教者也。居易不佞，辱與公游者三十餘年。年老分深，定爲執友。況奉遺札，託爲斯文，且慚鄙陋，不敢辭讓。銘曰：

滏水之陽，鼓山之下。吉日吉土，載封載樹。嗚呼博陵崔君之墓！

【箋】

作於大和九年（八三五），六十四歲，洛陽，太子賓客分司。見陳譜。

〔虢州〕見卷十八錢虢州以三堂絶句見寄因以本韻和之詩箋。

〔崔公〕崔玄亮。舊書卷一六五、新書卷一六四有傳。

〔湖州刺史〕見卷二一崔湖州贈紅石琴薦煥如錦文無以答之以詩酬謝詩箋。

〔改曹州刺史〕新書卷一六四本傳：「歷湖、曹二州，辭曹不拜。大和四年，由太常少卿改諫議大夫。」白氏大和三年作答崔十八見寄詩（卷二七）云：「君乞曹州刺史替，我抛刑部侍郎歸。」

〔朝有大獄〕大和五年，宰相宋申錫爲鄭注所搆，獄自内起，京師震懼。文宗欲寘申錫於法，玄亮率諫官十四人叩延英苦諫得免。見舊書卷一六五、新書卷一六四崔玄亮傳。

〔濟源有田〕見卷二五題崔常侍濟源莊詩箋。

〔虢州刺史〕舊書卷一六五崔玄亮傳：「（大和）七年，以疾求爲外任，宰相以弘農便其所請，乃授檢校左散騎常侍、虢州刺史。」

〔玉磬琴〕崔蓋屢贈琴與居易者，見卷六九池上篇序箋。

〔芻言〕新書卷七二下宰相世系表博陵第三房崔氏：「芻言，字詢之，昭義節度判官。」又芻言於咸通三年十二月除湖州刺史，見嘉泰吴興志。

〔冬不挾纊〕白氏思舊詩（卷二九）云：「崔君誇藥力，經冬不衣緜。」即指玄亮也。

〔三元道齋〕見卷六八吴興靈鶴贊。

**【校】**

〔題〕英華無「唐故」二字。

〔玄亮〕「玄」，全文作「元」，蓋避清諱改。

〔少保〕「保」下英華注云：「集作『師』。」

〔考抗〕「抗」，馬本、英華俱作「杭」，非。據宋本、那波本、全文、盧校改正。

〔揚州〕「揚」，宋本作「楊」。城按：「揚」亦作「楊」。

〔從事〕各本俱脱此二字，據英華增。

〔公既〕英華無「既」字，注云：「集有『師』。」

〔齗骼〕「骼」，英華作「體」，注云：「集作『骼』。」又，馬本注云：「各額切。」

〔葬藏〕英華作「藏葬」，注云：「集作『葬藏』。」

〔趨嫁〕英華作「爲嬪」，注云：「集作『娶嫁』。」又馬本「趨」下注云：「讀曰促。」

〔歙民〕英華作「歙州民」，「州」下注云：「集無此字。」

〔畜馬牛〕英華作「畜牛馬」。

〔貨易〕英華作「貿易」。

〔民居〕「居」下英華有「其」字，注云：「集無此字。」

〔擔負〕「擔」，宋本作「檐」，字同。

〔罷氓〕「氓」，英華作「民」，注云：「集作『氓』。」

〔霤〕馬本注云：「力救切。」

〔唯輕〕「唯」，英華作「從」，注云：「集作『惟』。」

〔因旌〕「因」，英華作「用」，注云：「集作『因』。」

〔賀皆曰〕英華作「相賀曰」，注云：「集作『賀皆曰』。」

〔招邀〕英華作「邀招」。

〔滏陽〕「滏」，馬本注云：「扶古切。」

〔正首丘之義〕英華作「正丘首義」。

〔之事〕「事」，英華作「禮」，注云：「集作『事』。」

〔長曰煴〕「煴」，馬本注云：「於云切。」

〔次曰緩〕「緩」下英華注云：「集作『綏』。」

〔輭娶〕「輭」下馬本注云：「乳究切。」「娶」下注云：「即涉切。」

〔磁州〕「磁」，宋本、那波本俱作「礠」，下同。

〔病痺〕「病」，英華作「痼」，注云：「集作『病』。」

〔竟不能〕「不」上英華無「竟」字，注云：「集有『竟』字。」

〔後歸〕英華作「無後」。

〔葬之祭之〕宋本、那波本、英華、盧校俱作「祭之葬之」。

〔長善〕「善」，英華作「能」，注云：「集作『善』。」

〔如彼〕「彼」，英華作「此」，注云：「集作『彼』。」

〔可不謂〕英華作「不可謂」。

〔忠讜如此〕「如」上英華有「又」字，注云：「集無『又』字。」

〔黄老之術〕「術」，英華作「道」，注云：「集作『術』。」

〔三歲〕「歲」，英華作「載」，注云：「集作『歲』。」

〔輒有〕「輒」上英華有「每」字，注云：「集無此字。」

〔久之而去〕英華作「久而去之」，注云：「集作『久之而去』。」

〔如此〕「如」上英華有「又」字，注云：「集無『又』字。」

〔宿德〕此下英華注云：「集作『學』。」

〔解空〕「解」上英華有「其」字。

# 唐故溧水縣令太原白府君墓誌銘 并序

公諱季康，字某，太原人。秦武安君起之裔冑，北齊五兵尚書建之五代孫也。曾祖諱士通，皇朝利州都督。祖諱志善，尚衣奉御。父諱鏻，揚州録事參軍。公即録事府君次子。歷華州下邽尉，懷州河内丞，徐州彭城令，江州尋陽令，宿州虹縣令，宣州溧水令，殁于官舍。明年某月某日，歸葬于華州下邽縣某鄉某原，享年若干。嗚呼！公爲人温恭信厚，爲官貞白嚴重。友于兄弟，慈于子姪。鄉黨推其行，交遊讓其才。自尉下邽至宰溧水，皆以潔廉通濟，見知於郡守，流譽於朋寮。才不偶時，道屈於位，而徒勞於州縣，竟不致於青雲，命矣夫，哀哉！公前夫人河東薛氏，先公若干年而殁。生二子一女，女號鑒虚，未笄出家。長子某，杭州於潛尉。次子某，睦州遂安尉。後夫人高陽敬氏，父諱某，某官。生一子二女，女皆早夭，子曰敏中，進士出身，前試大理評事，歷河東、鄭滑、邠寧三府掌記。夫人在室，以孝敬奉親爲淑女。既嫁，以柔和從夫爲順婦。及主家，以慈正訓子爲賢母。故敏中遵其教，飭其身，升名甲科，歷聘公府，以文行稱於衆，以禄養榮於親。雖自有兼材，然亦由夫人誨導之所致也。夫人以大和七年正月某日寢疾，終于下邽別墅，享年若干。明年某月某日，啓溧水府君薛夫人宅兆而合祔焉，禮也。時諸子盡歿，獨敏中號泣襄事，託從祖兄，居易誌于墓石。銘曰：

緊我叔父，溧水府君。治本於家事，施政於縣民。緊我叔母，高陽夫人。德修於室家，慶積於閨門。訓著趨庭，善彰卜鄰。故其嗣子，休有令聞。

【箋】

作於大和八年（八三四），六十三歲，洛陽，太子賓客分司。陳譜大和八年甲寅：「是歲有溧水令白君墓志銘。府君名季康，敏中之父。至今溧水城隍神相傳爲白君也。」

〔溧水〕唐乾元元年隸昇州。州廢，還隸宣州。見新書卷四一地理志。

〔白府君〕白季康。景定建康志卷四九：「白季康，太原人，爲溧水令。温恭誠信，爲官貞白嚴重，見知於郡守，流譽於朋僚。既殁，邑人祀之，至今不廢。從姪居易嘗誌其墓。宰相敏中，季康之子也。」

〔虹縣令〕文苑英華辨證卷四：「白居易溧水令白府君誌：『歷泗州虹縣令。』『泗』，集作『宿』，按唐志，元和四年，始析泗州之虹置宿洲。大和三年廢，七年復置。時白府君卒於大和八年，未審何時歷虹令也。」城按：墓志謂「夫人以大和七年正月某日寢疾，終于下邽別墅」，未詳季康之卒年，辨證謂卒於八年，誤。

〔於潛尉〕即白氏詩中所稱之「於潛七兄」。見卷十三自河南經亂關内阻飢……詩箋。

〔敏中〕白敏中。見卷十九喜敏中及第偶示所懷詩箋。

【校】

〔題〕「溧水」，宋本、馬本、那波本俱訛作「漂」，據英華、全文改正。下同。

〔尚衣奉御〕「衣」，宋本、馬本、那波本俱作「醫」，非。城按：唐殿中監無尚醫奉御，據英華、全文改正。

〔鏻〕馬本注云：「離珍切。」

〔下邽尉〕「尉」上英華有「縣」字，注云：「集無『縣』字。」

〔宿州〕「宿」，英華作「泗」，注云：「集作『宿』，元和四年始析泗州之虹置宿州，大和三年廢，七年復置。」

〔歿于官舍〕「歿」，英華作「終」，上有「某年月日」四字。「官」上英華有「溧水」二字。

〔明年某月某日〕「日」上英華無「某」字。

〔潔廉〕英華作「廉潔」。
〔朋寮〕「朋」，英華訛作「明」。
〔偶時〕英華作「遇時」，注云：「集作『偶』。」
〔有兼〕「兼」，英華作「資」，注云：「集作『兼』。」
〔大和〕「大」，全文誤作「太」。
〔襄事〕「襄」，英華作「喪」，注云：「集作『襄』。」
〔誌于〕「于」，英華作「其」，注云：「集作『于』。」
〔縣民〕「縣」，英華作「尉」，注云：「集作『縣』。」
〔室家〕英華作「家室」。

# 序洛詩

序洛詩，樂天自叙在洛之樂也。予歷覽古今歌詩，自風、騷之後，蘇、李以還，李陵、蘇武始爲五言詩。次及鮑、謝徒，迄于李、杜輩。其間詞人聞知者累百，詩章流傳者鉅萬。觀其所自，多因讒冤譴逐，征戍行旅，凍餒病老，存殁别離，情發於中，文形於外。故憤憂怨傷之作，通計今古，什八九焉。世所謂文士多數奇，詩人尤命薄，於斯見矣。又有以知理安之世少，離亂之時多，亦明矣。予不佞，喜文嗜詩，自幼及老，著詩數千首，以其多矣，故章句在人口，姓字落詩流。雖才不逮古人，然所作不啻數千首。以其多矣，作一數奇命薄之士亦有餘矣。今壽過耳順，幸無病苦，官至三品，免罹飢寒，此一樂也。大和二年，詔授刑部侍郎。明年，病免歸洛，旋授太子賓客分司東都。居二年，就領河南尹事。又三年，病免歸履道里第，再授賓客分司。自三年春至八年夏，在洛凡五周歲，作詩四百三十二首。除喪朋、哭子十數篇外，其他皆寄懷於酒，或取意於琴。閑適有餘，酣樂不暇。苦詞無一字，憂歎無一聲。豈牽强所能致耶！蓋亦發中而形外耳。斯樂也，實本之於省分知足，濟之以家給身閑，文之以觴詠絃歌，飾之以山水風月。此而不適，何往而適哉？兹又以重吾樂也。予嘗云：治世之音安以樂，閑居之詩泰以適。苟非理世，安得閑居？故集洛詩别爲序引，不獨記東都履道里有閑居泰適之叟，亦欲知皇唐大和歲有理世安樂之音。集而序之，以俟夫採詩者。甲寅歲七月十日云爾。

【箋】

作於大和八年（八三四），六十三歲，洛陽，太子賓客分司。見陳譜。

〔喪朋〕元相公挽歌詞三首（卷二六），哭微之二首（卷二七）、哭皇甫七郎中（卷二八）、哭崔常侍晦叔（卷二九）等詩，均爲喪朋之作。

〔哭子〕指哭崔兒（卷二八）、初喪崔兒報微之晦叔（卷二八）等詩。

【校】

〔題〕英華作「序洛詩序」。

〔在洛之樂〕「樂」，英華、全文俱作「詩」。那波本作「樂詩」。

〔歌詩〕「詩」，馬本作「詠」，據宋本、那波本、英華、全文、盧校改正。

〔以還〕此下那波本、全文俱無注。

〔鉅萬〕「鉅」，英華作「巨」，注云：「集作『鉅』。」

〔什八九〕「什」，英華作「十」，注云：「集作『什』。」

〔以知〕「以」，宋本、那波本作「已」，城按：古「以」、「已」。二字通用。

〔嗜詩〕「詩」，英華作「酒」，注云：「集作『詩』。」

〔喪朋〕「朋」，馬本、全文俱訛作「明」，據宋本、那波本、英華改正。參見前箋。

〔治世〕英華作「理世」。

## 畫彌勒上生幀讚 并序

南贍部洲大唐國東都城長壽寺大苾蒭道嵩、存一、惠恭等六十人與優婆塞士良、惟儉等八十人，以大和八年夏受八戒，修十善，設法供，捨淨財，畫兜率陀天宮彌勒上生内衆一鋪。眷屬圍繞，相好莊嚴。於是嵩等曲躬合掌，焚香作禮，發大誓願，願生内宫，劫劫生生，親近供養。按本經云：可以除九十九億劫生死之罪也。有彌勒弟子樂天同是願，遇是緣，爾時稽首，當來下生慈氏世尊足下，致敬無量而説讚曰：

百四十心，合爲一誠；百四十口，發同一聲。仰慈氏形，稱慈氏名。願我來世，一時上生。

【箋】

作於大和八年（八三四），六十三歲，洛陽，太子賓客分司。

〔長壽寺〕洛陽長壽寺有二：一在長夏門之東第二街南市。朝野僉載卷五：「東都豐都市，在長壽寺之東北。」一在履道坊，見兩京城坊考卷五。

【校】

〔題〕「幀」，馬本注云：「側迸切。」英華作「幀」，注云：「一作『幀』。」

〔南贍部洲〕「洲」，馬本、英華、全文俱作「州」，非。據宋本、那波本、盧校改正。

〔苾蒭〕「蒭」，全文注云：「一作『芻』。」

〔八十人〕英華作「八十一人」。

〔彌勒〕此下英華有「菩薩」二字。

〔圍繞〕英華作「圍遶」。

〔合掌〕「掌」，馬本作「拳」，非。據宋本、那波本、英華、全文、盧校改正。

〔仰慈氏〕「氏」下宋本、馬本俱脱「形稱慈氏」四字，據那波本、英華、全文增。

## 繡西方幀讚 并序

西方阿彌陀佛與閻浮提有願，此土衆生與彼佛有緣。故受一切苦者，先念我名；析一切福者，多圖我像。至於應誠來感，隨願往生，神速變通，與三世十方諸佛不侔。噫！佛無若干而願興緣有若干也。有女弟子弘農郡君姓楊，號蓮花性，發弘願，捨浄財，繡西方阿彌陀佛像及本國土眷屬一部，奉爲故李氏長姊楊夫人滅宿殃，追冥祐也。夫範銅設繪，不若刺繡文之精勤也。想形念號，不若覩相好之親近也。即造之者誠不得不著，感不得不通。受之者罪不得不滅，福不得不集。爾時蓮花性焚香合掌，跪唱贊云：

金方剎，金色身。資聖力，福幽魂。造者誰？弘農君。受者誰？楊夫人。

【箋】

作於大和二年（八二八）至開成四年（八三九），洛陽。

〔弘農郡君〕居易妻楊氏。見卷一贈内詩箋。又妻初授邑號告身詩（卷一九）云：「弘農舊縣受新封，鈿軸金泥誥一通。」

〔李氏長姊〕白氏祭楊夫人文（卷四〇）云：「……敬祭於陳氏楊夫人之靈：……」此爲楊氏另一適陳氏之姊，卒於元和三年。

【校】

〔題〕「幀」，英華作「㡧」，注云：「一作『幀』。」

〔阿彌陀佛〕英華無「佛」字，注云：「集有『佛』字。」

## 祭崔相公文

維大和六年歲次壬子，十月庚申朔，二十四日癸未，中大夫、守河南尹、上柱國、晉陽縣開國男、食邑三百户、賜紫金魚袋白居易謹以清酌庶羞之奠，敬祭于故相國、吏部尚書、贈司空崔公敦詩：惟公德望事業，識度操履，爲時而生，作國之紀。巖廊匡輔，藩部政治。父母黎元，股肱天子。斯皆談在人口，播於人耳，今所叙者，眷知而已。於戲！自古及今，實重知音。故詩美「伐木」，易稱「斷金」。始愚與公，同入翰林。因官識面，因事知心。獻納合章，對揚聯襟。以忠相勉，以義相箴。朝案同食，夜床並衾。綢繆五年，情與時深。及公登庸，累分閫鎮。愚亦去國，出領符印。徐、宣遠部，忠、杭遐郡。雁去寄書，潮來傳信。無由會合，祇望音問。未卜後期，但敦前分。余大和之初，連徵歸朝。公長夏司，愚貳秋曹。玉德彌温，松心不凋。南宫多暇，屢接遊遨。竹寺雪夜，杏園花朝。杜曲春晚，灞亭月高。前對青山，後攜濁醪。微之、夢得、慕巢、師臯。或徵雅言，酣詠陶陶。或命俗樂，絲管嘈嘈。藉草蔭松，枕麴舖糟。曾未周歲，索然分鑣。公又授鉞，南撫荆蠻。報政入覲，復總天官。愚因謝病，東歸澗、瀍。方從四皓，旋守三川。時蒙問訊，日奉周旋。豈無要約？良有由緣。洛城東隅，履道西偏。脩篁迴合，流水潺湲。與公居第，門巷相連。與公齒髮，甲子同年。兩心相期，三逕之間。優游攜手，而終老焉。嗚呼！易失者時，難忱者天。既奪我志，又殲我賢。丘園未歸，館舍先捐。百身莫贖，一夢不還。鬱鬱佳城，茫茫九原。淒涼簫鼓，慘澹風烟。祖奠遲遲，泣涕漣漣。平生親友，羅拜柩前。賢人已矣，天地蒼然。嗚呼哀哉，敦詩尚饗！

【箋】

作於大和六年（八三二），六十一歲，洛陽，河南尹。見陳譜。

〔崔相公〕崔羣。字敦詩。元和十二年，自户部侍郎拜中書侍郎、同平章事。大和六年八月卒，年六十一。見舊書卷一五九本傳。

〔同入翰林〕崔羣，元和二年十一月六日，自左補闕充，九年六月二十六日，出院，拜禮部侍郎。白居易，元和二年十一月六日，自盩厔縣尉充。六年四月，丁憂出院。見重修承旨學士壁記及舊書卷一六六白居易傳。又白氏渭村退居寄禮部崔侍郎翰林錢舍人詩一百韻（卷十五）云：「五年同晝夜，一別似參商。」城按：居易與崔羣情誼篤好，後白遠貶，自江州司馬除忠州刺史，多崔羣援手之力，故其除忠州寄謝崔相公詩（卷十七）云：「提拔出泥知力竭，吹噓生翅見情深。」「崔相公」即指羣也。

〔徐宣遠部〕崔羣，元和十五年九月，除武寧軍節度使。長慶四年，自華州刺史遷宣歙觀察使。見舊書卷十六穆宗紀及白氏題新居寄宣州崔相公詩（卷二三）箋。

〔公長夏司二句〕崔羣，大和元年正月，自宣歙觀察使召爲兵部尚書。見舊書卷十七上文宗紀。夏司，兵部也。居易，大和二年二月，除刑部侍郎，故曰「愚貳秋曹」。

〔杜曲〕見卷二五宿杜曲花下詩箋。

〔南撫荆蠻〕崔羣，大和三年二月，自兵部尚書除荆南節度使。見舊書卷十七上文宗紀。

〔復總天官〕崔羣，大和五年，拜檢校左僕射、兼吏部尚書。見舊書卷一五九本傳。

〔門巷相連〕兩京城坊考卷五：「按白居易與劉夢得偶到敦詩宅感而題壁詩云：『履道淒涼新第宅』，蓋其宅在白宅之南，故居易聞樂感鄰詩注云：『東鄰王大理去冬云亡，南鄰崔尚書今秋薨逝。』又祭崔尚書文云：『維城東隅，履道西偏。修篁迴舍，流水潺湲。與公居第，門巷相連。』」城按：徐氏所引「祭崔尚書文」當作「祭崔相公文」，「迴舍」疑爲「迴合」之誤。

〔甲子同年〕居易與崔羣同生於大曆七年（壬子）。

【校】

〔大和〕全文作「太和」，誤，下同。

〔司空〕「空」，英華作「徒」。

〔崔公〕「崔」上英華有「清河」二字。

〔識度〕「度」，英華作「量」，注云：「集作『度』。」

〔匡輔〕英華作「輔弼」，注云：「集作『匡輔』。」

〔政治〕「治」，英華作「理」，注云：「集作『治』。」

〔播於〕「於」下英華注云：「蜀本作『在』。」

〔同食〕「同」，英華作「接」，注云：「集作『同』。」

〔闔鎮〕英華作「戎闔」，注云：「集作『闔鎮』。」

〔遠部〕「遠」，英華作「外」，注云：「集作『遠』。」

〔忠杭〕「杭」，英華誤作「抗」。

〔傳信〕「傳」下英華注云：「集作『得』。」

〔余大和〕「大」上英華無「余」字，注云：「集有『余』字。」

〔公長〕此下英華注云：「京本作『分』。」

〔彌温〕「温」，英華作「堅」，注云：「集作『温』。」

〔松心〕「松」，英華作「壯」，注云：「集作『松』。」

〔師臯〕「臯」，英華誤作「高」，注云：「集作『臯』。」

〔分鑣〕「鑣」，馬本注云：「卑遥切。」

〔時蒙〕「時」，英華作「日」，注云：「集作『時』。」

〔日奉〕「日」，英華作「時」，注云：「集作『日』。」

〔由緣〕英華作「因緣」。

〔門巷〕「門」，英華作「閭」，注云：「集作『門』。」

〔難忱〕「忱」，英華作「諶」，注云：「集作『忱』。」

## 祭崔常侍文

維大和九年歲次乙卯，二月丙子朔七日壬午，中大夫、守太子賓客分司東都、上柱國、賜紫金魚袋白居易，謹以清酌庶羞之奠，敬祭于故秘書監、贈禮部尚書崔公：嗚呼！惟公之世禄家行，文華政事，播於時論，此不復云。今但叙舊好、寫衷誠而已。居易弟兄與公伯仲，前後科第同登者四五，辱爲僚友三十餘年。又膳部房與公同聲塵之遊，定膠漆之分。兩家不幸，十年已來，哀釁所鍾，零落殆盡。我老君病，唯餘二人。天不慭遺，公又即世。不登大位，不享永年。夙志莫伸，幽憤何極？居易方屬疾恙，不遂執紼。遣姪阿龜，往展情禮。此如不祭，永痛奈何？嗚呼重易！平生知我，寢門一慟，可得而聞乎？嗚呼重易！平生嗜酒，奠筵一酌，可得而歆乎？嗚呼哀哉，伏惟尚饗！

【箋】

作於大和九年（八三五），六十四歲，洛陽，太子賓客分司。

〔崔常侍〕崔咸。字重易。元和二年進士。累遷陝州大都督府長史、陝虢觀察等使。入爲右散騎常侍，秘書監。大和八年十月，卒。見舊書卷一九〇下文苑崔咸傳。城按：舊書卷十七下文宗紀誤作「崔威」。又白氏有哭崔二十四常侍詩（卷三二），亦指咸也。

〔膳部房〕指居易弟行簡；曾爲膳部郎中。城按：白氏祭弟文（卷六九）云：「爾前後所著文章，吾自檢尋編次，勒成二十卷，題爲白郎中集。嗚呼！詞意書跡，無不宛然。唯是魂神，不知去處。每開一卷，刀攪肺腸；每讀一篇，血滴文字。擬憑崔二十四舍人譔序，他日及吾文集同付龜、羅收傳。」可證咸與居易弟兄相知之深。

【校】

〔大和九年〕「九」，馬本、全文俱作「元」，非。據宋本、那波本、英華改正。又「大和」，全文誤作「太和」。

〔乙卯〕全文作「丁未」，誤。

〔丙子朔〕「子」，宋本、馬本、那波本、全文俱作「丙午」，誤。據英華辨正、盧校改正。城按：「丙子」，英華作「景子」，注云：「通鑑目録同此，集作『丙午』。」「景」蓋避唐諱所改。

〔壬午〕「午」，宋本、馬本、那波本、全文俱作「子」，誤。據英華辨正改正。城按：英華作「申」，亦非。英華「申」下注云：「當作『午』，集作『子』。」

〔文華〕英華作「文章」。

〔衷誠〕「衷」，英華作「哀」，注云：「集作『衷』。」

〔又膳部〕「膳」上英華無「又」字，注云：「集有『又』字。」

〔房與〕「房」下英華有「某」字，注云：「集無『某』字。」

〔同聲〕「聲」，英華作「風」，注云：「集作『聲』。」

〔哀疊〕「哀」，英華作「衰」，注云：「集作『哀』。」

〔愍〕馬本注云：「魚覲切。」

〔永痛〕英華作「痛當」，注云：「集作『永痛』。」

〔重易〕「重」上英華無「嗚呼」二字。

## 磐石銘 并序

大和九年夏，有山客贈余磐石，轉寘於履道里第。時屬炎暑，坐卧其上，愛而銘之云爾。客從山來，遺我磐石。圓平膩滑，廣袤六尺。質凝雲白，文拆煙碧。莓苔有班，麋鹿其跡。置之竹下，風掃露滴。坐待禪僧，眠留醉客。清泠可愛，支體甚適。便是白家，夏天牀席。

【箋】作於大和九年（八三五），六十四歲，洛陽，太子賓客分司。

【校】

〔大和〕「大」，全文作「太」，非。

〔其跡〕「其」，英華作「無」。

# 東林寺白氏文集記

昔余爲江州司馬時，常與廬山長老於東林寺經藏中披閱遠大師與諸文士唱和集卷。時諸長老請余文集，亦置經藏。唯然心許他日致之，迨兹餘二十年矣。今余前後所著文大小合二千九百六十四首，勒成六十卷。編次既畢，納于藏中。且欲與二林結他生之緣，復曩歲之志也。故自忘其鄙拙焉。仍請本寺長老及主藏僧依遠公文集例，不借外客，不出寺門，幸甚！大和九年夏，太子賓客、晉陽縣開國男太原白居易樂天記。

【箋】

作於大和九年（八三五），六十四歲，洛陽，太子賓客分司。見陳譜。城按：此爲東林寺六十卷本，編定於大和九年夏。自元和十年居易初貶江州起計，先後二十一年，故曰「餘二十年」。如依舊書白居易傳、全文卷六五三所載元稹白氏長慶集序，前集五十卷爲文二二五一篇，則寶曆元年初至大和九年夏十一年中，得文七一三篇。如依元集及那波本所載白氏長慶集序，前集爲文二一九一篇計，則得七七三篇。

〔東林寺〕見卷一東林寺白蓮詩箋。

【校】

〔大和〕「大」，全文作「太」，非。

# 聖善寺白氏文集記

中大夫、守太子少傅、馮翊縣開國侯、上柱國、賜紫金魚袋太原白居易，字樂天，與東都聖善寺鉢塔院故長老如滿大師有齋戒之因，與今長老振大士爲香火之社。樂天曰：吾老矣。將尋前好，且結後緣。故以斯文寘于是院。其集七帙六十五卷，凡三千二百五十五首，元相公先作集序并目録一卷在外。題爲白氏文集，納於律疏庫樓。仍請不出院門，不借官客，有好事者任就觀之。開成元年閏五月十二日，樂天記。

【箋】

作於開成元年（八三六），六十五歲，洛陽，太子少傅分司。見陳譜。城按：此爲東都聖善寺六十五卷本，編定於開成元年夏，比上年（即大和九年）夏所編定者增多五卷，文則多二九一篇。

〔聖善寺〕見卷六八如信大師功德幢記箋。

〔如滿大師〕即佛光和尚。見卷三五山下留别佛光和尚詩箋。城按：據白氏東都十律大德長聖善寺鉢塔院主智如和尚茶毗幢記，智如卒於大和八年十二月，疑「如滿」爲「智如」之訛文。

〔振大士〕智如弟子。白氏東都十律大德長聖善寺鉢塔院主智如和尚茶毗幢記（卷六九）云：「今院主上首弟子振公……」

【校】

〔七帙〕「七」，馬本、全文俱誤作「也」，據宋本、那波本、盧校改正。

〔五首〕此下那波本、全文俱無注。

〔閏五月十二日〕馬本、全文俱作「五月十三日」，據宋本、那波本、盧校改。

## 看題文集石記因成四韻以美之

中散大夫守河南尹賜紫金魚袋李紳

寄玉蓮花藏，緘珠貝葉扃。院閑容客讀，講倦許僧聽。部列雕金牓，題存刻石銘。永添鴻寶集，莫雜小乘經。

【箋】

城按：此詩全詩卷四八三題曰「題白樂天文集」，注云：「樂天藏書東都聖善寺，號白氏文集，紳作詩以美之。」

〔李紳〕舊書卷十七下文宗紀：「（開成元年四月庚午朔），以太子賓客分司東都李紳爲河南尹。……六月戊戌朔，癸亥，以河南尹李紳檢校禮部尚書、汴州刺史、充宣武軍節度使。」是歲閏五月時，紳正在河南尹任上，蓋即題聖善寺六十五卷本之詩也。

# 唐銀青光禄大夫太子少保安定皇甫公墓誌銘 并序

公姓皇甫，諱鏞，字鉌卿。始封祖微子也。周克殷，封于宋，九代至戴公。戴公之子曰皇父，因字命族爲皇父氏。至秦徙茂陵，改父爲甫。及漢遷安定朝那，其後爲朝那人。五代祖珍義，資、建二州刺史。曾祖文房，高陵令。祖鄰幾，贈汝州刺史。考愉，累贈尚書左僕射、太子太保。妣洛陽賈氏，贈姑臧郡太夫人。公由進士出身，補夏陽主簿，試左武衛兵曹，充宣歙觀察推官，轉大理評事。詔徵授監察御史，改秘書郎，殿中侍御史内供奉。始賜朱紱銀印，充鳳翔節度判官，營田副使。旋又徵還，真拜殿内。改比部員外郎，河南令，都官郎中，河南少尹，歷太子左右庶子，並分司東都。俄又徵拜國子祭酒。未幾謝疾，改太子賓客，轉秘書監分司。又就拜檢校左散騎常侍兼太子賓客，轉秘書監分司。始加命服正三品。又遷太子少保分司，封安定縣開國男，食邑三百户。始立家廟，享三世。公先娶博陵崔氏，後娶范陽盧氏，二夫人皆有淑德，先公而歿。有二子：曰璥，曰珧。一女，適太原王諲。以開成元年七月十日，寢疾，薨于東都宣教里第，享年七十七。皇帝廢朝一日。是歲十月三日，用大葬之禮，歸全于河陰縣廣武原，從太保府君先塋，以盧夫人合祔焉。公自將仕郎累階至銀青光禄大夫，自武騎尉累勳至上柱國，自布衣而佩服金紫，自旅食而廟饗祖考。封爵被乎身，褒贈及乎先，官品蔭乎後，大其門，肥其家。儒者之榮無闕焉。皆求己稽古之力自致耳。公爲人器宇甚弘，衣冠甚偉，寡言正色，人望而敬之。至於燕游觴詠之間，則其貌温然如春，其心油然如雲也。初，元和中，公始因郎官分司東洛，由是得伊、嵩趣，愜吏隱心。故前後歷官八九，凡二十有五年，優游洛中，無哂笑意。忘得喪窮達，與道始終，澹然不動其心，以至于考終命。聞者慕之，謂爲達人。當憲宗朝，公之仲居相位，操利權也，從而附離者有之，公獨超然，雖貴介之勢不能及。及仲之失寵得罪也，從而緣坐者有之，公獨皦然，雖骨肉之親不能累。識者心伏，號爲偉人。公好學，善屬文，尤工五言七言詩，有集十八卷，又著性言十四篇。居易辱與公遊，迨二紀矣。自左右庶子歷賓客訖于少保傅，皆同官東朝，分務東周，在寮友間聞知最熟。故得以實録誌而銘曰：

賢哉少保，令問令儀。金璧其操，鸞凰其姿。德如斯，壽如斯，位如斯，嗚呼！人爵天爵，實兼有之。廣武之原，大河之湄。龜告筮從，吉土良時。封于茲，樹于茲。嗚呼！少保之墓，百代可知。

【箋】

作於開成元年（八三六），六十五歲，洛陽，太子少傅分司。見陳譜。

〔安定〕唐關内道原州，漢爲安定郡。見元和郡縣志卷三。

〔皇甫公〕皇甫鏞。舊書卷一三五、新書卷一六七俱有傳。城按：墓誌云：「公之仲居相位……」則知鏞乃鎛之兄，舊、新傳俱誤作鎛之弟。並參見卷八林下閑步寄皇甫庶子詩箋。

〔曾祖文房〕皇甫文房爲黄門侍郎皇甫文亮之弟。郎官考卷十三度支郎中：「考世系表，文亮弟文房，黄門侍郎。姓纂同。蓋俱誤互易其弟兄官位也。」

〔范陽盧氏〕白氏大和六年所作戲答皇甫監詩（卷二六）自注云：「時皇甫監初喪偶。」蓋指盧氏之喪也。

〔宣教里第〕宣教里在洛陽長夏門之東第二街。見兩京城坊考卷五。

〔享年七十七〕城按：白氏戲答皇甫監詩云：「宵寒勸酒君須飲，君是孤眠七十身。」可知大和六年鏞已年逾七十，舊傳謂「開成初除太子少保分司卒，年四十九」，大誤。

【校】

〔題〕英華「銀」上無「唐」字，「誌」下無「銘」字。

〔諱鏞〕「鏞」，馬本注云：「以中切。」

〔穌卿〕「穌」，馬本注云：「户戈切。」

〔九代〕英華作「九世」。

〔戴公〕英華作「載公」。

〔至秦〕「至」下英華有「于」字，注云：「集無『于』字。」

〔茂陵〕「陵」，馬本、全文俱作「林」，非。據宋本、那波本、英華、盧校改正。

〔贈汝州刺史〕「贈」，馬本、全文俱作「賜」，非。據宋本、那波本、英華、盧校改正。

〔真拜〕英華作「直拜」。

〔殿内〕「内」，英華、全文俱作「中」，是。

〔曰瓛〕「瓛」，馬本注云：「居影切。」

〔曰珧〕「珧」，馬本注云：「餘招切。」

〔王諲〕「諲」，馬本注云：「伊真切。」

〔無哂笑意〕馬本作「笑哂無意」，非。據宋本、那波本、英華、全文、盧校改正。城按：「哂」，英華、全文俱作「西」，是。此蓋用桓譚新論「人聞長安樂則出門西向笑」意。

〔忘得喪窮達〕「得」上馬本脱「忘」字，據盧校增。宋本、那波本俱作「忘喪窮達」，英華、全文俱作「忘懷窮達」。

〔慕之〕英華作「景泰之」，注云：「集無『景』字。」
〔公之仲〕「仲」下英華、全文俱有「弟」字。
〔曒然〕「曒」，宋本、盧校俱作「曒」。馬本注云：「吉了切。」
〔性言〕英華作「性箴」，注云：「集作『言』。」
〔十四篇〕英華作「四十篇」，并注云：「集作『十四』。」
〔誌而〕「而」上英華有「之」字。
〔樹于〕「樹」，英華作「銘」，注云：「集作『樹』。」

## 唐故銀青光禄大夫秘書監曲江縣開國伯贈禮部尚書范陽張公墓誌銘 并序

公諱仲方，字靖之，其先范陽人。晉司空茂先之後。永嘉南遷，始徙居于韶之曲江縣，後嗣因家焉。唐朝贈太常卿諱弘愈，公之曾祖也。嶺南節度使、廣州刺史、殿中監諱九皐，公之王父也。贈尚書右僕射諱抗，公之皇考也。贈潁川郡太夫人陳氏，公之皇妣也。都昌令仲端以下四人，公之兄也。監察御史仲孚以下二人，公之弟也。博陵郡夫人崔氏，公之夫人也。右清道率府胄曹景宣、進士茂玄、明經智周，公之子也。監察御史裏行楊瀚、校書郎陸賓虞，公之婿也。公即僕射府君第五子。貞元中進士舉及第，博學選登科。初補集賢殿校書郎。丁内憂，喪除復補正字。選授咸陽尉。鄜坊節度使辟爲判官，奏授監察御史裏行，俄而真拜。歷殿中，轉侍御史，倉部員外郎，金州刺史，度支郎中。駮宰相事議，出爲遂州司馬，移復州司馬。俄遷刺史。改曹州刺史，河南少尹，鄭州刺史。入爲諫議大夫，福建觀察使、兼御史中丞。徵還爲太子賓客，再爲左散騎常侍，京兆尹，華州刺史、兼御史大夫，秘書監。勳至上柱國，階至銀青光禄大夫，封至曲江縣開國伯，食邑七百户。開成二年四月某日，薨于上都新昌里第。詔贈禮部尚書。以某年八月某日，歸葬于河南府某縣某鄉某原，祔僕射府君之封域焉。公幼好學，長善屬文，俯取科第如拾地芥。著文集三十卷，藏於家。纂制詔一百卷，行於代。尤工五言章句，詩家流稱之。嘗譔先僕射府君神道碑，及丞相文獻始興公廟碑。由文得禮，秉筆者許之。文獻始興公九齡，即公之伯祖。開元中以儒學詩賦獨步一時。及輔弼明皇帝，號爲賢相。餘慶濟美，宜在於公。公沿其業，襲其文，而不嗣其位，惜哉！矧公爲人温良沖淡，恬然有君子德。立朝直清貞諒，肅然有正人風。在官寬重易簡，綽然有長吏體。爲子弟孝敬，爲伯父慈和，與朋友信，寵辱不驚其心，喜愠不形於色。入仕四十載，歷官二十五，享年七十二。才如是，禄如是，壽如是，宜哉！居易與公少同官，老同游，結交慕德，久而彌篤。故景宣等以論譔先德見託爲文。式序且銘，勒于墓石。銘曰：在唐張氏，世爲儒宗。文獻既没，鬱生我公。我公渢渢，學奥詞雄。緣情體物，有文獻風。慶襲于家，道積厥躬。駿足逸翮，天驥冥鴻。始自筮仕，迄于達官。六刺藩部，再珥貂蟬。大諫選重，尹京才難。賓于望苑，寵在蓬山。凡所踐歷，皆有可觀。終然允臧，已矣歸全。嗚呼！洛郊北阡，邙阜西原。佳城一閉，陵谷推遷。所不泯者，令名藹然。

【箋】

作於開成二年（八三七），六十六歲，洛陽，太子少傅分司。

〔曲江縣〕唐屬嶺南道韶州。見元和郡縣志卷三四。

〔張公〕張仲方。舊書卷九九、新書卷一二六附張九齡傳。又舊書卷一七一另有傳。城按：白氏常樂里閑居偶題十六韻兼寄劉十五公輿王十一起吕二炅吕四穎崔十八玄亮元九稹劉三十二敦質張十五仲方時爲校書郎（卷五）、秋日與張賓客舒著作同遊龍門醉中狂歌凡百三十八字（卷二九）、贈皇甫六張十五李二十三賓客（卷三一）、早春招張賓客（卷三一）等詩均係酬仲方之作，故墓誌云：「居易與公少同官，老同游，結交慕德，久而彌篤。」

〔公之王父〕城按：舊書卷九九張九齡傳云：「九臯曾孫仲方。」新書卷一二六張九齡傳云：

「九齡弟九皐，亦有名，終嶺南節度使，其曾孫仲方。」舊書一七一張仲方傳云：「祖九皐，廣州刺史、殿中監、嶺南節度使。」舊書仲方傳蓋本之白氏墓誌，應從本傳爲是。又寶刻叢編卷十九引集古録目云：「唐張九皐碑、唐工部尚書蕭昕撰，九皐孫曹州刺史仲方書。九皐，范陽人，仕至殿中監，以長慶三年立。」亦可證張九齡傳所叙之誤。

〔陸賓虞〕吴郡人。大和元年進士。即陸龜蒙之父。見登科記考卷二〇引北夢瑣言。

〔駮宰相事議〕舊書卷一七一張仲方傳：「吉甫卒，入爲度支郎中。時太常定吉甫謚爲『恭懿』，博士尉遲汾請爲敬憲。仲方駮議曰：『……請俟蔡寇將平，天下無事，然後都堂聚議，謚亦未遲。』憲宗方用兵，惡仲方深言其事，怒甚，貶爲遂州司馬。」

〔京兆尹〕舊書卷一七一張仲方傳：「（大和）九年十一月，李訓之亂，四宰相、中丞、京兆尹皆死。翌日，兩省官入朝，宣政衙門未開，百官錯立於朝堂，無人吏引接。逡巡，閤門使馬元贄斜開宣政衙門傳宣曰：『有勑召左散騎常侍張仲方。』仲方出班。元贄宣曰：『仲方可京兆尹。』然後衙門大開，唤仗。月餘，鄭覃作相，用薛元賞爲京兆尹，出仲方爲華州刺史。」册府元龜卷六七五牧守部仁惠：「張仲方，太（大）和末爲京兆尹，時將相以甘露事從累者皆大戮，仲方密令識之。旋詔下令收葬，得認遺骸，實仲方之力也。」城按：仲方爲李德裕所惡，蓋依附李宗閔者，據白氏秋日與張賓客舒著作同遊龍門醉中狂歌凡百三十八字詩，可知其與舒元輿亦相善。元輿死於甘露之變，據册府元龜所載，其間不無人事之脈絡可尋索，則仲方之舉動，亦非出於偶然也。

【校】

〔題〕「墓誌」下馬本脱「銘」字，據宋本、那波本、全文增。又英華「故」上無「唐」字，「誌」下亦脱「銘並序」三字。

〔范陽人〕「人」下英華有「也」字，注云：「集無『也』字。」

〔諱抗〕「抗」，英華作「杭」，注云：「集作『抗』。」

〔潁川〕「潁」，馬本、英華俱訛作「穎」，據宋本、那波本、全文改正。

〔太夫人〕「夫」上馬本脱「太」字，據宋本、那波本、英華、全文、盧校增。

〔都昌〕「都」，宋本作「郡」，非。

〔率府胄曹〕「胄曹」，宋本、馬本、那波本俱倒作「曹胄」，據英華、全文乙轉。

〔集賢殿〕「殿」，馬本、全文俱作「院」，非。據宋本、那波本、英華、盧校改正。

〔咸陽〕此下英華、全文俱有「縣」字。

〔真拜〕英華作「徵拜」。

〔度支郎中〕「度」上那波本空一字。

〔事議〕「事」，英華作「謚」。

〔復州司馬〕「馬」，英華作「士」，注云：「集作『馬』。」

〔俄遷〕「遷」，英華作「拜」，注云：「集作『遷』。」

〔改曹州〕「改」，英華作「遷」，注云：「集作『改』。」
〔勳至〕「至」，英華作「賜」，注云：「集作『至』。」
〔上都〕「都」，英華作「郡」，注云：「集作『都』。」
〔某原〕「原」，馬本作「村」，非。據宋本、那波本、英華、全文、盧校改正。
〔祔僕射府君〕「僕」上馬本脱「祔」字，據宋本、那波本、英華、全文、盧校增。
〔得禮〕英華作「得理」。
〔沿其業〕「沿」，英華作「濟」。
〔四十載〕「四」，英華作「三」，注云：「集作『四』。」
〔結交〕英華作「交心」，注云：「集作『結交』。」
〔在唐〕英華作「有唐」，注云：「集作『在』。」
〔迄于〕「迄」，英華作「訖」，注云：「集作『迄』。」

## 齒落辭 并序

開成二年，予春秋六十六。瘠黑衰白，老狀具矣，而雙齒又墮。慨然感歎者久之，因爲齒落辭以自廣。其辭曰：

嗟嗟乎雙齒！自吾有爾。俾爾嚼肉咀蔬，銜盃漱水。豐吾膚革，滋吾血髓。從幼逮老，勤亦至矣。幸有輔車，非無齗齶。胡然捨我，一旦雙落？齒雖無情，吾豈無情？老與齒別，齒隨涕零。我老日來，爾去不迴。嗟嗟乎雙齒，孰謂而來哉？孰謂而去哉？齒不能言，請以意宣。爲君口中之物，忽乎六十餘年。昔君之壯也，血剛齒堅；今君之老矣，血衰齒寒。輔車齗齶，日削月朘。上參差而下䶗齵，曾何足以少安？嘻，君其聽哉！女長辭姥，臣老辭主，髮衰辭頭，葉枯辭樹。物無細大，功成者去。君何嗟嗟？獨不聞諸道經：我身非我有也，蓋天地之委形。君何嗟嗟？又不聞諸佛説：是身如浮雲，須臾變滅。由是而言，君何有焉？所宜委百骸而順萬化，胡爲乎嗟嗟於一牙一齒之間？吾應曰：吾過矣，爾之言然。

【箋】作於開成二年（八三七），六十六歲，洛陽，太子少傅分司。見陳譜。

【校】〔自吾有爾〕「爾」上宋本、馬本、那波本俱衍「之」字。又「爾」馬本訛作「而」。據盧校改正。

〔血髓〕「髓」，馬本訛作「瀡」，據宋本、那波本、盧校改正。

〔齗齶〕「齶」，宋本、那波本俱作「咢」，下同。又，馬本「齗」下注云：「魚巾切。」「齶」下注云：

「逆各切。」

〔爲君〕「爲」下馬本脱「君」字，據宋本、那波本、盧校增。

## 醉吟先生傳

醉吟先生者，忘其姓字、鄉里、官爵，忽忽不知吾爲誰也。宦遊三十載，將老，退居洛下。所居有池五六畝，竹數千竿，喬木數十株，臺榭舟橋，具體而微，先生安焉。家雖貧，不至寒餒；年雖老，未及耄。性嗜酒、耽琴、淫詩，凡酒徒、琴侶、詩客多與之游。游之外，棲心釋氏，通學小中大乘法。與嵩山僧如滿爲空門友，平泉客韋楚爲山水友，彭城劉夢得爲詩友，安定皇甫朗之爲酒友。每一相見，欣然忘歸。洛城内外六七十里間，凡觀寺丘墅有泉石花竹者，靡不游。人家有美酒鳴琴者，靡不過。有圖書歌舞者，靡不觀。自居守洛川洎布衣家，以宴遊召者，亦時時往。每良辰美景，或雪朝月夕，好事者相過，必爲之先拂酒罍，次開詩篋。酒既酣，乃自援琴，操宫聲，弄秋思一遍。若興發，命家僮調法部絲竹，合奏霓裳羽衣一曲。若歡甚，又命小妓歌楊柳枝新詞十數章。放情自娱，酩酊而後已。往往乘興，屨及鄰，杖於鄉，騎遊都邑，肩舁適野。舁中置一琴一枕，陶、謝詩數卷。舁竿左右懸雙酒壺，尋水望山，率情便去。抱琴引酌，興盡而返。如此者凡十年，其間日賦詩約千餘首，歲釀酒約數百斛，而十年前後賦釀者不與焉。妻孥弟姪慮其過也，或譏之不應，至于再三，乃曰：凡人之性鮮得中，必有所偏好。吾非中者也，設不幸吾好利而貨殖焉，以至于多藏潤屋，賈禍危身，奈吾何！設不幸吾好博弈，一擲數萬，傾財破産，以至于妻子凍餒，奈吾何！設不幸吾好藥，損衣削食，鍊鉛燒汞，以至于無所成，有所誤，奈吾何！今吾幸不好彼，而自適於盃觴諷詠之間。放則放矣，庸何傷乎！不猶愈於好彼三者乎！此劉伯倫所以聞婦言而不聽，王無功所以遊醉鄉而不還也。遂率子弟入酒房，環釀甕，箕踞仰面，長吁太息曰：吾生天地間，才與行不逮於古人遠矣。而富於黔婁，壽於顔淵，飽於伯夷，樂於榮啓期，健於衛叔寶。幸甚幸甚，餘何求哉！若捨吾所好，何以送老？因自吟詠懷詩云：「抱琴榮啓樂，縱酒劉伶達。放眼看青山，任頭生白髮。不知天地内，更得幾年活。從此到終身，盡爲閑日月。」吟罷自哂，揭甕撥醅，又引數盃，兀然而醉。既而醉復醒，醒復吟，吟復飲，飲復醉。醉吟相仍，若循環然。繇是得以夢身世，雲富貴，幕席天地，瞬息百年，陶陶然，昏昏然，不知老之將至，古所謂得全於酒者，故自號爲醉吟先生。于時開成三年，先生之齒六十有七，鬚盡白，髮半禿，齒雙缺，而觴詠之興猶未衰。顧謂妻子云：今之前吾適矣，今之後吾不自知其興何如！

【箋】

作於開成三年（八三八），六十七歲，洛陽，太子少傅分司。見陳譜。城按：唐語林云：「白居易葬龍門山，河南尹盧貞刻醉吟先生傳於石，立於墓側。相傳洛陽士人及四方游人過矚墓者，必奠以卮酒，故塚前方丈之土常成渥。」

〔醉吟先生〕居易自號。又見繼之尚書自余病來寄遺非一又蒙覽醉吟先生傳題詩以美之今以此篇用伸酬謝詩（卷三五）及醉吟先生墓誌銘（卷七一）。

〔如滿〕見卷三五山下留別佛光和尚詩箋。

〔韋楚〕見卷二二秋遊平泉贈韋處士閑禪師詩箋。

〔皇甫朗之〕皇甫曙。見卷二九池上清晨候皇甫郎中、卷三三龍門送別皇甫澤州赴任韋山人南遊等詩箋。

〔富於黔婁五句〕困學紀聞卷十七：「白樂天云：『富於黔婁，壽於顏回，飽於伯夷，樂於榮啓期，健於衛叔寶。』達人之言也。」

〔詠懷詩〕即卷三〇洛陽有愚叟詩。

【校】

〔未及耄〕「耄」上英華、全文俱有「昏」字。

〔相見〕英華作「相遇」。

〔洎布衣家〕「洎」，馬本作「韋」，非。據宋本、那波本、英華、全文、盧校改正。城按：宋本、那波本俱作「梟」，字通。

〔相過〕「過」，英華作「遇」，注云：「集作『過』。」

〔詩篋〕宋本、馬本、那波本俱倒作「篋詩」，據英華、全文乙轉。

〔履及鄰〕「履」，宋本、那波本、英華、盧校俱作「屨」。英華注云：「一作『履』。」

〔肩舁〕「舁」，英華作「轝」。下同。又馬本注云：「雲俱切。」

〔陶謝詩〕「詩」下英華有「書」字。

〔其間日〕英華作「山間」二字，注云：「二字集作『其間日』。」

〔歲釀〕宋本、那波本、英華俱作「日釀」，非。

〔凍餒〕「餒」，宋本、那波本、盧校俱作「餓」。

〔放則〕「則」，英華作「即」，注云：「集作『則』。」

〔顔淵〕「淵」，宋本、那波本、英華俱作「回」。

〔幾年〕「年」，英華作「時」，注云：「集作『年』。」

〔又引〕英華作「又飲」。

〔繇是至百年〕英華無此十八字。

〔開成三年〕「三年」，全文訛作「二年」。

〔鬚盡白〕「鬚」，英華作「鬢」，注云：「集作『鬚』。」

## 蘇州南禪院千佛堂轉輪經藏石記

千佛堂轉輪經藏者，先是郡太守居易發心，蜀沙門清閑矢謨，吴僧常敬、弘正、神益等僝功，商主鄧子成、梁華等施財，院僧法弘、惠滿、契元、惠雅等蕆事。大和二年秋作，開成元年春成。堂之中上蓋下藏。堂之費計緡萬，藏與經之費計緡三千六百。蓋之間，輪九層，佛千龕，彩繪金碧以爲飾，環蓋懸鏡六十有二。藏八面，面二門，丹漆銅鍇以爲固，環藏敷座六十有四。藏之内，轉以輪，止以柅，經函二百五十有六，經卷五千五十有八。南閻浮提内大小乘經凡八萬四千卷，按唐開元經録名數與此經藏同於閻浮大數二十之一也。藏成經具之明年，蘇之緇白徒聚謀曰：今功德如是，誰其尸之？宜請有福智僧，越之妙喜寺長老元遂禪師爲之主，宜請初發心人前本部守白少傅爲之記。僉曰：然。師既來，教行如流，僧至如歸，供施達嚫，隨日而集。堂有羨食，路無饑僧，游者學者，得以安給。惠利饒益，不可思量。師又日與苾蒭衆升堂焚香，合十指，禮千佛，然後啓藏發函，鳴揵椎，唱伽陀，授持讀諷十二部經。經聲洋洋，充滿虚空，上下近遠，有情識者，法音所及，無不蒙福。法力所攝，鮮不歸心。佻然巽風，一變至道。所得功德，不自覺知。繇是而言，是堂是藏是經之用，信有以表旌覺路也，脂轄法輪也，示火宅長者子之便門也，開毛道凡夫生之大寶也。亶其然乎！又明年，院之僧徒三詣雒都，請予爲記。夫記者不唯紀年月，述作爲，亦在乎辨興廢，示勸誡也。我釋迦如來有言：一切佛及一切法皆從經出。然則法依於經，經依於藏，藏依於堂。若堂壞則藏廢，藏廢則經墜，經墜則法隱，法隱則無上之道幾乎息矣。嗚呼！凡我國土宰官支提上首暨摩摩帝輩，得不虔奉而護念之乎！得不保持而增修之乎！經有缺必補，藏有隙必葺，堂有壞必支。若然者，真佛弟子，得福無量；反是者，非佛弟子，得罪如律。開成二年二月一日記。

【箋】

作於開成二年（八三七），六十六歲，洛陽，太子少傅分司。見陳譜。城按：輿地紀勝卷五平江府碑記有南禪院千佛堂轉輪經石記。

〔南禪院〕吴郡志卷三一：「南禪寺，唐有之，今不知所在。」乾隆江南通志卷四四輿地志寺觀：「南禪寺在府城南，唐開成間建，有千佛堂轉輪經藏。白居易在郡嘗書長慶集留千佛堂。吴郡志云：『南禪寺，唐有之，今失所在。』按：今寺在郡學東，本名集雲，明洪武中寶曇和尚奏改爲南禪集雲寺。」

〔清閑〕見卷二七贈僧詩之五清閑上人箋。

【校】

〔郡太守〕英華作「郡守」，注云：「集有『太』字。」

〔矢謨〕英華作「挾」，注云：「集作『矢』。」

〔商主〕「商」，那波本、英華、全文俱作「檀」，英華注云：「集作『商』。」

〔梁華〕此下英華注云：「一有『曹公政王集周順』七字。」

〔法弘〕此下英華注云：「一作『供』。」

〔藏事〕「藏」，馬本、那波本、英華俱訛作「藏」，據宋本、全文、盧校改正。

〔蓋之間〕「蓋」上英華重「藏」字。

〔輪九層〕「輪」，英華作「轉」。

〔鍇〕馬本注云：「居諧切。」

〔敷座〕「敷」，英華作「敦」，注云：「集作『敷』。」

〔有八〕此下那波本、全文俱無注。

〔白徒〕「徒」上英華無「白」字，注云：「集有『白』字。」

〔思量〕此下英華有「既而遂隨緣西去又請本郡乾元寺禪僧德暉大師嗣之暉既至」二十五字。注云：「集無此二十五字。」

〔達嚫〕「嚫」下馬本注云：「初覲切。」全文作「襯」。

〔師既來〕「師」，英華作「遂」，注云：「集作『師』。」

〔今功德〕英華作「今之功德」，注云：「集無『之』字。」

〔蒻衆〕英華作「蒻徒」，注云：「集作『衆』。」

〔巽風〕英華作「吴風」，注云：「集作『巽』。」

〔子之〕英華無「子」字，注云：「集有『子』字。」

〔是藏是經〕馬本倒作「是經是藏」，據宋本、那波本、英華、全文、盧校乙轉。

〔亶其然乎〕英華重此四字，注云：「集不疊此四字。」

〔述作爲〕「爲」，馬本作「焉」，非。據宋本、那波本、英華、全文、盧校改正。

〔一切法〕「法」，英華作「經」，注云：「集作『法』。」

〔經出〕「經」，英華作「何」，注云：「集作『經』。」

〔開成二年二月一日〕英華、全文俱作「開成四年二月二日」。

# 蘇州南禪院白氏文集記

唐馮翊縣開國侯太原白居易，字樂天，有文集七袠，合六十七卷，凡三千四百八十七首。其間根源五常，枝派六義，恢王教而弘佛道者，多則多矣。然寓興、放言、緣情、綺語者，亦往往有之。樂天，佛弟子也，備聞聖教，深信因果。懼結來業，悟知前非。故其集家藏之外，别録三本：一本寘于東都聖善寺鉢塔院律庫中，一本寘于廬山東林寺經藏中，一本寘于蘇州南禪院千佛堂内。夫惟悉索弊文歸依三藏者，其意云何？且有本願，願以今生世俗文字放言綺語之因，轉爲將來世世讚佛乘轉法輪之緣也。三寶在上，實聞斯言。開成四年二月二日，樂天記。

【箋】

作於開成四年（八三九），六十八歲，洛陽，太子少傅分司。見陳譜。城按：此乃開成四年春六十七卷定本，距開成元年夏聖善寺本，三年中計增二卷，文增二三二篇。除家藏外，别録三本，一存廬山東林寺，一存東都聖善寺，一存蘇州南禪寺，前此庋東林寺之六十卷本，聖善寺之六十五卷本，是否换回改定，抑續寫送上，亦難考知。

【校】

〔多則多矣〕「矣」上馬本、全文俱脱「則多」二字，據宋本、那波本、盧校增。

# 白居易集箋校卷第七十一

## 碑記銘吟偈 凡十一首

### 淮南節度使檢校尚書右僕射趙郡李公家廟碑銘 并序

王建侯，侯建廟，廟有器，器有銘。所以論撰先德，明著後代，或書于鼎，或文于碑。古今之通制也。維開成某年某月某日，宣武軍節度使、檢校尚書右僕射、汴州刺史、上柱國、賜紫金魚袋趙郡李公，齋沐祇慄，拜章上言，請立先廟以奉常祀。於是得請于天子，承式于有司。是歲某月某日，經始于東都，明年某月某日，有事于新廟。外盡其物，内盡其志。三獻百順，神格禮成。其友居易以李氏宗祖世家名爵與僕射志行官業書于麗牲之碑。謹按家略：九代祖善權，後魏譙郡守。八代祖延觀，徐、梁二州刺史。七代祖續，某郡太守。六代祖顯達，隨潁州刺史。五代祖遷，皇朝某某二州別駕，贈德州刺史。高祖孝卿，右散騎常侍，贈鄧州刺史。曾祖府君諱敬玄，總章、儀鳳間歷吏部尚書，同中書門下三品，中書令，弘文館大學士，監修國史，封趙國公，謚曰文憲。才智職業，載在國史。今祭于第一室，以妣蒯國夫人范陽盧氏配焉。王父府君諱守一，屬世難家故，不求聞達，避榮樂道，與時浮沉。終成都府郫縣令。祭于第二室，以妣滎陽夫人鄭氏配焉。先考府君諱晤，歷金壇、烏程、晉陵三縣令。府君爲人篤於家行，飾以吏事。動有常度，居無惰容。所莅之所有善政，辭滿之日多遺愛。不登貴仕，其命矣夫！今祭于第三室，以先妣上谷夫人范陽盧氏配焉。府君累贈至尚書右僕射，夫人累贈至上谷郡太夫人，前後凡三追命，六告身。渥澤疊洽，自葉流根，從子貴也。郫縣暨晉陵府君咸善積于躬，道屈於位。儲祉流慶而僕射生焉。僕射名紳，字公垂。六歲，丁晉陵府君憂，孺慕號踴，如成人禮。九歲，終制，孝養上谷太夫人，年雖幼，承順無違，家雖貧，甘旨無闕。侍親之疾，冠帶不解者三載，餘可知也。執親之喪，水漿不入口者五日，餘可知也。先是，祖妣考妣晉陵府君前娶夫人裴氏，無子早卒。洎叔父兄妹之殯，咸未歸祔，各處一方。公在斬縗中，親護九喪，匍匐萬里，及期，喪事禮無闕違。至誠感神，有靈烏瑞芝之應，事動鄉里，名聞公卿。言孝友者以爲表率。憲宗嗣統三年，李錡盜據京口。公寓居無錫，會擢第東歸，錡聞公名，署職引用。初詢以謀畫，結舌不對；次强以章檄，絶筆不書。誘之以厚利不從，迫之以淫刑不動。將戮辱者數四，就幽囚者七旬，誠貫神明，有死無二。言名節者以爲準程。朝庭嘉之，拜右拾遺。歲餘，穆宗知公忠孝文行，召入翰林，特授司封員外郎、知制誥，遷中書舍人。承顔造膝，知無不言。獻替啓沃，如石投水。俄拜御史中丞，户部侍郎。既而望屬台衡，朝當晏駕。時移世變，遂出掾高要，佐潯陽，旋爲滁、壽二州刺史。大凡公之爲政也，應用無方，所居必化。莅理二郡，以去害爲先，故有盜奔獸依之感。廉察浙右，以分憂爲功，故有卹鄰活殍之惠。尹正河洛，以革弊爲急，故有摘姦抉蠹之威。文宗知公全才，知汴難理，乃授鈇鉞，俾鎮綏之。初宣武師人驕强狠悍，狃亂徼利，積習生常。公既下車，盡知情僞，刑賞信惠，合以爲用。一年而下懲勸，二年而下服畏，三年而下恥格。肅然丕變，薰然大和。撫之五年，人俗歸厚。至於捍大患，禦大災，却飛蝗，遏暴水，致歲於豐稔，免人於墊溺。噫！微公之力，汴之民其爲殣乎，其爲魚乎！殊績尤課，不可具舉。天下征鎮，淮海爲大，非公作帥，不足以長東諸侯。制加銀青光禄大夫、揚州長史、淮南諸道節度觀察等使，餘如故。詔下之日，出次于外。軍門不擊柝，里巷無吠犬。從容五日，按節而東。百姓三軍，挈壺漿，捧簞醪，遮道攀餞者動以萬輩。皆嗚咽流涕，如嬰兒之别慈母焉。噫！若非襦袴之惠及其幼，雞豚之養及其老，又推赤心置人腹中者，則安能化暴戾之俗一至於此乎？西人泣送，東人歌迎。梁、楚千里，風變化移。膏雨景星，所至蒙福。于時開成、會昌之際，上方致理，公未登庸。顒顒蒼生，環望而已。盛矣哉！大丈夫生於世也，以忠貞奉于君，以義利惠乎人，以黻冕貴乎身，以宗廟顯乎親，以孝敬交乎神。宜其荷百禄，輔一德，爲有唐之宗臣者歟？君子謂李氏之廟也休哉！公之祭也順哉！然曰有孫如此，有子如此，可謂孝也。故其碑銘云：

祭祀從貴，爵土有秩。諸侯之廟，一宫三室。皇皇西室，皇祖中書。孝孫追遠，昭穆有初。顯顯中室，王父郫令。順孫祇享，盡慤盡敬。肅肅東室，先考晉陵。嗣子奉薦，孝思蒸蒸。嗣子其誰？僕射公垂。公垂翼翼，齋嚴諒直。爲子爲臣，有典有則。載膺休命，載踐右職。以孝肥家，以忠肥國。乃授侯伯，纛鉞旅戟。乃饗祖禰，牲牢黍稷。家聲振耀，國典褒飾。六命徽章，三世血食。光大遺訓，顯揚先德。子孫承之，垂裕無極。

【箋】

作於會昌元年（八四一），七十歲，洛陽。太子少傅分司。城按：此卷那波本編在卷七〇。

〔趙郡李公〕李紳。舊書卷一七三、新書卷一八一有傳。城按：全文卷七三八沈亞之李紳傳：「李紳者，本趙人。」晁公武郡齋讀書志卷四及辛文房唐才子傳卷六均謂李紳爲亳州人，蓋趙郡乃李氏之郡望，後移家亳州。考新書卷七二上宰相世系表趙郡李氏，晉以後分成三支，即「東祖」、「西祖」、「南祖」。「南祖」之後有善權，後魏譙郡太守，徙居譙，生延觀，徐、梁二州刺史。即李紳之八代祖。後紳父晤，歷金壇、烏程、晉陵三縣令，因寓家無錫。沈亞之李紳傳云：「徙家吴中。」李紳過梅里七首詩序云：「家于無錫四十載。」舊傳云：「潤州無錫人。」新傳云：「世宦南方，客潤州。」又按：據舊、新書地理志及元和郡縣志，均以無錫屬常州，舊、新傳以無錫屬潤州，誤。

〔宣武軍節度使〕開成元年六月，李紳自河南尹除宣武軍節度使。開成五年九月，代李德裕爲淮南節度使。見舊書卷十七下文宗紀、卷十八上武宗紀。

〔僕射生焉〕今人卞孝萱李紳年譜據李紳墨詔持經大德神異碑銘，謂紳生於大曆七年。

〔六歲〕舊書卷一七三李紳傳：「紳六歲而孤，母盧氏教以經義。」

〔兄〕李繼。城按：舊、新書本傳俱未言李紳有兄弟，考唐文拾遺卷二八李紳唐故試太常寺奉禮郎趙郡李府君墓誌文云：「府君諱繼，字興嗣，晉陵府君長子，先□人裴氏出也。」可知其兄爲異母裴氏所出。

〔李錡盜據京口以下十五句〕李紳，元和元年，登進士第。由長安東歸，經潤州，浙西節度使李錡留掌書記。李錡反，召紳作疏，紳陽怖栗，至不能爲字，下筆輒塗去，盡數紙。錡怒，即囚紳獄中。錡誅乃免。見沈亞之李紳傳、新書卷一八一李紳傳、唐才子傳卷六。

〔拜右拾遺〕舊書李紳傳：「錡誅，朝廷嘉之，召拜右拾遺。」此誤蓋本之白氏趙郡李公家廟碑。城按：丁居晦重修承旨學士壁記：「李紳，元和十五年閏正月十三日，自右拾遺内供奉充。」李紳南梁行詩注：「元和十四年，故山南節度僕射崔公奏觀察判官，蒙以書奏見委，常戲拙速。」又云：「是歲五月，蒙恩除右拾遺。」又李紳趨翰苑遭誣搆詩注：「穆宗聽政五日，蒙恩除右拾遺，與淮南李公召入翰林也。」「崔公」爲崔從，「李公」爲李德裕，則知元和十四年所除乃右拾遺内供奉，入翰林時始真授，故詩注兩言除右拾遺，其初除右拾遺内供奉亦爲誅李錡後十二年事，非元和二年錡被誅時也。

〔司封員外郎〕據舊書穆宗紀，長慶元年三月己未，以左補闕李紳爲司勳員外郎，依前知制誥、翰林學士。丁居晦重修承旨學士壁記、元稹承旨學士院記俱同。勞格郎官考謂「司封」乃「司勳」之誤。

〔中書舍人〕長慶二年二月，李紳自司勳員外郎、知制誥遷中書舍人，依前充翰林學士。見舊書穆宗紀、舊書李紳傳、元稹承旨學士院記、丁居晦重修承旨學士壁記。

〔御史中丞〕長慶三年三月，李紳改御史中丞，出院。見承旨學士院記。

〔户部侍郎〕舊書卷十六穆宗紀：「（長慶三年十月），以兵部侍郎韓愈爲吏部侍郎，新除江西觀察使李紳爲户部侍郎。」

〔出掾高要〕穆宗卒，敬宗立，長慶四年二月，紳爲李逢吉所陷害，出爲端州司馬。見舊書卷十七上敬宗紀、卷一七三李紳傳。

〔佐潯陽〕寶曆元年五月，紳自端州司馬量移江州長史。見全詩卷四八〇李紳趨翰苑遭誣搆四十六韻詩自注。

〔滁壽二州刺史〕卞孝萱李紳年譜引光緒滁州志卷四之二職官志二名宦李紳條云：「大和二年，遷滁州刺史。」又大和四年（庚戌）自滁州轉壽州，見全詩卷四八〇李紳轉壽春守大和庚戌歲二月祗命壽陽……詩。

〔廉察浙右〕舊書卷十七下文宗紀：「（大和七年閏七月）癸未，以太子賓客李紳檢校左散騎常侍、兼越州刺史、充浙東觀察使代陸亘。」城按：舊傳作「七月」，誤。

〔尹正河洛〕舊書卷十七下文宗紀：「（開成元年四月庚午），以太子賓客分司東都李紳爲河南尹。」

**【校】**

〔十一首〕宋本、馬本俱誤作「九首」，據實數改。

〔題〕文粹作「唐淮南節度使檢校尚書右僕射趙郡李公家廟碑」。

〔宣武軍節度使〕「武」下英華衍「御史」二字。

〔其志〕「志」，馬本作「心」，非。據宋本、那波本、文粹、英華、全文、盧校改正。

〔李氏宗祖〕「宗祖」，英華作「南祖」，注云：「唐宰相世系表，李乃趙郡李氏，有南祖、西祖、東祖。集作『宗廟』，非。」英華辨證卷九：「白居易趙郡李公家廟碑『李氏南祖』，此李紳也。唐宰相世系表：紳本趙郡李氏，有南祖、西祖、東祖，白集以南作宗。」

〔潁州〕「潁」，宋本、馬本、那波本俱作「穎」，非。據全文改正。英華作「頴」，乃穎之俗字，亦非。

〔某郡〕英華作「馬頭」。

〔某某二州〕「某某」，英華、文粹、全文俱作「宜穀」。

〔孝卿〕「孝」，英華作「季」，注云：「集、粹作『孝』。」

〔鄧州〕「鄧」，英華作「德」，注云：「集、粹作『鄧』。」

〔敬玄〕「玄」，全文作「元」，蓋避清諱改。

〔吏部尚書〕「尚書」下英華有「侍郎」二字。文粹作「侍郎」。

〔蒯國〕「蒯」下英華注云：「集作『蒯』，非。」文粹、全文俱作「薊」。

〔家故〕「故」，馬本、全文俱作「徙」，非。據宋本、那波本、英華、文粹、盧校改正。

〔郫縣〕「郫」，馬本注云：「蒲糜切。」

〔祭于〕「祭」上英華無「今」字。

〔諱晤〕「晤」下英華注云：「集作『悟』，非。」

〔之所〕英華、全文俱作「之邑」。

〔今祭于〕「祭」上英華無「今」字。

〔六告身〕「身」，宋本、那波本、文粹俱作「第」。英華注云：「二本作『弟』。」

〔暨晉陵〕「暨」，宋本作「臮」，乃「暨」之古文。又英華、盧校俱作「洎」。城按：「暨」、「洎」字通。那波本作「泉」，蓋「臮」之訛文。

〔祖妣〕「妣」上英華無「祖」字。

〔考妣〕此下那波本、全文俱無注。

〔各處〕「處」，英華作「隅」，注云：「集作『處』。」

〔及期〕「期」，全文作「其」，注云：「一作『期』。」

〔喪事〕「喪」，馬本、全文俱作「襄」，據宋本、那波本、文粹、英華改。

〔至誠〕宋本、那波本、文粹俱作「至諴」。英華注云：「文粹作『諴』。」

〔會擢第〕「擢」上英華無「會」字。

〔誠貫〕「貫」，英華作「質」。

〔拜右拾遺〕「拜」，馬本作「爲」，非。據宋本、那波本、文粹、英華、全文、盧校改正。

〔承顔造膝〕英華作「承旨前膝」，注云：「二本作『承顔色膝』。」

〔獸依〕文粹、英華俱作「獸伏」，注云：「集作『伏』。」

〔分憂爲功〕「功」，宋本、那波本、文粹、盧校俱作「切」。

〔知汴難〕「知」下英華注云：「文粹作『以』。」

〔捍大患〕「捍」，馬本訛作「悍」，據宋本、那波本、文粹、英華、全文、盧校改正。

〔諸道〕英華作「諸州」，注云：「二本作『道』。」

〔其幼〕文粹作「其幼稚」。

〔其老〕文粹作「其老艾」。

〔歌迎〕「迎」，英華作「迓」，注云：「二本作『迎』。」

〔風變〕「變」，宋本、那波本、文粹、盧校俱作「交」。

〔環望〕「環」，英華作「還」。

〔銘云〕「云」，英華作「曰」，注云：「二本作『云』。」

〔爵土〕「土」，英華作「士」，注云：「二本作『土』。」

〔孝孫〕「孝」，英華作「曾」，注云：「二本作『孝』。」

〔盡慤〕此下英華注云：「文粹作『孝』。」

〔肥國〕「肥」，英華作「報」，注云：「二本作『肥』。」

〔顯揚〕宋本作「顯楊」。

## 白蘋洲五亭記

湖州城東南二百步，抵霅溪，連汀洲。洲一名白蘋，梁吴興守柳惲於此賦詩云：

「汀洲採白蘋。」因以爲名也。前不知幾千萬年，後又數百載，有名無亭，鞠爲荒澤。至大曆十一年，顔魯公真卿爲刺史，始剪榛導流，作八角亭以游息焉。旋屬災潦薦至，沼堙臺圮。後又數十載，委無隙地。至開成三年，弘農楊君爲刺史，乃疏四渠，濬二池，樹三園，構五亭。卉木荷竹，舟橋廊室，泊遊宴息宿之具，靡不備焉。觀其架大溪、跨長汀者，謂之白蘋亭。介二園、閲百卉者，謂之集芳亭。面廣池、目列岫者，謂之山光亭。玩晨曦者，謂之朝霞亭。狎清漣者，謂之碧波亭。五亭間開，萬象迭入，嚮背俯仰，勝無遁形。每至汀風春，溪月秋，花繁鳥啼之旦，蓮開水香之夕，賓友集，歌吹作，舟棹徐動，觴詠半酣，飄然怳然。遊者相顧，咸曰：此不知方外也，人間也。又不知蓬、瀛、崑、閬，復何如哉？時予守官在洛，楊君緘書賫圖，請予爲記。予按圖握筆，心存目想。覼縷梗概，十不得其二三。大凡地有勝境，得人而後發；人有心匠，得物而後開。境心相遇，固有時耶！蓋是境也，實柳守濫觴之，顔公椎輪之，楊君繪素之，三賢始終，能事畢矣。楊君前牧舒，舒人治；今牧湖，湖人康。康之由革弊興利，若改茶法，變税書之類是也。利興，故府有羨財；政成，故居多暇日。繇是以餘力濟高情，成勝概。三者旋相爲用，豈偶然哉？昔謝、柳爲郡，樂山水，多高情，不聞善政。龔、黄爲郡，憂黎庶，有善政，不聞勝概。兼而有者，其吾友楊君乎！君名漢公，字用乂。恐年祀久遠，來者不知，故名而字之。時開成四年十月十五日記。

【箋】

作於開成四年（八三九），六十八歲，洛陽，太子少傅分司。見陳譜。城按：金石録卷十第一千八百三十八：「唐白蘋洲五亭記，白居易撰，馬纘正書，開成四年十月。」寶刻叢編卷十四湖州引金石録此條同。

〔白蘋洲〕輿地紀勝卷四安吉州：「白蘋洲在霅溪東顔真卿茅亭上，有梁太守柳惲詩。洲内有池，池中有千葉蓮。有三園，唐開成中楊漢公立。見白居易記。」嘉泰吴興志卷十三：「白蘋亭在白蘋洲北，唐貞元中建，後刺史楊漢公重葺。白居易記曰：『以其架大溪、跨長汀者，謂之白蘋亭。』蘋洲諸亭自築倉後，惟此獨存。」

〔柳惲〕白氏得楊湖州書頗誇撫民接賓縱酒題詩因以絶句戲之詩（卷三四）云：「豈獨愛民兼愛客，不唯能飲又能文。白蘋洲上春傳語，柳使君輸楊使君。」

〔顔魯公真卿〕舊書卷一二八、新書卷一五三有傳。城按：舊傳云：「貶硤州別駕，撫州、湖州刺史。」新傳云：「貶峽州別駕，改吉州司馬，遷撫、湖二州刺史。」俱未詳何時刺湖，據白氏此文，可補唐史之闕遺。

〔弘農楊君〕楊漢公。見卷三四得楊湖州書頗誇撫民接賓縱酒題詩因以絶句戲之詩箋。

〔三園〕嘉泰吴興志卷十三：「唐開成中，白蘋洲有三園。」

【校】

〔霅溪〕「霅」，馬本注云：「直甲切。」又英華多一「溪」字。

〔汀洲〕「汀」下馬本脱「洲」字，據宋本、那波本、英華、全文增。

〔爲名〕宋本二字互倒。

〔幾千萬年〕英華作「幾千年」。又「千」，宋本、那波本俱作「十」。

〔委無〕馬本、全文俱作「萎蕪」，非。據宋本、那波本、英華、盧校改正。

〔構五亭〕「構」，宋本作「犯御嫌名」。

〔覶縷〕「覶」，馬本注云：「郎何切。」

〔繪素〕「繪」，宋本、那波本、英華、盧校俱作「繢」，字通。

〔三賢〕「三」，英華訛作「二」。

〔事畢〕宋本、馬本二字俱倒，據那波本、英華乙轉。

〔繇是〕「是」上宋本、馬本、那波本俱脱「繇」字，據英華、全文增。

〔久遠〕英華作「寑久」，注云：「集作『久遠』。」

## 畫西方幀記　開成五年三月十五日。

我本師釋迦如來説，言從是西方過十萬億佛土，有世界號極樂，以無八苦四惡道故也。其國號淨土，以無三毒五濁業故也。其佛號阿彌陀，以壽無量，願無量，功德相好光明無量故也。諦觀此娑婆世界，微塵衆生，無賢愚，無貴賤，無幼艾，有起心歸佛者，舉手合掌，必先嚮西方。怖厄苦惱者，開口發聲，必先念阿彌陀佛。又範金合土，刻石織文，乃至印水聚沙，童子戲者，莫不率以阿彌陀佛爲上首。不知其然而然。由是而觀，是彼如來有大誓願於此衆生，此衆生有大因緣於彼國土明矣。不然者，東南北方過去見在未來佛多矣，何獨如是哉！唐中大夫、太子少傅、上柱國、馮翊縣開國侯、賜紫金魚袋白居易，當衰暮之歲，中風痺之疾。乃捨俸錢三萬，命工人杜宗敬按阿彌陀、無量壽二經畫西方世界一部，高九尺，廣丈有三尺，阿彌陀佛坐中央，觀音、勢至二大士侍左右。天人瞻仰，眷屬圍繞。樓臺妓樂，水樹花鳥，七寶嚴飾，五彩彰施，爛爛煌煌，功德成就。弟子居易焚香稽首跪於佛前，起慈悲心，發弘誓願。願此功德迴施一切衆生，一切衆生有如我老者，如我病者，願皆離苦得樂，斷惡修善。不越南部，便覩西方。白毫大光，應念來感；青蓮上品，隨願往生。從見在身盡未來際，常得親近而供養也。欲重宣此願而偈讚云：

極樂世界清淨土，無諸惡道及衆苦。願如老身病苦者，同生無量壽佛所。

【箋】作於開成五年（八四〇），六十九歲，洛陽，太子少傅分司。

【校】

〔題〕「幀」，文粹作「嶝」。

〔如來説〕此下英華注云：「一作『記』。」

〔十萬〕「十」上英華有「一」字，注云：「集無『一』字。」

〔怖厄〕「怖」上文粹、英華俱有「有」字。

〔必先念〕「先」上馬本脱「必」字，據宋本、那波本、英華、全文、盧校增。

〔印水〕「水」，英華作「本」，注云：「集本、文粹作『水』。」

〔東南北方〕英華作「南北東方」，注云：「集作『東南北方』。」

〔過去見在〕英華作「遇見」二字，注云：「二字一本作『過去見在』。」

〔何獨如是哉〕宋本、那波本俱重此句。

〔開國侯〕「侯」，英華作「男」，非。按：當作「開國侯」。

〔杜宗敬〕文粹作「杜敬宗」。

〔阿彌陀佛〕宋本、那波本、文粹、英華俱作「彌勒尊佛」。又，「勒」下英華注云：「集作『陀』。」

〔願皆〕文粹、英華俱作「皆願」。英華注云：「集作『願皆』。」

〔重宣〕「宣」，文粹作「明」，英華作「宣明」，注云：「二本無此字。」

〔衆苦〕「衆」，馬本、全文俱作「諸」，非。據宋本、那波本、文粹、英華、盧校改正。

〔佛所〕此下英華有「開成五年三月十五日記」十字。

## 畫彌勒上生幀記

南贍部洲大唐國東都香山寺居士太原人白樂天，年老病風，因身有苦，遍念一切惡趣衆生，願同我身離苦得樂。由是命繪事，按經文，仰兜率天宫，想彌勒内衆，以丹素金碧形容之，以香火花果供養之。一禮一贊所生功德，若我老病苦者，皆得如本願焉。本願云何？先是，樂天歸三寶，持十齋，受八戒者，有年歲矣。常日日焚香佛前，稽首發願，願當來世與一切衆生同彌勒上生，隨慈氏下降，生生劫劫與慈氏俱。永離生死流，終成無上道。今因老病，重此證明。所以表不忘初心而必果本願也。慈氏在上，實聞斯言。言訖作禮，自爲此記。時開成五年三月日記。

【箋】作於開成五年（八四〇），六十九歲，洛陽，太子少傅分司。

【校】

〔題〕「幀」下英華注云：「集作『㠪』。」

〔日日〕英華作「日月」。

〔願當來世〕「當」下宋本、那波本、馬本、英華俱衍一「當」字，據全文、盧校删。

〔實聞〕英華作「實開」。

〔三月日記〕「日」下英華無「記」字。

## 香山寺新修經藏堂記

先是，樂天發願修香山寺既就，事具前記。迨今七八年。寺有佛像，有僧徒，而無經典。寂寥精舍，不聞法音。三寶闕一，我願未滿。乃於諸寺藏外雜散經中得遺編墜軸者數百卷袟。以開元經録按而校之，於是絶者續之，亡者補之，稽諸藏目，名數乃足。合是新舊大小乘經律論集凡五千二百七十卷，乃作六藏，分而護焉。寺西北隅有隙屋三間，土木將壞，乃增修改飾爲經藏堂。堂東西間闢四窗，置六藏，藏二門，啓閉有時，出納有籍。堂中間置高廣佛座一座，上列金色像五百，像後設西方極樂世界圖一，菩薩影二。環座懸大幡二十有四。榻席巾几洎供養之器咸具焉。合爲道場，簡儉嚴浄。開成五年九月二十五日，堂成、藏成、道場成。以香火釁之，以飲食樂之，以管磬歌舞供養之，與閑、振、源、濟、釗、操、洲、暢八長老及比丘衆百二十人圍繞讚歎之。又别募清浄七人，日日供齋粥，給香燭，十二部經次第諷讀。俾夫經梵之音，晝夜相續。洋洋乎盈耳哉，忻忻乎滿願哉！爾時道場主佛弟子香山居士樂天欲使浮圖之徒游者歸依，居者護持，故刻石以記之。

【箋】

作於開成五年（八四〇），六十九歲，洛陽，太子少傅分司。城按：此文自注云：「事具前記。」蓋即指卷六八修香山寺記。

〔香山寺〕見卷二二舒員外遊香山寺數日不歸……詩箋。

〔閑〕僧清閑。見卷二二秋遊平泉贈韋處士閑禪師詩箋。

【校】

〔既就〕此下那波本無注。全文注作「原注事具前記」六字。

〔後設〕「設」，英華作「晝」，注云：「集作『設』。」

〔大幡〕「大」，宋本、那波本、英華俱作「文」。

〔合爲〕英華作「各爲」。

〔滿願〕「願」，英華作「目」，注云：「集作『願』。」

## 香山寺白氏洛中集記

白氏洛中集者，樂天在洛所著書也。大和三年春，樂天始以太子賓客分司東都，及兹十有二年矣。其間賦格律詩凡八百首，合爲十卷。今納于龍門香山寺經藏堂。夫以狂簡斐然之文，而歸依支提法寶藏者，於意云何？我有本願，願以今生世俗文字之業，狂言綺語之過，轉爲將來世世讚佛乘之因，轉法輪之緣也。十方三世諸佛應知。噫！經堂未滅，記石未泯之間，乘此願力，安知我他生不復游是寺，復覩斯文，得宿命通，省今日事，如智大師記靈山於前會，羊叔子識金鐶於後身者歟？於戲！垂老之年，絶筆於此。有知我者，亦無隱焉。大唐開成五年十一月二日，中大夫、守太子少傅、馮翊縣開國侯、上柱國、賜紫金魚袋白居易樂天記。

【箋】

作於開成五年（八四〇），六十九歲，洛陽，太子少傅分司。見陳譜。城按：白氏序洛詩（卷七〇）云：「自（大和）三年春至八年夏，在洛凡五周歲，作詩四百三十二首。」此文云：「大和三年春，樂天始以太子賓客分司東都，及茲十有二年矣。其間賦格律詩凡八百首，合爲十卷。」則知大和八年所序之洛詩，不過一時之編集，至開成五年十一月，又較前增詩三六八首，此集今亦失傳。

【校】

〔大和〕「大」，全文作「太」，非。

〔云何〕「何」上英華無「云」字。

〔未滅〕「未」，英華訛作「來」。

〔於戲〕此下英華注云：「二字一作『噫』。」

# 唐東都奉國寺禪德大師照公塔銘 并序

大師號神照，姓張氏，蜀州青城人也。始出家於智凝法師，受具戒於惠萼律師，學心法於惟忠禪師。忠一名南印，即第六祖之法曾孫也。大師祖達摩，宗神會，而父事印。其教之大旨，以如然不動爲體，以妙然不空爲用，示真寂而不説斷滅，破計著而不壞假名。師既得之，揭以行化。出蜀入洛，與洛人有緣。月開六壇，僅三十載，隨根説法，言下多悟。由是裂疑網，拔惑箭，漸離我人相者，日日有焉。起正信，見本覺，頓發菩提心者，時時有焉。其餘退惡進善，隨分而增上者，不可勝紀。夫如是，可不謂煩惱病中師爲醫王乎？生死海中師爲船師乎？嗚呼！病未盡而醫去，海方涉而船失。粤以開成三年冬十二月，示滅於奉國寺禪院。以是月遷葬於龍門山，報年六十三，僧夏四十四。明年，傳教主院上首弟子沙門清閑，糺門徒，合財施，與服勤弟子志行等，營度襄事，卜兆於寶應寺荷澤祖師塔東若干步，窆而塔焉，示不忘其本也。其諸升堂入室得心要口訣者，有宗實在襄，復儼在洛，道益在鎮，知遠在徐，日建在晉，道光在潤，道威在潞，雲真在慈，雲表在汴，歸忍在越，會幽、齊經在蔡，智全、景玄、紹明在秦，各於一方，分作佛事。咸鼓鍾鳴吼，龍象蹴蹋。斯皆吾師之教力也，不其盛歟！衆以余忝聞法門人，結菩提之緣甚熟，請於塔石序而銘曰：

伊之北西，洛之南東。法祖法孫，歸全於中。舊塔會公，新塔照公。亦如世禮，祔于本宗。

【箋】

作於開成五年（八四〇），六十九歲，洛陽，太子少傅分司。城按：集古録目卷五唐照公塔碑條下云：「太子少傅分司東都白居易撰，劉禹錫爲秘書監分司東都時書。……碑以開成三年立。」又寶刻類編卷五劉禹錫條下云：「照公塔銘，白居易撰，開成五年，洛。」禹錫開成四年十二月始自太子賓客分司改秘書監分司，且白氏集中此文之前三篇亦均撰於開成五年，故當以類編爲可信，集古録目作「三年」當係「五年」之誤。又岑仲勉論白氏長慶集源流并評東洋本白集謂此文作於開成四年，失考。花房英樹白氏文集の批判的研究亦繫於開成四年，當係沿襲岑氏之誤。

〔奉國寺〕在洛陽定鼎門街東第二街修行坊。本張易之宅，後改爲奉國寺。見兩京城坊考卷五。

〔照公〕僧神照。見贈僧五首之二神照上人（卷二七）、神照禪師同宿（卷二九）、喜照密閑實四上人見過（卷三一）等詩。

〔清閑〕見卷二七贈僧五首之五清閑上人詩箋。

〔宗實〕見贈僧五首之四宗實上人（卷二七）、送宗實上人遊江南（卷三二）等詩。

【校】

〔不説〕「説」，英華作「記」，注云：「集作『説』。」

〔月開〕「月」，馬本、全文俱作「用」，非。據宋本、那波本、英華、盧校改正。全文注云：「一作『月』。」

〔醫去〕英華作「醫王去」三字。

〔船失〕「船」，宋本作「舡」，二字英華作「船師失」三字。

〔襄事〕英華作「喪事」。

〔日建〕「建」上各本俱脱「日」字，據英華、全文增。

〔雲真〕「真」，馬本作「貞」，非。據宋本、那波本、英華、全文改正。

〔在慈〕「慈」，英華作「磁」，注云：「集作『慈』。」全文注云：「一作『磁』。」

〔教力〕此下英華注云：「集作『立』。」

〔南東〕「南」下英華注云，「一作『西』。」

## 不能忘情吟 并序

樂天既老，又病風，乃録家事，會經費，去長物。妓有樊素者，年二十餘，綽綽有歌舞態，善唱楊枝，人多以曲名名之，由是名聞洛下。籍在經費中，將放之。馬有駱者，駔壯駿穩，乘之亦有年。籍在長物中，將鬻之。圉人牽馬出門，馬驤首反顧一鳴，聲音間似知去而旋戀者。素聞馬嘶，慘然立且拜，婉孌有辭，辭具下。辭畢泣下。予聞素言，亦愍默不能對。且命迴勒反袂，飲素酒。自飲一盃，快吟數十聲，聲成文，文無定句，句隨吟之短長也。凡二百三十四言。噫！予非聖達，不能忘情，又不至於不及情者。事來攪情，情動不可柅。因自哂，題其篇曰不能忘情吟。吟曰：

鬻駱馬兮放楊柳枝。掩翠黛兮頓金羈。馬不能言兮長鳴而却顧，楊柳枝再拜長跪而致辭。辭曰：主乘此駱五年，凡千有八百日。銜橜之下，不驚不逸。素事主十年，凡三千有六百日。巾櫛之間，無違無失。今素貌雖陋，未至衰摧；駱力猶壯，又無虺隤。即駱之力尚可以代主一步，素之歌亦可以送主一盃。一旦雙去，有去無迴。故素將去，其辭也苦；駱將去，其鳴也哀。此人之情也，馬之情也。豈主君獨無情哉！予俯而歎，仰而咍。且曰：駱駱爾勿嘶，素素爾勿啼；駱反廐，素反閨。吾疾雖作，年雖頹，幸未及項籍之將死，亦何必一日之内，棄騅兮而別虞兮？乃目素兮素兮，爲我歌楊柳枝，我姑酌彼金罍，我與爾歸醉鄉去來。

【箋】

作於開成四年（八三九），六十八歲，洛陽，太子少傅分司。

〔樊素〕即樊妓。見卷二一九日代羅樊二妓招舒著作詩箋。

〔楊枝〕見卷三五病中詩之十二別柳枝詩箋。

〔駱馬〕見卷三五病中詩之十一賣駱馬詩箋。

【校】

〔長物〕「長」下宋本注云：「音丈。」

〔駔壯〕「駔」，馬本注云：「總五切。」

〔長物中〕「長」，馬本作「經」，非。據宋本、那波本改正。

〔泣下〕「泣」，宋本、那波本、盧校俱作「涕」。
〔慤默〕「默」，馬本作「然」，非。據宋本、那波本、盧校改正。
〔二百三十四言〕宋本、那波本作「二百三十五言」，馬本作「二百五十五言」，俱誤。據盧校改正。

## 六讚偈 并序

樂天常有願，願以今生世俗文筆之因，翻爲來世讚佛乘轉法輪之緣也。今年登七十，老矣病矣，與來世相去甚邇。故作六偈，跪唱於佛法僧前，欲以起因發緣，爲來世張本也。

### 讚佛偈

十方世界，天上天下。我今盡知，無如佛者。堂堂巍巍，爲天人師。故我禮足，讚歎歸依。

### 讚法偈

過見當來，千萬億佛。皆因法成，法從經出。是大法輪，是大寶藏。故我合掌，至心迴向。

**讚僧偈**

緣覺聲聞，諸大沙門。漏盡果滿，衆生之尊。假和合力，求無上道。故我稽首，和南僧寶。

**讚衆生偈**

毛道凡夫，火宅衆生。胎卵濕化，一切有情。善根苟種，佛果終成。我不輕汝，汝無自輕。

**懺悔偈**

無始劫來，所造諸罪。若輕若重，無小無大。我求其相，中間内外。了不可得，是名懺悔。

**發願偈**

煩惱願去，涅槃願住。十地願登，四生願度。佛出世時，願我得親。最先勸請，請轉法輪。佛滅度時，願我得值。最後供養，受菩提記。

【箋】作於會昌元年（八四一），七十歲，洛陽，太子少傅分司。

【校】

〔讚衆生偈〕宋本、那波本、盧校俱作「衆生偈」。

〔無小無大〕宋本、馬本、那波本俱作「無大無小」，非。據全文乙轉。城按：「小」字不協韻。

## 佛光和尚真贊

會昌二年春，香山寺居士白樂天命繢以寫和尚真而贊之。和尚姓陸氏，號如滿，居佛光寺東芙蓉山蘭若，因號焉。

我命工人，與師寫真。師年幾何？九十一春。會昌壬戌，我師尚存。福智壽臘，天下一人。靈芝無根，寒竹有筠。温然言語，嶷然風神。師身是假，師心是真。但學師心，勿觀師身。

【箋】作於會昌二年（八四二），七十一歲，洛陽，刑部尚書致仕。城按：那波本無此篇。

〔佛光和尚〕僧如滿。見卷三五山下留别佛光和尚詩箋。并參見外集卷中遊横龍寺詩箋。

〔佛光寺〕見卷三六遊豐樂招提佛光三寺詩箋。

## 醉吟先生墓誌銘 并序

先生姓白，名居易，字樂天。其先太原人也。秦將武安君起之後。高祖諱志善，尚衣奉御。曾祖諱温，檢校都官郎中。王父諱鍠，侍御史，河南府鞏縣令。先大父諱季庚，朝奉大夫，襄州别駕，大理少卿，累贈刑部尚書，右僕射。先大父夫人陳氏，贈潁川郡太夫人。妻楊氏，弘農郡君。兄幼文，皇浮梁縣主簿。弟行簡，皇尚書膳部郎中。一女，適監察御史談弘謩。三姪：長曰味道，廬州巢縣丞。次曰景回，淄州司兵參軍。次曰晦之，舉進士。樂天無子，以姪孫阿新爲之後。樂天幼好學，長工文。累進士、拔萃、制策三科，始自校書郎，終以少傅致仕。前後歷官二十任，食禄四十年。外以儒行修其身，中以釋教治其心，旁以山水風月歌詩琴酒樂其志。前後著文集七十卷，合三千七百二十首，傳於家。又著事類集要三十部，合一千一百三十門，時人目爲白氏六帖，行於世。凡平生所慕所感，所得所喪，所經所遇所通，一事一物已上，布在文集中，開卷而盡可知也。故不備書。大曆六年正月二十日生於鄭州新鄭縣東郭宅，以會昌六年月日終於東都履道里私第，春秋七十有五。以某年月日葬於華州下邽縣臨津里北原，祔侍御、僕射二先塋也。啓手足之夕，語其妻與姪曰：吾之幸也，壽過七十，官至二品，有名於世，無益於人，褒優之禮，宜自貶損。我殁當斂以衣一襲，送以車一乘，無用鹵薄葬，無以血食祭。無請太常謚，無建神道碑。但於墓前立一石，刻吾醉吟先生傳一本可矣。語訖命筆自銘其墓云：

樂天、樂天，生天地中，七十有五年。其生也浮雲然，其死也委蜕然。來何因，去何緣？吾性不動，吾形屢遷。已焉已焉，吾安往而不可，又何足厭戀乎其間？

【箋】

此篇見文苑英華卷九四五，影印宋紹興本乃係據明本所補。那波本未收。岑仲勉白集醉吟先生墓誌銘存疑（以下簡稱「存疑」）一文疑爲僞撰，陳寅恪元白詩箋證稿亦韙岑氏之説，兹箋附於各條之後。又寶刻叢編四洛陽縣下引復齋碑録云：「唐醉吟先生白公西北巖石碣，樂天自著墓碣也，白敏中書，會昌六年十一月立。」岑氏存疑謂碣樹墓上，且在洛陽，與此誌藏穴中者非同一本。

〔醉吟先生〕見卷七〇醉吟先生傳箋。

〔高祖諱志善以下八句〕白氏故鞏縣令白府君事狀（卷四六）：「祖諱志善，朝散大夫、尚衣奉御。父諱温，朝請大夫、檢校都官郎中。公諱鍠，字□鍾，都官郎中第六子。」

〔先大父以下四句〕白氏襄州別駕府君事狀（卷四六）：「公諱季庚，字□□，鞏縣府君之長子。……又除檢校大理少卿、兼襄州別駕。」城按：據岑氏所考，唐人無用大父爲考之代稱者，此作僞之一證。

〔陳氏〕襄州別駕府君事狀：「夫人潁川陳氏，……建中初，以府君彭城之功，封潁川縣君。」

〔楊氏〕見卷十九妻初授邑號告身詩箋。

〔幼文〕居易大兄白幼文。見卷四〇祭浮梁大兄文。城按：存疑云：「兄幼文，皇浮梁縣主簿。弟行簡，皇尚書膳部郎中。碑誌書例，通常於其先世仕不一朝者，則入本朝時加皇字別之，亦有統加皇字者，今上文叙高曾祖父四代歷官，均未用皇字，此忽加入，何也。」

〔談弘謩〕見卷三三三月三日祓禊洛濱詩箋。

〔三姪〕〔阿新〕陳譜會昌六年丙寅：「公自喪阿崔，終身無子，墓誌云：『以姪孫阿新爲後』，又云：『三姪曰味道、景回、晦之。』世系表載公子景受以從子繼。碑亦云：大中三年景受自潁陽尉典治集賢御書，奉太夫人楊氏來京師，命客取文刻碑。案：公舍其姪而以姪孫爲後，既不可解，而所謂阿新者，即景受乎？則昭穆爲失次，不然，則治命終不用耶？」汪譜：「按公墓誌預作於會昌初，豈其後復易以從子承祧而更其名乎？」馮浩樊南文集詩注卷八考證弘農楊氏殤子辭謂「此殤子辭必爲阿新。其曰令子即阿新。其曰今子，乃景受。蓋阿新殤後，又以景受爲繼，而郡君痛冤無窮，自以辭志之也。」城按：陳、汪、馮三氏均信從此僞誌「以姪孫阿新爲之後」之語，亦難以調和僞誌與李商隱墓碑間之衝突。陳寅恪元白詩箋證稿云：「然則樂天後嗣之問題，所可考見者，惟其前立之子先死，後立之子爲景受耳。或以樂天以姪孫爲嗣之事，亦見於舊唐書壹陸陸白居易傳，似可以信據爲言者。其實舊傳中又有『仍自爲墓誌』之説，其『以姪孫爲嗣』之記載，是否即得之於僞文，殊未可知也。」其説似較平允。岑氏存疑謂景受疑即晦之，必非景回，因參軍階位尉上，商隱碑作於大中三年，此時景受始自尉改官也。

〔終以少傅致仕〕存疑云：「唐制，致仕者往往別除一虛官，故東本六九寫真詩序稱『會昌二年，罷太子少傅』，同集七一有刑部尚書致仕詩，而墓碑亦題刑部尚書致仕也。（舊本傳同）」城按：「終以少傅致仕」與白氏官歷不符，岑説是也。

〔白氏六帖〕存疑云：「按：前人稱此書爲白氏著者，資暇集最早，似是唐末撰述。（余別有説）但商隱所爲碑並不載，倘真白著，應是早年之作，既特書於誌，則亦非視若等閑，顧何以集中絕無一言，而與白膠漆如元稹者曾弗之及也？白搆策林四卷，猶爲之序，何三十卷者竟不置辭耶？長慶集序有言，『其甚者有至於盜竊名姓，苟求自售，雜亂間廁，無可奈何』。此餖飣之册，安知非假名求售所爲歟。」

〔大曆六年以下三句〕居易卒於會昌六年八月。陳譜會昌六年丙寅：「公卒之歲，新史及墓碑所載皆同。獨舊史云，大中元年，年七十六，非也。」又代宗大曆七年壬子：「正月二十日，公始生於鄭州新鄭縣東郭宅，見公自爲墓誌。新鄭，公祖鞏縣府君所居也。杭、蘇集本皆作『六年』，歲在辛亥。而公嘗有詩云：『何事同生壬子歲，老於崔相及劉郎。』謂崔羣、劉禹錫皆同庚，則非辛亥明矣。集本誤也。」城按：陳氏説是，岑氏存疑説同，如由大曆六年辛未計至會昌六年丙寅，亦不合「七十五」之數。

〔臨津里〕存疑：「按：白鍠事狀：『遷葬於下邽縣北義津鄉北原而合祔焉』，又白季庚事狀：『嗣子居易等遷祔於下邽縣義津鄉北原，從鞏縣府君宅兆而合祔焉』，均稱義津鄉，此作臨津里，異。遺命歸葬，似與祭弟文『下邽北村，爾塋之東，是吾他日歸全之位』相合，顧舊書本傳又言『遺命不歸下邽，可葬於香山如滿師塔之側也』。」城按：岑氏所考良是。葬於洛陽龍門當係居易最後遺命，據李商隱與白秀才第二狀所述，其爲居易撰墓碑之前，因葬地未定，遲未動筆，最後遵從白敏中主張，始葬於龍門。疑最初爲塔葬，今龍門白墓乃後人所改修。

【校】

〔題〕英華作「自撰墓誌」。

〔先大父〕英華作「先大夫」，似是。

〔季庚〕「庚」，宋本、馬本、英華俱作「庾」，非。據全文改正。參見卷四六襄州别駕府君事狀校文。又英華注云：「集作『庚』。」與宋紹興本異。

〔先大父夫人〕英華作「先大夫夫人」，似是。

〔潁川郡〕「潁」，宋本、馬本、那波本俱訛作「潁」，據全文改正。又英華作「頴」，乃潁之俗字。

〔廬州〕「廬」，馬本、英華、全文俱作「盧」，非。據宋本、盧校改正。

〔累進士〕「累」下英華有「登」字。

〔二十首〕「二」，英華作「三」。

〔所遇〕「遇」，宋本、馬本、全文俱訛作「逼」，據英華改正。又英華注云：「集作『逼』。」

〔大曆六年〕「六」當作「七」，參見前箋。

〔侍御〕「御」下英華有「史」字。

〔壽過〕此下英華注云：「一作『登』。」

〔鹵薄〕「薄」，宋本作「簿」。盧校：「『薄』、『簿』通。」

# 白居易集箋校外集卷上

## 詩文補遺一　詩詞一　凡六十三首　句二

### 勸酒

昨與美人對尊酒，朱顏如花腰似柳。今與美人傾一杯，秋風颯颯頭上來。年光似水向東去，兩鬢不禁白日催。東鄰起樓高百尺，璇題照日光相射。珠翠無非二八人，盤筵何啻三千客。鄰家儒者方下帷，夜誦古書朝忍飢。身年三十未入仕，仰望東鄰安可期。一朝逸翮乘風勢，金榜高張登上第。春闈未了冬登科，九萬摶風誰與繼？不逾十稔居台衡，門前車馬紛縱横。人人仰望在何處？造化筆頭雲雨生。東鄰高樓色未改，主人一作父。云亡息猶在。金玉車馬一不存，朱門更有何人待？牆垣反鎖長安春，樓臺漸漸屬西鄰。松篁薄暮亦棲鳥，一作鳴棲鳥。桃李無情還笑人。憶昔東鄰宅初構，雲甍彩棟皆非舊。璹瑁筵前翡翠棲，芙蓉池上鴛鴦鬬。日往月來凡幾秋，一衰一盛何一作皆。悠悠！但教帝里笙歌在，池上年年醉五侯。

【箋】

此詩録自汪本補遺卷上，又見文苑英華卷三三六、全唐詩卷四六二。

【校】

〔題〕此下汪本注云：「以下出文苑英華。」

## 南陽小將張彦硤口鎮税人場射虎歌

海内昔年狎太平，横目穰穰何峥嶸。天生天殺豈天怒，忍使朝朝餵猛虎！關東驛路多丘荒，行人最忌税人場。張彦雄特制殘暴，見之叱起如叱羊。鳴弦霹靂越幽阻，往往依林猶旅拒。草際旋看委錦茵，腰間不更一作見。抽白羽。老饕已斃衆雛恐，童稺揶揄皆自勇。忠良效順勢亦然，一劍猜狂敢輕動。有文有武方爲國，不是英雄伏不得。試徵張彦作將軍，幾箇將軍願策勳？

【箋】此詩録自汪本補遺卷上，又見文苑英華卷三四四、全唐詩卷四六二。城按：全唐詩韋莊卷内（卷七〇〇）亦收録此詩，題下注云：「一作白居易詩。」

## 陰雨

潤葉濡枝浹四方，濃雲來去勢何長。曠然寰宇清風滿，救旱功高暑氣涼。

【箋】此詩録自汪本補遺卷上，又見文苑英華卷一五三、全唐詩卷四六二。

【校】〔題〕英華作「陰雨二首」，此爲第一首，第二首已見本集卷十八。

## 喜雨

西北油然雲勢濃，須臾霶沛雨飄空。頓疎萬物焦枯意，定看秋郊稼穡豐。

【箋】此詩録自汪本補遺卷上，又見文苑英華卷一五三、全唐詩卷四六二。

## 過故洛城

故城門前春日斜，故城門裏無人家。市朝欲認不知處，漠漠野田飛草花。

【箋】此詩録自汪本補遺卷上，又見文苑英華卷三〇九、全唐詩卷四六二。城按：汪立名云：「立名按：太平寰宇記：故洛城在洛陽縣二十里，東西七里，南北九里，内宫殿臺觀府藏寺舍，魏、晉之代凡有一萬一千二百一十九門。自永嘉之亂，劉曜入洛陽，元帝渡江，官署里閭，鞠爲茂草。至後魏孝文帝幸洛陽，巡故宫，遂詠黍離之詩，羣臣侍從無不感愴。」又按：全唐詩卷二三九錢起卷内録此詩，疑非白氏之作。

## 江南喜逢蕭九徹因話長安舊遊戲贈五十韻

憶昔嬉遊伴，多陪歡宴場。寓居同永樂，幽會共平康。師子尋前曲，聲兒出内坊。花深態奴宅，竹錯得憐堂。庭晚開紅藥，門閑蔭緑楊。經過悉同巷，居處盡連牆。時世高梳髻，風流澹作妝。戴花紅石竹，帔暈紫檳榔。鬢動懸蟬翼，釵垂小鳳行。拂胸輕粉絮，煖手小香囊。選勝移銀燭，邀歡舉玉觴。爐煙凝麝氣，酒色注鶯黄。急管停還奏，繁絃慢更張。雪飛迴舞袖，塵起繞歌梁。舊曲翻調笑，新聲打義揚。名情推阿軟，巧語許秋孃。風暖春將暮，星迴夜未央。宴餘添粉黛，坐久換衣裳。結伴歸深院，分頭入洞房。綵帷開翡翠，羅薦拂鴛鴦。留宿争牽袖，貪眠各占牀。緑窗籠水影，紅壁背燈光。索鏡收花鈿，邀人解袷襠。暗嬌妝靨笑，私語口脂香。怕聽鐘聲坐，羞明映縵藏。眉殘蛾翠淺，鬟解緑雲長。聚散知無定，憂歡事不常。離筵開夕宴，别騎促晨裝。去住青門外，留連滻水傍。車行遥寄語，馬駐共相望。雲雨分何處？山川共異方。野行初寂寞，店宿乍恓惶。别後嫌宵永，愁來厭歲芳。幾看花結子，頻見露爲霜。歲月何超忽，音容坐渺茫。往還書斷絶，來去夢遊揚。自我辭秦地，逢君客楚鄉。常嗟異歧路，忽喜共舟航。話舊堪垂淚，思鄉數斷腸。愁雲接巫峽，淚竹近瀟湘。月落江湖闊，天高節候涼。浦深煙渺渺，沙冷月蒼蒼。紅葉江楓老，青蕪驛路荒。野風吹蟋蟀，湖水浸菰蔣。帝路何由見，心期不可忘。舊遊千里外，往事十年强。春晝提壺飲，秋林摘橘嘗。强歌還自感，縱飲不成狂。永夜長相憶，逢君各共傷。殷勤萬里意，并寫贈蕭郎。

【箋】

約作於元和十一年（八一六）至十三年（八一八），江州，江州司馬。城按：此詩録自汪本補遺卷上，又見才調集卷一、全唐詩卷四六二。

〔聲兒出内坊〕聲兒爲教坊輕太常樂人之稱。「聲兒出内坊」乃通稱聲伎之人。見教坊記箋訂自序。

〔新聲打義揚〕唐戲弄三劇録：「『義揚』應爲『義陽』之訛，即指義陽主合生戲也。『打』猶言『舞』，在此則舞猶言演。唐人小舞每曰打，如『打令』，乃酒筵行令中之小舞。……新聲分明指其曲，爲蔡等用公主事新製，與調笑舊曲原無本事者不同。按蔡爲蔡南史。舊書誤作蔡南。」城按：國史補卷下：「貞元十二年，駙馬王士平與義陽公主反目，蔡南史獨孤申叔播爲樂曲，號義陽子，有『團雪』、『散雪』之歌。德宗聞之，怒，欲廢科舉。後但流斥南史、申叔而止。」又舊書卷一四二王武俊傳：「士平以貞元二年選尚義陽公主。……公主縱恣不法，士平與之争忿。憲宗怒，幽公主於禁中，士平幽於私第，不令出入。後釋之，出爲安州刺史。坐與中貴交結，貶賀州司户。時輕薄文士蔡南、獨孤申叔爲義陽主歌詞，曰『團雪』、『散雪』等曲，言其遊處離異之狀，往往歌於酒席。憲宗聞而惡之，欲廢進士科，令所司綱捉搦，得南、申叔，貶之，由是稍止。」舊書於德宗作憲宗，亦誤。

〔名情推阿軌二句〕唐戲弄七演員：「『名情推阿軌，巧語許秋娘』，可能爲演義陽主歌舞劇之一生一旦，以表情與説白著，……茲假設阿軌扮生，是男優，究不知與事實符合否。元稹贈呂三校書云：『共占花園争趙辟，競添錢貫定秋娘。』此猶後世向名角出資定戲。詩題注：『元和己丑歲八月，偶於陶化坊會宿』，正秋娘藝林馳譽，身價倍隆時也。」城按：白氏微之到通州日授館未安見塵壁間有數行字讀之即僕舊詩其落句云緑水紅蓮一朵開千花百草無顔色然不知題者何人也微之吟歎不足因綴一章兼録僕詩本同寄省其詩乃是十五年前初及第時贈長安妓人阿軟絶句緬思往事杳若夢中懷舊感今因酬長句詩（卷十五）云：「十五年前似夢遊，曾將詩句結風流。偶助笑歌嘲阿軟，可知傳誦到通州。昔教紅袖佳人唱，今遣青衫司馬愁。惆悵又聞題處所，雨淋江館破牆頭。」今四部叢刊影印述古堂影宋鈔本才調集正作「多情推阿軟」，與白氏此詩相證，則汪本所引才調集及全唐詩作「阿軌」，俱非。任氏亦失考。又按：元稹酬哥舒大少府寄同年科第詩自注作「呂二炅」，復以白氏和元九與呂二同宿話舊感贈相證，則「呂三」當爲「呂二」之誤。見岑仲勉唐人行第録。又元白詩箋證稿謂「巧語許秋娘」即白氏琵琶引中之秋娘，蓋當時長安負盛名之倡女也。

【校】

〔題〕此下汪本注云：「出才調集。」全詩注云：「見才調集。」

〔鶯黄〕才調、全詩俱作「鵝黄」。城按：汪本所據才調集與今本異。

〔名情〕今通行之四部叢刊影印述古堂影宋鈔本才調集作「多情」，與汪本所引異。

〔阿軌〕才調作「阿軟」，是。見前箋。

〔怕聽鐘聲坐〕才調作「怕曉聽鐘坐」，是。

〔共異方〕「共」，才調作「各」。

## 贈薛濤

蛾眉山勢接雲霓，欲逐劉郎北路迷。若似剡中容易到，春風猶隔武陵溪。

【箋】

此詩録自汪本補遺卷上，（注云：出張爲主客圖。）又見全詩卷四六二。

## 酬令狐留守尚書見贈十韻

長慶清風在，夔龍燮理餘。大和膏雨降，周邵保釐初。嵩少當宫署，伊瀍入禁渠。曉關開玉兔，夕鑰納銀魚。舊眷憐移疾，新吟念索居。離聲雙白鷴，行色一籃輿。罷免無餘俸，休閑有敝廬。慵於嵇叔夜，渴似馬相如。酒每蒙酤我，詩鄭箋云：酤，賣也，音沽。詩嘗許起予。洛中歸計定，一半爲尚書。

【箋】作於大和三年（八二九），洛陽，太子賓客分司。城按：此詩録自汪本補遺卷上（注謂出錢氏絳雲樓藏本），又見那波本卷五七、全唐詩卷四六二。

## 聽蘆管

幽咽新蘆管，淒涼古竹枝。似臨猿峽唱，疑在雁門吹。調爲高多切，聲緣小乍遲。麤豪嫌觱篥，細妙勝參差。雲水巴南客，風沙隴上兒。屈原收淚夜，蘇武斷腸時。仰秣胡駒聽，驚棲越鳥知。何言胡越異，聞此一同悲。

【箋】此詩録自汪本補遺卷上（注謂出錢氏絳雲樓藏本），又見全唐詩卷四六二。

## 送滕庶子致仕歸婺州

春風秋月攜歌酒，八十年來玩物華。已見曾孫騎竹馬，猶聽侍女唱梅花。入鄉不杖歸時健，出郭乘軺到處誇。兒著繡衣身衣錦，東陽門户勝滕家。

【箋】作於大和三年（八二九），洛陽，太子賓客分司。城按：此詩録自汪本補遺卷上（注謂出錢氏絳雲樓藏本），又見那波本卷五七、全唐詩卷四六二。

## 送劉郎中赴任蘇州

仁風膏雨去隨輪，勝境歡遊到逐身。水驛路穿兒店月，花船棹入女湖春。語兒店、女墳湖皆勝地也。宣城獨詠窗中岫，柳惲單題汀上蘋。何似姑蘇詩太守，吟詩相繼有三人。領吴郡日，劉嘗贈予詩云：「蘇州刺史例能詩，西掖今來替左司。」故有三人之戲耳。

【箋】作於大和五年（八三一），洛陽，河南尹。城按：此詩録自汪本補遺卷上（注謂出錢氏絳雲樓藏本），又見那波本卷五七、全唐詩卷四六二。劉集外二有赴蘇州酬别樂天詩。

## 福先寺雪中餞劉蘇州

送君何處展離筵，大梵王宫大雪天。庾嶺梅花落歌管，謝家柳絮撲金田。亂從紈袖交加舞，醉入籃輿取次眠。却笑召鄒兼訪戴，只持空酒駕空船。

【箋】

作於大和五年（八三一），洛陽，河南尹。城按：此詩録自汪本補遺卷上（注謂出錢氏絳雲樓藏本），又見那波本卷五七、全唐詩卷四六二。劉集外二有福先寺雪中酬别樂天詩。〔福先寺〕在洛陽長夏門之東第三街。見兩京城坊考卷五。

## 除夜言懷兼贈張常侍

三百六旬今夜盡，六十四年明日催。不用歎身隨日老，亦須知壽逐年來。加添雪興憑氈帳，消殺春愁付酒杯。唯恨詩成君去後，紅箋紙卷爲一作共。誰開？

【箋】

作於大和八年（八三四），洛陽，太子賓客分司。城按：此詩録自汪本補遺卷上（注謂出錢氏絳雲樓藏本）、全唐詩卷四六二。〔張常侍〕張仲方。見卷二九張常侍相訪詩箋，并參見張常侍池涼夜閑讌贈諸公（卷二九）、雪中晏起偶詠所懷兼呈張常侍韋庶子皇甫郎中（卷三〇），及下一首送張常侍西歸等詩。城按：

大和八年十二月，以太子賓客分司張仲方爲左散騎常侍。見舊書卷十七下文宗紀。白氏作此詩時則仲方已除常侍，將西赴長安，故云「唯恨詩成君去後」也。

## 送張常侍西歸

二年花下爲閑伴，一旦尊前棄老夫。西午橋街行悵望，南龍興寺立踟躕。洛城久住留情否？騎省重歸稱意無？出鎮歸朝但相訪，此身應不離東都。

【箋】

作於大和九年（八三五），洛陽，太子賓客分司。城按：此詩録自汪本補遺卷上（注謂出錢氏絳雲樓藏本），又見全唐詩卷四六二。

〔張常侍〕張仲方。見卷二九張常侍相訪詩箋。并參見上一首除夜言懷兼贈張常侍詩箋。城按：大和七年，李德裕輔政，張仲方自左散騎常侍出爲太子賓客分司。大和八年，德裕罷相，李宗閔復召仲方爲常侍。故詩云「二年花下爲閑伴」及「騎省重歸稱意無。」

【校】

〔騎省〕汪本、全詩俱誤作「省騎」，今改正。

## 和河南鄭尹新歲對雪

白雪吟詩鈴閣開，故情新興兩徘徊。昔經勤苦照書卷，今助歡娱飄酒杯。楚客難酬郢中曲，吴公兼占洛陽才。銅街金谷春知否？又有詩人作尹來。

【箋】作於大和九年（八三五），洛陽，太子賓客分司。城按：此詩録自汪本補遺卷上（注謂出錢氏絳雲樓藏本），又見全唐詩卷四六二。

〔鄭尹〕鄭澣，舊書卷十七下文宗紀：「（大和八年九月）癸亥（十五日），以尚書吏部侍郎鄭澣爲河南尹。……（開成元年）夏四月庚午朔，以河南尹鄭澣爲左丞，以太子賓客分司東都李紳爲河南尹。」則自始除至召還，僅逾年半。

## 吹笙内人出家

雨露難忘君念重，電泡易滅妾身輕。金刀已剃頭然髮，佛經云：若救頭然。玉管休吹腸斷聲。新戒珠從衣裏得，初心蓮向火中生。道場夜半香花冷，猶在燈前禮佛名。

【箋】此詩録自汪本補遺卷上（注謂出錢氏絳雲樓藏本），又見全唐詩卷四六二。〔内人〕汪立名云：「立名按：鄭良孺詩話：唐女妓入宜春院謂之内人，亦曰前頭人，謂在上前也。骨肉居教坊謂之内人家，有請俸，其得幸謂之十家。蓋家雖多，亦以十家呼之。」

## 醉中見微之舊卷有感

今朝何事一霑襟？檢得君詩醉後吟。老淚交流風病眼，春箋摇動酒杯心。銀鉤塵覆年年暗，玉樹泥埋日日深。聞道墓松高一丈，更無消息到如今。

【箋】或作於大和九年（八三五），洛陽，太子賓客分司。城按：此詩録自汪本補遺卷上（注謂出錢氏絳雲樓藏本），又見全唐詩卷四六二。

## 壽安歇馬重吟

春衫細薄馬蹄輕，一日遲遲進一程。野棗花含新蜜氣，山禽語帶破匏聲。垂鞭晚就槐陰歇，低倡閑衙柳絮行。忽憶家園須速去，櫻桃欲熟筍應生。

【箋】

作於大和九年（八三五）春赴下邽途中，與本卷西還壽安路西歇馬詩爲同時之作。城按：此詩録自汪本補遺卷上（注謂出錢氏絳雲樓藏本），又見全唐詩卷四六二。

〔壽安〕壽安縣。唐屬河南府。見舊書地理志。爲洛陽西去長安必經之地。參見卷二五題噴玉泉詩箋。又卷三〇西行詩云：「壽安流水館，硤石青山郭。」亦爲同時之作，可參看。

## 贈張處士韋山人

羅襟蕙帶竹皮巾，雖到塵中不染塵。每見俗人多慘澹，惟逢美酒即殷勤。浮雲心事誰能會？老鶴風標不可親。世説三生如不謬，共疑巢許是前身。

【箋】

此詩録自汪本補遺卷上（注謂出錢氏絳雲樓藏本），又見那波本卷六七、全唐詩卷四六二。

〔韋山人〕韋楚。見卷二八池上贈韋山人詩箋。

【校】

〔題〕汪本、全詩俱脱「韋」字，據那波本增。但那波本錯簡爲「自罷河南已換七尹每一入府悵然舊遊因宿内廳偶題西壁兼呈韋尹侍郎并贈張處士韋山人」。

〔羅襟〕那波本、全詩俱作「蘿襟」。

〔巢許〕「巢」，汪本誤作「曹」，據那波本、全詩改正。

## 池畔閑坐兼呈侍中

池畔最平處，樹陰新合時。移牀解衣帶，坐任清風吹。舉棹鳥先覺，垂綸魚未知。前頭何所有？一卷晉公詩。

【箋】作於大和九年（八三五），洛陽，太子賓客分司。城按：此詩録自汪本補遺卷上（注謂出錢氏絳雲樓藏本），又見全唐詩卷四六二。

〔侍中〕裴度。舊唐書卷十七下文宗紀：「（大和八年三月）庚午，以山南東道節度使裴度充東都留守，依前守司徒、兼侍中。」參見卷三一奉酬侍中夏中雨後遊城南莊見示八韻詩箋。

## 初冬即事憶皇甫十

冷竹風成韻，荒街葉作堆。欲尋聯句卷，先飲煖寒杯。帽爲迎霜戴，爐因試火開。時時還有客，終不當君來。

【箋】作於大和八年（八三四），洛陽，太子賓客分司。城按：此詩録自汪本補遺卷上（注謂出錢氏絳雲樓本），又見全唐詩卷四六二。

〔皇甫十〕皇甫曙。見卷三二答皇甫十郎中秋深酒熟見憶詩箋。

## 小庭寒夜寄夢得

庭小同蝸舍，門閑稱雀羅。火將燈共盡，風與雪相和。老睡隨年減，衰情向夕多。不知同病者，争奈夜長何！

【箋】此詩或作於開成元年（八三六）冬禹錫辭同州刺史歸洛陽後。録自汪本補遺卷上（注謂出錢氏絳雲樓藏本），又見全唐詩卷四六二。城按：劉集外四酬樂天小亭寒夜有懷詩云：「寒夜陰雲起，疏林宿鳥驚。斜風閃燈影，近雪打窗聲。竟夕不能寐，同年知此情。漢皇無奈老，何況本書生！」據白詩，則「小亭」當作「小庭」。

## 西還壽安路西歇馬

槐陰歇鞍馬，柳絮惹衣巾。日晚獨歸路，春深多思人。去家才百里，爲客只三旬。已念紗窗下，應生寶瑟塵。

【箋】作於大和九年（八三五）春赴下邽途中。城按：此詩録自汪本補遺卷上（注謂出錢氏絳雲樓藏本），又見全唐詩卷四六二。又按：此詩云：「去家才百里，爲客只三旬。」可知是年旅下邽爲時極暫，即返洛陽。參見本卷壽安歇馬重吟詩箋。

## 雨中訪崔十八

肩舁仍挈榼，莫怪就君來。秋雨經三宿，無人勸一杯。

【箋】作於大和三年（八二九），洛陽，太子賓客分司。城按：此詩録自汪本補遺卷上（注謂出錢氏絳雲樓藏本），又見那波本卷五七。

## 得夢得新詩

池上今宵風月涼，閑教少樂理霓裳。集仙殿裏新詞到，便播笙歌作樂章。

【箋】

作於大和三年（八二九），洛陽，太子賓客分司。城按：此詩録自汪本補遺卷上（注謂出錢氏絳雲樓藏本），又見那波本卷五七、全唐詩卷四六二。

【校】

〔題〕汪本作「夢得得新書」，全詩作「夢得得新詩」，俱非。視詩意似以那波本爲是，據改。

## 初見劉二十八郎中有感

欲話毘陵君反袂，欲言夏口我霑衣。誰知臨老相逢日，悲歎聲多語笑稀。

【箋】

或作於大和五年（八三一）冬禹錫赴任蘇州過洛陽相見時。城按：此詩録自汪本補遺卷上（注謂出錢氏絳雲樓藏本），又見那波本卷五七、全唐詩卷四六二。

## 夜題玉泉寺

遇客多言愛山水，逢僧盡道厭囂塵。玉泉潭畔松間宿，要且經年無一人。

【箋】

作於大和四年（八三〇），洛陽，太子賓客分司。城按：此詩録自汪本補遺卷上（注謂出錢氏絳雲樓藏本），又見那波本卷五七、全唐詩卷四六二。又全唐詩卷四七四有徐凝和夜題玉泉寺詩，爲其在洛陽與居易交遊時所作。又按：日本京都大學人文科學研究所藏王氏校本録此詩注云：「從黄校補録。」

〔玉泉寺〕汪立名云：「按太平寰宇記，玉泉山在河南縣東南四十里，山内有玉泉寺。近見西湖志收此詩，誤以爲杭州之玉泉也。」城按：卷二八獨遊玉泉寺、卷三一玉泉寺南三里澗下多深紅躑躅繁豔殊常感惜題詩以示遊者兩詩中之「玉泉寺」均在洛陽東南玉泉山，可參看。

【校】

〔題〕汪本、全唐詩俱作「夜題玉泉」，參以前引徐凝和詩，據那波本改。

## 拜表早出贈皇甫賓客

一月一回同拜表，莫辭侵早過中橋。老於君者應無數，猶趁西京十五朝。

【箋】作於大和三年（八二九），洛陽，太子賓客分司。城按：此詩録自汪本補遺卷上（注謂出錢氏絳雲樓藏本），又見那波本卷五七、全唐詩卷四六二。

## 贈鄭尹

府池東北舊亭臺，久別長思醉一回。但請主人空掃地，自攜杯酒管絃來。

【箋】作於大和九年（八三五），洛陽，太子賓客分司。城按：此詩録自汪本補遺卷上（注謂出錢氏絳雲樓藏本），又見全唐詩卷四六二。

〔鄭尹〕河南尹鄭澣。見本卷和河南鄭尹新歲對雪詩箋。

## 別楊同州後却寄

潘驛橋南醉中別，下邽郵北醒時歸。春風怪我君知否？榆葉楊花撲面飛。

【箋】作於大和九年(八三五),下邽,太子賓客分司。城按:此詩録自汪本補遺卷上(注謂出錢氏絳雲樓藏本),又見全唐詩卷四六二。又按:此詩蓋是年春旅下邽經同州境與楊汝士相會後所作。

〔楊同州〕楊汝士。舊唐書卷十七下文宗紀:「(大和八年七月)丙辰,以工部侍郎楊汝士爲同州刺史。……(九年九月)辛亥,以太子賓客分司東都白居易爲同州刺史代楊汝士。」參見卷三○睡後茶興憶楊同州詩箋。

## 狐泉店前作

野狐泉上柳花飛,逐水東流便不歸。花水悠悠兩無意,因風吹落偶相依。

【箋】作於大和九年(八三五)春自洛陽赴下邽途中。城按:此詩録自汪本補遺卷上(注謂出錢氏絳雲樓藏本),又見全唐詩卷四六二。

## 贈盧績

餘杭縣裏盧明府，虚白亭中白舍人。今日相逢頭似雪，一杯相勸送殘春。

【箋】

作於大和九年（八三五），洛陽，太子賓客分司。城按：此詩録自汪本補遺卷上（注謂出錢氏絳雲樓藏本），又見全唐詩卷四六二。

〔盧績〕疑與卷二二和新樓北園偶集從孫公度周巡官韓秀才盧秀才范處士小飲鄭侍御判官周劉二從事皆先歸詩中之「盧秀才」有關。

〔虚白亭〕當作虚白堂。在杭州刺史治所内。見卷二〇虚白堂詩箋。

【校】

〔明府〕汪本作「明吉」，疑誤，據全詩改。

## 與裴華州同過敷水戲贈

使君五馬且踟蹰，馬上能聽絶句無？每過桑間試留意，何妨後代有羅敷。

【箋】作於大和九年（八三五）春赴下邽途中。城按：此詩録自汪本補遺卷上（注謂出錢氏絳雲樓藏本），又見全唐詩卷四六二。

〔裴華州〕華州刺史裴潾。舊唐書卷十七下文宗紀：「（大和八年十二月己亥），以（李）翺爲刑部侍郎代裴潾，以潾爲華州鎮國軍潼關防禦使。」參見卷三〇偶以拙詩數首寄至裴少尹侍郎蒙以盛製四篇一時酬和重投長句美而謝之詩箋。

〔敷水〕即羅敷水。在華陰縣西。見卷三二羅敷水詩箋。

## 閑遊

欲笑隨情酒逐身，此身雖老未辜春。春來點檢閑遊數，猶自多於年少人。

【箋】作於大和九年（八三五），洛陽，太子賓客分司。城按：此詩録自汪本補遺卷上（注謂出錢氏絳雲樓藏本），又見全唐詩卷四六二。

## 招韜光禪師

白屋炊香飯，葷膻不入家。濾泉澄葛粉，洗手摘藤花。青芥除黄葉，紅薑帶紫芽。命師相伴食，齋罷一甌茶。

【箋】

作於長慶四年（八二四），杭州，杭州刺史。城按：此詩録自汪本補遺卷上（注云：出潛説友咸淳臨安志），又見全唐詩卷四六二。汪立名云：「立名按：咸淳臨安志：法安院在靈隱寺西。天福二年，吴越王建。舊額廣嚴。唐長慶中，有詩僧結庵於院之西，自號韜光，常與樂天倡和。又云：白侍郎長慶四年正旦，請韜光齋，以詩招之，即『白屋炊香飯』一首也。韜光不赴齋，以詩報白云：『山僧野性好林泉，每向巖阿倚石眠。不解裁（城按：七修類稿卷三〇引此詩裁作栽，是也。）松陪玉勒，惟能飲水種金蓮。白雲乍可來青嶂，明月難教下碧天。城市不能飛錫去，恐妨鶯囀翠樓前。』」

## 和柳公權登齊雲樓

樓外春晴百鳥鳴，樓中春酒美人傾。路傍花日添衣色，雲裏天風散珮聲。向此高吟誰得意？偶來閑客獨多情。佳時莫起興亡恨，遊樂今逢四海清。

【箋】作於寶曆二年（八二六），蘇州，蘇州刺史。城按：此詩録自汪本補遺卷上（注謂出范成大吴郡志），又見全唐詩卷四六二。

〔柳公權〕舊書卷一六五、新書卷一六三俱有傳。據此詩則公權嘗至蘇州。

〔齊雲樓〕在蘇州郡治後子城上。見卷二四齊雲樓晚望偶題十韻兼呈馮侍御周殷二協律詩箋。

## 毛公壇

毛公壇上片雲閑，得道何年去不還。千載鶴翎歸碧落，五湖空鎮萬重山。

【箋】作於寶曆元年（八二五）至二年（八二六），蘇州，蘇州刺史。城按：此詩録自汪本補遺卷上（注謂出范成大吴郡志），又見全唐詩卷四六二。

〔毛公壇〕汪本云：「立名按：范成大吴郡志：毛公壇福地在洞庭山。漢劉根得道處。根既仙，身生緑毛，人或見之，故名之曰毛公。」

## 靈巖寺

館娃宫畔千年寺，水闊雲多客到稀。聞説春來更惆悵，百花深處一僧歸。

【箋】

此詩録自汪本補遺卷上（注謂出范成大吴郡志），又見全唐詩卷四六二。

## 白雲泉

天平山上白雲泉，雲自無心水自閑。何必奔衝山下去，更添波浪向人間。

【箋】

作於寶曆元年（八二五）至二年（八二六），蘇州，蘇州刺史。城按：此詩録自汪本補遺卷上（注謂出范成大吴郡志），又見全唐詩卷四六二。

〔白雲泉〕汪本云：「立名按：方輿勝覽：天平山在城西二十里，巍然特高，羣峯拱揖，郡之鎮也。山上有白雲泉，爲吴中第一水。」又中吴紀聞卷五：「天平山有白雲泉，雖大旱不竭，或云此龍湫也。唐刺史白樂天有詩云：『天平山上白雲泉……更添波浪在人間。』」

## 寄韜光禪師

一山門一作分。作兩山門，兩寺原從一寺分。東澗水流西澗水，南山雲起北山雲。前臺花發後臺見，上界鐘聲下界聞。遥想吾師行道處，天香桂子落紛紛。

【箋】

作於寶曆元年（八二五）至二年（八二六），蘇州刺史。城按：此詩録自汪本補遺卷上（注云：出東坡題跋），又見全唐詩卷四六二。汪本云：「立名按：方輿勝覽：虔州有天竺寺，在水東三里。東坡天竺寺詩香山居士留遺跡一首序云：予年十二，先君自虔州歸，謂予言：近城山中天竺寺有白樂天親書『一山門作兩山門』詩，筆勢奇逸，墨蹟如新。今四十年，予來訪之，則詩已亡，有刻石存耳！感涕不已，而作是詩。又東坡書樂天此詩後云：唐韜光禪師自錢唐天竺來住是山，樂天守蘇日，以此詩寄之。慶曆中，先君遊此，猶見樂天真蹟。後四十七年，軾南遷過虔，復經此寺，徒見石刻而已。紹聖元年八月十七日。是此詩固寄虔州也。但韜光禪師本住靈隱，故詩中有『天香桂子』語。咸淳臨安志：靈山之陰、北澗之陽即靈隱寺，靈山之南、南澗之陽即天竺寺，二澗流水號錢源，泉遶寺峯南北而下，至峯前合爲一澗，有橋號合澗。又云：靈隱天竺兩山由一門而入。又云東坡虔州天竺寺詩引云云。據此則樂天詩非爲杭作，故舊志不收。但坡公贈杭州上天竺辨才二詩，一云『想見南北山，花發前後臺』，一云『南北一山門，上下兩天竺』，又皆采白詩語，姑附著於此，以俟知者。要之，白詩自是寄杭州，後韜光移錫與詩俱去，故遺跡在虔耳。」又輿地紀勝卷三二贛州：「天竺寺白樂天詩在水東三里，白樂天贈韜光禪師墨跡舊存，眉山老蘇嘗至寺觀焉。後四十年，東坡南遷再訪，惟見石刻，因賦詩云：『香山居士留遺跡，天竺禪師有故家。空詠連珠并疊璧，已無飛鳥及驚蛇。』」同書又云：「天竺寺本唐韜光禪師開山。師與白樂天爲空門友，常住餘杭之天竺，復來此駐錫。樂天手書題天竺寺詩云：『一山門作兩山門，……』」（城按：宋之贛州即唐之虔州。「遥想吾師行道處」中之「吾師」，輿地紀勝作「高僧」。）又石遺室詩話卷十九：「白樂天寄韜光禪師云：『一山門作兩山門，兩寺原從一寺分。東澗水流西澗水，南山雲起北山雲。前臺花發後臺見，上界鐘聲下界聞。遥想吾師行道處，天香桂子落紛紛。』此七言律創格也。惟靈隱、韜光兩寺實一寺，一山門實兩山門者，用此格最合。其餘『東西澗』、『南北峯』、『前後臺』、『上下界』，無一字不真切。故此詩不可無一，不能有二。惟東坡能變化學之。遊西菩寺次聯云：『白雲自占東西嶺，明月誰分上下池。』略翻樂天意説之也。據咸淳臨安志，寺前有東西雙峯，寺中有清涼池、明月池，有似靈隱、韜光，故東坡亦分東西上下言之。又贈上天竺辯才師云：『南北一山門，上下兩天竺。』又自普照游二庵云：『長松吟風晚細雨，東庵半掩西庵閉。』皆用此例，亦以天竺寺有上下、庵有東西故也。王摩詰訪吕逸人詩云：『城上青山如屋裏，東家流水入西鄰。』

又樂天詩所自出。」

## 和夢得夏至憶蘇州呈盧賓客

憶在蘇州日，常諳夏至筵。粽香筒竹嫩，炙脆子鵝鮮。水國多臺榭，吴風尚管絃。每家皆有酒，無處不過船。交印君相次，褰帷我在前。此鄉俱老矣，東望共依然。予與劉、盧三人前後相次典蘇州，今同分司，老於洛下。洛下麥秋月，江南梅雨天。齊雲樓上事，已上十三年。

【箋】作於開成三年（八三八），洛陽，太子少傅分司。城按：此詩録自汪本補遺卷上（注謂出泰興季氏手校宋本），又見全唐詩卷四六二。

〔盧賓客〕盧周仁。大和八年，繼劉禹錫爲蘇州刺史。見同治蘇州府志職官表。

## 曲江

細草岸西東，酒旗摇水風。樓臺在花杪，鷗鷺下煙中。翠幄晴相接，芳洲夜暫空。何人賞秋景，興與此時同。

【箋】 此詩録自汪本補遺卷上(注謂出泰興季氏手校宋本)，又見全唐詩卷四六二。

## 歲夜詠懷兼寄思黯

偏數故交親，何人得六旬？與思黯、夢得數還，淪没者少過得六十。今年已入手，餘事豈關身？老自無多興，春應不揀人。陶窗與弘閣，風景一時新。

【箋】 作於大和五年(八三二)，六十歲，洛陽，河南尹。城按：此詩録自汪本補遺卷上(注謂出泰興季氏手校宋本)，又見全唐詩卷四六二。

## 寒食日過棗糰店

寒食棗糰店，春低楊柳枝。酒香留客住，鶯語和人詩。困立攀花久，慵行上馬遲。若爲將此意，前字與僧期。

【箋】此詩録自汪本補遺卷上(注謂出泰興季氏手校宋本),又見全唐詩卷四六二。

## 宿張雲舉院

不食胡麻飯,杯中自得仙。隔房集作籬。招好客,可室致芳筵。美集作家。醞香醪嫩,時新異果鮮。夜深唯畏曉,坐穩不集作豈。思眠。棋罷嫌無敵,詩成愧在前。明朝題壁上,誰得衆人傳。

【箋】此詩録自汪本補遺卷上(注謂出泰興季氏手校宋本),又見全唐詩卷四六二。

【校】

〔美醞〕「美」,全詩注云:「一作『家』。」

〔不思〕「不」,全詩注云:「一作『豈』。」

## 惜花

可惜夭集作妍。豔正當時，剛被狂風一夜吹。今日流鶯來舊處，百般言語泥集作啼。空枝。

【箋】

此詩録自汪本補遺卷上（注謂出泰興季氏手校宋本），又見全唐詩卷四六二。

【校】

〔夭豔〕「夭」，全詩注云：「一作『妍』。」

〔泥空〕「泥」，全詩注云：「一作『啼』。」

## 七夕

煙霄微月澹長空，銀漢秋期萬古同。幾許歡情與離恨，年年并在此宵中。

【箋】

此詩録自汪本補遺卷上（注謂出泰興季氏手校宋本），又見全唐詩卷四六二。

## 宿誠禪師山房題贈

不出孤峯上，人間四十秋。視身如傳舍，閲世任東流。法爲因緣立，心從次第修。中宵問真偈，有住是吾憂。

【箋】此詩録自汪本補遺卷上（注謂出泰興季氏手校宋本），又見全唐詩卷四六二。

## 新池

數日自穿鑿，引泉來近陂。尋渠通咽處，繞岸待清時。深好求魚養，閑堪與鶴期。幽聲聽難盡，入夜睡常遲。

【箋】此詩録自汪本補遺卷上（注謂出泰興季氏手校宋本），又見全唐詩卷四六二。

## 南池

蕭條微雨絶，荒岸抱清源。入舫山侵塞，分泉道接邨。秋聲依樹色，月影在蒲根。淹泊方難遂，他宵闕夢魂。

【箋】

此詩録自汪本補遺卷上（注謂出泰興季氏手校宋本），又見全唐詩卷四六二。

## 宿池上

泉來從絶壑，亭敞在中流。竹密無空岸，松長可絆舟。蟪蛄潭上夜，河漢島前秋。異夕期新漲，攜琴卻此遊。

【箋】

此詩録自汪本補遺卷上（注謂出泰興季氏手校宋本），又見全唐詩卷四六二。

## 翻經臺

一會靈山猶未散，重翻貝葉有來由。是名精進才開眼，巖石無端亦點頭。

【箋】此詩録自汪本補遺卷上（注云：出咸淳臨安志），又見全唐詩卷四六二。

〔翻經臺〕汪立名云：「按潛説友咸淳臨安志，天竺寺翻經臺，謝靈運與僧於此將北本涅槃經翻爲南本。」

## 寄題上强山精舍寺

慣遊山水住南州，行盡天台及虎丘，惟有上强精舍寺，最堪遊處未曾遊。

【箋】此詩録自汪本補遺卷上，（注云：出王象之輿地紀勝，今湖州石刻尚存。）又見全唐詩卷四六二。

〔上强山精舍寺〕汪立名云：「按：湖州歸安縣上强山精舍寺有唐人題詩刻石，白居易、李伯藥、高知周、錢起、郎士元皆有詩。王象之輿地紀勝：精舍院在歸安縣施渚，青州刺史管聚捨宅爲院。白樂天寄題詩云云。」又韻語陽秋卷十六：「湖州上强精舍寺有陳朝觀音，殷仲容書寺額，三門高百尺，謂之三絶。又池有金鯽魚，數年一現，故白樂天詩有『惟有上强精舍寺，最堪遊處未曾遊』。」

## 句 二

學織繚綾功未多，亂投機杼錯拋梭。莫教宫錦行家見，把此文章殺笑他。

如今不重文章事，莫把文章誇向人。

【箋】此詩録自汪本補遺卷上。汪立名云：「盧氏雜話云：盧氏子合下第，步出都門，投逆旅。有一人續至吟詩云云。盧愕然，憶是白居易詩。問之，曰：某世織綾錦，以薄藝投本行，皆云如今花樣與前不同，且東歸去。」城按：盧氏雜話引自太平廣記卷二五七。「殺笑」，太平廣記作「笑殺」，汪本誤。

## 九老圖詩 并序

會昌五年三月，胡、吉、劉、鄭、盧、張等六賢於東都敝居履道坊合尚齒之會。

其年夏，又有二老，年貌絶倫，同歸故鄉，亦來斯會。續命書姓名年齒，寫其形貌，附於圖右，與前七名，題爲九老圖。仍以一絶贈之。二老謂洛中遺老李元爽，年一百三十六；歸洛僧如滿，年九十五。

雪作鬚眉雲作衣，遼東華表暮雙歸。當時一鶴猶希有，何況今逢兩令威！

【箋】作於會昌五年（八四五）夏，洛陽，刑部尚書致仕。城按：此詩録自汪本補遺卷下，又見全唐詩卷四六二。汪本補遺卷下此詩之前尚有七老會詩一首，已見本集卷三七，可參看。

【校】〔贈之〕此下小注「二老謂洛中遺老李元爽年一百三十六歸洛僧如滿年九十五」二十五字，汪本另行同題，無「二老謂」三字，據全詩改。

## 一字至七字詩

詩。綺美，瓌奇。明月夜，落花時。能助歡笑，亦傷別離。調清金石怨，吟苦鬼神悲。天下只應我愛，世間唯有君知。自從都尉別蘇句，便到司空送白辭。

【箋】 作於大和三年（八二九）三月辭刑部侍郎爲太子賓客分司歸洛陽時。城按：此詩録自汪本補遺卷下，又見全唐詩卷四六二，俱出唐詩紀事。唐詩紀事卷三九韋式條云：「樂天分司東洛，朝賢悉會興化亭送別。酒酣，各請一字至七字詩，以題爲韻。王起賦花詩云：……李紳賦月詩云：……令狐楚賦山詩云：……元稹賦茶詩云：……魏扶賦愁詩云：……韋式郎中賦竹詩云：……張籍司業賦花詩云：……范堯佐道士賦書字詩云：……居易賦詩字詩云：……。」考大和三年春間，王起方爲陝虢觀察使，李紳方爲滁州刺史，令狐楚方爲東都留守，元稹仍爲浙東觀察使，均不在長安，無從會興化亭送別，故王起、李紳、令狐楚、元稹等詩，題係僞作無疑，則白氏此作亦有可疑。

【校】

〔題〕此下全詩注云：「賦得詩。樂天分司東洛，朝賢悉會興化池亭送別，酒酣，各請一字至七字詩，以題爲韻。」

## 宴興化池亭送白二十二東歸聯句

東洛言歸去，西園告別來。白頭青眼客，池上手中杯。度。離瑟殷勤奏，仙舟委曲迴。征輪今欲動，賓閣爲誰開？禹錫。坐弄琉璃水，行登綠縟苔。花低妝照影，萍散酒吹醅。居易。岸蔭新抽竹，亭香欲變梅。隨遊多笑傲，遇勝且徘徊。籍。澄澈連天鏡，潺湲出地雷。林塘難共賞，鞍馬莫相催。度。信及魚還樂，機忘鳥不猜。晚晴槐起露，新暑石添苔。禹錫。擬作雲泥別，尤思頃刻陪。歌停珠貫斷，飲罷玉峯頹。居易。雖有逍遥志，其如磊落才。會當重入用，此去肯悠哉！籍。

【箋】

此詩爲大和三年（八二九）三月居易辭刑部侍郎歸洛陽時作。録自汪本補遺卷下，又見劉集外二、全唐詩卷七九〇聯句三。

〔興化池亭〕長安朱雀門西第二街興化坊裴度第宅。見唐兩京城坊考卷五。參見卷二五酬裴相公題興化小池見招長句，卷二六宿裴相公興化池亭等詩箋。

【校】

〔題〕此下全詩注云：「此首又見張籍集。」

〔縟苔〕「苔」，劉集作「臺」，全詩作「堆」。

〔新暑〕全詩作「新雨」。

〔重入用〕劉集作「重用日」。

# 首夏猶清和聯句

記得謝家詩，清和即此時。居易。餘花數種在，密葉幾重垂？度。芳謝人人惜，陰成處處宜。禹錫。水萍争點綴，梁燕共追隨。行式。亂蝶憐疏蕊，殘鶯戀好枝。籍。草香殊未歇，雲勢漸多奇。居易。單服初寧體，新篁已出籬。度。與春爲别近，覺日轉行遲。禹錫。繞樹風光少，侵階苔蘚滋。行式。唯思奉歡樂，長得在西池。籍。

【箋】

作於大和二年（八二八）夏，長安，刑部侍郎。城按：此詩録自汪本補遺卷下，又見劉集外二、全詩卷七九〇聯句三。聯句作者：裴度、張籍、白居易、劉禹錫、韋行式。

〔行式〕韋行式。韋聿之子，韋皐之姪。舊唐書卷一四〇韋皐傳云：「皐姪行式。」劉集作「行武」，誤。

〔西池〕在長安興化坊裴度宅第内。

【校】

〔行式〕劉集誤作「行武」，見前箋。

## 薔薇花聯句

似錦如霞色，連春接夏開。禹錫。波紅分影入，風好帶香來。度。得地依東閣，當階奉上臺。行式。淺深皆有態，次第暗相催。禹錫。滿地愁英落，緣堤惜櫂回。度。芳濃濡雨露，明麗隔塵埃。行式。似著胭脂染，如經巧婦裁。居易。柰花無別計，只有酒殘杯。籍。

【箋】

作於大和二年（八二八）夏，長安，刑部侍郎。城按：此詩録自汪本補遺卷下，又見劉集外二、全唐詩卷七九〇聯句三。聯句作者：裴度、張籍、白居易、劉禹錫、韋行式。

〔行式〕韋行式。見本卷首夏猶清和聯句詩箋。

【校】

〔行式〕劉集誤作「行武」，見前箋。

## 西池落泉聯句

東閣聽泉落，能令夜興多。行式。散時猶帶沫，淙處却跳波。度。偏洗磷磷石，還驚泛泛鶂。籍。色青塵不染，光白月相和。居易。噴雪縈松竹，攢珠濺芰荷。禹錫。對吟時合響，觸樹更摇柯。籍。照圃紅分藥，侵階緑浸莎。居易。日斜車馬散，餘韻逐鳴珂。禹錫。

【箋】

作於大和二年（八二八）夏，長安，刑部侍郎。城按：此詩録自汪本補遺卷下，又見劉集外二、全唐詩卷七九〇聯句三。

〔西池〕長安裴度興化坊宅中之池，池由瀑布而成。劉集外二有西池送白二十二東歸兼寄令狐相公聯句，亦指此池。

〔行式〕韋行式。見本卷首夏猶清和聯句詩箋。

【校】

〔夜興〕劉集、全詩俱作「野興」。

〔行式〕劉集誤作「行武」，見前箋。

〔却跳〕「却」，劉集、全詩俱作「即」。

## 杏園聯句

杏園千畝欲隨風，一醉同人此暫同。羣上司空老態忽忘絲鬢裏，衰顔宜解酒杯中。

絳上白二十二曲江日暮殘紅盡，翰苑年深舊事空。居易上主客二十四年流落者，故人相引到花叢。禹錫

【箋】

此詩作於大和二年（八二八）春。録自汪本補遺卷下，又見劉集外二、全詩卷七九〇聯句三。聯句作者：李絳、崔羣、白居易、劉禹錫。

〔杏園〕在長安朱雀門街東第三街通善坊，地與曲江相接。見卷一杏園中棗樹詩箋。

〔司空〕指李絳。據舊書卷一六四李絳傳，長慶四年加檢校司空，至大和三年正月，以太常卿檢校司空出爲興元尹、山南西道節度使。

〔主客〕指劉禹錫。禹錫，大和二年春以主客郎中充集賢學士。

〔二十四年〕禹錫永貞之貶，至大和二年正爲二十四年。

【校】

〔千畝〕全詩作「千樹」。

〔暫同〕此下小注「羣上司空」，汪本誤作「醉上司空」，據劉集、全詩改正。

〔絲鬢〕全詩作「絲管」。

〔紅盡〕全詩作「紅在」。

# 花下醉中聯句

共醉風光地，花飛落酒杯。絳送劉二十八殘春猶可賞，晚景莫相催。禹錫送白侍郎酒幸年年有，花應歲歲開。居易送兵部相公且當金韻擲，莫遣玉山頽。絳送庾閣長高會彌堪惜，良時不易陪。承宣送主客誰能拉花住，争换得春迴。禹錫送吏部我輩尋常有，佳人早晚來。嗣復送兵部寄言三相府，欲散且徘徊。居易。時户部相公同會。

【箋】

此詩稱禹錫爲主客，居易爲侍郎，亦當是大和二年春所作。録自汪本補遺卷下，又見劉集外二、全唐詩卷七九〇聯句三。

〔絳〕李絳。

〔兵部相公〕指李絳。

〔庾閣長〕指庾承宣。

〔吏部〕指楊嗣復。

〔寄言三相府〕似言竇易直同會而未聯句，是時尚有裴度、王播、韋處厚同在相位，故憑易直寄言三相也。

〔户部相公〕指竇易直。

【校】

〔酒杯〕此下小注「絳送劉二十八」，汪本作「絳送二十八」，據劉集、全詩改。

〔早晚來〕此下小注全詩作「嗣復送白侍郎」。

## 喜遇劉二十八偶書兩韻聯句

病來佳興少，老去舊遊稀。笑語縱横作，杯觴絡繹飛。度清談如冰玉，逸韻貫珠璣。高位當金鉉，虚懷似布衣。禹錫。已榮狂取樂，仍任醉忘機。捨眷將何適？留歡便是歸。居易風儀常欲附，蚊力自知微。願假尊罍末，膺門自此依。紳。

【箋】

作於大和九年（八三五），洛陽，太子少傅分司。城按：此詩録自汪本補遺卷下，又見劉集外四、全唐詩卷七九〇聯句三。劉禹錫是年十月，自汝州刺史移任同州刺史，途經洛陽，與裴度、白居易、李紳相會，共同聯句。本卷下一首劉二十八自汝赴左馮塗經洛中相見聯句，亦同時之作。

【校】

〔冰玉〕全詩作「水玉」。

〔已榮〕全詩作「已容」。
〔風儀〕全詩作「鳳儀」。

## 劉二十八自汝赴左馮塗經洛中相見聯句

不歸丹掖去，銅竹漫云云。唯喜因過我，須知未賀君。度。詩聞安石詠，香見令公熏。欲首函關路，來披緱嶺雲。居易。貂蟬公獨步，鴛鷺我同羣。插羽先飛酒，交鋒便戰文。紳。鎮嵩知表德，定鼎爲銘勳。顧鄙容商洛，徵歡候汝墳。禹錫。頻年多謔浪，此夕任喧紛。故態猶應在，行期未要聞。度。游藩榮已久，捧袂惜將分。詎厭杯行疾，唯愁日向曛。居易。窮陰初莽蒼，離思漸氤氲。殘雪午橋岸，斜陽伊水濆。紳。上謨尊右掖，全略静東軍。萬頃徒稱量，滄溟詎有垠？禹錫。

【箋】禹錫以大和九年（八三五）十月除同州刺史，過洛當在十一月間，此詩即作於是時。録自汪本補遺卷下，又見劉集外四、全唐詩卷七九〇聯句三。并參見本卷上一首喜遇劉二十八偶書兩韻聯句詩箋。

# 白居易集箋校外集卷中

## 詩文補遺二　詩詞二　凡四十六首　句三十四

### 度自到洛中與樂天爲文酒之會時時搆詠樂不可支則慨然共憶夢得而夢得亦分司至止歡愜可知因爲聯句

成周文酒會，吾友勝鄒枚。唯憶劉夫子，而今又到來。度。欲迎先倒屣，一座便傾杯。飲許伯倫石，詩推公幹才。並以本事。居易。久曾聆郢唱，重喜上燕臺。晝話牆陰轉，宵歡斗柄迴。禹錫。新聲還共聽，故態復相咍。遇物皆先賞，從花半未開。度起時烏帽側，散處玉山頹。墨客喧東閣，文星犯上台。居易。詠吟君稱首，疏放我爲魁。

憶戴何勞訪，時夢得分司而來。留髡不用猜。宴席上，老夫暫起，樂天密坐不動足。度。奉觴承麴糵，落筆捧瓊瑰。醉弁無妨側，詞鋒不可摧。此兩韻美令公也。居易。水軒看翡翠，石徑踐莓苔。童子能騎竹，佳人解詠梅。陪遊南宅之境。禹錫。洛中三可矣，鄴下七悠哉。自向風光急，不須絃管催。度。樂觀魚踴躍，閑愛鶴徘徊。煙柳青凝黛，波萍緑撥醅。居易。春榆初改火，律管又飛灰。紅藥多遲發，碧松宜亂栽。禹錫。馬嘶駝陌上，鷁泛鳳城隈。色色時堪惜，些些病莫推。度。洄流尋軋軋，餘刃轉恢恢。從此知心伏，無因敢自媒。禹錫。室隨親客入，席許舊寮陪。逸興嵇將阮，交情陳與雷。此二句屬夢得也。居易。洪爐思哲匠，大廈要羣材。他日登龍路，應知免曝顋。禹錫。

【箋】

此詩録自汪本補遺卷下，又見劉集外四、全唐詩卷七九〇聯句三。城按：此詩禹錫有「春榆」、「紅藥」之句，以是開成元年（八三六）禹錫以賓客分司至洛陽之次年春所作。

【校】

〔題〕「度」，汪本、劉集俱誤作「予」，據全詩改正。

〔一座〕「一」，劉集作「入」，全詩作「亦」。

〔伯倫石〕「石」，劉集、全詩俱作「右」。

〔爲魁〕「魁」，汪本誤作「魋」，據劉集、全詩改正。

〔勞訪〕此下小注「時夢得」，劉集作「指夢得」。

〔用猜〕此下小注「密坐」，劉集作「堅坐」。

## 秋霖即事聯句三十韻

蕭索窮秋月，蒼茫苦雨天。泄雲生棟上，行潦入庭前。居易送上僕射。苔色侵三徑，波聲想五絃。井蛙爭入户，轍鮒亂歸泉。起送上中丞大監。高響愁晨坐，空階警夜眠。鶴鳴猶未已，蟻穴亦頻遷。禹錫送上少傅侍郎。散漫疏還密，空濛斷復連。竹霑青玉潤，荷滴白珠圓。居易。地濕灰蛾滅，池添水馬憐。有苗霑霢霂，無月弄潺湲。起。籬菊潛開秀，園蔬已罷鮮。斷行隨雁翅，孤嘯聳鳶肩。禹錫。橋柱黏黄菌，牆衣點緑錢。草荒行藥路，沙泛釣魚船。居易。長者車猶阻，高人榻且懸。此思劉君之來也。金烏何日見，玉爵幾時傳？起。近井桐先落，當檐石欲穿。趨風誠有戀，披霧邈無緣。禹錫。以答懸榻之召。廩米陳生醭，庖薪濕起煙。鳴鷄潛報曉，急景暗彫年。居易。蓋灑高松上，絲繁細柳邊。拂叢時起蝶，墮葉乍驚蟬。起。巾角皆爭墊，裙裾別似湔。人多蒙翠被，馬盡著連乾。禹錫。好客無來者，貧家但悄然。濕泥印鶴迹，漏壁絡蝸涎。居易。蚊聚雷侵室，鷗翻浪滿川。上樓愁冪冪，繞舍厭濺濺。起。律候今秋矣，歡娱久曠焉。但令高興在，晴後奉周旋。禹錫。

【箋】

此詩爲王起、白居易、劉禹錫三人聯句。王起以開成五年檢校左僕射充東都留守，會昌元年即徵爲吏部尚書，聯句當作於開成五年秋。録自汪本補遺卷下，又見劉集外四、全唐詩卷七九〇聯句三。

〔僕射〕指王起。

〔中丞大監〕指劉禹錫。禹錫汝州、同州兩任刺史皆帶御史中丞。其除秘書監分司本傳漏敘，子劉子自傳：「移汝州兼御史中丞，又遷同州充本州防禦、長春宫使。後被足疾，改太子賓客分司東都。又改秘書監分司。」與此詩所記正合。又白氏酬夢得貧居詠懷見贈詩（卷三五）自注：「時夢得罷賓客除秘監。」則禹錫爲秘書監分司在開成四年歲暮。

【校】

〔且懸〕此下小注「此思劉君之來也」，汪本誤作「此思劉台之來也」。全詩作「此思劉白之來也」。

〔無緣〕此下小注「以答懸榻之召」，汪本誤作「以答懸懸之召」，據全詩改正。劉集作「以答懸榻之言」。

〔蝸涎〕此下汪本脱「居易」二字小注，據劉集、全詩補。

## 喜晴聯句

苦雨晴何喜？喜於未雨時。氣收雲物變，聲樂鳥烏知。居易送上僕射。蕙泛光風圃，蘭開皎月池。千峯分遠近，九陌好追隨。起送上尚書。白日開天路，玄陰卷地維。餘清在林薄，新照入漣漪。禹錫。碧樹涼先落，青蕪濕更滋。曬毛經浴鶴，曳尾出泥龜。居易。舞去商羊速，飛來野馬遲。柱邊無潤礎，臺上有游絲。起。橋浄行塵息，堤長禁柳垂。宫城開睥睨，觀闕麗罘罳。禹錫。洛水澄清鏡，嵩煙展翠帷。梁成虹乍見，市散蜃初移。居易。藉草風猶暖，攀條露已晞。屋穿添碧瓦，牆缺召金鎚。起。迴徹來雙目，昏煩去四支。霞文晚焕爛，星影夕參差。禹錫。爽助門庭肅，寒摧草木衰。黄乾向陽菊，紅洗得霜梨。居易。假蓋閑誰惜？彈絃燥更悲。散蹄良馬穩，炙背野人宜。起。洞户晨暉入，空庭宿霧披。推牀出書目，傾笥上衣椸。禹錫。道路行非阻，軒車望可期。無辭訪圭竇，且願見瓊枝。居易。山閣蓬萊客，古以秘書喻蓬萊。儲宮羽翼師。此言少傅。每優陪麗句，何暇覿英姿。起。以酬圭竇之言。玩景方搔首，懷人尚斂眉。因吟仲文什，高興盡於斯。禹錫。

【箋】

此詩有「黄乾向陽菊，紅洗得霜梨」之句，則必與上一首秋霖即事聯句三十韻同作於開成五年（八四〇）秋　録自汪本補遺卷下，又見劉集外四、全唐詩卷七九〇聯句三。

〔僕射〕指王起。

〔尚書〕指劉禹錫。據此詩則禹錫開成五年已加檢校禮部尚書。城按：白氏開成己未（四年）所作病中詩十五首之十四歲暮呈思黯相公皇甫朗之及夢得尚書詩，則知禹錫四年冬已加檢校尚書，但非禮部尚書耳，俟考。

【校】

〔喜於未雨時〕汪本作「喜多於雨時」，據劉集、全詩改。

〔清鏡〕「鏡」，汪本、全詩俱誤作「鎮」，據劉集改正。

〔蜃初移〕「蜃」，劉集作「蟻」。

# 會昌春連宴即事

元年寒食日，上巳暮春天。雞黍三家會，鶯花二節連。居易。光風初澹蕩，美景漸暄妍。簪組蘭亭上，車輿曲水邊。禹錫。松聲添奏樂，草色助鋪筵。雀舫宜閑泛，螺杯任漫傳。起。園蔬香帶露，廚柳暗藏煙。麗句輕珠玉，清談勝管絃。居易。陌喧金距鬬，樹動綵繩懸。姹女妝梳豔，遊童衣服鮮。禹錫。圃香知種蕙，池暖憶開蓮。怪石雲疑觸，夭桃火欲然。起。正歡唯恐散，雖醉未思眠。嘯傲人間世，追隨地上仙。居易。燕來雙涎涎，雁去累翩翩。行樂真吾事，尋芳獨我先。禹錫。滯周慚太史，太史公留滯周南，今榮忝慚古人矣。入洛繼先賢。此言劉、白聲價與二陸爭長矣。昔恨多分手，今歡謬比肩。起。病猶陪讌飲，老更奉周旋。望重青雲客，情深白首年。居易。偏嘗珍饌後，許入畫堂前。舞袖翻紅炬，歌鬟插寶蟬。禹錫。斷金多感激，倚玉貴遷延。説史吞顔注，論詩笑鄭箋。起。松筠寒不變，膠漆冷彌堅。興伴王尋戴，謂隨僕射過尚書也。榮同隗在燕。居易自謂。擲盧誇使氣，刻燭鬬成篇。實藝皆三捷，虛名媿六聯。禹錫。興闌猶舉白，話静每思玄。更記歸時好，亭亭月正圓。起。

【箋】此詩爲會昌元年(八四一)春所作，録自汪本補遺卷下，又見劉集外四、全唐詩卷七九〇聯句三。時王起猶在東都留守任。白氏會昌元年春五絶句之二贈舉之僕射(自注：今春與僕射三爲寒食之會)詩：「雞毬餳粥屢開筵，談笑謳吟間管絃。一月三迴寒食會，春光應不負今年。」可與此聯句相參證。

【校】

〔涎涎〕全詩作「涏涏」。

〔更記〕劉集、全詩俱作「更説」。

**僕射來示有三春向晚四者難并之説誠哉是言輒引起題重爲聯句疲兵再戰勍敵難降下筆之時䩄然自哂走呈僕射兼簡尚書**

三春今向晚，四者昔難并。借問低眉坐，何如攜手行。居易。舊遊多過隙，新宴且尋盟。鸚鵡杯須樂，麒麟閣未成。起。分陰當愛惜，遲景好逢迎。林野熏風起，樓臺縠雨晴。禹錫。牆低山半出，池廣水初平。橋轉長虹曲，舟回小鷁輕。居易。殘花猶布繡，密竹自聞笙。欲過芳菲節，難忘宴慰情。起。月輪行似箭，時物始如傾。見雁隨兄去，聽鶯求友聲。禹錫。蕙長書帶展，菰嫩剪刀生。坐密衣裳煖，堂虚絲管清。居易。峯巒侵碧落，草木近朱明。與點非沂水，陪膺是洛城。白爲三川守，故云。起。撥醅争緑醑，卧酪待朱櫻。幾處能留客？何人唤解酲。禹錫。舊儀尊右相，新命寵春卿。有喜鵲頻語，無機鷗不驚。居易。青林思小隱，白雪仰芳名。訪舊殊千里，登高賴九城。起。鄭侯司管籥，疏傅傲簪纓。綸綍曾同掌，煙霄即上征。禹錫。册庭嘗接武，書殿忝連衡。蘭室春彌馥，松心晚更貞。居易。琴招翠羽下，鈎掣紫鱗呈。只願回烏景，誰能避兕觥。起。方知醉兀兀，應是走營營。鳳閣鸞臺路，從他年少争。居易更呈二公。

【箋】

此詩作於會昌元年（八四一）春，録自汪本補遺卷上，又見劉集外四、全唐詩卷七九〇聯句三。與本卷上一首會昌春連宴即事爲同時之作。

〔僕射〕王起。

〔尚書〕劉禹錫。

【校】

〔題〕「僕射」下注有「王起」二字，據劉集、全詩删。

〔鸜鵒杯〕「杯」，汪本、全詩俱誤作「林」，據劉集改正。

〔始如傾〕「始」，劉集作「勢」。

〔右相〕劉集、全詩俱作「右揆」。

〔兕觥〕此下小注「起」，汪本、劉集俱誤作「居易」，據全詩改正。

## 樂天是月長齋鄙夫此時愁臥里閭非遠雲霧難披因以寄懷遂爲聯句所期解悶焉敢驚禪

五月長齋月，文心苦行心。蘭葱不入户，薝蔔自成林。夢得。護戒先辭酒，嫌喧亦徹琴。塵埃賓位静，香火道場深。樂天。我静馴狂象，餐餘施衆禽。定知於佛佞，豈復向書淫。夢得。闌藥凋紅豔，庭槐换緑陰。風光徒滿目，雲霧未披襟。樂天。樹爲清涼倚，池因盥漱臨。蘋芳遭燕拂，蓮坼待蜂尋。夢得。舍下環流水，窗中到遠岑。苔斑錢剥落，石怪玉嶔岑。樂天。鵲頂迎秋禿，鶯喉入夏瘖。緑楊垂嫩色，緹棘露長鍼。夢得。散秩身猶幸，趨朝力不任。官將方共拙，年與病交侵。樂天。徇樂非時選，忘機似陸沈。鑒容稱四皓，捫腹有三壬。夢得。攜手慚連璧，同心許斷金。紫芝雖繼唱，前後各任賓客。白雪少知音。樂天。憶罷吴門守，相逢楚水潯。舟中頻曲宴，夜後各加斟。夢得。濁酒銷殘漏，絃聲問遠砧。酡顔舞長袖，密坐接華簪。樂天。持論峯巒峻，戰文矛戟森。笑言誠莫逆，造次必相箴。夢得。往事應如昨，餘歡迄至今。迎君常倒屣，訪我輒攜衾。樂天。陰魄初離畢，將有雨。陽光正在參。五月之節。待公休一食，縱飲共狂吟。夢得。

【箋】

此詩注中有「前後各任賓客」之語，則或作於禹錫開成四年（八三九）冬爲秘書監分司以前。録自汪本補遺卷下，又見劉集外四、全唐詩卷七九〇聯句三。

【校】

〔成林〕此下小注「夢得」，全詩作「禹錫」，後同。

〔場深〕此下小注「樂天」，全詩作「居易」，後同。

〔繼唱〕此下小注「前後各任賓客」，全詩誤作「前後各在賓客」。

## 李德裕相公貶崖州三首

樂天嘗任蘇州日，要勒須教用禮儀。從此結成千萬恨，今朝果中白家詩。

昨夜新生黄雀兒，飛來直上紫藤枝。擺頭撼腦花園裏，將爲春光總屬伊。

閑園不解栽桃李，滿地唯聞種蒺藜。萬里崖州君自去，臨行惆悵欲怨誰？

【箋】此三首詩録自那波本卷二十，各本俱未載。城按：李德裕罷相後貶潮州司馬在大中元年七月（新書宣宗紀謂在大中元年十二月），至大中三年九月，復貶崖州司户參軍。（舊書卷一七四李德裕傳謂大中二年冬再貶崖州。）見舊書宣宗紀。居易卒於會昌六年八月，德裕貶時，白氏已卒，故此詩斷爲僞作無疑。

## 濟源上枉舒員外兩篇因酬六韻

歇手不判案，舉頭仍見山。雖來鞍馬上，不離詩酒間。濟源三臨泛，王屋一登攀。猶嫌百里近，祇得十日閑。明朝却歸府，塵事如循環。賴聽瑶華唱，稍開風土顔。

【箋】作於大和六年（八三二），濟源，河南尹。城按：此詩録自那波本卷五二，各本俱未載。是年冬，居易遊濟源王屋山，有早冬遊王屋自靈都抵陽臺上方望天壇偶吟成章寄温谷周尊師中書李相公（卷二二）云：「霜降山水清，王屋十月時。」

## 和裴相公傍水閑行絶句

行尋春水坐看山，早出中書晚未還。爲報野僧巖客道，偷閑氣味勝長閑。

【箋】作於大和二年（八二八），長安。城按：劉集外一有和裴相公傍水閑行詩。此詩見那波本卷五五、全唐詩卷四六二。又日本京都大學人文科學研究所藏王氏校本録此詩注云：「從黄校本補録。施宿注蘇詩『氣味』作『意味』。」

【校】〔題〕那波本作「和裴相公傍水絶句」，據劉集及全唐詩改。

〔氣味〕此下全唐詩注云：「一作『意味』。」

## 同崔十八宿龍門兼寄令狐尚書馮常侍

水碧玉潾潾，龍門秋勝春。山中一夜月，海内兩閑人。共是幽棲伴，俱非富貴身。尚書與常侍，不可得相親。

【箋】作於大和三年（八二九），洛陽，太子賓客分司。城按：此詩録自那波本卷五七，各本俱不載。

## 送沈倉曹赴江西

落日驅單騎，涼風换袷衣。遠魚傳信至，秋雁趁行飛。洛下閑居在，城東醉伴稀。莫辭船舫重，多覓酒錢歸。

【箋】或作於大和三年（八二九），洛陽。按：此詩録自那波本卷五九，各本俱未載。

〔倉曹〕倉曹參軍。城按：唐制，諸衛大將軍、京兆河南太原諸府及諸州刺史下均置有倉曹參軍。見舊唐書職官志。

## 雨歇池上

簷前微雨歇，池上涼風起。橋竹碧鮮鮮，岸移莎靡靡。蒼然古苔石，清淺平流水。何言中門前，便是深山裏。雙僮侍坐卧，一杖扶行止。飢聞麻粥香，渴覺雲湯美。平生所好物，今日多在此。此外更何思？市朝心已矣！

【箋】

此詩録自那波本卷六三，與同卷七月一日作詩（馬本卷三〇）内容相同，「簷前微雨歇」作「林間暑雨歇」，其上增「七月一日天，秋生履道里，閑居見清景，高興從此始」四句。

## 城西别元九

城西三月三十日，别友辭春雨恨多。帝里却歸猶寂寞，通州獨去又如何？

【箋】

作於元和十年（八一五），長安，太子左贊善大夫。城按：此詩録自全唐詩卷八八三補遺二。〔元九〕元稹。元和十年正月，自唐州從事召還長安。三月二十五日，又出爲通州司馬。此詩亦當時送别之作。參見卷十五醉後却寄元九詩箋。

## 陳家紫藤花下贈周判官

藤花無次第，萬朵一時開。不是周從事，何人喚我來？

【箋】或作於長慶三年（八二三），杭州，杭州刺史。城按：此詩録自全唐詩卷八八三補遺二。〔周判官〕周元範。居易爲杭州刺史時之從事。見卷二〇重酬周判官、歲假内命酒贈周判官蕭協律等詩箋。

## 遊小洞庭

湖山上頭别有湖，芰荷香氣占仙都。夜含星斗分乾象，曉映雷雲作畫圖。風動緑蘋天上浪，鳥棲寒照月中烏。若非神物多靈迹，争得長年冬不枯？

【箋】或作於寶曆二年（八二六），蘇州，蘇州刺史。城按：此詩録自全唐詩卷八八三補遺二，又見吴郡志卷十五。

〔小洞庭〕吴郡志卷十五：「林屋館即洞庭，前代蓋有宫館，非今龍宇處也。」

## 如夢令三首

前度小花静院，不比尋常時見。見了又還休，愁却等閑分散。腸斷，腸斷。記取釵横鬢亂。落月西窗驚起，好箇匆匆些子。鬢鬢鬢輕鬆，凝了一雙秋水。告你，告你。休向人間整理。頻日雅歡幽會，打得來來越𠻨。説着暫分飛，蹙損一雙眉黛。無奈，無奈。兩個心兒總待。

【箋】此詞録自全唐詩卷八九〇詞二。

## 長相思二首

汴水流，泗水流，流到瓜洲古渡頭。吴山點點愁。　思悠悠，恨悠悠，恨到歸時方始休。月明人倚樓。

深畫眉，淺畫眉，蟬鬢鬅鬙雲滿衣。陽臺行雨回。　巫山高，巫山低，暮雨瀟瀟郎不歸。空房獨守時。

【箋】此詞録自全唐詩卷八九〇詞二，又見花間集補卷下、唐宋絶妙詞選卷一。另有花非花一首、憶江南三首，已見本集，不復録。并參見卷二五寄殷協律詩箋。

## 哭微之（第三首）

今生豈有相逢日，未死應無暫忘時。從此三篇收淚後，終身無復更吟詩。

【箋】作於大和五年（八三一），洛陽，河南尹。城按：此詩録自文苑英華白氏祭微之文。

〔微之〕元稹。卒於大和五年七月。見卷七〇河南元公墓誌銘及卷二七哭微之二首詩箋。

〔從此三篇收淚後〕謂此詩合哭微之二首爲三篇也。

【校】〔今生〕「生」，英華誤作「在」，據日本花房英樹白氏文集の批判的研究引白氏文集管見抄改正。

## 宿雲門寺

昨夜有風雨，雲奔天地合。龍吟古石樓，虎嘯層巖閣。幽意未盡懷，更行三五帀。

【箋】

或作於長慶三年（八二三）至四年（八二四），杭州刺史。城按：此詩録自會稽掇英總集卷七，爲居易曾遊會稽之證。又會稽掇英總集卷六載有元稹遊雲門寺詩。

〔雲門寺〕會稽掇英總集卷六：「雲門寺：晉義熙三年，王子昭嘗居是山，有五色雲晝見庭户，表奏安帝，乃建寺曰雲門。至會昌寺廢。大中復興。今朝改額曰雍熙、顯聖、淳化三寺。」

## 題法華山天衣寺

山爲蓮宫作畫屏，樓臺迤邐插青冥。雲生座底鋪金地，風起松稍韻寶鈴。龍噴水聲連擊磬，猨啼月色閑持經。時人不信非凡境，試入元關一夜聽。

【箋】

或作於長慶三年（八二三）至四年（八二四），杭州刺史。城按：此詩録自會稽掇英總集卷八。

元稹亦有題法華山天衣寺詩，見同書。

〔法華山天衣寺〕會稽掇英總集卷八：「法華山在會稽南四十里，晉義熙十三年，僧曇翼棲此，誦法華經頗有靈感，……乃置寺，因以爲名。……至會昌寺廢，大中復興，改寺額曰天衣。」

## 會二同年

一樽聊接故人歡，百歲堪嗟鬢漸殘。莫見白雲容易愛，照湖澄碧四明寒。

【箋】

此詩録自會稽掇英總集卷十三。

## 石榴枝上花千朵

石榴枝上花千朵，荷葉杯中酒十分。滿院弟兄皆痛飲，就中大户不如君。

【箋】

此詩録自宋王明清玉照新志卷四，無詩題，今以首句爲題，其書云：「王彦國獻臣，招信人。居縣之近郊。建炎初，虜人將渡淮。獻臣坐於所居小樓，望見一老士大夫彷徨阡陌間。攜一小僕，負一匣，埋於空迴之所。獻臣默然識之。事定，往掘其地，宛然尚存。啓匣，乃白樂天手書時一紙云：『石榴枝上花千朵，荷葉杯中酒十分。滿院弟兄皆痛飲，就中大户不如君。』獻臣後南渡，寓居餘姚，嘗出以示余，真奇物也。」又焦氏筆乘續集卷三所載與玉照新志略同，其末云：「今人謂豪飲者爲大户，樂天詩屢用之。此詩集中不載，見宋人小説，輒録於此。」又白氏久不見韓侍郎戲題四韻以寄之詩（卷十九）云：「户大嫌甜酒，才高笑小詩。」可參看。

## 新婦石

堂堂不語望夫君，四畔無家石作鄰。蟬鬢一梳千歲髻，娥眉長掃萬年春。雪爲輕粉憑風拂，霞作胭脂使日匀。莫道面前無寶鑑，月來山下照夫人。

【箋】

此詩録自咸淳臨安志卷二六。

## 西巖山

千古仙居物象饒，道成丹熟晝昇霄。巖前寶磬轉松韻，洞口靈池應海潮。崖折百花遲日晚，鶴歸清夜唳聲遥。登臨漸到希夷境，手拂行雲度石橋。

【箋】約作於長慶二年（八二二）至長慶四年（八二四），杭州，杭州刺史。城按：此詩録自咸淳臨安志卷二七。

## 遊紫霄宫

水洗埃塵道味嘗，甘於名利兩相忘。心懷六洞丹霞客，口誦三清紫府章。十里採蓮歌達旦，一輪明月桂飄香。日高公子還相覓，見得山中好酒漿。

【箋】此詩録自宋桑世昌回文類聚卷一藏頭拆字詩。

## 遊横龍寺

月射金光新殿開，風摇清韻古杉松。問師寶刹因何立？笑指横谿有卧龍。

【箋】

此詩録自南岳志卷十九。

〔横龍寺〕南岳志卷十九寺觀横龍寺條下云：「在祝融峯後，唐貞元間建。宋天禧間建於寺右二里。一統志：貞元初，僧如滿賜號佛光大師，由洛至衡建此寺。」城按：白氏佛光和尚真贊（卷七一）云：「會昌二年春，香山寺居士白樂天命繢以寫和尚真而贊之。和尚姓陸氏，號如滿，居佛光寺東芙蓉山蘭若，因號焉。我命工人，與師寫真。師年幾何？九十一春。……」據此則如滿晚年定居嵩山，貞元初往衡山建寺時約三十餘歲。又按：白氏元和十四年春赴忠州途中，嘗往遊岳陽樓，有題岳陽樓詩（卷十七），或同時往遊衡嶽，題此詩也。

【校】

〔寶刹〕「刹」，原誤作「殺」，今改正。

## 東山寺 在黄梅縣。

直上青霄望八都，白雲影裏月輪孤。茫茫宇宙人無數，幾箇男兒是丈夫。

【箋】

此詩録自弘治黄州府志七藝文（據全唐詩外編轉引）。

## 辭閑中好三首

閑中好，盡日松爲侣。此趣人不知，輕風□僧語。

閑中好，塵□不縈心。坐對當窗木，看移三□陰。

閑中好，幽磬度鐘遲。卷上論題筆，畫中僧姓支。

【箋】

録自張之象唐詩類苑卷九一。

## 六　言

把酒留君聽琴，那堪歲暮離心。霜葉無風自落，秋天不雨多陰。人愁荒村路遠，馬怯寒溪水深。望盡青山猶在，不知何處相尋？

【箋】

録自張之象唐詩類苑卷一一五。

## 詠蘭 并序

余自昔西濱得蘭數本，移藝於庭，亦既逾歲，而芃然蕃殖。自余遊者，未始以芳草爲遇矣。因悲夫物有厭常，而反不若混然者有之焉。遂寄情於此。

寓常本殊致，意幽非我情。吾常有疏淺，外物無重輕。各言藝幽深，彼美香素莖。豈爲賞者説，自保孤根生。易地無赤株，麗土亦同榮。賞際林壑近，汎餘煙霞清。余懷既鬱陶，爾類徒縱横。妍媸苟不信，寵辱何爲驚？貞隱諒無迹，激時猶棟名。幽叢靄緑畹，豈必懷歸耕。

【箋】

録自張之象唐詩類苑卷一八九，又見佩文齋詠物詩選卷五〇。

## 春遊

酒户年年減，山行漸漸難。欲從心孏慢，轉恐興闌散。鏡水波猶冷，稽峯雪尚殘。不能孤物色，乍可愛春寒。遠目傷千里，新年思萬端。無人知我意，閑憑曲欄干。

【箋】此詩今本元氏長慶集誤收於集外文章内，清人朱彝尊指明其非云：「右白傅草一十九行，錢穆父在越勒石，置蓬萊閣下，今長慶集不載。或以是詩補入元微之集中，誤也。『散』字廣韻未收，而毛晃增注禮部韻略有之，引白詩爲證，且注云：『重增。』然則今之廣韻，亦非唐韻之舊矣。『從』，雕本譌『終』；『愛』，雕本譌『怯』。皆所當勘正者。」（曝書亭集卷四九）全唐詩亦沿其誤，今據朱説，知確爲白氏之作。

## 送阿龜歸華

草堂歸意背烟蘿，黄綬垂腰不奈何。因汝華陽求藥物，碧松根下茯苓多。

【箋】此詩録自馮浩玉谿生詩詳注卷三。馮浩注云：「浩曰：意境不似玉谿，蓄疑者久矣，今而知爲香山詩也。香山，下邽人，華州之屬縣也。香山弟行簡，行簡子龜郎，史傳中亦呼阿龜，而白公詩集尤詳之，此必白公送姪歸家之作，乃香山集漏收而反入斯集，可怪已。」城按：馮説是也。又此詩唐人萬首絶句題作「送阿龜歸華陽」。

〔茯苓〕馮浩注：「新志：華州土貢茯苓、茯神。唐本草：茯苓第一出華山。」

## 和楊同州寒食乾坑會後聞楊工部欲到知予與工部有敷水之期榮喜雖多歡宴且阻辱示長句因而答之

往來東道千餘騎，新舊西曹兩侍郎。去年兄自工部拜同州，今年弟從常州拜工部。家占冬官傳印綬，路逢春日助恩光。停留五馬經寒食，指點三峯過故鄉。猶恨乾坑敷水會，差池歸雁不成行。

【箋】作於大和九年（八三五），洛陽，太子賓客分司。城按：此詩載金澤文庫舊藏本白氏文集卷六五，録自日本花房英樹白氏文集の批判的研究。

〔楊同州〕楊汝士。見卷三二和楊同州寒食乾坑會後聞楊工部欲到知予與工部有宿酲詩箋。

〔楊工部〕楊虞卿。見前箋。

## 懶出

慵遊懶出門多掩，縱暫逢迎不下堂。不是向人情漸薄，病宜閑静老宜藏。

【箋】此詩載金澤文庫舊藏本白氏文集卷六八，録自日本花房英樹白氏文集の批判的研究。

## 聽琵琶勸殷協律酒

何堪朔塞胡關曲，又是秋天雨夜聞。青塚葬時沙莽莽，烏孫愁處雪紛紛。知君怕病推辭酒，故遣琵琶勸諫君。

【箋】約作於長慶二年（八二二）至長慶三年（八二三），杭州刺史。城按：此詩載白氏文集管見抄，録自日本花房英樹白氏文集の批判的研究。

〔殷協律〕殷堯藩。見卷十二醉後狂言酬贈蕭殷二協律詩箋。

## 戲酬皇甫十再勸酒 來句云：「且勸香醪一屈卮。」

浄名居士眠方丈，玄晏先生釀老春。手把屈卮來勸戒，世間何處覓波旬？

【箋】約作於開成元年（八三六）至開成二年（八三七），洛陽，太子少傅分司。城按：此詩載白氏文集管見抄，録自日本花房英樹白氏文集の批判的研究。

〔皇甫十〕皇甫曙。見卷三二酒熟憶皇甫十詩箋。

## 讚碎金

獨頭譾趠人難識，潑泧婢㛍埋家心。寫向筐中甚敬重，要□一字一硝金。

【箋】此詩載敦煌本字寶碎金，録自日本花房英樹白氏文集の批判的研究。

## 寄盧協律

滿卷玲瓏實碎金，展開無不稱人心。曉眉歌得白居易，䫜䫌盧郎更敢尋。

【箋】此詩載敦煌本字寶碎金，録自日本花房英樹白氏文集の批判的研究。〔盧協律〕疑即白氏任杭州刺史時之從事范陽盧賈。參見予以長慶二年冬十月到杭州明年秋九月始於范陽盧賈汝南周元範蘭陵蕭悦清河崔求東萊劉方輿同遊……（卷二〇）、座上贈盧判官（卷二五）等詩箋。

## 歙州山行懷故山

悔别故山遠，愁行歸路遲。雲峯雜滿眼，不當隱淪時。

【箋】或作於貞元十五年（七九九）至十七年（八〇一）旅宣城時。城按：此詩載白氏文集要文抄，録自日本花房英樹白氏文集の批判的研究。

## 早春閑行句

鶯早乍啼猶冷落，花寒欲發尚遲疑。

【箋】

此詩載千載佳句，録自日本花房英樹白氏文集の批判的研究。

## 對酒當歌句

强來便住無禁老，暗去難留不奈春。

【箋】

此詩載千載佳句，録自日本花房英樹白氏文集の批判的研究。

## 早夏閑興句

簟冷乍呈新氣味，扇涼重叙舊恩情。

【箋】此詩載千載佳句，録自日本花房英樹白氏文集の批判的研究。

## 聞裴李二舍人拜綸閣句

鳳池後面新秋月，龍闕前頭薄暮山。

【箋】此詩載千載佳句，録自日本花房英樹白氏文集の批判的研究。

## 七夕句

憶得少年長乞巧，竹竿頭上願絲多。

【箋】此詩載千載佳句，録自日本花房英樹白氏文集の批判的研究。

## 辱牛僕射一札寄詩篇遇物寄懷情句

風雲聚散期難定，魚鳥飛沈勢不同。

【箋】

此詩載千載佳句，録自日本花房英樹白氏文集の批判的研究。

## 春詞句

莫怪紅中遮面笑，春風吹綻牡丹花。

【箋】

此詩載千載佳句，録自日本花房英樹白氏文集の批判的研究。

## 任氏行句二

燕脂漠漠桃花淺，青黛微微柳葉新。

玉爪蒼鷹雲際滅，素牙黄犬草頭飛。

【箋】此詩載千載佳句，録自日本花房英樹白氏文集の批判的研究。

## 閨情句

煙攢錦帳凝還散，風卷羅帷掩更開。

【箋】此詩載千載佳句，録自日本花房英樹白氏文集の批判的研究。

## 辱牛僕射相公一札兼寄三篇寄懷雅意多興味亦以三長句各各繼來意次而和之句

憂悲欲作煎心火，榮利先爲翳眼塵。

【箋】此詩載千載佳句，録自日本花房英樹白氏文集の批判的研究。

## 木芙蓉句

晚函一作涵。秋霧誰相似？如玉佳人帶酒容。

【箋】此詩載千載佳句，録自日本花房英樹白氏文集の批判的研究。

## 杭州景致句

松風碎助潮聲急，竹露零添澗水流。

【箋】此詩載千載佳句，録自日本花房英樹白氏文集の批判的研究。

## 重陽日句二

茅屋老妻良釀酒，東籬黄菊任開花。

敬亭山外人歸遠，峽石溪邊水去斜。

【箋】

此詩載千載佳句，録自日本花房英樹白氏文集の批判的研究。

## 春興句

晚隨酒客花開散，夜與琴僧月下期。

【箋】

此詩載千載佳句，録自日本花房英樹白氏文集の批判的研究。

## 新豔句二

雲環獨插細蜻蜓，雪手輕揉玳瑁箏。

飛雁一行挑玉柱，十三絃上語嚶嚶。

【箋】

此詩載千載佳句，録自日本花房英樹白氏文集の批判的研究。

## 同夢得醉後戲贈句

唯缺與君同制令，一時封作醉鄉侯。

【箋】

此詩載千載佳句，録自日本花房英樹白氏文集の批判的研究。

## 行簡別仙詞句

三秋別恨攢心裏，一夜歡情似夢中。

【箋】

此詩載千載佳句，録自日本花房英樹白氏文集の批判的研究。

## 題新澗亭句

今日望鄉迷處所，猿聲暮雨一時來。

【箋】此詩載千載佳句，録自日本花房英樹白氏文集の批判的研究。

## 贈隱士句

御風煙眇多無伴，入鳥差池不亂羣。

【箋】此詩載千載佳句，録自日本花房英樹白氏文集の批判的研究。

## 七夕句

今宵織女渡天河，朧月微雲一似羅。

【箋】此詩載和漢朗詠，録自日本花房英樹白氏文集の批判的研究。

# 句十一

句一　慈恩塔下題名處，十七人中最少年。（唐摭言卷三）

句二　長生不似無生理，休向青山學鍊丹。（詩人主客圖）

句三　白髮鑷不盡，根在愁腸中。（詩人主客圖）

句四　櫻桃樊素口，楊柳小蠻腰。（本事詩）

句五　也向慈恩寺裏遊。（中山詩話）

句六　生爲漢宮妃，死作胡地鬼。（集注分類東坡詩卷四昭君村詩注）

句七　漢庭重少公何在。（後山詩注卷一次韻答邢居實二首詩注）

句八　百尋竿上擲身難。（後山詩注卷六送杜擇之詩注）

句九　百年青天過鳥翼。（山谷詩注卷九乞桃花二首注）

句十　園林亦要聞閑置。（山谷詩注卷十四萬州太守高仲本約遊岑公洞而夜雨連明戲作二首詩注）

句十一　青燈明滅照不寐，但把君詩闔且開。（山谷詩注外集卷十次韻和答孔毅甫詩注引樂天和微之高齋詩）

# 白居易集箋校外集卷下

## 詩文補遺三　文　凡二十四首

### 白氏長慶集後序

白氏前著長慶集五十卷，元微之爲序。後集二十卷，自爲序。今又續後集五卷，自爲記。前後七十五卷，詩筆大小凡三千八百四十首。集有五本：一本在廬山東林寺經藏院，一本在蘇州南禪寺經藏内，一本在東都聖善寺鉢塔院律庫樓，一本付姪龜郎，一本付外孫談閣童。各藏於家，傳於後。其日本、新羅諸國及兩京人家傳寫者，不在此記。又有元白唱和因繼集共十七卷，劉白唱和集五卷，洛下遊賞宴集十卷，其文盡在大集内録出，别行於時。若集内無而假名流傳者，皆謬爲耳。會昌五年夏五月一日，樂天重記。

【箋】此文録自馬本序卷，又見那波本卷七一、全唐文卷六七五。

【校】〔題〕那波本作「白氏文集後序」。

〔聖善寺〕各本俱誤作「勝善寺」，今改正。城按：白氏文集一本寘于東都聖善寺，見卷七〇聖善寺白氏文集記。

〔新羅〕「新」，各本俱誤作「暹」，今改正。

## 荷珠賦 以泣珠絲鮮瑩爲韻。

迸水所集，輕荷正敷。引修莖而出葉，凝玉液以成珠。浄緑田田，神龜之巢處斯在；虚明皎皎，靈鵲之銜來豈殊？既羅列其青蓋，又昭章於白榆。亂點的皪，分規青瑩。仰虚無以上出，掩晶熒而外映。灑之不著，湛兮逾浄。時寄寓於傾欹，每因依於平正。可止則止，必荷之中央；在圓而圓，得水之本性。颼風既息而常凝，魚鳥頻銜而不定。爾乃一氣晴後，初陽照前。宿雨霽而猶濕，曉露裛而正鮮。熠熠有光，映空水而焕若；纍纍無數，遍池塘而烱然。宛轉而魚目迴視，沖融而蚌胎未堅。因霑濡而小大，隨散合以虧全。輕彩蕩淵，穠香厭浥。明璣而夜月争光，丹粟而晨霞散日。其息也與波俱停，其動也與風皆急。若轉於掌，乃是江妃之珠；如凝于盤，遂成泉客之泣。冰壺捧之而殊倫，水鏡沈精而莫及。則知氣有相假，物有相資。惟雨露之留處，當芙蓉之茂時。雖賦象而無準，必成形而在兹。喻于人則寄之生也，擬于道則沖而用之。自契玄珠之妙，何求赤水之遺。

【箋】

此賦録自文苑英華卷一四九，又見全唐文卷六五六。

【校】

〔之銜〕英華作「之御」，據全文改。

〔浄時〕英華作「浄浄」，據全文改。

〔颷風〕英華作「颷颷」，據全文改。

〔晴後〕「晴」，英華作「暗」，據全文改。

〔猶濕〕「濕」，英華作「在」，據全文改。

〔蕩淵〕此下英華注云：「疑。」

〔穠香〕英華作「芳濃」，據全文改。

〔丹粟〕「粟」，英華作「霞」，據全文改。

〔散日〕「日」，英華作「入」，據全文改。

〔於掌〕「掌」，英華作「長」，據全文改。

〔泉客〕「客」，英華作「落」，注云：「疑作『客』」。據全文改。

〔在兹〕英華此下注云：「未見『絲』字官韻。」

〔玄珠〕「玄」，全文作「元」，蓋避清諱改。

## 洛川晴望賦 以願拾青紫爲韻。

金商應律，玉斗西建。嘉旬雨之時晴，叶狄成而適願。是用步閭里，詢黎獻。皇風演溢，歌且聽於昇平；聖澤汪洋，誦不聞於胥怨。爾乃命親懿，會朋執。賦邙山，眺洛邑。天沉寥而雲静，氣肅殺而風急。三川浩浩以奔流，雙闕峨峨而屹立。飛梁徑度，訝殘虹之未消；翠瓦光凝，驚宿雨之猶濕。嘉三時之是務，觀五穀之斯入。覽滁場之在勤，知滯穗之見拾。及夫日色黯黯，寒光熒熒。遠水澄碧，羣山結青。山水隱映，花氣氤冥。瞻上陽之宮闕兮，勝仙家之福庭。望中嶽之林嶺兮，似天台之翠屏。宜其迴鑾輿兮檢玉牒，朝千官兮御百靈。使西賓之誇少弭，東人之思攸寧，不亦盛哉！客有感陽舒，詠樂只，揮毫翰，獨徙倚，願得採於芻蕘，終期拾乎青紫。

【箋】此賦録自文苑英華卷一二八，又見全唐文卷六五六。城按：文苑英華置於白氏泛渭賦後，未載作者之名。

【校】

〔嘉三〕「嘉」上英華衍「化」字，據全文改。

〔遠水〕「水」，英華作「冰」，據全文改。

〔花氣〕英華此下注云：「一作『氛』。」

# 叔孫通定朝儀賦 以制定朝儀上尊下肅爲韻。

稷嗣君上稽天命，下察人聽。以爲作樂者存乎功成，制禮者本乎理定。故易尚隨時，禮貴從宜。于以致理，何莫由斯。允矣君子，休哉令規！採三代之帝典，起兩漢之朝儀。于斯時也，秦吞六雄之後，漢承百代之弊。禮壞樂崩，上陵下替。將欲創洪業，尊皇帝。馴致王道，丕革季世。莫先乎正位以經邦，體元而立制者也。夫其將用於國，先習於野。辨度數於聲名文物，審等威於君臣上下。儒生肅以濟濟，物有其容；國典煥其煌煌，禮無違者。然後闢雙闕，會百僚。動必嚴恪，進無諠囂。長幼之序不忒，貴賤之儀孔昭。鏘鏘兮若萬國赴塗山而會，秩秩兮如百官仰太一而朝。歲十月，天地澄爽，宫殿清曠。風傳警蹕，日麗天仗。於是右陳列辟，左立丞相。東西分而則別，文武儼以相向。簪裾奕奕，頒鵷鷺之具寮；劍戟森森，列熊羆之名將。帝容式展，皇威克壯。莫不上恭己以臨下，下竭誠而奉上。觀其威儀允淑，容止具篤。帝天子負鳳扆以皇皇，正龍顔而穆穆。百辟欣戴，九賓悦服。拔劍者懲懼而慄慄，飲酒者敬慎而肅肅。故知君有威，故能守其邦；臣有儀，所以保其禄。帝謂叔孫，舊章斯存。可以發揮我洪德，啓迪我後昆。方將守而經國，豈止焕而盈門。不然，何以表一人之貴，知萬乘之尊。

【箋】

此賦録自文苑英華卷五三，又見全唐文卷六五六。

【校】

〔百代〕全文作「百王」。

〔聲名〕全文作「聲明」。

## 授王建秘書郎制

敕：太府丞王建：太府丞與秘書郎，品秩同而禄廩一。今所轉移者，欲職得宜而才適用也。詩人之作麗以則，建爲文近之矣。故其所著章句，往往在人口中。求之流輩，亦不易得。帑藏之吏，非爾官也。而翱翔書府，吟咏秘閣，改命是職，不亦可乎？可秘書郎。

【箋】作於長慶元年（八二一），長安，主客郎中、知制誥。城按：此制録自文苑英華卷四〇〇，又見全唐文卷六五七。又按：王建自太府丞除秘書郎在長慶元年，白氏寄王秘書詩（卷十九）即酬王建之作，亦作於長慶元年，與此制相證，時間正合。考唐制太府丞及秘書郎俱爲從六品上，故此制謂「品秩同而禄廩一」也。參見送陝州王司馬建赴任詩（卷二六）箋。

【校】

〔流輩〕全文倒作「輩流」。

## 授庾敬休監察御史等制

勅：渭南縣尉庾敬休等：咸文行清茂，士之秀者，宜從吏列，擢在朝行，各隨才用，分命以職。司諫執憲，佇有可稱。

【箋】約作於元和二年（八〇七）至元和六年（八一一），長安。城按：此制録自文苑英華卷三九五，又見全唐文卷六五七。

〔庾敬休〕舊書卷一八七下庾敬休傳：「敬休舉進士，以宏詞登科，授秘書省校書郎，從事宣州。旋授渭南尉、集賢校理。遷右拾遺、集賢學士。」據此制，其自渭南尉授監察御史當在元和初。舊傳蓋漏書耳。

## 授前司勳員外郎賜緋徐縚兵部員外郎前庫部員外郎李光嗣右司員外郎等制

勅：具官徐縚以丞相之子爲尚書郎。人得見於會朝，而不得見於私室。其言不敢近政，其動未嘗違謙。用是寡尤，式彰能訓。論者美宣祖大臣以至行移風稱易名者，必曰光嗣之王父也。爾克敬有後，敏以自圖，多所周防，恐墜遺法，而皆以去列，可使陟居。武庫部都曹郎選惟重，並重而授，無墮當官。可依前件。

【箋】

此制録自文苑英華卷三九二，又見全唐文卷六五九。據岑仲勉考證，乃係誤收無疑。

【校】

〔題〕全文作「授徐縮兵部員外郎李光嗣右司員外郎制」。

〔至行〕全文誤倒作「行至」。

## 盧元輔吏部郎中制

勑：六官之屬，升降隨時。獨吏部郎班秩加諸曹之右，歷代迄今，未嘗改也。則其典職之重，選用之精可知矣。洛州刺史盧元輔，深於文，敏於行，加以剸犀之利，洞膽之明，挈而用之，無往不適。連領大郡，至於三四，劃訛剔弊，迎刃有聲。宜付劇司，俾之操制。選曹郎缺，用爾補員。歲調方殷，佇揚乃職。可尚書吏部郎中。

【箋】約作於長慶元年（八二一）至二年（八二二）。城按：此制録自文苑英華卷三八九，又見全唐文卷六六一。

〔盧元輔〕舊書卷一三五本傳：「歷杭、常、絳三州刺史，以課最高，徵爲吏部郎中，遷給事中。」參見冷泉亭記（卷四三）、盧元輔杭州刺史制箋。

〔洛州刺史〕洛州於開元元年改河南府。此稱洛州，於唐制未合，俟考。

【校】

〔挈而〕「挈」，英華作「潔」，據全文改。

〔操制〕「操」，全文作「藻」。

## 授賈餗等中書舍人制

勑：參掌有密，斧藻訓誥，侍立於文陛之下，揮翰於禁署之中，非第一流，不在其位。朝散大夫、守太常少卿、知制誥、上柱國賈餗，器範温雅，詞藻弘嚴。朝散大夫守尚書職方郎中、知制誥、上柱國、清河縣開國男、食邑五百户崔咸，學探奥旨，文有正聲。而皆公論所歸，清規擅稱。比美玉而光彩外溢，服華組而焕耀揚輝。□荀大章之才□□□識王濬沖之質則損乎文，佇爾酌中，明吾試可，無使相如視草，專美於前時也，其懋承之！餗可守中書舍人，散官、勳如故。咸可守中書舍人，散官、勳如故。

【箋】

此制録自文苑英華卷三八二。城按：賈餗拜中書舍人在大和三年七月，見舊唐書卷一六九賈餗傳。時居易已罷刑部侍郎歸洛陽，故此制及後一篇授李渤給事中鄭涵中書舍人等制決非白氏所作。文苑英華卷三八二收此二文於白居易名下，署爲「前人」。考全唐文卷六九三李虞仲名下收有此兩文，當係李虞仲所作。

## 授李渤給事中鄭涵中書舍人等制

勑：舉才命官，得人斯重；詢事考績，稱職爲難。況駁正違失，典司文誥，參我密命，爲吾近臣，非望實兼優，則不在玆選。朝議郎、守諫議大夫、知匭使、上騎都尉、賜緋魚袋李渤，清標雅裁，器韻不羣；贍學積文，泉源益濬。有濟人經國之術，資通時利物之才。朝散大夫、守尚書司封郎中、知制誥、上柱國鄭涵，藻履堅明，雄文炳蔚，虛懷宏達，雅思沖深。立言嘗見其著誠，秉志頗聞其經遠。夫澄其源者必清其流，端其本者必正其末。其便蕃禁掖，潤色王猷，君不可以私其人，臣不可以虚其受。簡材既因於朕志，當官爰俟於爾能。其有嘉聞，以光茂選。渤可守給事中，散官、勳、賜如故。涵可守中書舍人，散官、勳如故。

【箋】

此制録自文苑英華卷三八二。城按：李渤長慶三年爲諫議大夫，自諫議大夫授給事中在寶曆間，見舊唐書卷一七一李渤傳。時居易已不在長安，故此制亦非白氏之作。並參見上一篇授賈餗等中書舍人制箋。

## 第十二妹等四人各封長公主制

勅：古者帝子下嫁，必使王公主焉。近代或有未笄年而賜湯沐者，亦加公主之號，以寵重之。第十二妹等，先皇帝之子也。比朕之子，宜加等焉。故當幼年，各封善地，咸命爲長公主。未及釐降，先開邑封，所以慰太后慈念之心，表先帝肅雍之訓。亦欲使吾孝理之道，敦睦之風，自骨肉間以及天下。可依前件。

【箋】作於長慶元年（八二一）至二年（八二二）。城按：此制録自文苑英華卷四四六，又見唐大詔令集卷四一，全唐文卷六六三。

〔第十二妹〕據新唐書卷八三諸帝公主傳所載，憲宗十八女，以本傳所列次序推之，或即真源公主下嫁杜中立者。

## 元和南省請上尊號表

臣聞皇階類表作陛。肇典，必本其丕烈；明號允屬，將御其成功。所以開天地命歷之符，合人靈慶感之運。臣等輒敢上稽天鑒，下採人謡，以今月十九日，瀝懇陳辭，冀乎睿聽。九重尊秘，萬有禺禺。誠未動天，心如履薄。類表作未動天心，懼如履薄。臣等誠惶誠恐，頓首頓首。伏維睿聖文武皇帝陛下：一德繼統，上符十天；六龍時乘，下厭羣嶽。張寶圖以光帝載，懸玉鏡以澈襟靈。休明會期，則百神宜衞；清浄子物，而萬邦式孚。今類表無今字。夫陰本於刑，陽稱其德。以刑而類表作則。右武，以德而類表作則。尚文。蓋將導人君無爲之初。類表作物。官天道有成之始。今陛下宣威紀功，示人以武也；業古垂統，示人以文也。纂炎唐十一之盛，陋宗周八百之期。序庶徵於域中，推賜履於闔外。宇宙至廣，每驚符瑞之繁；動植殊輕，奚答生成之造。昔之述夏禹，美宣王，雖外軼其聲，而中未盡善。孰若陛下慮及類表作深。一物，精入萬樞，發揮盛祉，啓迪鴻業。自彼元和，至於茲歲，掃羣妖，清巨祲，率黎崇類表作元，非。之不恪，剗節類表作美。枘之方圓。或身暴都市，或首懸藁街，天英神斷，不疾而速。雖堯服四罪，殷征三年，揆之於今，彼有慚德。固當仰應名實，丕陟鴻徽。闢乾位於象帝類表作玄象。之文，飾宸耀於稟氣之類。豈可抱沖謙之微類表作小。事，曠祖宗之大猷？臣等不勝由衷大願，願上尊號曰元和聖文神武法天應道皇帝。伏願納天人之貺，采臣庶之誠，昭示至公，允塞羣議。無任悃迫懍懍之至。

【箋】

此表約作於元和十四年（八一九）。録自文苑英華卷五五四，又見全唐文卷六六六，文苑英華未著録作者名氏，僅列「類表」二字。城按：據舊書憲宗紀，元和十四年七月辛巳，羣臣上憲宗尊號曰「元和聖文神武法天應道皇帝」。是日，御宣政殿受册。以下三表，即辛巳之前，羣臣屢次勸受尊號之文。而居易元和十三年十二月始自江州司馬除忠州刺史，元和十四年三月二十八日方至忠州。此表如爲忠州所上，似不可能。唐大詔令集卷六有元和十四年答南省官上尊號一文，下注「元和十四年」，即批答此表者。故此及以下二表，疑俱非白氏之作，因全唐文均編録於居易卷内，故輯存於此。

【校】

〔皇階〕此下全文無小注，下同。

〔肇典〕全文作「肇興」。

〔誠未〕「未」，全文作「如」。

〔宜衞〕「宜」，全文作「冥」。

〔方圖〕「圖」，全文作「圓」。

## 第三表

臣聞古先哲王，垂衣御極，何嘗不取鑒祖則，作爲盛猷？伏觀列聖以來，必崇明號。既以表域中之大，亦以示天下之公。苟或沖讓未行，撝謙不發，則無以焜煌前烈，威略外區。臣等所以披誠上陳，冀垂明聽。墨詔批答，天心尚違。臣庶顒顒，不知所措。臣等誠惶誠恐，頓首頓首。伏聞類表作惟。開元天寶之盛也，典章大備，劍戟已銷。表德顯功，累上尊稱。蓋天人之符契，不得已而從之。陛下稟上聖之姿，造中興之運。踐臨土宇，類表作方夏。虔奉宗祧。恢復兩河，廓清四海。象天爲類表作之。大，並日之中。丕業巍乎已成，鴻名鬱而未稱。臣等所以采前古之議，酌當今之詮。類表有非字。敢悦懌乎天顔，類表有所字。冀光昭乎史册。百辟卿士，皆以爲宜。萬方黎元，固不可忽。陛下損之於其成類表作甚盛。之代，棄類表作斥。之於泰寧之時。尚以河湟未收，關隴設備，而欲更施利澤，方啓舊章。執謙德而彌仰類表作抑。崇高，議神功而無以彰灼。億兆延頸，靈祇顧懷。率土之人，皆知不可。況天地之意，祖宗之靈乎？臣等命偶昌期，職叨類表作居。樞近。雖微誠不足以上感，而懇願終冀於必從。伏乞深惟訓謨，特降宸慮，允華夷之至望，回日月之殊輝。誕受鴻名，光膺大慶。紹五帝三皇之絶典，光九廟萬國之丕休。人神交感，孰不爲允。無任懇款兢惶之至。

【箋】

約作於元和十四年（八一九）。城按：此表録自文苑英華卷五五四，又見全唐文卷六六六，文苑英華僅著録「同前」二字。唐大詔令集卷六有答宰相請册尊號第三表，即批答此表者，故疑非白氏之作參見元和南省請上尊號表箋。

【校】

〔題〕此下英華注云：「第二表闕。」

〔顒顒〕全文作「禺禺」，非。

〔伏聞〕此下全文無小注，下同。

〔河湟〕「湟」，英華誤作「隍」，據全文改正。 城按：河湟乃指黃河及湟水。

## 第四表

臣仰稽舊章，虔上尊號，懇誠三瀝，沖旨未回。朝野顒然，類表作若。罔知攸措。臣等誠惶誠恐，頓首頓首。臣聞帝王御極，作人司牧，德盛者爰加顯號，功高者必建鴻名。是用叶天地之符，塞人祇之望。榮非爲己，義實徇公。爰在累聖，必從衆欲。矧陛下踐寶祚，握瑶圖，懸日月而照九圍，皷雷霆而清八極。故得吳蜀電滅，齊蔡砥平。攄祖宗之宿憤，救黎元於焚溺。今者威加四海，澤浸八荒。文軌罔不同，華夷罔不服，政刑罔不舉，符瑞罔不臻。闢類表作開。再造之宏規，致中興之昌運。而典册類表作大典。猶鬱，徽號未崇，何以副萬國之心？何以答三靈之貺？臣等謬居樞近，累黷宸嚴。望九重之俯從，爲千載之榮遇。雖則祈天之奏，伏蒲而未感；所冀回日之誠，傾藿而必遂。臣等不勝懇款屏營之至。

【箋】作於元和十四年（八一九）。録自文苑英華卷五五四，又見全唐文卷六六六，文苑英華僅著録「同前」二字。城按：唐大詔令集卷六有答第四表，注云元和十四年六月七日，即批答此表者。此表末云「勉依所請，良用愧懷」，與舊紀所載時間正合。參見元和南省請上尊號表箋。

【校】〔闕再〕「闕」下全文無小注，下同。

## 諫請不用奸臣表

臣某言：臣聞主聖臣忠，聖主既明，臣輒獻至忠之誠，上理國之典，下去邪之疑。伏望陛下，納臣之諫，則海隅蒼生，兵屯咸偃。無大臣之諫，則國必敗；有大臣之諫，則國必安。非疑元稹之愆，其事有實，亦不虚矣。矯詐亂邪，實元稹之過。朝廷俱惡，卿士同冤。裴度論議之謀，陛下已令奬度之勳，□不允所請，理已爲乖。今陛下含忍，不爲竄逐，處之臺司，同議國典，天下人心，無不惶戰。何執元稹之言，居度散司之職。且同議裴度令疑功業今代一人。卿侯士庶，無不同惜。今天下欽度者多，奉稹者少，陛下不念其功，何忍信其奸臣之論？況度有平蔡之功，元稹有囂軒之過。

東都留守，誠即清閑。大勞之功，不合居於散地。伏望陛下聖恩照明，並無矯言。伏乞追□裴度，別議寵榮。臣素與元稹志疑作至。交，不欲發明。伏以大臣沈屈，不利於國。方斷往日之交，以存國章之政。臣等職在諫列，不敢不奏。謹奉表以聞，無任兢迫戰切之極。瞻望迴恩，天下同慶。云云。

【箋】

此表録自文苑英華卷六二五，又見全唐文卷六六六。城按：文後文苑英華注云：「元白交分，始終不替。方元傾裴，白不應有此論列，集固無之。」全唐文亦録此注。惟下增注云：「光謂君直友逆，則順君以誅友，古有行之者，則此奏亦不爲過。但白非其人也。與元稹二表俱非是，當以唐書爲正。」又彭叔夏文苑英華辨證卷六云：「按：表言元稹尚居台司，裴度爲東都留守事。又云職爲諫列。然元白交分始終不替，方元傾裴時，白亦不在諫列。而本集亦無之。斷爲僞作無疑。」

【校】

〔題〕全文作「論請不用奸臣表」。

〔不允所請〕「不」上全文不空一字。

〔令（疑）功〕全文作「令功」。

〔並無〕英華作「無執」，據全文改。

〔追□〕「追」下全文不空一字。

〔志交〕全文作「至交」。

〔職在〕全文作「職當」。

## 得甲居蔡曰寶人告以爲僭不可入官訴云僂句不余欺是以寶之

對：魯道浸微，守臣喪職。眷兹臧氏，代稱冢卿。方構禍於家門，始有誣於内子。問則以默，察而愈欺。理異斬關之爲，跡同據邑之請。三年一兆，既徒稽於大蔡；始僭終吉，彼何幸於纖人。故帝舜格言，惟先蔽志；宣尼垂範，數而爲黷。則知禍福無門，通塞無數。焉有性命之理，存乎卜祝之間？若廢興之道適然，是善惡之徵一貫。人與僭而不入，因君子之明刑。

【箋】此判録自文苑英華卷五四八，又見全唐文卷六七二。城按：文苑英華未著録作者名。

【校】〔題〕「蔡曰」下英華注云：「一作『目』。」全文無小注。

〔魯道〕「魯」上全文無對字。

〔之爲〕全文作「而放」。

## 得甲畜北斗龜財物歸之遂至萬千或告違禁詞云名在八龜

對：財無苟得，義不厭取。若奉業以往，積而無一作向。傷；或非道以行，動且爲害。於稽爾甲，爰契我龜。已見負圖，不獨七星之號；空嗟入夢，詎終千載之期。是諸侯之寶，念彼當畜；非宗伯之屬，其誰敢私？豈伊匪人，妄致諸櫝。迹罔䄍於主守，家用保於神靈。徵以從長，占八九之數；窮於既厭，收千萬之盈。兹乃多藏，且不預於官事；靡當知禁，亦可畏於人言。必曰職我之由，守而勿失。名可覆視，余無爾刑。

【箋】此判録自文苑英華卷五四八，又見全唐文卷六七二。城按：文苑英華未著録作者名。

【校】〔財無〕「財」上全文無「對」字。

〔而無〕此下全文無小注。

〔保於〕「保」，全文作「寶」。

〔神靈〕「靈」，全文作「龜」。

## 太湖石記

古之達人，皆有所嗜。玄晏先生嗜書，嵇中散嗜琴，靖節先生嗜酒。今丞相奇章公嗜石。石無文無聲，無臭無味，與三物不同，而公嗜之何也？衆皆怪之，我獨知之。昔故友李生名約有云：苟適吾意，其用則多。誠哉是言，適意而已，公之所嗜可知之矣！公以司徒保釐河洛，治家無珍産，奉身無長物，惟東城置一第，南郭營一墅，精葺宫宇，愼擇賓客。道不苟合，居常寡徒，游息之時，與石爲伍。石有族聚，太湖爲甲，羅浮、天竺之徒次焉。今公之所嗜者，甲也。先是，公之僚吏多鎮守江湖，知公之心惟石是好，乃鉤深致遠，獻瑰納奇，四五年間，纍纍而至，公於此物，獨不廉讓。東第南墅　列而置之。富哉石乎，厥狀非一。有盤拗秀出如靈丘鮮雲者，有端儼挺立如真官神人者，有縝潤削成如珪瓚者，有廉稜鋭劌如劍戟者。又有如虬如鳳，若跧若動，將翔將踴，如鬼如獸，若行若驟，將攫將鬭者。風烈雨晦之夕，洞穴開噎，若欲雲歕雷，嶷嶷然有可望而畏之者；煙霽景麗之旦，巖㟼霮䨴，若拂嵐撲黛，靄靄然有可狎而玩之者。昏曉之交，名狀不可。撮要而言，則三山五岳，百洞千壑，覼縷簇縮，盡在其中。百仞一拳，千里一瞬，坐而得之，此所以爲公適意之用也。嘗與公迫觀熟察，相顧而言，豈造物者有意於其間乎？將胚渾凝結偶然而成功乎？然而自一成不變以來，不知幾千萬年，或委海隅，或淪湖底，高者僅數仞，重者殆千鈞，一旦不鞭而來，無脛而至，争奇騁怪，爲公眼中之物。公又待之如賓友，視之如賢哲，重之如寶玉，愛之如兒孫。不知精意有所召耶？將尤物有所歸耶？孰不爲而來耶？必有以也。石有大小，其數四等，以甲乙丙丁品之，每品有上中下，各刻於石陰，曰：牛氏石甲之上，丙之中，乙之下。噫！是石也，百千載後，散在天壤之内，轉徙隱見，誰復知之？欲使將來與我同好者，覩斯石，覽斯文，知公之嗜石之自。會昌三年五月癸丑日記。

【箋】

作於會昌三年五月，洛陽，刑部尚書致仕。城按：此文録自文苑英華卷八二九。亦見唐文粹卷七一、全唐文卷六七六。白氏有奉和思黯相公以李蘇州所寄太湖石奇狀絶倫因題二十韻見示兼呈夢得（卷三四）、太湖石（卷二二）詩等，牛僧孺有李蘇州遺太湖石奇狀絶倫因題二十韻奉呈夢得樂天詩（英華卷一六二），劉禹錫有和牛相公題姑蘇所寄太湖石兼寄李蘇州詩（劉集外六）均可參看。又按：河南邵氏聞見後録卷二七云：「牛僧孺、李德裕相讎，不同國也。其所好則每同，今洛陽公卿園圃中石，刻奇章者僧孺故物，刻平泉者德裕故物，相半也。如李邦直歸仁園，乃僧孺故宅，埋石數冢，尚未發。平泉在鑿龍之右，其地僅可辨，求德裕所記花木，則易以禾黍矣。」施注蘇詩卷一引太湖石記云：「今丞相奇章公嗜石，於此物獨不謙讓，東第南墅，列而置之，以甲乙丙丁品之，各刻于石陰，曰：牛氏石，甲之上，丙之中，乙之下。按：奇章公，牛僧孺也。」柳亭詩話卷一云：「李贊皇得醒酒石，置之平泉，一時傳播。葉石林謂『靈壁石也』，或曰『即太湖石』。迨牛奇章秉軸，李蘇州復遺以一，白香山記之，且再題之，劉中山從而和之。奇章亦有酬夢得、樂天詩，所謂『詩仙有劉白，爲汝數逢迎』是也。」妙香室叢話卷六云：「白樂天記太湖石云：有盤拗秀出如靈邱鮮雲者，……撮要而言，則三山五岳，百洞千巖，覼縷簇縮，盡在其中矣。操觚者當作如是觀。」

〔太湖石〕方輿勝覽卷二平江府：「太湖石：郡志：出洞庭西，以生水中者爲貴。石在水中，歲久爲波濤所衝擊，皆成嵌空，石面鱗鱗作靨，名曰彈窩，亦名痕也。没人鎚下鑿取，極不易得。石性温潤奇巧，扣之鏗然如鐘磬。在山上者名旱石，枯而不潤，或贋作彈窩以售，亦得善價。」

〔故友李生名約〕李約，字存博，汧國公勉之子。元和時爲兵部員外郎。見唐詩紀事卷三一、唐才子傳卷六。其壁書飛白蕭字贊（全唐文卷五一四）云：「苟適於意，於余則有用已多。」

【校】

〔玄晏〕「玄」，全文作「元」，蓋避清諱改。

〔我獨〕全文作「走獨」。

〔吾意〕「意」，英華作「志」，據文粹改。

〔公以〕「以」，英華作「爲」，據文粹改。英華注云：「文粹作『以』。」

〔奉身〕「奉」，英華訛作「琴」，據文粹、全文改正。

〔一第〕「第」上英華脱「一」字，據文粹、全文增。

〔道不〕「道」，文粹作「性」，英華注云：「文粹作『性』。」

〔獻瑰〕「瑰」，英華作「瓌」，據文粹、全文改。

〔端儼〕「儼」，全文作「嚴」，字通。

〔將鬬〕此下文粹脱「者」字。

〔開噎〕「噎」，全文作「噎」。

〔欹雲〕「欹」，英華作「歛」，據文粹、全文改。

〔逼覩〕「逼」，文粹作「迫」，全文作「近」。

〔胚渾〕「渾」，全文作「暉」。

〔偶然而〕「然」下文粹無「而」字。

〔召耶〕「耶」，英華作「也」，據文粹、全文改。英華注云：「文粹作『耶』。」

〔來耶〕「耶」下全文注云：「一作『何爲而來』。」

〔丙丁〕「丙」，全文作「景」，蓋避唐諱改，下同。

〔癸丑〕文粹、全文俱誤作「丁丑」。城按：會昌三年五月己丑朔，癸丑乃五月二十五日，是月無丁丑日。

## 與劉禹錫書

冬候斗寒，不審動止何似？居易蒙免。韋楊子（旁注「遞中」二字）、李宗直、陳清等至，連奉三問，并慰馳心。洛下今年旱損至甚，蠲放太半，經費不充，見議停減料錢，公私之況可見，蓋天災流行也。承貴部大稔，流亡悉歸，既遇豐年，又加仁政，否極則泰，物數之常。且使君之心，得以與衆同樂，即宴游酣詠，當隨日來。前月廿六日，崔家送終事畢，執紼之時，長慟而已！況見所示祭文及祭微哀辭，豈勝悽咽！來使到遲，不及發引，反虞之明日申奠，亦足以及哀。因覩二文，并録祭敦并微志文同往，覽之當一惻惻耳！平生相識雖多，深者蓋寡，就中與夢得同厚者，深、敦、微而已。今相次而去，奈老心何！以此思之，遂有奉寄長句。長句而下，或感事，或遣懷，或對境，共十篇，今又録往，公事之暇，爲遍覽之，亦可悲，亦可哂也。微既往矣，知音兼勍敵者，非夢而誰？故來示有「脱膊毒拳、腦門起倒」之戲，如此之樂，誰復知之？從報白君「䴥榴裙」之逸句，少有登高之稱，豈人之遠思，唯餘兩僕射嘆詞？乃至「金環翠羽」之悽韻，每吟皆數四，如清光在前。或復命酒延賓，與之同詠，不覺便醉便卧。即不知拙句到彼，有何人同諷耶？向前兩度修狀寄詩，皆酒酣操簡，或書不成字，或言涉無端，此病固蒙素知，終在希君恕醉人耳。所報男有藝，雌無容，少嘉賓，多乞客，其來尚矣。幸有家園渭城，豈假外物乎？昨問李宗直，知是久親事，常在左右，引於青氊帳前，飲之數盃，隅坐與語。先問貴體，次問高牆，略得而知，聊用爲慰，即瞻戀饑渴之深淺可知也，復何言哉！沃洲僧往，又蒙與書，便是數百年盛事，可謂頭頭結緣耳。宗直還，奉狀不宣。居易再拜。夢得閣下。十一月日，謹空。

【箋】

作於大和六年(八三二)十一月，洛陽，河南尹。城按：此文録自淳熙秘閣續帖。

〔韋楊子〕曾爲楊子留後之韋應物。與貞元間爲蘇州刺史之詩人韋應物非一人。劉禹錫有蘇州舉韋中丞自代狀（劉集卷十七）稱「諸道鹽鐵轉運江淮留後、朝議郎、守太僕少卿、兼御史中丞、上柱國、賜紫金魚袋韋應物」，即係此人。與白居易亦有交往。參見卷六八吴郡詩石記箋。城按：唐代鹽鐵轉運使所屬巡院分布於各道。使在揚州，則上都有留後；使在京都，則揚州有留後。見唐會要卷八七轉運鹽鐵總叙。又留後非正官，兩唐書不具載。江淮留後通稱揚子留後。揚、楊二字互通。通鑑卷二三七元和四年：「初，王叔文之黨既貶，有詔雖遇赦無得量移。吏部尚書、鹽鐵轉運使李巽奏：郴州司馬程异，吏才明辨，請以爲楊子留後。」胡注：「揚州揚子縣，自大曆以來，鹽鐵轉運使置巡院於此，故置留後。」

〔就中與夢得同厚者深敦微而已〕指李絳（深之）、崔羣（敦詩）、元稹（微之）三人。

〔脱膊毒拳腦門起倒之戲〕卷六八與劉蘇州書：「又覆視書中有攘臂痛拳之戲，笑與抃會，甚樂，甚樂，誰復知之？」

〔報白君〕劉集外二有樂天寄憶舊遊因作報白君以答詩云：「報白君，相思空望嵩丘雲。其奈錢塘蘇小小，憶君淚黦石榴裙。」蓋即「黦榴裙」之逸句。

〔金環翠羽之悽韻〕劉集外七和西川李尚書傷韋令孔雀及薛濤之什詩云：「玉兒已逐金環葬，翠羽先隨秋草萎。」「金環翠羽之悽韻」蓋指此詩。

〔沃洲僧往〕僧寂然之門徒常贄。卷六八沃洲山禪院記：「六年夏，寂然遣門徒常贄，自剡抵洛，持書與圖，詣從叔樂天，乞爲禪院記云。」

## 與運使郎中狀

居易頓首啓：久違符采，絶疎記問，伏維視履寀集，休祉尚賖。申款，切冀保理，不宣。居易狀上運使郎中閣下。一日，謹空。

【箋】

録自淳熙秘閣法帖。

## 與□□書

違奉漸久，瞻念彌深。伏承比小乖和，仰計今已痊復。居易到杭州，已踰歲時，公私稍暇，守愚養拙，聊以遣時。在掖垣時，每承歡眷。今拘官守，拜謁未期，瞻望光塵，但增誠戀。孫幼復到此物故。餘具迴使諮報。伏維昭悉。居易再拜。

【箋】

録自初拓星鳳樓法帖，題「唐太師文公白居易書」。城按：此書約作於長慶三、四年間爲杭州刺史時。

〔孫幼復〕生平未詳。疑與白氏和新樓北園偶集從孫公度周巡官韓秀才盧秀才范處士小飲鄭侍御判官周劉二從事皆先歸(卷二三)、元稹送公度之福建、送孫勝等詩中之「孫公度」、「孫勝」有關。

## 郭景貶康州端溪尉制

勅:河南尹奏:長水令郭景,坐贓二十四萬八千,下吏按狀,罪甚明白。國有常典,舉而行之。可康州端溪縣尉,員外置同正員。仍馳驛發遣。

【箋】或作於長慶元年(八二一)至長慶二年(八二二)。城按:此制載金澤文庫舊藏本白氏文集,録自日本花房英樹白氏文集の批判的研究。

## 答宰相杜佑等賀德音表

朕君臨天下,子育羣生。雖日夜憂勤,而政猶多闕;雖歲時豐稔,而人或未安。蓋由斂散失於隨時,貢賦乖於任土。泉布壅而人困,穀帛賤而農傷。將思致彼小康,實在去此泉弊。是用從宜之制，順氣布和。推皇王卹隱之心，助天地發生之德。卿等忠能輔國，善則稱君。周省表章，深嘉誠節。所賀知。

【箋】

約作於元和五年（八一〇）至元和六年（八一一）。城按：此表載金澤文庫舊藏本白氏文集，録自日本花房英樹白氏文集の批判的研究。

# 論周懷義狀

## 周懷義除汝州刺史

右臣伏知，汝州自薛平已後，百姓不安。又從魏義通已來，政事敗亂。緣新置軍將料錢，放與人户官健，每月徵利，人力不堪。又自春團户，至秋未了，百姓困苦，逃亡甚多。訪聞其中，亦有走入淮西界者。蓋緣魏義通是一凡將，不解理人，拔自軍中，命爲刺史，毬酒之外，餘無所知。遂令汝州日受其弊。今者又命周懷義爲汝州刺史。懷義本是徐泗一小將，近入左軍，無大功能，忽與刺史至於會解，與義通不殊。豈唯衆議爲非，實恐汝州重困。臣伏料聖意欲令防捍淮西，所以汝州且用軍將。然臣切恐汝州百姓厭苦軍將已久，今去一軍將，得一軍將，戎車未必修整，人户必重逃亡，多入淮西，此事尤非穩便。以臣所見，兼酌人情，恐須别擇一有文武刺史遣替義通。外令修備軍戎，内令撫安百姓，如此處置，尤合機宜。若汝州百姓日日逃散，雖有武備，將焉用之。臣緣細知，不敢不奏，謹具奏聞。謹奏。

【箋】

約作於元和五年。城按：此狀載金澤文庫舊藏本白氏文集，録自日本花房英樹白氏文集の批判的研究。

〔周懷義〕卷五五除周懷義豐州刺史天德軍使制，稱「前汝州刺史周懷義」，則懷義後仍刺汝州，不因此狀而停授也。

〔薛平〕薛嵩之子。見卷五〇鄭絪烏重胤馬總劉悟李佑田布薛平等亡母追封國郡太夫人制箋。

〔魏義通〕見卷五三前河陽節度使魏義通授右龍武軍統軍……制箋。

# 附録一　傳記

## 唐刑部尚書致仕贈尚書右僕射太原白公墓碑銘并序

李商隱

公以致仕刑部尚書，年七十五，會昌六年八月薨東都，贈右僕射。十一月，遂葬龍門。子景受，大中三年，自潁陽尉典治集賢御書，侍太夫人弘農郡君楊氏來京師，胖胖兢兢，奉公之遺，畏不克既，乃件右功世，以命其客，取文刻碑。文曰：公字樂天，諱居易，前進士。避祖諱，選書判拔萃，注秘省校書。元年，對憲宗詔策語切，不得爲諫官，補盩厔尉。明年，試進士，取故蕭遂州澣爲第一。事畢，爲集賢校理。一月中，詔由右銀臺門入翰林院，試文五篇。明日，以所試制加段佑兵部尚書、領涇州，遂爲學士、右拾遺。滿將擬官，請掾京兆，以助供養，授户曹。時上愛兵，襄陽、荆州入疏獻物，在約束外。公密詆二帥，且曰：非善良，後雖與宰相，不厭禍。其後，禮官竟以多殺不辜，謚于頔爲厲。李師古襲父事逆，務作項領，以謾儕曹，上錢六百萬，贖文貞故第，以與魏氏。公又言：文貞第正堂，用太宗殿材，魏氏歲臘鋪席，祭其先人。今雖窮，後當有賢，即朝廷覆一瓦，魏氏有分，彼安肯入賊所贖第邪？上由是賜錢直券，以居其孫，在職三年，每譏見，多前笏留上輦，是否意詔，湔剔扶摩，望及少年，見天下無一事。五年，（城按：應爲六年，此誤。）會憂，掩坎廬墓。七年，（城按：應爲九年，此誤。）以左贊善大夫箸吉。武相遇盜殊絶，賊棄尹天街，日比午，長安中盡知。公以次紙爲疏，言元衡死狀，不得報。即貶江州。移忠州刺史。穆宗用爲司門員外。四月，知制誥，加秩主客，真守中書舍人，叙緋。受旨起田孝公代恒陽，孝公行，贈錢五百萬，拒不納。燕、趙相殺不已，公又上疏列言河朔畔岸，復不報，又貶杭州。既至，築堤捍江，分殺水孔道，用肥見田。發故鄴侯泌五井，渟儲甘清，以變飲食。循錢塘上下民，迎濤祠神，伴侣歌舞。徙右庶子，出蘇州。授秘書監，換服色。遷刑部侍郎，乞官分司，得太子賓客，除河南尹。復爲舊官，進階開國。九年，除同州，不上，改太子少傅。申百日假。又二歲，得病薨官。白氏由楚入秦，秦自不直杜郵事，封子仲太原，以有其後。祖某，鞏縣令，考季庚，襄州别駕，贈太保。一女，妻譚氏。始公生七月，能展書，指之無二字，横縱不誤。既長，與弟行簡俱有名。故李刑部建、庾左丞敬休友最善，居家以户小飲薄酒。朔望晦，輒不肉食，攜鄧同、韋楚白服遊人間，姓名過海流入鷄林、日南有文字國。爲中書舍人三日，如建中詔書上鄭公覃自代，後爲相，稱質直。文宗時，文貞公果有孫起使下，數歲至諫議大夫，賢可任，爲今上御史中丞。他日，景受嘗跪曰：大人居翰林，六同列，五具爲相，獨白氏亡有。公笑曰：汝少以待。其曾祖弟今右僕射平章事敏中果相天子，復憲宗所欲，得開七關，城守四州，以集巨伐。仲冬南至，備宰相儀物，擎跪齋栗，給事寡嫂。永寧里中，有兄弟家，指嚮健慕，以信公知人。集七十五卷，元相爲序。系曰：公之世先，用談説聞。肅代代優，布蹤河南。陰德未校，公有弟昆。本跋不搖，乃果敷舒。匪骼匪臑，噫其醇腴。于鄉洎邦，取用不窮。天子見之，層陛玉堂。徵徵其中，上汰唐禹。帝爲輦留，續緒襞縷。歲終當還，户曹是取。曄白其華，嚼不痕緇。用從棄遺，至道天子。疇誰與伍，卒中道止。納筆懾麾，綽三郡理。既去刑部，倏東其居。大尹河南，翦其暴逋。君有三輔，臣有田畝。臣衰君强，謝不堪守。翊翊伸伸，君子之文。不僭不怒。惟君子武。君子既貞，兩有其矩。孰永厥家，曾祖之弟。坤柄巽繩，以就大計。匪哲則知，亦有教詔。益褒其收，揠莠而導。刻詩於碑，以報百世。公老於東，遂葬其地。

（録自樊南文集）

# 舊唐書白居易傳

白居易，字樂天，太原人。北齊五兵尚書建之仍孫。建生士通，皇朝利州都督。士通生志善，尚衣奉御。志善生温，檢校都官郎中。温生鍠，歷酸棗、鞏二縣令。鍠生季庚，建中初爲彭城令。時李正己據河南十餘州叛。正己宗人洧爲徐州刺史，季庚説洧以彭城歸國，因授朝散大夫、大理少卿、徐州别駕、賜緋魚袋、兼徐泗觀察判官。歷衢州、襄州别駕。自鍠至季庚，世敦儒業，皆以明經出身。季庚生居易。初，建立功於高齊，賜田於韓城，子孫家焉，遂移籍同州。至温徙於下邽，今爲下邽人焉。居易幼聰慧絶人，襟懷宏放。年十五六時，袖文一編，投著作郎吴人顧況。況能文，而性浮薄，後進文章無可意者。覽居易文，不覺迎門禮遇曰：吾謂斯文遂絶，復得吾子矣。貞元十四年，始以進士就試，禮部侍郎高郢擢升甲科，吏部判入等，授秘書省校書郎。元和元年四月，憲宗策試制舉人，應才識兼茂、明於體用科，策入第四等，授盩厔縣尉、集賢校理。居易文辭富豔，尤精於詩筆。自讎校至結綬畿甸，所著歌詩數十百篇，皆意存諷賦，箴時之病，補政之缺，而士君子多之，而往往流聞禁中。章武皇帝納諫思理，渴聞讜言，二年十一月，召入翰林爲學士。三年五月，拜左拾遺。居易自以逢好文之主，非次拔擢，欲以生平所貯，仰酬恩造。拜命之日，獻疏言事曰：蒙恩授臣左拾遺，依前翰林學士，已與崔羣同狀陳謝。但言忝冒，未吐衷誠。今再瀆宸嚴，伏惟重賜詳覽。臣謹按六典，左右拾遺掌供奉諷諫，凡發令舉事，有不便於時，不合於道者，小則上封，大則廷諍。其選甚重，其秩甚卑，所以然者，抑有由也。大凡人之情，位高則惜其位，身貴則愛其身；惜位則偷合而不言，愛身則苟容而不諫，此必然之理也。故拾遺之置，所以卑其秩者，使位未足惜，身未足愛也；所以重其選者，使下不忍負心，上不忍負恩也。夫位不足惜，恩不忍負，然後能有闕必規，有違必諫。朝廷得失無不察，天下利病無不言。此國朝置拾遺之本意也。由是而言，豈小臣愚劣暗懦所宜居之哉？況臣本鄉校豎儒，府縣走吏，委心泥滓，絶望煙霄。豈意聖慈擢居近職，每宴飲無不先預，每慶賜無不先霑，中厩之馬代其勞，内廚之膳給其食。朝慚夕惕，已逾半年，塵曠漸深，憂愧彌劇。未申微効，又擢清班。臣所以授官已來僅經十日，食不知味，寢不遑安，唯思粉身以答殊寵，但未獲粉身之所耳。今陛下肇臨皇極，初授鴻名，夙夜憂勤，以求致理。每施一政、舉一事，無不合於道、便於時者。萬一事有不便於時者，陛下豈不欲聞之乎？萬一政有不合於道者，陛下豈不欲知之乎？倘陛下言動之際，詔令之間，小有闕遺，稍關損益，臣必密陳所見，潛獻所聞，但在聖心裁斷而已。臣又職在禁中，不同外司，欲竭愚誠，合先陳露。伏希天鑒，深察赤誠。居易與河南元稹相善，同年登制舉，交情隆厚。稹自監察御史謫爲江陵府士曹掾，翰林學士李絳、崔羣上前面論稹無罪，居易累疏切諫曰：臣昨緣元稹左降，頻已奏聞。臣内察事情，外聽衆議，元稹左降有不可者三。何者？元稹守官正直，人所共知。自授御史已來，舉奏不避權勢，祇如奏李佐公等事，多是朝廷親情。人誰無私，因以挾恨，或假公議，將報私嫌，遂使誣謗之聲，上聞天聽。臣恐元稹左降已後，凡在位者，每欲舉職，必先以稹爲戒，無人肯爲陛下當官守法，無人肯爲陛下嫉惡繩愆。内外權貴親黨，縱有大過大罪者，必相容隱而已，陛下從此無由得知，此其不可者一也。昨元稹所追勘房式之事，心雖徇公，事稍過當。既從重罰，足以懲違，況經謝恩，旋又左降。雖引前事以爲責辭，然外議喧喧，皆以爲稹與中使劉士元爭廳，因此獲罪。至於爭廳事理，已具前狀奏陳。況聞士元踏破驛門，奪將鞍馬，仍索弓箭，嚇辱朝官，承前已來，未有此事。今中官有罪，未聞處置；御史無過，却先貶官。遠近聞知，實損聖德。臣恐從今已後，中官出使，縱暴益甚，朝官受辱，必不敢言，縱有被凌辱毆打者，亦以元稹爲戒，但吞聲而已。陛下從此無由得聞。此其不可二也。臣又訪聞元稹自去年已來，舉奏嚴礪在東川日枉法，没入平人資産八十餘家。又奏王紹違法給券，令監軍押柩及家口入驛。又奏裴玢違敕徵百姓草。又奏韓皐使軍將封杖打殺縣令。如此之事，前後甚多，屬朝廷法行，悉有懲罰。計天下方鎮，皆怒元稹守官。今貶爲江陵判司，即是送與方鎮，從此方便報怨，朝廷何由得知？臣伏聞德宗時有崔善貞者，告李錡必反，德宗不信，送與李錡，錡掘坑熾火，燒殺善貞。曾未數年，李錡果反，至今天下爲之痛心。臣恐元稹貶官，方鎮有過，無人敢言，陛下無由得知不法之事。此其不可者三也。若無此三不可，假如朝廷誤左降一御史，蓋是小事，臣安敢煩瀆聖聽，至于再三。誠以所損者深，所關者大，以此思慮，敢不極言。疏入不報。又淄青節度使李師道進絹，爲魏徵子孫贖宅，居易諫曰：徵是陛下先朝宰相，太宗嘗賜殿材成其正室，尤與諸家第宅不同。子孫典貼，其錢不多，自可官中爲之收贖，而令師道掠美，事實非宜。憲宗深然之。上又欲加河東王鍔平章事，居易諫曰：宰相是陛下輔臣，非賢良不可當此位。鍔誅剥民財，以市恩澤，不可使四方之人謂陛下得王鍔進奉，而與之宰相，深無益於聖朝。乃止。王承宗拒命，上令神策中尉吐突承璀爲招討使，諫官上章者十七八，居易面論，辭情切至。既而又請罷河北用兵，凡數千百言，皆人之難言者，上多聽納。唯諫承璀事切，上頗不悦，謂李絳曰：白居易小子，是朕拔擢致名位，而無禮於朕，朕實難奈。絳對曰：居易所以不避死亡之誅，事無巨細必言者，蓋酬陛下特力拔擢耳，非輕言也。陛下欲開諫諍之路，不宜阻居易言。上曰：卿言是也。由是多見聽納。五年，當改官，上謂崔羣曰：居易官卑俸薄，拘於資地，不能超等，其官可聽自便奏來。居易奏曰：臣聞姜公輔爲内職，求爲京府判司，爲奉親也。臣有老母，家貧養薄，乞如公輔例。於是，除京兆府户曹參軍。六年四月，丁母陳夫人之喪，退居下邽。九年冬，入朝，授太子左贊善大夫。十年七月，盜殺宰相武元衡，居易首上疏論其冤，急請捕賊以雪國恥。宰相以宫官非諫職，不當先諫官言事。會有素惡居易者，掎摭居易，言浮華無行，其母因看花墮井而死，而居易作賞花及新井詩，甚傷名教，不宜置彼周行。執政方惡其言事，奏貶爲江表刺史。詔出，中書舍人王涯上疏論之，言居易所犯狀迹，不宜治郡，追詔授江州司馬。居易儒學之外，尤通釋典，常以忘懷處順爲事，都不以遷謫介意。在湓城，立隱舍於廬山遺愛寺，嘗與人書言之曰：予去年秋始遊廬山，到東西二林間香鑪峯下，見雲木泉石，勝絶第一，愛不能捨，因立草堂。前有喬松十數株，修竹千餘竿，青蘿爲牆援，白石爲橋道，流水周於舍下，飛泉落於簷間，紅榴白蓮，羅生池砌。居易與湊、滿、郎、晦四禪師，追永、遠、宗、雷之迹，爲人外之交。每相攜遊詠，躋危登險，極林泉之幽邃。至於翛然順適之際，幾欲忘其形骸。或經時不歸，或踰月而返，郡守以朝貴遇之，不之責。時元稹在通州，篇詠贈答往來，不以數千里爲遠。嘗與稹書，因論作文之大旨曰：夫文尚矣，三才各有文。天之文三光首之，地之文五材首之，人之文六經首之。就六經言，詩又首之。何者？聖人感人心而天下和平。感人心者，莫先乎情，莫始乎言，莫切乎聲，莫深乎義。詩者：根情，苗言，華聲，實義。上自賢聖，下至愚騃，微及豚魚，幽及鬼神，羣分而氣同，形異而情一，未有聲入而不應、情交而不感者。聖人知其然，因其言，經之以六義。緣其聲，緯之以五音。音有韻，義有類。韻協則言順，言順則聲易入。類舉則情見，情見則感易交。於是乎孕大含深，貫微洞密，上下通而二氣泰，憂樂合而百志熙。二帝三王所以直道而行、垂拱而理者，揭此以爲大柄，決此以爲大竇也。故聞「元首明，股肱良」之歌，則知虞道昌矣。聞五子洛汭之歌，則知夏政荒矣。言者無罪，聞者作誡，言者聞者莫不兩盡其心焉。洎周衰秦興，採詩官廢，上不以詩補察時政，下不以歌洩導人情，用至於諂成之風動，救失之道缺。于時六義始刓矣。國風變爲騷辭，五言始於蘇、李。詩、騷皆不遇者，各繫其志，發而爲文。故河梁之句，止於傷別，澤畔之吟，歸于怨思。彷徨抑鬱，不暇及他耳。然去詩未遠，梗概尚存。故興離別則引雙鳧一雁爲喻，諷君子小人則引香草惡鳥爲比。雖義類不具，猶得風人之什二三焉。于時六義始缺矣。晉、宋已還，得者蓋寡。以康樂之奥博，多溺於山水；以淵明之高古，偏放於田園。江、鮑之流，又狹於此。如梁鴻五噫之例者，百無一二。于時六義寖微矣。陵夷至于梁、陳間，率不過嘲風雪、弄花草而已。噫！風雪花草之物，三百篇中豈捨之乎？顧所用何如耳。設如「北風其涼」，假風以刺威虐。「雨雪霏霏」，因雪以愍征役。「棠棣之華」，感華以諷兄弟。「采采芣苢」，美草以樂有子也。皆興發於此而義歸於彼。反是者，可乎哉！然則「餘霞散成綺，澄江浄如練」、「歸花先委露，別葉乍辭風」之什，麗則麗矣，吾不知其所諷焉。故僕所謂嘲風雪、弄花草而已。于時六義盡去矣。唐興二百年，其間詩人不可勝數。所可舉者，陳子昂有感遇詩二十首，鮑防感興詩十五篇。又詩之豪者，世稱李、杜。李之作，才矣奇矣，人不逮矣。索其風雅比興，十無一焉。杜詩最多，可傳者千餘首。至於貫穿古今，覼縷格律，盡工盡善，又過於李焉。然撮其新安、石壕、潼關吏、蘆子關、花門之章，「朱門酒肉臭，路有凍死骨」之句，亦不過十三四。杜尚如此，況不逮杜者乎？僕常痛詩道崩壞，忽忽憤發，或廢食輟寢，不量才力，欲扶起之。嗟乎！事有大謬者，又不可一二而言，然亦不能不粗陳於左右。僕始生六七月時，乳母抱弄於書屏下，有指「之」字「無」字示僕者，僕口未能言，心已默識。後有問此二字者，雖百十其試而指之不差。則知僕宿習之緣，已在文字中矣。及五六歲，便學爲詩，九歲諳識聲韻。十五六，始知有進士，苦節讀書。二十已來，晝課賦，夜課書，間又課詩，不遑寢息矣。以至于口舌成瘡，手肘成胝，既壯而膚革不豐盈，未老而齒髮早衰白，瞀然如飛蠅垂珠在眸子中者，動以萬數，蓋以苦學力文之所致。又自悲家貧多故，年二十七，方從鄉賦。既第之後，雖專於科試，亦不廢詩。及授校書郎時，已盈三四百首。或出示交友如足下輩，見皆謂之工，其實未窺作者之域耳。自登朝來，年齒漸長，閲事漸多，每與人言，多詢時務，每讀書史，多求理道，始知文章合爲時而著，歌詩合爲事而作。是時皇帝初即位，宰府有正人，屢降璽書，訪人急病。僕當此日，擢在翰林，身是諫官，月請諫紙。啓奏之間，有可以救濟人病，裨補時闕，而難於指言者，輒詠歌之，欲稍稍進聞於上。上以廣宸聽，副憂勤。次以酬恩獎，塞言責。下以復吾平生之志。豈圖志未就而悔已生，言未聞而謗已成矣。又請爲左右終言之。凡聞僕賀雨詩，衆口籍籍，以爲非宜矣。聞僕哭孔戡詩，衆面脈脈，盡不悦矣。聞秦中吟，則權豪貴近者相目而變色矣。聞登樂遊園寄足下詩，則執政柄者扼腕矣。聞宿紫閣村詩，則握軍要者切齒矣。大率如此，不可徧舉。不相與者，號爲沽譽，號爲詆訐，號爲訕謗。苟相與者，則如牛僧孺之誡焉。乃至骨肉妻孥，皆以我爲非也。其不我非者，舉世不過三兩人。有鄧魴者，見僕詩而喜，無何魴死。有唐衢者，見僕詩而泣，未幾而衢死。其餘即足下，足下又十年來困躓若此。嗚呼！豈六義四始之風，天將破壞，不可支持耶？抑又不知天意不欲使下人病苦聞于上耶？不然，何有志於詩者不利若此之甚也！然僕又自思關東一男子耳。除讀書屬文外，其他懵然無知，乃至書畫棋博可以接羣居之歡者，一無通曉，即其愚拙可知矣。初應進士時，中朝無緦麻之親，達官無半面之舊，策蹇步於利足之途，張空拳於戰文之場。十年之間，三登科第，名落衆耳，迹升清貫，出交賢俊，入侍冕旒。始得名於文章，終得罪於文章，亦其宜也。日者聞親友間説，禮、吏部舉選人，多以僕私試賦判爲準的。其餘詩句，亦往往在人口中。僕恧然自愧，不之信也。及再來長安，又聞有軍使高霞寓者，欲聘倡妓，妓大誇曰：我誦得白學士長恨歌，豈同他哉？由是增價。又足下書云：到通州日，見江館柱間有題僕詩者。何人哉？又昨過漢南日，適遇主人集衆娱樂他賓，諸妓見僕來，指而相顧曰：此是秦中吟、長恨歌主耳。自長安抵江西三四千里，凡鄉校、佛寺、逆旅、行舟之中，往往有題僕詩者。士庶、僧徒、孀婦、處女之口，每有詠僕詩者。此誠雕篆之戲，不足爲多，然今時俗所重，正在此耳。雖前賢如淵、雲者，前輩如李、杜者，亦未能忘情於其間。古人云：名者公器，不可多取。僕是何者，竊時之名已多。既竊時名，又欲竊時之富貴，使己爲造物者，肯兼與之乎？今之屯窮，理固然也。況詩人多蹇，如陳子昂、杜甫各授一拾遺，而屯剝至死。孟浩然輩不及一命，窮悴終身。近日孟郊六十，終試協律。張籍五十，未離一太祝。彼何人哉！況僕之才又不逮彼。今雖謫佐遠郡，而官品至第五，月俸四五萬，寒有衣，饑有食，給身之外，施及家人。亦可謂不負白氏子矣。微之，微之！勿念我哉！

僕數月來，檢討囊帙中，得新舊詩，各以類分，分爲卷目。自拾遺來，凡所遇所感，關於美刺興比者，又自武德至元和，因事立題，題爲新樂府者，共一百五十首，謂之諷諭詩。又或退公，或卧病閑居，知足保和，吟玩性情者一百首，謂之閑適詩。又有事物牽於外，情理動於内，隨感遇而形於歎詠者一百首，謂之感傷詩。又有五言、七言、長句、絶句，自百韻至兩韻者四百餘首，謂之雜律詩。凡爲十五卷，約八百首。異時相見，當盡致於執事。微之！古人云：窮則獨善其身，達則兼濟天下。僕雖不肖，常師此語。大丈夫所守者道，所待者時。時之來也，爲雲龍，爲風鵬，勃然突然，陳力以出。時之不來也，爲霧豹，爲冥鴻，寂兮寥兮，奉身而退。進退出處，何往而不自得哉？故僕志在兼濟，行在獨善，奉而始終之則爲道，言而發明之則爲詩。謂之諷諭詩，兼濟之志也。謂之閑適詩，獨善之義也。故覽僕詩者，知僕之道焉。其餘雜律詩，或誘於一時一物，發於一笑一吟，率然成章，非平生所尚者，但以親朋合散之際，取其釋恨佐歡，今銓次之間，未能删去。他時有爲我編集斯文者，略之可也。微之！夫貴耳賤目，榮古陋今，人之大情也。僕不能遠徵古舊，如近歲韋蘇州歌行，才麗之外，頗近興諷，其五言詩，又高雅閑澹，自成一家之體，今之秉筆者誰能及之？然當蘇州在時，人亦未甚愛重，必待身後，人始貴之。今僕之詩，人所愛者，悉不過雜律詩與長恨歌已下耳。時之所重，僕之所輕。至於諷諭者，意激而言質；閑適者，思澹而辭迂。以質合迂，宜人之不愛也。今所愛者，並世而生，獨足下耳。然百千年後，安知復無如足下者出，而知愛我詩哉？故自八九年來，與足下小通則以詩相戒，小窮則以詩相勉，索居則以詩相慰，同處則以詩相娛。知吾罪吾，率以詩也。如今年春遊城南時，與足下馬上相戲，因各誦新豔小律，不雜他篇，自皇子陂歸昭國里，迭吟遞唱，不絶聲者二十里餘。樊、李在傍，無所措口。知我者以爲詩仙，不知我者以爲詩魔。何則？勞心靈，役聲氣，連朝接夕，不自知其苦，非魔而何？偶同人當美景，或花時宴罷，或月夜酒酣，一詠一吟，不覺老之將至，雖驂鸞鶴、遊蓬瀛者之適，無以加於此焉，又非仙而何？微之，微之！此吾所以與足下外形骸、脱蹤迹、傲軒鼎、輕人寰者，又以此也。當此之時，足下興有餘力，且欲與僕悉索還往中詩，取其尤長者，如張十八古樂府，李二十新歌行，盧、楊二秘書律詩，竇七、元八絶句，博搜精掇，編而次之，號爲元白往還集。衆君子得擬議於此者，莫不踴躍欣喜，以爲盛事。嗟乎！言未終而足下左轉，不數月而僕又繼行，心期索然，何日成就？又可爲之太息矣。僕常語足下，凡人爲文，私於自是，不忍於割截，或失於繁多。其間妍媸，益又自惑。必待交友有公鑒無姑息者，討論而削奪之，然後繁簡當否，得其中矣。況僕與足下，爲文尤患其多。己尚病，況他人乎？今且各纂詩筆，粗爲卷第，待與足下相見日，各出所有，終前志焉。又不知相遇是何年，相見是何地，溘然而至，則如之何？微之知我心哉！潯陽臘月，江風苦寒，歲暮鮮歡，夜長少睡。引筆鋪紙，悄然燈前，有念則書，言無銓次，勿以繁雜爲倦，且以代一夕之話言也。居易自叙如此，文士以爲信然。十三年冬，量移忠州刺史。自潯陽浮江上峽。十四年三月，元稹會居易於峽口，停舟夷陵三日。時季弟行簡從行，三人於峽州西二十里黄牛峽口石洞中，置酒賦詩，戀戀不能訣。南賓郡當峽路之深險處也，花木多奇，居易在郡，爲木蓮、荔枝圖，寄朝中親友，各記其狀曰：荔枝生巴、峽間，形圓如帷蓋。葉如桂，冬青。華如橘，春榮。實如丹，夏熟。朵如蒲萄，核如枇杷，殼如紅繒，膜如紫綃，瓤肉瑩白如雪，漿液甘酸如醴酪。大略如此，其實過之。若離本枝，一日而色變，二日而香變，三日而味變，四五日外，色香味盡去矣。木蓮大者高四五丈，巴民呼爲黄心樹，經冬不凋。身如青楊，有白文。葉如桂，厚大無脊。花如蓮，香色豔膩皆同，獨房蘂有異。四月初始開，自開迨謝，僅二十日。元和十四年夏，命道士毋丘元志寫之。惜其遐僻，因以三絶賦之。有「天教拋擲在深山」之句，咸傳於都下，好事者喧然模寫。其年冬，召還京師。拜司門員外郎。明年，轉主客郎中、知制誥，加朝散大夫，始著緋。時元稹亦徵還爲尚書郎、知制誥，同在綸閣。長慶元年三月，受詔與中書舍人王起覆試禮部侍郎錢徽下及第人鄭朗等一十四人。十月，轉中書舍人。十一月，穆宗親試制舉人，又與賈餗、陳岵爲考策官。凡朝廷文字之職，無不首居其選，然多爲排擯，不得用其才。時天子荒縱不法，執政非其人，制御乖方，河朔復亂。居易累上疏論其事，天子不能用，乃求外任。七月，除杭州刺史。俄而元稹罷相，自馮翊轉浙東觀察使。交契素深，杭、越鄰境，篇詠往來，不間旬浹。嘗會于境上，數日而别。秩滿，除太子左庶子分司東都。寶曆中，復出爲蘇州刺史。文宗即位，徵拜秘書監，賜金紫。九月上誕節，召居易與僧惟澄、道士趙常盈對御講論於麟德殿。居易論難鋒起，辭辨泉注，上疑宿構，深嗟挹之。大和二年正月，轉刑部侍郎，封晉陽縣男，食邑三百户。三年，稱病東歸。求爲分司官，尋除太子賓客。居易初對策高第，擢入翰林，蒙英主特達顧遇，頗欲奮厲効報，苟致身於訏謨之地，則兼濟生靈。蓄意未果，望風爲當路者所擠，流徙江湖。四五年間，幾淪蠻瘴。自是宦情衰落，無意於出處，唯以逍遥自得，吟詠情性爲事。大和已後，李宗閔、李德裕朋黨事起，是非排陷，朝升暮黜，天子亦無如之何。楊穎士、楊虞卿與宗閔善，居易妻，穎士從父妹也。居易愈不自安，懼以黨人見斥，乃求致身散地，冀於遠害。凡所居官，未嘗終秩，率以病免，固求分務，識者多之。五年，除河南尹。七年，復授太子賓客分司。初，居易罷杭州，歸洛陽。於履道里得故散騎常侍楊憑宅，竹木池館，有林泉之致。家妓樊素、蠻子者，能歌善舞。居易既以尹正罷歸，每獨酌賦詠於舟中，因爲池上篇曰：東都風土水木之勝在東南偏，東南之勝在履道里，里之勝在西北隅，西閈北垣第一第，即白氏叟樂天退老之地。地方十七畝，屋室三之一，水五之一，竹九之一，而島樹橋道間之。初樂天既爲主，喜且曰：雖有池臺，無粟不能守也。乃作池東粟廩。又曰：雖有子弟，無書不能訓也。乃作池北書庫。又曰：雖有賓朋，無琴酒不能娱也。乃作池西琴亭，加石樽焉。

樂天罷杭州刺史，得天竺石一、華亭鶴二以歸。始作西平橋，開環池路。罷蘇州刺史時，得太湖石五、白蓮、折腰菱、青板舫以歸，又作中高橋，通三島逕。罷刑部侍郎時，有粟千斛，書一車，泊臧獲之習管磬絃歌者指百以歸。先是潁川陳孝先與釀酒法，味甚佳。博陵崔晦叔與琴，韻甚清。蜀客姜發授秋思，聲甚澹。弘農楊貞一與青石三，方長平滑，可以坐臥。大和三年夏，樂天始得請爲太子賓客，分秩於洛下，息躬於池上。凡三任所得。四人所與，洎吾不才身，今率爲池中物。每至池風春，池月秋，水香蓮開之旦，露清鶴唳之夕，拂楊石，舉陳酒，援崔琴，彈秋思，頹然自適，不知其他。酒酣琴罷，又命樂童登中島亭，合奏霓裳散序，聲隨風飄，或凝或散，悠揚於竹煙波月之際者久之。曲未竟，而樂天陶然石上矣。睡起偶詠，非詩非賦，阿龜握筆，因題石間。視其粗成韻章，命爲池上篇云：十畝之宅，五畝之園，有水一池，有竹千竿。勿謂土狹，勿謂地偏，足以容膝，足以息肩。有堂有亭，有橋有船，有書有酒，有歌有絃。有叟在中，白髮颯然，識分知足，外無求焉。如鳥擇木，姑務巢安。如蛙作坎，不知海寬。靈鵲怪石，紫菱白蓮。皆吾所好，盡在我前。時引一杯，或吟一篇。妻孥熙熙，雞犬閑閑。優哉游哉，吾將老乎其間。又効陶潛五柳先生傳，作醉吟先生傳以自況。文章曠達，皆此類也。大和末，李訓構禍，衣冠塗地，士林傷感，居易愈無宦情。開成元年，除同州刺史，辭疾不拜。尋授太子少傅，進封馮翊縣開國侯。四年冬，得風病，伏枕者累月，乃放諸妓女樊、蠻等，仍自爲墓誌，病中吟詠不輟。自言曰：予年六十有八，始患風痺之疾，體瘰首眩，左足不支。蓋老病相乘，有時而至耳。子栖心釋梵，浪迹老、莊，因疾觀身，果有所得。何則？外形骸而内忘憂患，先禪觀而後順醫治。旬月以還，厥疾少間，杜門高枕，澹然安閑。吟詠興來，亦不能遏，遂爲病中詩十五篇以自諭。會昌中，請罷太子少傅，以刑部尚書致仕。與香山僧如滿結香火社，每肩舆往來，白衣鳩杖，自稱香山居士。大中元年卒，時年七十六，贈尚書右僕射。有文集七十五卷，經史事類三十卷，並行於世。長慶末，浙東觀察使元稹，爲居易集序曰：樂天始未言，試指「之」「無」字能不誤。始既言，讀書勤敏，與他兒異。五六歲識聲韻，十五志辭賦，二十七舉進士。貞元末，進士尚馳競，不尚文，就中六籍尤擯落。禮部侍郎高郢始用經藝爲進退，樂天一舉擢上第。明年，中拔萃甲科，由是性習相近遠、玄珠、斬白蛇等賦洎百節判，新進士競相傳於京師。會憲宗皇帝策召天下士，對詔稱旨，又登甲科。未幾，選入翰林，掌制誥。比比上書言得失，因爲賀雨詩、秦中吟等數十章，指言天下事，時人比之風、騷焉。予始與樂天同秘書，前後多以詩章相贈答。予譴掾江陵，樂天猶在翰林，寄予百韻律體及雜體，前後數十詩。是後各佐江、通，復相酬寄。巴、蜀、江、楚間洎長安中少年，遞相仿效，競作新辭，自謂爲元和詩，而樂天秦中吟、賀雨諷諭閑適等篇，時人罕能知者。然而二十年間，禁省觀寺、郵候牆壁之上無不書，王公妾婦、牛童馬走之口無不道。其繕寫模勒，衒賣於市井，或因之以交酒茗者，處處皆是。其甚有至盜竊名姓，苟求自售，雜亂間廁，無可奈何。予嘗於平水市中，見村校諸童，競習歌詠，召而問之，皆對曰：先生教我樂天、微之詩。固亦不知予爲微之也。又雞林賈人求市頗切，自云：本國宰相，每以一金换一篇，甚僞者，宰相輒能辨别之。自篇章已來，未有如是流傳之廣者。長慶四年，樂天自杭州刺史以右庶子召還，予時刺會稽，因得盡徵其文，手自排纘，成五十卷，凡二千二百五十一首。前輩多以前集、中集爲名，予以爲陛下明年當改元，長慶訖於是矣，因號白氏長慶集。大凡人之文，各有所長，樂天長可以爲多矣。夫諷諭之詩長於激，閑適之詩長於遣，感傷之詩長於切，五字律詩百言而上長於贍，五字七言百言而下長於情，賦贊箴誡之類長於當，碑記叙事制誥長於實，啓奏表狀長於直，書檄辭册剖判長於盡。總而言之，不亦多乎哉！人以爲積序盡其能事。居易嘗寫其文集，送江州東西二林寺、洛城香山，聖善等寺，如佛書雜傳例流行之。無子，以其姪孫嗣。遺命不歸下邽，可葬於香山如滿師塔之側，家人從命而葬焉。史臣曰：舉才選士之法尚矣。自漢策賢良，隋加詩賦，罷中正之法，委銓舉之司。由是争務雕蟲，罕趨函丈，矯首皆希於屈、宋，駕肩並擬於風、騷。或侔箴闕之篇，或效補亡之句。咸欲錙銖採葛，糠粃懷沙，較麗藻於碧雞，鬬新奇於白鳳。暨編之簡牘，播在管絃，未逃季緒之詆訶，孰望子虚之稱賞？迨今千載，不乏辭人，統論六義之源，較其三變之體，如二班者蓋寡，類七子者幾何？至潘、陸情致之文，鮑、謝清便之作，迨於徐、庾，踵麗增華，纂組成而耀以珠璣，瑶臺構而間之金碧。國初開文館，高宗禮茂才，虞、許擅價於前，蘇、李馳聲於後。或位昇台鼎，學際天人，潤色之文，咸布編集。然而向古者傷於太僻，徇華者或至不經，齷齪者局於宫商，放縱者流於鄭、衛。若品調律度，揚搉古今，賢不肖皆賞其文，未如元、白之盛也。昔建安才子，始定霸於曹、劉；永明辭宗，先讓功於沈、謝。元和主盟，微之、樂天而已。臣觀元之制策，白之奏議，極文章之壼奥，盡治亂之根荄。非徒謡頌之片言，盤盂之小説。就文觀行，居易爲優，放心於自得之場，置器於必安之地，優游卒歲，不亦賢乎。贊曰：文章新體，建安永明。沈謝既往，元白挺生。但留金石，長有莖英。不習孫吴，焉知用兵？

## 新唐書白居易傳

白居易字樂天，其先蓋太原人。北齊五兵尚書建，有功于時，賜田韓城，子孫家焉。又徙下邽。父季庚，爲彭城令，李正己之叛，説刺史李洧自歸，累擢襄州别駕。居易敏晤絶人，工文章。未冠，謁顧況。況，吴人，恃才少所推可，見其文，自失曰：吾謂詩文遂絶，今復得子矣！貞元中，擢進士、拔萃皆中，補校書郎。元和元年，對制策乙等，調盩厔尉，爲集賢校理，月中，召入翰林爲學士。遷左拾遺。四年，天子以旱甚，下詔有所蠲貸，振除災沴。居易見詔節未詳，即建言乞盡免江、淮兩賦，以救流瘠，且多出宫人。憲宗頗采納。是時，于頔入朝，悉以歌舞人内禁中，或言普寧公主取以獻，皆頔嬖愛。居易以爲不如歸之，無令頔得歸曲天子。李師道上私錢六百萬，爲魏徵孫贖故第，居易言：徵任宰相，太宗用殿材成其正寢，後嗣不能守。陛下猶宜以賢者子孫贖而賜之。師道人臣，不宜掠美。帝從之。河東王鍔將加平章事，居易以爲：宰相天下具瞻，非有重望顯功不可任。按鍔誅求百計，不卹彫瘵，所得財號爲「羨餘」以獻。今若假以名器，四方聞之，皆謂陛下得所獻，與宰相。諸節度私計曰：誰不如鍔？争裒割生人以求所欲。與之則綱紀大壞，不與則有厚薄，事一失不可復追。是時，孫璹以禁衛勞擢鳳翔節度使，張奉國定徐州、平李錡有功，遷金吾將軍。居易爲帝言：宜罷璹，進奉國，以竦天下忠臣心。度支有囚繫閿鄉獄，更三赦不得原。又奏言：父死，縶其子。夫久繫，妻嫁，債無償期，禁無休日，請一切免之。奏凡十餘上，益知名。會王承宗叛，帝詔吐突承璀率師出討，居易諫：唐家制度，每征伐，專委將帥，責成功，比年始以中人爲都監。韓全義討淮西，賈良國監之。高崇文討蜀，劉貞亮監之。且興天下兵，未有以中人專統領者。神策既不置行營節度，即承璀爲制將，又充諸軍招討處置使，是實都統。恐四方聞之，必輕朝廷。後世且傳中人爲制將自陛下始，陛下忍受此名哉？且劉濟等洎諸將必恥受承璀節制，心有不樂，無以立功。此乃資承宗之姦，挫諸將之鋭。帝不聽。既而兵老不決，居易上言：陛下討伐，本委承璀，外則盧從史、范希朝、張茂昭。今承璀進不決戰，已喪大將，希朝、茂昭數月乃入賊境，觀其勢，似陰相爲計，空得一縣，即壁不進，理無成功。不亟罷之，且有四害。以府帑金帛、齊民膏血助河北諸侯，使益富彊，一也。河北諸將聞吴少陽受命，將請洗滌承宗，章一再上，無不許，則河北合從，其勢益固。與奪恩信，不出朝廷，二也。今暑濕暴露，兵氣熏烝，雖不顧死，孰堪其苦？又神策雜募市人，不忸于役，脱奔逃相動，諸軍必揺，三也。回鶻、吐蕃常有游偵，聞討承宗歷三時無功，則兵之彊弱，費之多少，彼一知之，乘虛入寇，渠能救首尾哉？兵連事生，何故蔑有？四也。事至而罷，則損威失柄，祇可逆防，不可追悔。亦會承宗請罪，兵遂罷。後對殿中，論執彊鯁，帝未諭，輒進曰：陛下誤矣。帝變色，罷，謂李絳曰：是子我自拔擢，乃敢爾，我叵堪此，必斥之！絳曰：陛下啓言者路，故羣臣敢論得失。若黜之，是箝其口，使自爲謀，非所以發揚盛德也。帝悟，待之如初。歲滿當遷，帝以資淺，且家素貧，聽自擇官。居易請如姜公輔以學士兼京兆户曹參軍，以便養，詔可。明年，以母喪解。還，拜左贊善大夫。是時，盜殺武元衡，京都震擾。居易首上疏，請亟捕賊，刷朝廷恥，以必得爲期。宰相嫌其出位，不悦，俄有言「居易母墮井死，而居易賦新井篇，言浮華，無實行，不可用」。出爲州刺史。中書舍人王涯上言不宜治郡，追貶江州司馬。既失志，能順適所遇，託浮屠生死説，若忘形骸者。久之，徙忠州刺史。入爲司門員外郎，以主客郎中知制誥。穆宗好畋游，獻續虞人箴以諷，曰：唐受天命，十有二聖。兢兢業業，咸勤厥政。鳥生深林，獸在豐草。春蒐冬狩，取之以道。鳥獸蟲魚，各遂其生。民野君朝，亦克用寧。在昔玄祖，厥訓孔彰：馳騁畋獵，俾心發狂。何以效之，曰羿與康。曾不是誡，終然覆亡。高祖方獵，蘇長進言：不滿十旬，未足爲懽。上心既悟，爲之輟畋。降及宋璟，亦諫玄宗。温顔聽納，獻替從容。璟趨以出，鷂死握中。噫！逐獸于野，走馬于路。豈不快哉，銜橛可懼。審其安危，惟聖之慮。俄轉中書舍人。田布拜魏博節度使，命持節宣諭，布遺五百縑，詔使受之，辭曰：布父讎國恥未雪，人當以物助之，乃取其財，誼不忍。方諭問旁午，若悉有所贈，則賊未殄，布貲竭矣。詔聽辭餉。

是時河朔復亂，合諸道兵出討，遷延無功。賊取弓高，絶糧道，深州圍益急。居易上言：兵多則難用，將衆則不一。宜招魏博、澤潞、定、滄四節度，令各守境，以省度支貲餉。每道各出鋭兵三千，使李光顔將。光顔故有鳳翔、徐、滑、河陽、陳許軍無慮四萬，可徑薄賊，開弓高糧路，合下博，解深州之圍，與牛元翼合。還裴度招討使，使悉太原兵西壓境，見利乘隙夾攻之，間令招諭以動其心，未及誅夷，必自生變。且光顔久將，有威名，度爲人忠勇，可當一面，無若二人者。於是，天子荒縱，宰相才下，賞罰失所宜，坐視賊，無能爲。居易雖進忠，不見聽，乃丐外遷。爲杭州刺史，始築堤捍錢塘湖，鍾洩其水，溉田千頃。復浚李泌六井，民賴其汲。久之，以太子左庶子分司東都。復拜蘇州刺史，病免。文宗立，以秘書監召，遷刑部侍郎，封晉陽縣男。大和初，二李黨事興，險利乘之，更相奪移，進退毁譽，若旦暮然。楊虞卿與居易姻家，而善李宗閔，居易惡緣黨人斥，乃移病還東都。除太子賓客分司。踰年，即拜河南尹，復以賓客分司。開成初，起爲同州刺史，不拜。改太子少傅，進馮翊縣侯。會昌初，以刑部尚書致仕。六年，卒，年七十五，贈尚書右僕射，宣宗以詩弔之。遺命薄葬，毋請謚。居易被遇憲宗時，事無不言。湔剔抉摩，多見聽可，然爲當路所忌，遂擯斥，所藴不能施，乃放意文酒。既復用，又皆幼君，偃蹇益不合，居官輒病去，遂無立功名意。與弟行簡、從祖弟敏中友愛。東都所居履道里，疏沼種樹，構石樓香山，鑿八節灘，自號醉吟先生，爲之傳。暮節惑浮屠道尤甚，至經月不食葷，稱香山居士。嘗與胡杲、吉旼、鄭據、劉真、盧真、張渾、狄兼謨、盧貞燕集，皆高年不事者，人慕之，繪爲九老圖。居易於文章精切，然最工詩。初，頗以規諷得失，及其多，更下偶俗好，至數千篇，當時士人爭傳。雞林行賈售其國相，率篇易一金，甚僞者，相輒能辨之。初，與元稹酬詠，故號「元白」。稹卒，又與劉禹錫齊名，號「劉白」。其始生七月能展書，姆指「之」、「無」兩字，雖試百數不差。九歲暗識聲律。其篤於才章，蓋天稟然。敏中爲相，請謚，有司曰文。後履道第卒爲佛寺。東都、江州人爲立祠焉。贊曰：居易在元和、長慶時，與元稹俱有名，最長於詩，它文未能稱是也，多至數千篇，唐以來所未有。其自序言：關美刺者，謂之諷諭。詠性情者，謂之閑適。觸事而發，謂之感傷。其它爲雜律。又譏世人所愛惟雜律詩，彼所重，我所輕。至諷諭意激而言質，閑適思澹而辭迂，以質合迂，宜人之不愛也。今視其文，信然。而杜牧謂：「纖豔不逞，非莊士雅人所爲。流傳人間，子父女母交口教授，淫言媟語入人肌骨不可去。」蓋救所失不得不云。觀居易始以直道奮，在天子前爭安危，冀以立功，雖中被斥，晚益不衰。當宗閔時，權勢震赫，終不附離爲進取計，完節自高。而稹中道徼險得宰相，名望漼然。嗚呼，居易其賢哉！

## 白居易傳

辛文房

居易字樂天，太原下邽人（城按：太原與下邽非一地辛氏所叙顯誤）。弱冠，名未振，觀光上國，謁顧況。況，吳人，恃才少所推可，因謔之曰：長安百物皆貴，居大不易。及覽詩卷，至

「離離原上草，一歲一枯榮。野火燒不盡，春風吹又生」，乃歎曰：有句如此，居天下亦不難。老夫前言戲之耳。貞元十六年，中書舍人高郢下進士、拔萃，皆中，補校書郎。元和元年，作樂府及詩百餘篇，規諷時事，流聞禁中。上悦之，召拜翰林學士，歷左拾遺。時盗殺宰相，京師洶洶。居易首上疏，請亟捕賊。權貴有嫌其出位，怒。俄有言：居易母墮井死，而賦新井篇，言既浮華，行不可用。貶江州司馬。初以勳庸暴露不宜，實無他腸，佛怒姦黨，遂失志。亦能順適所遇，託浮屠死生説忘形骸者。久之，轉中書舍人，知制誥（城按：先知制誥，後正拜中書舍人，此處顯誤）。河朔亂，兵出無功，又言事，不見聽，乞外，除爲杭州刺史。文宗立，召遷刑部侍郎。會昌初致仕，卒。居易累以忠鯁遭擯，乃放縱詩酒。既復用，又皆幼君，仕情頓爾索寞。卜居履道里，與香山僧如滿等結浄社。疏沼種樹，構石樓，鑿八節灘，爲游賞之樂，茶鐺酒杓不相離。嘗科頭箕踞，談禪詠古，晏如也。自號醉吟先生，作傳。酷好佛，亦經月不葷，稱香山居士。與胡杲、吉皎、鄭據、劉真、盧貞、張渾、如滿、李文爽燕集，皆高年不仕，日相招致，時人慕之，繪九老圖。公詩以六義爲主，不尚艱難。每成篇，必令其家老嫗讀之，問解則録。後人評白詩「如山東父老課農桑，言言皆實」者也。雞林國行賈售於其國相，率篇百金，僞者即能辨之。與元稹極善膠漆，音韻亦同。天下曰「元白」。元卒，與劉賓客齊名，曰「劉白」云。公好神仙，自製飛雲履，焚香振足，如撥烟霧，冉冉生雲。初來九江，居廬阜峯下，作草堂，燒丹。今尚存。有白氏長慶集七十五卷，及所撰古今事實，爲六帖，及述作詩格法，欲自除其病，名白氏金針集三卷，並行於世。

（録自唐才子傳）

## 龍門重修白樂天影堂記

陶穀述

祭法曰：「法施於人則祀之。」洛書曰：「王者之瑞則圖之。」世稱白傳文行，比造化之功，蓋後之學者若羣鳥之宗鳳凰，百川之朝滄海也。秉筆之士，由斯道而取位卿相者十七八焉，得不謂法施於人耶？王者之瑞耶？饗廟食，畫雲臺可矣，矧山椒遺像乎？陟彼高岡，慷慨前事，松凋宰樹，蕭瑟古埏之上。伊注逝川，潺湲荒祠之下。歲月未積，棟宇將壞。考其由，中和初，黎民經之而弗勤。詢其制，長興末，秦王修之而弗至。人神玄感，屬在興運。今居守左相太原武公，自許下之撫三川也，登鄂坂、望太室，且曰：茲邑也，周公測景之地，土圭在焉，吾當正厥躬，臨旬民，以報天子。既下車，闢污萊以實倉廩，寬獄市以處豪猾。由是，十一之稅均，三千之條省。暇日巡魏闕，過天街，又曰：茲地也，成王定鼎之郊，王氣猶屬。吾當尋舊地，舉墜典，以壯皇居。遂上章法象，緯以嚴端，門構鴻梁，而跨洛水。由是，知拱辰之位肅，朝天之路通。三載陟明，我無慚德。廣順三祀，歲在癸丑，暮春之初，予因芟除入洛，獲謁拜上公。趨魏絳之庭，金石在列；入亞夫之户，棨戟生風。初戢我以升降，視之禮也；復接我以酒漿，觀予志也。始三揖而進，終百拜而退。既予旋軫，相訪政事。對曰：河橋破虜之勳，有京觀在；滹水禦守之略，有金湯在。雖三尺童子，盡能知之，予無可述。因以白公影堂爲説。公曰：我武臣也，惟干戈是執，昧俎豆之事。幸爲序白氏政績及修葺之義，俾後之聞者，足以勸爲善而嚮令名，是吾志也。雖百金不悋，矧土木乎？予曰：彼白公服則儒士也，位則文人也，當官隸事，烈有丈夫志。祇於批逆鱗，刺權幸。塞左道，履平坦。鎮陽拒命也，指中人爲制將，救日月之蝕，則戰士心悦。武相遇盜也，責京尹討賊，犯雷霆之怒，則奸臣股慄。杭州救旱，因農隙而積湖水；龍門通嶮，出家財而鑿八灘。著策數十篇，盡王佐之才；有文七十卷，導平生之志。向使得其位而且久，行其道而不疑，以憲宗之神武，可繼文皇也；元和之刑政，自同太宗也。必當華夏宅心，上東封之書；蠻夷屈膝，納藁街之貢。豈直擒吳定蜀，平一蔡州而已哉？言粗畢，公聳身長揖而言曰：異乎昔之所聞。若此，則白公之才美，實輔相之英者，豈徒丈夫耶？子其行矣，予果得修之。予歸朝未再旬，邸吏捧公書相授，具報訖事。轂素乏口才，加之性懶，蟠桃拂漢，非尺箠可量，直以與公問答，疏之如右，別刊貞石，以俟能者。廣順癸丑七月十有二日記。

（録自馬元調本）

# 附録二　序跋

## 白氏長慶集序

元稹

白氏長慶集者，太原人白居易之所作。居易字樂天。樂天始言，試指「之」、「無」二字，能不誤。具樂天與予書。始既言，讀書勤敏，與他兒異。五六歲識聲韻，十五志詩賦，二十七舉進士。貞元末，進士尚馳競，不尚文，就中六籍尤擯落。禮部侍郎高郢始用經藝爲進退，樂天一舉擢上第。明年，拔萃甲科。由是性習相近遠、求玄珠、斬白蛇等賦及百道判，新進士競相傳於京師矣。會憲宗皇帝册召天下士，樂天對詔稱旨，又登甲科。未幾，入翰林，掌制誥，比比上書言得失。因爲賀雨、秦中吟等數十章，指言天下事，時人比之風、騷焉。予始與樂天同校秘書之名，多以詩章相贈答，會予譴掾江陵，樂天猶在翰林，寄予百韻律詩及雜體前後數十章。是後各佐江、通，復相酬寄。巴蜀江楚間洎長安中少年，遞相倣効，競作新詞，自謂爲元和詩。而樂天秦中吟、賀雨、諷諭等篇，時人罕能知者。然而二十年間，禁省、觀寺、郵候牆壁之上無不書，王公、妾婦、牛童、馬走之口無不道。至於繕寫模勒，衒賣於市井，或持以交酒茗者，處處皆是。楊、越間多作書模勒樂天及予雜詩，賣於市肆之中也。其甚者有至於盜竊名姓，苟求自售，雜亂間廁，無可奈何。予嘗於平水市中，鏡湖旁草市名。見村校諸童競習詩，召而問之，皆對曰：先生教我樂天、微之詩。固亦不知予之爲微之也。又云，雞林賈人求市頗切，自云：本國宰相每以百金换一篇，其甚僞者，宰相輒能辨别之。自篇章以來未有如是流傳之廣者。長慶四年，樂天自杭州刺史以右庶子詔還。予時刺會稽，因得盡徵其文，手自排纘，成五十卷，凡二千一百九十一首。前輩多以前集、中集爲名，予以爲陛下明年秋（城按：「秋」字衍）當改元，長慶訖於是，因號曰白氏長慶集。大凡人之文，各有所長。樂天之長，可以爲多矣。夫以諷諭之詩長於激，閑適之詩長於遣，感傷之詩長於切，五字律詩、百言而上長於贍，五字七字、百言而下長於情，賦贊箴戒之類長於當，碑記、叙事、制詔長於實，啓奏、表狀長於直，書檄、詞策、剖判長於盡。總而言之，不亦多乎哉！至於樂天之官族景行，與予之交分淺深，非叙文之要也，故不書。長慶四年冬十二月十日微之序。

（録自文學古籍刊行社影印楊循吉鈔本元氏長慶集）

## 序馬元調重刻白氏長慶集

婁　堅

白氏集校刻完，而巽甫復屬予序其端。予曰：白之所以爲文者，元序之詳矣。子之合刻二氏者，嚮已具言其概矣。竊嘗尚論其世，以謂二君子當元和、長慶之間，以才力敏贍相推相讓，無倡不和，少或二韻，多至千言，實詩人次韻之所從始。其於作者之指，無所不窺，而尤以杜子美爲宗師，雖渾涵雄偉，未足庶幾，要爲能言其所欲言矣。觀白公之所以自見其意者，尤在於諷諭、樂府諸篇，則夫以聲調格律而論其高下者，亦未爲深知之者也。世徒知論公於出處之際，蓋進而幾於大用者屢矣。而公每佪翔容與，終於乞身以行其志。雖以牛、李之相軋，公居其間，頗不爲李所容，而卒能不受其禍，以是爲達人之高致。而至於公之忠誠鯁亮，敢於廟上而切於論事，必不能以一毫之婞阿少狗乎人者，雖時見於言語文章，而世能知之者鮮矣。抑吾於公尤自有感也，當公之退居於洛，裴晉公方留守東都，數與同詩酒醼遊之樂，歡然無間。吾意如晉公者，即微之尚存，必不以元故，有纖芥於樂天也。李衞公一與牛隙，遂至不欲見公詩文，且曰：「見便當愛。」此豈宰相之語哉！蓋於是益知晉公之賢遠於人矣。予又以爲非公恬於進取，或以楊、李之援，見用於大和、開成，則會昌之世，亦或有不能自全者矣。公嘗有詩云：「麒麟作脯龍爲醢，何似塗中曳尾龜。」早退先知，非徒言之，實允蹈之。終唐之世，獨公以賢達見稱，有以哉！故予嘗謂士大夫若能爲公，雖微之之搆於裴，思黯之憾於李，公皆與厚善，而不能爲之累。而爲大臣者，但當若晉公之休休，毋使賢達如公，而亦不免於見忌，則予所以序斯文之意也。萬曆丙午孟秋序。

# 白氏文集後序

那波道圓

詩文之稱於後世，不知其數千萬家也。至稱於當時，則幾希矣，況稱於外國乎？夫文之粹也，無若昌黎，而當時有人必以爲惡矣之言。二百年之後，歐陽永叔始得之壁角之弊篋，故不能無補綴考異之議。詩之聖也，無若少陵，而當時有「名豈文章著」之句。及唐之晚，退之、微之之輩始推尊焉，亦不免有亡逸紕繆之論。韓、杜既殆乎泯没矣，猶復不韓、杜者乎？獨白樂天何其幸哉！當時則禮吏部舉選人皆以爲準的，王公卿相無不讀其文，孀婦倡妓無不詠其詞。且長慶集五十卷，微之編焉而序焉。後集二十卷，自爲序，附長慶集，又續後五卷，自爲記附其後，是爲全集。若夫其集之在廬山，在東都，在蘇州及洛詩洛中集、因繼集、劉白唱和集等，雖盡在全集中，無一不自記自解焉。於是乎補綴考異、亡逸紕繆，又安在哉？遂至柏其櫃，詩其上矣。夫自寶之如此，人奉之如此，宜哉，稱於後世，稱於外國也矣！在雞林，則宰相以百金換一篇，所謂傳于日本、新羅諸國。嗚呼！菅右相者，國朝詩文之冠冕也。渤海客覩其詩，謂似樂天，自書爲榮，豈復右相之獨然而已矣哉？昔者國綱之盛也，文章亦盛也，故世不乏人，學非不粹，大凡秉筆之士，皆以此爲口實。至若倭歌、俗謡、小史、雜記，曁婦人小子之書，無往而不沾溉斯集中之殘膏賸馥，專其美於國朝，何其盛哉！嗚呼！國綱之與文章俱廢，而一變入于禪林。禪林嗜枯槁蔬筍之氣，不識臺閣正雅之味，以故斯集不行矣，而後禪林之文亦廢矣。哀哉！天之未喪斯文也，幸有我滕先生，道德文章，百世之偉人也。林提學嗣武而起，斯文勃興矣。如拙親炙也，聞先生之品藻古之人材也，到於樂天，則曰：雖有朱紫陽之所謂「口津津地」之誚，小家數之「白俗元輕」之異議，好其爲人之醖藉，愛其集語意之平易真率矣。拙也雖有其奉佛之可疑，讀其集則快活不可言也。復願學者之周知焉，故命剞劂氏以廣其傳；又壯斯集之不苟也，自校讎焉，庶幾乎無誤歟？且記一時之懷，以貽後人。戊午秋七月丁亥朔，那波道圓書于洛中遠望臺。

（録自四部叢刊影印那波道圓刊本白氏長慶集）

## 白香山詩集序三則

詩家好名，未有過於唐白傅者。既屬其友元微之排纘長慶集矣，而又自編後集爲之序，復爲之記。既以集本付其從子、外孫矣，而又分貯之東林、南禪、聖善、香山諸寺。比於杜元凱峴山碑尤汲汲焉。或疑公曠達，不應戚戚於年歲之逾邁，沾沾於官秩之遷除，計禄奉之損益。不知公之進退出處，係時事之否泰，恒恐後人論世者不得其詳，故屢見之篇咏，斯則公之微意乎！公集自宋李伯珍刊之吴郡，何友諒刊之忠州，二本均有年譜，其後坊刻雜出，漸失其舊。或以譜非其要，置而不録，迄於今紕繆轉甚。余友汪君西亭氏患之，既定其卷次，正其舛譌，因彷國史表補撰年譜一卷。書成，既鏤板以行，余聞常熟毛氏藏有陳伯玉氏白文公譜，假而觀之，則君所編悉與陳氏合。而海圖屏風一篇，君力辯非討淮蔡時事，驗之陳譜亦同，於是人皆服君之考證，余乃觀君并刊陳譜示諸學者。陳氏有言，維揚李德劭作爲年譜而不編年，疎略牴牾。今者李氏譜亡而陳氏譜復出，與君所撰一經一緯，互相發明，不可謂非斯文之厚幸矣。康熙四十二年夏六月幾望南書房舊史秀水朱彝尊序，時年七十有五。

余好爲詩，尤喜讀古人書，嘗以爲詩者載道之文言，若止嘲風雪、弄花草，則於六義書去矣。其後觀唐書至白公樂天傳，公所言往往與余合，因愛讀其詩不輟。乃知公立身本末無不合乎道，特餘事作詩人耳。公爲拾遺時，史載其諫草不一而足，皆人所難言。嘗殿中面對，情辭切至，論執强梗，憲宗未喻。輒進曰：陛下誤矣。帝變色罷，謂李絳云云，賴絳救免。噫，公真古之大臣以道事君者與？而或徒以詩人目之，豈知公者哉！公嘗與元稹書，略云：大丈夫所守者道，所待者時，進退出處，何往而不自得。僕志在兼濟，行在獨善，奉而始終之則爲道，言而發明之則爲詩。又曰：今僕之詩人所愛者，悉不過雜律詩與長恨歌以下耳。時之所重，僕之所輕。則公之立言載道爲何如？而豈屑屑嘲風雪，弄花草，以矜豔麗於雕章者比哉！故余嘗讀公諷諭詩見兼濟之志焉，讀公閑適詩見獨善之義焉，此公所以進退出處無往而不自得也。今香山集遍天下，而俗本多訛，浸失其舊，於是汪西亭氏重編訂而梓之。既蕆事，請序於余。余惟公之賢史載之，公詩之美元詩詳之，余能一語乎哉！惟願世之好爲詩如余者，得公兼濟獨善之志而師之以進於道，則於六義也幾矣！康熙癸未且月商丘宋犖撰。

昔人謂大曆後以詩名家者靡不由杜出，韓之南山，白之諷諭，其最著矣。就二公論之，大抵韓得杜之變，白得杜之正，蓋各得其一體而造乎其極者。故夫貫穿聲韻，操縱格律，肆厥排比，終不失尺寸，少陵而下，亦莫如二公。自后山妄斥昌黎，已非通論，至香山詩辭旨雖主於暢達，要自刻意陶浣而出之，使人不復能尋其斤斲之迹，當時尤多好之者。方牛、李之隙，贊皇且憾及香山，每束其詩不觀，劉賓客以爲言，則曰見便令人愛，將回吾心矣。憾之者猶若此，好之者宜何如也。嗚呼，豈非廬陵所謂怨家仇人不能少毀而掩蔽之乎？乃世多謬指淺率不經意語爲白體，甚者且拾東坡誄友之辭，至以輕俗同譏，抑又過矣。今海内風雅駸駸起，唐集舊本，先後流布，注韓集凡五百家，白詩日在人口，獨無披榛莽而埽蕪穢者，徒以公詩視唐人獨富，辟如營丘濬壑，則日求增拓爲快，若黄河千里，望洋而歎，但能考星宿於圖經，而不暇躬泝其源流之分合也。自惟荒陋，無所窺見，竊嘗習聞於先生長者之言，既不敢附和，而又重惜其誤，若目之塵翳當去，務復其舊而已。世之好公詩者，必將辨焉。康熙壬午余月古歙汪立名序。

（録自汪立名一隅草堂刊本白香山詩集）

## 郡齋讀書志

晁公武

白居易長慶集七十一卷。右唐白居易樂天，太原人。貞元十七年進士，中拔萃科。元和初制策乙等，調盩厔尉，入翰林爲學士。大和中遷刑部侍郎。會昌初以刑部尚書致仕。居易以文章精切，然最工詩，初頗以規諷得失，及其多更下偶俗好，當時士人争傳。鷄林賈國相率篇易一金。在杭州自類詩藁，分諷諭、閑適、感傷、雜律四類。前集五十卷，有元稹序。後集二十卷，自爲序紀。又有續後集五卷，今亡三卷矣。予嘗謂樂天進退以義，風流高矣，與劉禹錫遊，人謂之劉、白，而不陷八司馬黨中。與元稹遊，人謂之元、白，而不蹈北司黨中。又與楊虞卿爲姻家，而不陷牛、李黨中。嗚呼，叔世有如斯人髣髴者乎！獨集後載聞李崖州貶二絶句，其言淺俗，以幸其禍敗者，余固疑非樂天之語，及以唐史攷之，崖州貶時樂天没將踰年，或曰浮屠某作也。

## 直齋書録解題二則

陳振孫

白氏長慶集七十一卷，年譜一卷，又新譜一卷。唐太子少傅太原白居易樂天撰。案：集後記稱：前著長慶集五十卷，元微之爲序。後集二十卷，自爲序。今又續後集五卷，自爲記。前後七十五卷，時會昌五年也。墓志乃云：集前後七十卷。當時預爲誌時，未有續後集。今本七十一卷，蘇本、蜀本編次亦不同。蜀本又有外集一卷，往往皆非樂天自記之舊矣。年譜維揚李璜德劭所作，樓大防參政得之以遺吴郡守李伯珍諫議刻之，余嘗病其疎略牴牾，且號爲年譜而不繫年，乃别爲新譜刊附集首。

白集年譜一卷。知忠州漢嘉何友諒以居易舊治，既刊其文集，又作年譜，刊之集首。始余爲譜既成，妹夫王楙叔永守忠，録寄之，則忠已有此譜，視余譜詳略互見，亦各有發明。其辨李崖州三絶非樂天作，及載晁子止之語，謂與楊虞卿爲姻家，與牛僧孺爲師生，而不陷牛、李黨中，與余暗合，因並存之。詳見新譜末章。

## 讀書敏求記

錢曾

白氏文集七十一卷年譜一卷。樂天自杭州刺史以右庶子詔還，排纂其文，成五十卷，號長慶集，微之爲之序，又成外集二十卷，自爲之序。嘗録一部置廬山東林寺經藏院，北宋時鏤諸板，所謂廬山本是也。絳雲樓藏書中有之，惜乎不及繕寫，庚寅一炬，此本種子斷絶，自此無有知廬山本者矣。予昔從婁東王奉常購得宋刻，卷次與世行本無異，後亦歸之滄葦。此乃對宋本校寫者，其一之二、五之七、四十三、四十八之五十二共宋刻十一卷，仍同奉常本；十三之十六、二十六之三十、三十三之三十八，共十七卷，是金華宋氏景濂所藏小宋板，圖記宛然，古香可愛，更精于奉常本。然總名白氏文集，愈知廬山舊本之爲艱得矣。戊子己丑，予日從牧翁遊，奇書共欣賞，駭心悦目，不數蓬山。今人侈言藏書，陋板惡鈔，盈箱插架，書生見錢，但不在紙裏中，可爲一慨。

# 四庫全書總目提要一則

白氏長慶集七十一卷。通行本。唐白居易撰。居易有六帖，已著録。案：錢曾讀書敏求記稱所見宋刻居易集兩本，皆題爲白氏文集，不名長慶集。汪立名校刻香山詩集，亦謂寶曆以後之詩，不應概題曰「長慶」。今考居易嘗自寫其集分置僧寺，據所自記，大和九年置東林寺者，二千九百六十四首，勒成六十卷。開成元年置於聖善寺者，三千二百五十五首，勒成六十五卷。開成四年置於蘇州南禪院者，凡三千四百八十七首，勒爲六十七卷。皆題曰白氏文集。開成五年置於香山寺者，凡八百首，合爲十卷，則别題曰洛中集。惟長慶四年元稹作白氏長慶集序，稱盡徵其文，手自排纂，成五十卷，二千一百九十一首。又稱明年當改元，長慶訖於是，因號白氏長慶集，則長慶一集特穆宗甲辰以前之作，曾及立名所辨，不爲無據。然唐志載白氏長慶集七十五卷，宋志亦載白氏長慶集七十一卷，而白氏文集之名，轉不著録。又高斯得恥堂存稿有白氏長慶集序，宋人目録傳於今者，晁公武讀書志，尤袤遂初堂書目、陳振孫書録解題，亦均作白氏長慶集，則謂宋刻必作白氏文集，亦未盡然。況元稹之序，本爲長慶集作，而聖善寺文集記中載有居易自注，稱元相公先作集序，并目録一卷在外，則長慶集序已移弁開成新作之目録，知寶曆以後之詩文，均編爲續集，襲其舊名矣，未可遽以總題「長慶」爲非也。其卷帙之數，晁公武謂前集五十卷、後集二十卷、續集五卷，今亡三卷，則當有七十二卷。陳振孫謂七十一卷之外，又有外集一卷，亦當有七十二卷，而所標總數，乃皆仍爲七十一卷，與今本合，則其故不可得詳。至彭叔夏文苑英華辨證謂集中進士策問第二道，俗本妄有所增。又馮班才調集評，亦稱每卷首古調、律詩、格詩之目爲重刻改竄，則今所行本，已迥非當日之舊矣。

白香山詩集四十卷附録年譜二卷。内府藏本。國朝汪立名編。立名有鐘鼎字源，已著録。唐白居易長慶集，詩文各半。立名引宋祁之言，謂居易長於詩，而他文未能稱是，因別刊其詩，以成是集。又據元稹序，謂長慶時所作，僅前五十卷，其寶曆以後所作，不應概名以長慶。案：立名此論未確，已詳辨於長慶集下。因即其歸老之地，題曰「香山」，參互衆本，重加編次，定爲長慶集二十卷、後集十七卷、別集一卷。又採摭諸書爲補遺二卷，而以新定年譜一卷，陳振孫舊本年譜一卷，併元稹長慶集序一篇，舊唐書本傳一篇，冠於首。復採諸書之有關居易詩者，各箋注於其下。居易集在東林寺者，陸游入蜀記稱宋時已佚，真宗嘗令崇文院寫校，包以斑竹帙送寺，建炎中亦壞于兵。其傳于世者，錢曾所云宋本，莫知存佚。舊有明武定侯家刻本，今亦罕見。世所行者，惟蘇州錢氏、松江馬氏二本，皆頗有顛倒譌舛。胡震亨唐音丁籤所録，又分體瑣屑，往往以一題割隸二卷，殊爲叢脞。立名此本，考證編排，特爲精密，其所箋釋，雖不能篇篇皆備，而引據典核，亦勝於注書諸家漫衍支離，徒溷耳目，蓋於諸刻之中，特爲善本。其書成於康熙壬午，朱彝尊、宋犖皆爲之序云。

## 蕘圃藏書題識六則

黄丕烈

宋刻殘本白氏文集十七卷。二函十册。東城顧五癡家藏書甚富，余嘗購得數十種矣。主人知余好之篤，雖一鱗片甲亦自侈爲奇寶。因出破書一束指示余曰：此絳雲餘燼也，曷歸之，余開卷知是宋刻白氏文集，每卷首末皆有金華宋氏景濂圖記。爰憶讀書敏求記中曾言之，未知即是此書否？然窺主人意，頗秘之，未便假歸。歸家檢遵王所記，十三之十六，二十六之三十，三十三之三十八，共十七卷，是金華宋氏景濂所藏小宋板，圖記宛然，古香可愛。乃知是書即述古堂中物，倩五癡族姪開之往核卷數并問其直。後開之來云是十七卷，余喜甚，而索直逾百金，余又以不能即得爲憂。越歲丙辰，五癡以老病終。厥子南雅昆季皆兢兢焉守其父書，而南雅與余交亦頗投契，每一過訪，必以是書爲請，遂與元刻伯生詩續編以白金二十兩易得，命工重加裝潢，所以存舊物也。顧其書有疑義待析者，遵王云廬山本爲庚寅一炬，而此集卷中燒痕尚在，有一葉中不過數字者，知絳雲餘燼之説未必無據。餘卷皆散，而二十六之三十獨完好勝於餘卷，尚是舊時裝潢。通册又似經水溼者，未知天下奇書何其厄於水火之甚耶！至於十七卷中遵王所記，又與今所見不同，十三之十六，二十六之三十，合於遵王所記者也。三十三、三十四卷之前有三十一、三十二，後無三十五、三十六、三十七、三十八，而有五十五、五十六、五十七、五十八，不盡合於遵王所記者也。此或係遵王筆誤，而古書之傳信於後綦難矣。余向得蘭雪堂活字本白氏文集，敘次亦與宋刻合，惜小注多缺，本文亦有訛脱，擬爲校録副本。聞顧竹君家有宋本白氏長慶集，此或廬山真面目矣。然則庚寅一炬，受厄者果白氏長慶集乎？抑白氏文集乎？儻得一見之，以釋其疑，不亦快乎！但未知其書果在否也？大清嘉慶二年丁巳四月己卯日立夏蕘圃黄丕烈識。

是書裝潢時，適錢竹汀壻瞿蕘生來，蕘生爲目録之學者，見古書必爲討厥源流，爰取是書展閲，并及拙跋，見遵王所記卷數悉數之曰：君所得逾於遵王矣。余曰：否，蓋猶是十七卷也。蕘生曰：十三之十六，二十六之三十，三十三之三十八，不過十五卷，而君今所得十三之十六、二十六之三十同於遵王，三十五之三十八，爲五十五之五十八所誤，亦未可知，其三十一、三十二兩卷，遵王所未見者也。互計之，遵王所記者，十三、十四、十五、十六卷，二十六、二十七、二十八、二十九、三十卷，三十三、三十四、三十五、三十六、三十七、三十八卷；君所得者，十三、十四、十五、十六卷，二十六、二十七、二十八、二十九、三十、三十一、三十二、三十三、三十四卷，五十五、五十六、五十七、五十八卷，豈非今多於昔乎？余亦無辭以對。因思遵王未知其誤，而偶誤於前，余欲正其誤，而仍誤於後，天下事之一誤再誤，而尚有待於旁人之繩糾者，比比皆是也。

爰誌蕘生之語，兼以自訟云爾！ 蕘圃又識。

余收得白氏文集，在春夏之交，以殘闕不完之物，而閟藏在塵封蠹蝕中，已歷有年所。 至今始得發而讀之，或亦公之精靈有以呵護之也。 近日陳東浦方伯建藩蘇郡，訪求唐、宋先賢遺跡，慨然於公之未有專祠，因從虎邱買得蔣氏故園，園爲國初顧云美塔影園故址。 鳩工庀材，葺而新之，以祀白公。 又於其旁添立懷杜閣，移建仰蘇樓，以祀少陵、東坡焉。 余思白公在蘇遺愛，至今稱之，有云白公隄者，兹又特立專祠，俾廣大教化常被中吴矣。 新祠落成之日，適是集裝潢竣事，殆氣機之感召使然耶！ 爰誌其事於卷末，以告後之覽者，中秋前六日夕時翦燭書，書魔。

嘉慶癸亥夏六月十有二日，輯百宋一廛書目，重展於縣橋之新居。 蕘翁。

白氏文集七十一卷。 校宋本。 目後雌黄書二行是子晉手跡，卷中句讀有「晉」字小圓印，其朱筆皆斧季字跡，所補缺葉畫烏絲欄者，亦出斧季手。

琴川張君月霄藏有宋刊本白氏文集，假歸命長孫秉剛校勘一過，知斧季朱筆校者即據張君所藏本也。 兹校亦用朱筆，恐與斧季混同，因載於格欄外，其行間字以朱筆點於旁，所以識別也。

## 愛日精廬藏書志

張金吾

白氏文集七十一卷。 宋紹興刊本，王蘭堂藏書。 唐白居易撰。 中遇構字注犯御名，桓字注淵聖御名，蓋紹興三十年以前刊本也。案：讀書敏求記云：宋刻白集，從婁東王奉常購得後，歸之滄葦。此本玉蘭堂、王煙客、季滄葦俱有印記，蓋文氏故物，後歸王氏轉入錢氏季氏者，闕卷三十一至三十三，又三十五三十六，共闕五卷抄補。元稹序。長慶四年。

## 愛日精廬藏書續志

張金吾

白氏文集七十一卷。毛氏子晉斧季合校本。

唐白居易撰，斧季所據宋刊本，今藏金吾家，此本因毛氏父子手跡，故並存之。元稹序。

毛氏手識曰：庚午歲，予在疚，不敢研朱。借於昭遠宋版訂句讀在丁卯春秋，故用印色。

黄氏手跋曰：目後雌黄書二行，是子晉手跡。卷中句讀有「晉」字小圓印，其朱筆皆斧季字跡，所補缺頁畫烏絲欄者，亦出斧季手。

又曰：琴川張君月霄藏有宋刊本白氏文集，假歸命長孫秉剛校勘一過，知斧季用朱筆校者即據張君所藏本也。兹校亦用朱筆，恐與斧季混，因載於格闌外，其行間字以朱筆點於旁，所以識别也。

秉剛手識曰：道光甲申，以常熟張氏所藏宋本手校一過并鈎行款，鋆記。

## 郘亭知見傳本書目

莫友芝

白氏長慶集七十一卷。唐白居易撰。明錫山華堅蘭雪堂活字本，明姑蘇錢應龍刻本，明松江馬元調刻。宋紹興刻白氏長慶集，昭文張氏藏，缺三十一之三十三及三十五、三十六，凡五卷，皆鈔補，中遇構字注犯御名，桓字注淵聖御名，紹興三十年前刻，曾藏文氏、王氏、錢氏、李（?）處。汲古閣校本與明刻小字本，俱藏吴門黄氏。汲古本又歸張金吾。

## 善本書室藏書志

丁丙

白氏文集七十一卷。東瀛刊本。白居易撰。居易字樂天，太原下邽人（城按：此處顯誤）。貞元十六年補校書郎。元和中召拜翰林學士，歷左拾遺，貶江州司馬。轉中書舍人、知制誥，除杭州刺史，召還，遷刑部侍郎。會昌初致仕，卒。居易自杭州刺史還，排纂其文，成五十卷，號長慶集，浙東觀察使元稹爲之序。又成後集二十卷，自爲序。會昌五年重記云：集有五本：一在廬山東林寺經藏院，一在蘇州禪林寺經藏内，一在東都勝善寺鉢塔院律庫樓，一付姪龜郎，一付外孫談閣童。各藏傳後。其日本新羅諸國及兩京人家傳寫者，不在此記。末有陶穀述龍門重修白樂天影堂記。此本序後有目録，每卷首題曰白氏文集卷第幾，每半版九行，行十六字，目録後題十册，共七十卷，總三千五百九十四首，爲日本元和戊午七月那波道圓重刊。元和戊午當明萬曆四十六年。經籍訪古志據讀書敏求記所謂廬山本者蓋即此本。其實唐會昌間已流入日本，禮失求野，益信然矣。

# 跋日本活字板白氏文集

黎庶昌

白氏集後記云：白氏前著長慶集五十卷，元微之爲序。後集二十卷，自爲序。今又續後集五卷自爲記。前後七十五卷，詩筆大小凡三千八百四十首。集有五本：一本在廬山東林寺經藏院，一本在蘇州禪林寺（城按：當作南禪寺）經藏内，一本在東都勝善寺鉢塔院律庫樓（城按：勝善寺當作聖善寺），一本付姪龜郎，一本付外孫談閣童。各藏於家，傳於後。日本、新羅諸國及兩京人家傳寫者不在此記。又有元白唱和因繼集共十七卷，劉白唱和集五卷，洛下游賞宴集十卷，其文盡在文集内録出別行。會昌五年夏五月一日，樂天之所自記者如此。是其集名長慶者祇五十卷，寶曆以後不得以長慶賅之，汪立名之疑審矣。余得日本慶長年間活字本，每卷實題作白氏文集，不名長慶，編次視今通行本迥殊，與錢曾讀書敏求記所見宋刻廬山本合，益知遵王言不我欺。四庫提要以所不見而譏遵王，並及立名，非確論也。此本亦七十一卷，無年譜，而增多一卷，確然出自唐時卷子本，可謂廬山面目也。首冠元微之序，序後題曰白氏長慶集五帙，都五十卷，凡二千一百九十一首。又另分總目十帙，題曰：第一帙詩七卷，總三百三十首，第一、二卷諷諭古調詩，第三、四卷諷諭新樂府，第五、六、七卷閑適古調詩。第二帙七卷，總四百七十二首，第八卷閑適古調詩，第九、十、十一卷感傷古調詩，第十二卷感傷、歌行、曲引，第十三、四卷律詩。第三帙七卷，總六百十五首，第十五至二十卷律詩，第二十一卷詩賦。第四帙七卷，總七十九首，第二十二卷銘、讚、箴、謡、偈，第二十三卷哀祭文，第二十四卷碑碣，第二十五卷墓誌銘，第二十六卷記序，第二十七卷書，第二十八卷書、序。第五帙七卷，總二百十三首，第二十九卷書、頌、議、論、狀，第三十卷試策問、制詔，第三十一、二、三卷中書制誥舊體，第三十四卷中書制誥新體祭文册文附，第三十五卷中書制誥新體。第六帙七卷，總二百五十八首，第三十六卷中書制誥新體，第三十七八卷翰林制誥擬制附，第三十九、四十卷翰林制誥勅書批答祭文贊文附，第四十一、二卷奏狀。第七帙七卷，實八卷，四十三至五十七，字誤。總一百五十六首，第四十三、四卷奏狀，第四十五至四十八卷策林，第四十九、五十卷甲乙判。第八帙七卷實六卷，五十一至五十六，七字誤。共五百五十四首，後集第五十一卷雜體格詩歌行，第五十二卷格詩雜體，第五十三至五十六卷律詩。第九帙七卷，共三百二十八首，第五十七、八卷律詩，第五十九卷碑、誌、序、記、表，第六十卷碑、記、序、解、祭文，第六十一卷銘、誌、序、贊、祭文、記、辭、傳，原脱文、記、辭、傳四字，從本卷增。第六十二卷律詩，第六十三卷格詩雜體。第十帙七卷，共五百七十八首，第六十四至六十六卷律詩，第六十七卷律詩雜體，第六十八卷律詩，第六十九卷半格詩律詩附，第七十卷碑、記、銘、吟、偈。已上十册共七十卷，總三千五百九十四首，與唐書及敏求記、宋本卷數合。其第七十一卷不入總目，係律詩一百首，前一行署刑部尚書致仕太原居易，題銜與他卷不同，蓋即續後集之一卷。日本傳鈔當在廬山寫本後矣。其缺末四卷一百四十六首或是印行時已軼去，不可知，然正編固自完然無闕，實可寶貴。末附陶穀龍門重修白樂天影堂記。又有白氏文集後序，即刻集者所爲，題戊午秋七月丁亥朔那波道圓書於洛中遠望臺。

（録自拙尊園叢稿卷六）

# 鐵琴銅劍樓藏書目録

白氏文集七十一卷。宋刊本。不題名。首繫長慶四年微之序，連接總目，其目但標各類，不載篇題。共分十帙，目後連接正文，不另葉。每卷注明葉類詩凡若干首。每半葉十三行，行二十二至二十五字不等。書中構字注御名，桓字注淵聖御名，是紹興初年刻本也。案：白集刻於北宋者爲廬山本，分前集、後集、别集藏於彭城氏者，葉石君、錢遵王皆曾見過，絳雲一炬，此本遂泯絶人間，次則無踰是本之最古矣。明吴郡錢應龍、嘉定馬元調俱有刻本，而譌脱處不少。如：卷一酬元九對新栽竹有懷見寄詩，曾將秋竹四字下脱二十字云：竿比君孤且直中心一以合外事紛無極共保秋竹。卷二答桐花詩爲君二字下脱二十字，云：布緑陰當暑蔭軒檻沈沈緑滿地桃李不敢爭爲君。卷二十六夜招晦叔題前脱失婢詩，全首云：宅院小牆庳，坊門帖榜遲。舊恩慚自薄，前事悔難追。籠鳥無常主，風花不戀枝。今宵在何處？唯有月明知。其譌字不可稱數，足據以校正者，已詳盧氏羣書拾補中。盧所見葛氏影宋鈔本即從此本出也。舊爲文氏藏書，後入太倉王奉常家見敏求記。及邑中錢氏、揚州季氏、崑山徐氏，近藏邑中張氏，著録藏書志。旋入藝芸書舍汪氏，今歸余家。公嘗自謂其詩爲吴郡新本，乃流轉不出吴中，豈公之神所默爲呵護邪！卷首有玉蘭堂、季振宜藏書、徐乾學健庵、汪士鐘藏書諸印記。

## 涵芬樓燼餘書録一則

白香山集四十卷，一隅草堂刊本，二十册，何義門校藏。此汪立名一隅草堂刊本，何義門用朱筆評校。所據有北宋本、鈔宋本、蘭雪堂活字本、田刻本、黄氏、馮氏校本，並以才調集、文苑英華、郭茂倩樂府詩集等，互相核訂正譌補逸，有時參以己意，或證以前賢之説，亦必叙明，無一字稍涉輕率。别有朱墨筆色澤稍淡、字較瘦弱者，注重音義，兼有糾正義門校注之處，頗具隻眼，亦非淺人之筆。

何義門題記：聞之錢遵王云，絳雲樓舊有廬山本白集，燬於庚寅之災，然此本亦非唐時所藏故物刊刻。陸放翁入蜀記云：白公嘗以文集留草堂後屢，已逸。真宗皇帝嘗令崇文院寫校，包以斑竹帙送寺。建炎中又壞於兵，今獨有姑蘇板本一帙備故事耳。是以黄山谷類編生平之詩内外篇者，乃照崇文寫校之本，南宋以後，則所藏廬山者、又不過姑蘇板本，了無異人處也。讀白集者，但得宋本便佳，非必以廬山爲甲云。康熙癸未何焯記于南薰殿之直廬，時立秋前二日也。

又題：齊己白蓮集有賀行軍太傅得白氏東林集詩云：樂天歌詠有遺編，留在東林伴白蓮。百氏典墳隨喪亂，一家風雅獨完全。嘗聞荆渚通侯論，果遂吴都使者傳。仰賀斯文歸朗鑒，永資聲政入薰絃。觀此則書歸高氏，或傳秦王從榮取去者，非也。以上在卷一末。

又題：甲戌正月二十二日燈下，爲魯田族校白集，讀此詩數遍，放筆浩歎，起行數巡，深媿不能堅守故山，碌碌緇塵也。在卷二續古詩第六首後。

又題：己卯臯月，復以元板郭茂倩樂府勘此五十篇，又改正五字。然皆所能知者，郭本每篇字句之數，亦無異同云。焯又書。在卷四末。

庚午十月十三日夜夢至一仙山，一老人乞桃二枚，鮮如胭脂，其香噴鼻。私念冬月安得有此？遽取一枚，噉其半，顧同遊四五人，皆懷之不食，欲置而甚貪其味，遂因噉之至盡。俄有神將四五人至，視余曰：此有仙分，惜已老矣。復遍視同遊者，曰皆不如此人，因謂余亦可以學仙，但爾心甚放，非鍊禁一年，未可授以藥訣也。余唯唯。神將遽取大鏈鏁余山石上，余亦不以爲苦。俄復見汪武曹至，余語之曰：我已學仙，以放心難收，故鎖禁于此，家中故不知也。我無子妻，雖窮苦，然亦可脱屣置，獨我父望子甚切，而身忽作道士，無以慰親心耳。因涕下不已。且謂汪曰：愛緣未斷，恐愛學仙亦終不成也。遂寤，淚痕猶沾漬枕上，曉光已動矣。時方寓居京師外城永寧僧舍。在卷十二和夢遊春詩上闌。

又題：己巳春日校，少作自不足存，如古原草之屬，編爲外集可耳。在卷十三末。

又題：閲白詩至疑自字之訛。十三卷至此，其間清辭麗句，固是曠世逸才，然其旨趣所存，不出于歎老嗟卑，抑何其胸次之不廣也。在卷十八末。

又題：十月初九日燈下，閲二十三卷至二十五卷，雖不甚倦，然亦眼澁舌枯，不能復坐矣。在後集卷八末。

又題：甲戌正月晦日，爲魯田校此集，是日大雪。是不能無望于有燮理之責者，漫記之。

庚辰十二月初七日復校至此，適逢大雪。在後集卷十末。

又題：十月十一日閲完此卷，未閲者，惟古體詩自第一卷至第十二卷耳。兩日適有足疾，故稍得從事於古人書，然俗客未嘗不時來相擾也。

又題：庚辰立冬日爲□和選公詩，粗涉一過，稍讀杜老集，嫌□□味短，未知竟何如也。

白氏長慶集七十一卷，明活字本，二十四册。此爲錫山華氏蘭雪堂印本，前有元稹微之序，半葉八行，行十六字，全書皆小字雙行，版心上署蘭雪堂三字。

## 善本書所見録

羅振常

白樂天文集三十六卷。唐白居易撰。半頁九行，行二十字，末卷爲年譜。趙字，三魚尾，白口。前有德祐元年序，不著名，後亦挖除。有萬卷樓圖籍（朱長方大印）、璜川吴氏收藏圖籍（朱方）。第一卷第二行有浙東觀察使元稹微之纂集一行，次行挖除，有顧嗣立印（白方）、俠君（白方）。

## 白氏長慶集書後

羅振玉

唐書宰相世系表白氏載白樂天一系，稱士通生志善，志善生温，温生鍠，鍠生季庚，季庚生幼文、居易行簡。校以香山長慶集所載白氏之殤、醉吟先生及溧水令季康府君、鞏縣令鍠四墓誌及襄州别駕府君事狀所叙世系均合。惟集中又有故坊州鄜城尉陳府君夫人白氏墓誌稱夫人爲延安令鍠之女，襄州别駕季庚之姑，前京兆府户曹參軍翰林學士白居易、前秘書郎行簡之外祖母，則與諸誌及表不合。陳夫人爲鍠女，季庚爲鍠子，則陳夫人與鍠爲男女兄弟，不得云夫人爲季庚之姑，亦不得爲樂天兄弟之外祖母。然季庚事狀稱夫人潁川陳氏考坊州鄜城令，妣太原白氏。則樂天之母，確爲陳氏，且白氏所出。又考樂天父季庚以貞元十年五月終，年六十六，陳夫人以元和六年没，年五十七。又陳君夫人白氏誌稱夫人以貞元十六年没，年七十。是季庚生於開元十七年，陳夫人白氏生于開元十九年，樂天母潁川縣君生於天寶十四年。陳夫人白氏少于季庚三歲，乃季庚之妹。潁川縣君少于季庚二十六歲，則季庚所取乃妹女。樂天稱陳夫人爲季庚之姑，乃諱言，而非其實矣。唐人取甥爲婦，可駭聽聞，其出自樂天先人，尤可駭也。

（録自貞松老人遺稿甲集之一後丁戊稿）

# 附録三　白居易年譜簡編

朱金城（蘭客）著

唐代宗大曆七年壬子（公元七七二），白居易生，一歲。

白居易正月二十日生于鄭州新鄭縣東郭宅。生六七月，默識「之」、「無」二字。（見與元九書）時父季庚年四十四歲，母陳氏年十八歲。

劉禹錫生。崔羣生。李紳生。韓愈五歲。令狐楚五歲。李建八歲。張籍約七八歲。杜甫前二年卒，年五十九。李白前十年卒，年六十二。

七月，盧龍經略副使朱泚自立爲留後。十月，以朱泚爲盧龍節度使。

大曆八年癸丑（七七三），二歲。

五月三日，祖父鍠卒于長安（陳振孫白文公年譜作新鄭，誤。後簡稱陳譜），年六十八歲。以其年權厝于下邽縣下邑里。（故鞏縣令白府君事狀）

柳宗元生。

九月，循州刺史哥舒晃叛，殺嶺南節度使吕崇賁。

大曆九年甲寅（七七四），三歲。

大曆十年乙卯（七七五），四歲。

大曆十一年丙辰（七七六），五歲。

五六歲便學爲詩。（與元九書）弟行簡生。

五月，汴宋軍亂，汴將李靈耀叛。

大曆十二年丁巳（七七七），六歲。

六月十九日，祖母薛氏歿于新鄭縣私第，年七十歲。（故鞏縣令白府君事狀）

八月，顔真卿爲刑部尚書。九月，吐蕃寇坊州。

大曆十三年戊午（七七八），七歲。

是年前後，猶居滎陽。滎陽謂鄭州。宿滎陽詩云：「生長在滎陽，少小辭鄉曲。」

楊汝士生。以詩代書酬慕巢尚書見寄云：「不知待得心期否，老校於君六七年。」慕巢，楊汝士字。

正月，回紇入侵太原。四月，吐蕃寇靈州。

大曆十四年己未（七七九），八歲。

元稹生（河南元公墓誌銘）

三月，汴宋將李希烈逐其節度使李忠臣，自稱留後。五月，代宗（李豫）卒。德宗（李适）即位。

德宗建中元年庚申（七八〇），九歲。

諳識聲韻。（與元九書）父季庚由宋州司户參軍授徐州彭城縣令。母陳氏封潁川縣君。（襄州别駕府君事狀）

牛僧孺生。

正月，改元。廢「租庸調」法，改行「兩税法」。六月，築奉天城。

## 建中二年辛酉（七八一），十歲。

解讀書。朱陳村詩云：「十歲解讀書，十五能屬文。」父季庚與徐州刺史李洧堅守徐州拒李納，以功授徐州別駕。（襄州別駕府君事狀）

正月，唐發兵討成德軍節度使李惟岳、魏博節度使田悦。

六月，討襄陽節度使梁崇義。八月，梁崇義伏誅。平盧留後李納以軍助田悦。九月，討李納。李納將李洧以徐州降。是歲，楊炎罷。貶爲崖州司馬，被殺。

## 建中三年壬戌（七八二），十一歲。

離滎陽，從父季庚徐州別駕任所，寄家符離。城按：汪立名白香山年譜（後簡稱汪譜）云：「宿滎陽詩：『去時十一二，今年五十六。』時兩河用兵，公避難越中，當在是年。」後又有江樓望歸詩云：「悠悠滄海畔，十載避黄巾。」云十載者，謂成數耳。居易貞元七年在符離，則寄家符離當自是年始，次年再避難越中也。

閏正月，王武俊殺李惟岳，代領其衆。四月，盧龍朱滔（朱泚弟）叛唐。六月，王武俊叛唐。十月，李希烈叛唐。

十一月，朱滔、田悦、王武俊、李納皆自稱王。十二月，李希烈自稱天下都元帥。唐發諸道軍往討。

## 建中四年癸亥（七八三），十二歲。

時兩河用兵，逃難于越中，約始於本年。

正月，李希烈陷汝州，東都震恐。六月，初行税間架、除陌錢。十月，涇原軍五千增援襄城，經長安兵變。德宗逃往奉天。朱泚據長安稱帝，圍奉天。十二月，李希烈陷汴州。是年武元衡進士及第。

## 興元元年甲子（七八四），十三歲。

幼弟白幼美（金剛奴）生。（唐太原白氏之殤墓誌銘）

楊虞卿生。楊嗣復生。

正月，改元。田悦、王武俊、李納皆去王號，復受唐職。

二月，行營副元帥李懷光叛唐。德宗逃往梁州。六月，李晟收復長安，朱泚敗走，被殺。七月，德宗還長安。是年秋，關中大飢，民蒸蝗蟲而食之。

## 貞元元年乙丑（七八五），十四歲。

父季庚加檢校大理少卿，依前徐州別駕，仍知州事。（襄州別駕府君事狀）

正月，改元。六月，朱滔死。七月，李懷光兵敗，死。是年麴信陵、錢徽進士及第。

## 貞元二年丙寅（七八六），十五歲。

仍在江南。始知有進士，苦節讀書。（與元九書）能屬文。（朱陳村）有江南送北客因憑寄徐州兄弟書詩，自注云：「時年十五。」旅蘇杭二郡。寶曆元年作吳郡詩石記云：「貞元初，韋應物爲蘇州牧，房孺復爲杭州牧，皆豪人也。……時予始年十四五，旅二郡，以幼賤不得與遊宴，尤覺其才調高而郡守尊。……前後相去三十七年，江山是而齒髮非，又可嗟矣。」城按：居易寶曆元年（八二五）除蘇州刺史，上溯三十七年，當爲貞元四年（七八八）。考舊唐書德宗紀：「（貞元四年秋七月），乙亥，以蘇州刺史孫晟爲桂州刺史、桂管觀察使。」如應物爲孫晟之前任，其罷郡至遲不能逾貞元三年（七八七）之末，則距寶曆元年應爲三十八年，而居易是年爲十六歲，非「十四五」，疑白氏此文所記有誤。據傅璇琮韋應物繫年考證(文史第五輯),應物爲孫晟之後任。

元稹父寬卒,母鄭氏自教之。

四月,李希烈爲部將所殺。至此各地戰亂暫息。

## 貞元三年丁卯(七八七),十六歲。

陳譜:「舊史云:年十五六時,袖詩謁顧況。況迎門禮謁曰:『吾謂斯文遂絶,今復得子矣。』摭言云:況謔公曰:『長安物貴,居大不易。』及讀原上草詩『野火燒不盡,春風吹又生』,乃曰:『有句如此,居亦何難!』」城按:摭言記事多誤。貞元四年(七八八)以前,居易無赴長安之可能。貞元五年後,顧況即因嘲謔貶官饒州司户(其知交李泌卒於貞元五年),復至蘇州,與蘇州刺史韋應物、信州刺史劉太真相往還。如謂居易有謁顧況之事,或相遇于饒州及蘇州也。

李德裕生。

## 貞元四年戊辰(七八八),十七歲。

父季庚任滿,改除大理少卿、衢州别駕。從父衢州任所。有王昭君詩二首,自注云:「時年十七。」

元稹年十歲,居鳳翔,知勉學。

是年吐蕃屢入寇。六月,陽城爲諫議大夫。

## 貞元五年己巳(七八九),十八歲。

仍在江南。汪譜:「時在京師,見中和節頌。」陳譜:「是歲初置中和節。集中有中和節頌,未及第時所作。而序云『臣某忝就賓貢之列』,則未必作於是年也。」城按:汪譜據中和節頌序中有「皇帝握符之十載」語,遂謂居易是年在長安，不知「十載」語乃指初置節之年耳。與元九書云：「二十七方從鄉賦」，則中和節頌之作，不得早於貞元十五年（七九九）。

正月，定中和節。三月，中書侍郎、同平章事李泌卒。

貞元六年庚午（七九〇），十九歲。

李賀生。

八月，鮑防卒。是歲，吐蕃陷安西。

貞元七年辛未（七九一），二十歲。

在符離縣。與張徹、賈餗等共勉學。晝課賦，夜課書，間又課詩。（醉後走筆酬劉五主簿長句之贈兼簡張大賈二十四先輩昆季及與元九書）

令狐楚登進士第。

貞元八年壬申（七九二），二十一歲。

弟幼美夭，權窆于符離縣南原。（唐太原白氏之殤墓誌銘序）

是年，父季庚除襄州別駕。

四月，陸贄同中書門下平章事。是年，李絳、王涯、崔羣、馮宿、韓愈登進士第。

貞元九年癸酉（七九三），二十二歲。

元稹十五歲，明經登第。劉禹錫二十二歲，進士登第。

是年顧少連知貢舉，穆員、盧景亮、柳宗元等三十二人同登第。

元稹移家長安。

貞元十年甲戌（七九四），二十三歲。

在襄陽。五月二十八日，檢校大理少卿、襄州別駕父季庚卒于襄陽官舍，年六十六歲。權窆于襄陽縣東津鄉南原。（襄州別駕府君事狀）游襄陽懷孟浩然詩約作於是年。

李逢吉、王播、席夔進士登第。

貞元十一年乙亥（七九五），二十四歲。

七月，右諫議大夫陽城爲國子司業。八月，馬燧卒。

貞元十二年丙子（七九六），二十五歲。

劉禹錫爲太子校書。父緒卒於揚州。

七月，宣武軍亂，董晉爲宣武軍節度使。八月，崔衍爲宣歙池觀察使。陸長源爲宣武軍行軍司馬。九月，裴延齡卒。孟郊、張仲方、李程進士登第。

貞元十三年丁丑（七九七），二十六歲。

父喪服滿後，仍居符離。（將之饒州江浦夜泊詩）

貞元十四年戊寅（七九八），二十七歲。

兄幼文約于本年春赴任饒州浮梁縣主簿。居易約是年夏自符離赴浮梁，而移家洛陽。故本年所作將之饒州江浦夜泊詩云：「明月滿深浦，愁人卧孤舟。煩冤寢不得，夏夜長於秋。苦乏衣食資，遠爲江海游。光陰坐遲暮，鄉國行阻修。身病向鄱陽，家貧寄徐州。……」並參見傷遠行賦。

始置神策統軍。王起、李翺、吕温、獨孤郁進士登第。

## 貞元十五年己卯(七九九),二十八歲。

春,自兄幼文浮梁主簿任所返洛陽省母。有傷遠行賦云:「貞元十五年春,吾兄吏于浮梁,分微禄以歸養,命予負米而還鄉。……自鄱陽而歸洛陽……」秋,應鄉試于宣州,試射中正鵠賦、窗中列遠岫詩,爲宣歙觀察使崔衍所貢,往長安應進士試。中和節頌約作于是年。自河南經亂關内阻飢兄弟離散各在一處因望月有感……詩或亦在本年作於洛陽。又居易在宣州時與楊虞卿相識。(與楊虞卿書)夏,旱,京畿飢。二月,宣武軍節度使董晉卒。宣武軍亂,殺行軍司馬陸長源。三月,彰義節度使吴少誠據蔡州反,與唐軍相持。明年,赦吴少誠,復其官爵。

張籍、李景儉進士登第。

## 貞元十六年庚辰(八〇〇),二十九歲。

正月,在長安。見本年作長安正月十五日、長安早春旅懷詩。二月十四日,于中書侍郎高郢主試下,試性習相近遠賦、玉水記方流詩、策五道,以第四人及第,十七人中年最少。及第後,歸洛陽。暮春南遊,至浮梁。(祭符離六兄文)九月,至符離。外祖母陳氏卒,十一月,權窆于符離縣之南偏。(唐故坊州鄜城縣尉陳府君夫人白氏墓誌銘)有與陳給事書、箴言及第後歸覲留别諸同年、社日關路作、重到毓材宅有感、(城按:毓材,馬元調本、那波道圓本、全唐詩俱訛作毓村。)亂後過流溝寺、叙德書情四十韻上宣歙崔中丞等詩。

劉禹錫爲淮南節度使杜佑掌書記。

五月,徐泗濠節度使張建封卒,徐州軍亂,不納行軍司馬韋夏卿,迫建封子愔爲留後。六月,淮南節度使杜佑加同平章事,兼領徐泗濠節度使,委以討伐。九月,以張愔爲留後。

是年，崔玄亮、杜元穎、吴丹、鄭俞、王鑑、陳昌言、戴叔倫、李□、陸□等同登進士第。

## 貞元十七年辛巳（八〇一），三十歲。

春，在符離。七月，在宣州。秋，歸洛陽。符離六兄葬。烏江十五兄葬。有祭符離六兄文、祭烏江十五兄文及歎髮落、花下自勸酒、和鄭方及第後秋歸洛下閑居、東都冬日會諸同年宴鄭家林亭、與諸同年賀座主侍郎新拜太常同宴蕭尚書亭子等詩。春村、題施山人野居等詩，約作於貞元十六年至貞元十七年之間。

劉禹錫爲淮南節度使杜佑掌書記。

十月，杜佑通典二百卷編成。韋臯破吐蕃。

## 貞元十八年壬午（八〇二），三十一歲。

在長安。冬，于吏部侍郎鄭珣瑜主試下，試書判拔萃科。唐代選制以十一月爲期，至三月畢。春，叔父白季軫自徐州士曹掾移許昌縣令。見許昌縣令新廳壁記。有百道判及秋雨中贈元九等詩。

元稹二十四歲。元、白訂交約始於是年，或是年以前。劉禹錫調補京兆府渭南縣主簿。

## 貞元十九年癸未（八〇三），三十二歲。

春，與元稹、李復禮、吕穎（登科記考卷十五謂文苑英華作吕頻，吕穎誤。非是。此據岑仲勉登科記考訂補）、哥舒恒、崔玄亮同以書判拔萃科登第，王起、吕炅同以博學宏辭科登第。授秘書省校書郎始。假居故宰相關播亭園居住。與李建訂交約始於是年。秋冬之交，遊許昌。時叔父季軫仍爲許昌縣令。有許昌縣令新廳壁記、養竹記、記畫及常樂里閑居偶題十六韻兼寄劉十五公輿王十一起吕二炅吕四穎崔十八玄亮元九稹劉三十二敦質張十五仲元時爲校書郎、思歸、留别吴七正字、早春獨遊曲江等詩。

元稹以書判拔萃科登第，授秘書省校書郎，娶韋夏卿女韋叢爲妻。（城按：元稹授秘書省校書郎在貞元十九年春，據韓愈韋叢墓誌，則知婚於韋氏亦必在是年春間之後。白氏答謝家最小偏憐女詩云：「嫁得梁鴻六七年，躭書愛酒日高眠。」以貞元十九年推算，至元和四年適爲七年。如提前一年至貞元十八年，則爲八年，與白詩所記不合。陳寅恪元白詩箋證稿第一章云：「白氏長慶集六一河南元公墓誌銘云：『（貞元十八年），年二十四，試判入四等，署秘省校書。』是又必在貞元十八年微之婚于韋氏之後。」考唐代選制以十一月爲期，至次年三月畢，元、白貞元十八年十一月同應書判拔萃科試，至次年春始登第同授校書郎。故白氏養竹記（卷四三）云：「貞元十九年春，居易以拔萃選及第，授校書郎。」可證河南元公墓誌銘所記有誤。佚鯖録卷五微之年譜亦誤繫於貞元十八年。陳氏承白文及佚鯖録之誤，亦失考。）

冬，劉禹錫爲監察御史。

十二月，高郢、鄭珣瑜同中書門下平章事。同年，韓愈因諫罷宫市貶連州陽山令。賈餗進士登第。杜牧生。

貞元二十年甲申（八〇四），三十三歲。

在長安。爲校書郎。春，旅遊洛陽、徐州。是年，始徙家於秦中，卜居下邽縣義津鄉金氏村。（地在渭河北岸，近蔡渡。）有汎渭賦、八漸偈及哭劉敦質、酬哥舒大見贈、下邽莊南桃花等詩。遊徐州時，曾預節度使張愔（張建封子）之宴，有贈關盼盼詩句。（見燕子樓三首詩序）又在滑州李翺家識唐衢，約在本年前後。又有除夜宿洺州、邯鄲冬至夜思家、冬至夜懷湘靈三詩，亦爲是冬過河北之證。元稹旅遊洛陽，歸長安。劉禹錫在監察御史任。

八月，盧從史授昭義節度使。

德宗貞元二十一年乙酉（八〇五），即順宗永貞元年，三十四歲。

在長安。寓居永崇里華陽觀。爲校書郎。二月十九日，上書于宰相韋執誼。與元稹交遊，贈答詩漸多。有爲人上宰相（韋執誼）書及寄隱者、感時、首夏同諸校正遊開元觀因宿玩月、永崇里觀居、早送舉人入試、西明寺牡丹花時憶元九（城按：此詩汪譜誤繫於元和三年）、春題華陽觀、華陽觀桃花時招李六拾遺飲、和友人洛中春感、送張南簡入蜀、寄陸補闕、華陽觀中八月十五日夜招友玩月、三月三日題慈恩寺、看渾家牡丹花戲贈李二十、春中與盧四周諒華陽觀同居、德宗皇帝挽歌詞四首、過劉三十二故宅等詩。

正月，德宗卒，順宗（李誦）即位。二月，以韋執誼爲尚書左丞、同中書門下平章事。執誼引用王伾、王叔文等，罷進奉、宫市、五坊小兒等弊政，爲宦官所惡。四月，劉禹錫以與韋執誼、王叔文等善，爲屯田員外郎、判度支鹽鐵案，仍兼崇陵使判官。八月，順宗内禪于太子純，憲宗即位，改貞元二十一年爲永貞元年。貶王伾爲開州司馬，王叔文爲渝州司户。九月，劉禹錫貶連州刺史。十月，再貶朗州司馬。韓泰、柳宗元等皆貶。韋執誼貶崖州司馬。

陸贄，陽城卒。牛僧孺、李宗閔、楊嗣復、陳鴻、杜元穎、沈傳師進士登第。

## 憲宗元和元年丙戌（八〇六），即永貞二年，三十五歲。

在長安。罷校書郎。與元稹居華陽觀，閉户累月，揣摩時事，成策林七十五篇。四月，應才識兼茂明于體用科，與元稹、韋惇、獨孤郁、曹景伯、韋慶復、崔琯、羅讓、崔護、薛存慶、韋珩、李蟠、元修、沈傳師、蕭俛、柴宿、陳岵、蕭睦同登第。（見登科記考卷十六）居易以對策語直，入第四等（乙等。城按：唐代制科，照例無第一等第二等。）同月二十八日，授盩厔尉。七月，權攝昭應事。秋，使駱口驛。在盩厔識陳鴻、王質夫，時相唱和。十二月，與陳鴻、王質夫同遊仙遊寺，作長恨歌。有才識兼茂明於體用科策、騶虞畫贊及贈元稹、招王質夫、酬楊九弘貞長安病中見寄、權攝昭應早秋書事寄元拾遺兼呈李司録、新栽竹、秋霖中遇尹縱之仙遊山居、祇役駱口驛喜蕭侍御書至兼覩新詩吟諷通宵因寄八韻、盩厔縣北樓望山、縣西郊秋寄贈馬造、酬王十八李大見招遊山、感故張僕射諸妓、遊仙遊山、見尹公亮新詩偶贈絶句、送武士曹歸蜀等詩。

元稹制科入三等（甲等），授左拾遺。屢上書論時事，爲執政者所惡，九月，貶河南尉。同月十六日，母鄭氏卒於長安靖安里第。丁憂服喪。

正月，順宗卒，改元。三月，平楊惠琳亂。九月，平劉闢亂。十二月，張愔卒。是年，吐突承璀爲神策軍中尉。李紳、韋處厚、李虞仲、皇甫湜、張復進士登第。

## 元和二年丁亥（八〇七），三十六歲。

春，與楊汝士等屢會于楊家靖恭里宅。夏，使駱口驛。秋，自盩厔尉調充進士考官，有進士策問五道。試畢帖集賢校理。十一月四日，自集賢院召赴銀臺候進旨。五日，召入翰林，奉勑試制詔等五首，爲翰林學士。（見奉勑試制書詔批答詩等五首自注）是年，白行簡進士登第。有唐河南元府君夫人滎陽鄭氏墓誌銘、故滁州刺史贈刑部尚書滎陽鄭公墓誌銘及觀刈麥、京兆府新栽蓮、月夜登閣避暑、祇役駱口因與王質夫同遊秋山偶題三韻、見蕭侍御憶舊山草堂詩因以繼和、病假中南亭閑望、仙遊寺獨宿、前庭涼夜、官舍小亭閑望、早秋獨夜、聽彈古淥水、戲題新栽薔薇、縣南花下醉中留劉五、宿楊家、醉中留别楊六兄弟、醉中歸盩厔、遊雲居寺贈穆三十六地主、和王十八薔薇澗花時有懷蕭侍御兼見贈、再因公事到駱口驛、期李二十文略王十八質夫不至獨宿仙遊寺等詩。

正月，武元衡、李吉甫同平章事。十一月，平李錡亂，斬之。是年，崔咸、竇鞏進士登第。

## 元和三年戊子（八〇八），三十七歲。

在長安。居新昌里。四月，爲制策考官。二十八日，除左拾遺，依前充翰林學士。是年，策試賢良方正能直言極諫科，牛僧孺、皇甫湜、李宗閔等登第，以三人對策切直，宰相李吉甫泣訴於上，均出爲幕職。考官楊於陵、韋貫之、王涯等皆坐貶。居易上論制科人狀，極言不當貶黜。其後李吉甫子德裕與牛僧孺、李宗閔等「黨爭」數十年，即種因於此。後居易屢爲德裕所排擠，亦與此有關。九月，淮南節度使王鍔入朝，多進奉，賂宦官，謀爲宰相。居易上論王鍔欲除官事宜狀，力諫不可。同年，與楊虞卿從妹楊氏結婚。城按：祭楊夫人文云：「維元和三年歲次戊子八月辛亥朔十九日己巳，將仕郎、守左拾遺、翰林學士太原白居易謹以清酌庶羞之奠，敬祭于陳氏楊夫人之靈：……居易早聆懿範，近接嘉姻。維私之眷每深，有慟之情何已。……」「三年」，各本均誤作「二年」，「戊子」乃元和三年，非二年。英華作「三年」，是。據此則居易聯姻當在是年。陳譜誤繫於元和二年。有初授拾遺獻書、論制科人狀、除裴均中書侍郎同平章事制、論和糴狀、論于頔裴均狀及初授拾遺、贈内、松齋自題、冬夜與錢員外同直禁中、和錢員外夙興見示、夏日獨值寄蕭侍御、翰林院中感秋懷王質夫、早秋曲江感懷等詩。

九月，裴垍爲中書侍郎、同平章事。同年，王起、賈餗、李正封、徐晦應賢良方正能直言極諫科登第。

## 元和四年己丑（八〇九），三十八歲。

在長安。仍爲左拾遺、翰林學士。女金鑾子生。居易屢陳時政，請降繫囚，蠲租税，放宫人，絶進奉，禁掠賣良人等，皆從之。又論裴均違制進奉銀器，于頔不應暗進愛妾，宦官吐突承璀不當爲制軍統領。弟行簡爲秘書省校書郎。有大唐故賢妃京兆韋氏墓誌銘、論于頔所進歌舞人事宜狀、論裴均進奉銀器狀、奏請加德音中節目、論太原事狀、論魏徵舊宅狀、論承璀職名狀及賀雨、題海圖屏風、寄元九、同李十一醉憶元九、同錢員外題絶糧僧巨川、絶句代書贈錢員外、答張籍因以代書、酬和元九東川路詩十二首、答謝家最小偏憐女、答騎馬入空臺等詩。又新樂府五十首，始作於是年。

二月，元稹除監察御史。三月，使蜀，劾奏故劍南東川節度使嚴礪等違法加税，并平八十八家冤事，爲執政者所忌。使還，命分司東都。秋七月，元稹妻韋叢卒於長安靖安里第。韓愈爲撰墓誌銘。

二月，鄭絪罷，李藩同中書門下平章事。九月，以王承宗爲成德節度使，恒冀深趙州觀察使，割其所屬德棣二州，承宗拒不奉命。十月，以左神策護軍中尉吐突承璀爲諸道行營兵馬使、招討處置軍使，率軍進討。諫官力言不應以宦官爲統帥，乃改爲宣慰使。十二月，房式爲河南尹。是年楊汝士、張徹進士登第。

元和五年庚寅（八一〇），三十九歲。

在長安。五月五日，改官京兆府户曹參軍，仍充翰林學士。上疏請罷討王承宗兵，論元稹不當貶，皆不納。有唐故會王墓誌銘、授吴少陽淮西節度留後制、除程執恭檢校右僕射制、除柳公綽御史中丞制、祭吴少誠文、論元稹第三狀、請罷兵第二狀第三狀及哭孔戡、和答詩十首、贈吴丹、初除户曹喜而言志、秋居書懷、禁中曉卧因懷王起居、自題寫真、春暮寄元九、金鑾子晬日、酬張太祝晚秋卧病見寄、立秋日曲江憶元九、早朝賀雪寄陳山人、初與元九別後忽夢見之及寤而書適至兼寄桐花詩悵然感懷因以此寄、和元九悼往、代書詩一百韻寄微之、曲江早春、禁中夜作書與元九、八月十五日夜禁中獨直對月憶元九、和夢遊春詩一百韻等詩。又秦中吟十首約作于本年前後。

元稹在東都不畏權勢，河南尹房式有不法事，稹奏攝之，令其停務。執政者惡稹專横，罰俸，召還長安。途經華陰敷水驛，與中使仇士良、劉士元争驛房，辱之。宰相以稹失憲臣體，貶爲江陵府士曹參軍。

七月，吐突承璀討王承宗軍，師久無功，復承宗官，還其二州。罷諸道征討軍，降承璀爲軍器使。九月，高郢右僕射致仕。權德輿同中書門下平章事。李絳爲中書舍人。是年，孔戡卒，年五十七。楊虞卿進士登第。

元和六年辛卯（八一一），四十歲。

在長安。京兆户曹參軍、翰林學士。母陳氏卒於長安宣平里第，年五十七。丁憂，退居下邽義津鄉金氏村。

（城按：陳譜謂居易元和五年退居下邽，誤。）十月，遷葬祖鍠、父季庚於下邽。是年，女金鑾子夭。有太原白氏家狀二道、答孟簡蕭俛等賀御製新譯大乘本生心地觀經序狀、答元膺授岳鄂觀察使謝上表、答李鄘授淮南節度使謝上表及春雪、慈烏夜啼、渭上偶釣、閑居、首夏病閑、重到渭上舊居、白髮、寄元九、秋夕、夜雨、秋霽、歎老、送兄弟回雪夜、自覺二首、寄上大兄、病中哭金鑾子等詩。又傷唐衢詩約作於本年以後。

元稹納妾安氏。劉禹錫仍在朗州司馬任。

正月，李吉甫同中書門下平章事。二月，李藩罷。三月，嚴綬爲江陵尹。六月，吕温卒。七月，高郢卒。十二月，李絳同中書門下平章事。裴垍卒。是年，韓愈自河南令遷職方員外郎。

## 元和七年壬辰（八一二），四十一歲。

居下邽金氏村。有適意二首、自吟拙什因有所懷、觀稼、聞哭者、秋遊原上、九日登西原宴望、寄同病者、遊藍田山卜居、村雪夜坐、溪中早春、同友人尋澗花等詩。

元稹自編詩集二十卷成。

六月，杜佑致仕。十一月，杜佑卒。同年，李珏、李顧言進士及第。李商隱生。（據張采田玉溪生年譜會箋）

## 元和八年癸巳（八一三），四十二歲。

服除，仍居下邽金氏村。二月二十五日，遷前權窆外祖母陳夫人、季弟幼美之靈柩，改葬於下邽義津鄉北岡。行簡子龜兒生。從祖兄白皞自華州來訪。有唐太原白氏之殤墓誌銘、祭小弟文、唐故坊州鄜城縣尉陳府君夫人白氏墓誌銘、記異及村居苦寒、薛中丞、效陶潛體十六首、東園玩菊、登村東古塚、念金鑾子二首等詩。

正月，權德輿罷。二月，于頔貶，其子駙馬都尉于季友削所任官。交通權貴僧鑒虛杖殺。是年，舒元輿、楊漢公進士登第。薛存誠卒。

元和九年甲午（八一四），四十三歲。

仍居下邽金氏村。春，病眼。秋，李顧言（城按：各本作固言，誤。）來訪，留宿相語。八月，遊藍田悟真寺。冬，召授太子左贊善大夫入朝（城按：陳譜作太子右贊善大夫，此據舊唐書、新唐書本傳及汪譜），居昭國里。弟行簡赴東川節度使盧坦幕，抵梓州當在是年五六月間。有夏旱、詠慵、村中留李三宿、友人來訪、遊悟真寺詩、酬張十八訪宿見贈、夢裴相公、别行簡、觀兒戲、歎常生、寄元九、歎元九、眼暗、得袁相書、病中作、感化寺見元九劉三十二題名處、遊悟真寺迴山下别張殷衡、村居寄張殷衡、病中得樊大書、得錢舍人書問眼疾、還李十一馬、九日寄行簡、渭村退居寄禮部崔侍郎翰林錢舍人詩一百韻、渭村酬李二十見寄、初授贊善大夫早朝寄李二十助教、重到華陽觀舊居、寄楊六等詩。

元稹自江陵移唐州從事。妾安氏卒於江陵。

二月，李絳罷爲禮部尚書。閏八月，彰義軍節度使吴少陽卒，子元濟自稱知軍事。十月，李吉甫卒。嚴綬爲申光蔡等州招撫使，崔潭峻監軍。十二月，韋貫之同中書門下平章事。是年，楊汝士爲萬年縣尉。殷堯藩進士及第。孟郊卒。

元和十年乙未（八一五），四十四歲。

在長安。居昭國里。爲太子左贊善大夫。六月，居易上疏請捕刺武相（元衡）之賊。宰相以宫官先臺諫言事，惡之。忌之者復誣言居易母看花墜井死，而作賞花及新井詩，有傷名教。八月，乃奏貶刺史。王涯復論不當治郡，追改江州司馬。初出藍田，到襄陽，乘舟經鄂州，冬初到江州。十二月，自編詩集十五卷，凡八百首。與元稹書，暢論詩歌應以揭露民生疾苦爲主旨。有與元九書、自誨及讀張籍古樂府、朝歸書寄元八、酬吴七見寄、昭國閑居、喜陳兄至、贈杓直、寄張十八、朝回遊城南、湓浦早冬、江州雪、哭李三、別李十一後重寄、初出藍田路作、仙娥峯下作、微雨夜行、再到襄陽訪問舊居、寄微之三首、舟中雨夜、夜聞歌者、江樓聞砧、放旅雁、酬盧秘書二十韻、題盧秘書夏日新栽竹二十韻、欲與元八卜鄰先有是贈、遊城南留元九李二十晚歸、重過秘書舊房因題長句、重到城七絶句、靖安北街贈李二十、和元八侍御升平新居四絶句、醉後却寄元九、重寄、雨夜憶元九、雨中攜元九詩訪元八侍御、贈楊秘書巨源、寄生衣與微之因題封上、白牡丹、夢舊、戲題盧秘書新移薔薇、曲江夜歸聞元八見訪、得微之到官後書備知通州之事悵然有感因成四章、初貶官過望秦嶺、藍橋驛見元九詩、韓公堆寄元九、發商州、武關南見元九題山石榴花見寄、紅鸚鵡、題四皓廟、襄陽舟夜、江夜舟行、紅藤杖、江上吟元八絶句、登郢州白雪樓、舟中讀元九詩、舟行阻風寄李十一舍人、放言五首、讀李杜詩集因題卷後、望江州、初到江州、初到江州寄翰林張李杜三學士、編集拙詩成一十五卷因題卷末戲贈元九李二十等詩。

正月，元稹自唐州召還，月末抵長安(見元稹酬樂天東南行詩自注)。與白居易、樊宗師、李紳等游城南。復出爲通州司馬。三月三十日，與居易別于灃水西岸橋邊。同年春，劉禹錫、柳宗元等召還長安。復出柳宗元爲柳州刺史。城按：劉禹錫初出爲播州刺史，以裴度之力改爲連州刺史。

正月，吴元濟反，李師道、王承宗陰助之。唐發諸道軍討元濟，不勝。五月，遣御史中丞裴度宣慰淮西行營。六月，李師道遣盜刺殺宰相武元衡，裴度傷首。以裴度同中書門下平章事。是年，張籍爲國子助教。

元和十一年丙申(八一六)，四十五歲。

在江州司馬任。二月，赴廬山，遊東林、西林寺，訪陶潛舊宅。七月，長兄幼文攜諸院孤小弟妹六七人自徐州至。秋，送客湓浦口，夜聞舟中彈琵琶者，作琵琶引。是年，女阿羅生。有與楊虞卿書、答戶部崔侍郎書及訪陶公舊宅、北亭、游湓城、答故人、官舍內新鑿小池、宿簡寂觀、讀謝靈運詩、北亭獨宿、約心、晚望、早春、春寢、睡起晏坐、詠懷、春遊西林寺、出山吟、歲暮、宿東林寺、憶洛下故園、贈別崔五、春晚寄微之、漸老、送幼文、夜雪、寄行簡、送春歸、山石榴寄元九、庾樓曉望、宿西林寺、江樓宴別、題山石榴花、代春贈、答春、櫻桃花下歎白髮、惜落花贈崔二十四、移山櫻桃、官舍閑題、晚春登大雲寺南樓贈常禪師、北樓送客歸上都、北亭招客、宿西林寺早赴東林滿上人之會因寄崔二十二員外、遊寶稱寺、早春聞提壺鳥因題鄰家、見紫薇花憶微之、薔薇花一叢獨死不知其故因有是篇、湖亭望水、閑遊、憶微之傷仲遠、過鄭處士、霖雨苦多江湖暴漲塊然獨望因題北亭、春末夏初閑遊江郭二首、風雨中尋李十一因題船上、題廬山山下湯泉、秋熱、題元十八谿居、端居詠懷、夜宿江浦聞元八改官因寄此什、百花亭、江樓早秋、送客之湖南、四十五、寄李相公崔侍郎錢舍人、聞李十一出牧澧州崔二十二出牧果州因寄絶句等詩。

元稹在通州司馬任。是年患瘧疾，赴興元醫治。娶妻裴淑。劉禹錫在連州刺史任。

正月，削王承宗官爵，命河東、幽州等六道軍進討。時唐軍與李師道、吳元濟、王承宗軍相持，師久無功。張弘靖罷。二月，李逢吉同中書門下平章事。十二月，王涯同中書門下平章事。是年，韓愈除左庶子。李賀卒，年二十七。姚合、皇甫曙進士登第。

## 元和十二年丁酉（八一七），四十六歲。

在江州司馬任。廬山草堂成，三月二十七日始居之。（草堂記）四月十日夜，于草堂中山窗下作書與元稹。閏五月，兄幼文卒。有祭浮梁大兄文、祭匡山文、祭廬山文、唐江州興果寺律大德湊公塔碣銘、草堂記、遊大林寺序、代書、與微之書及聞早鶯、栽杉、過李生、題元十八溪亭、香爐峯下新置草堂即事詠懷題於石上、草堂前新開一池養魚種荷日有幽趣、登香鑪峯頂、答崔侍郎錢舍人書問因繼以詩、小池二首、秋日懷杓直、題舊寫真圖、早蟬、南湖晚秋、因沐感髮寄朗上人二首、東南行一百韻……、元和十二年淮寇未平詔停歲仗憤然有感率爾成章、庾樓新歲、上香爐峯、雨夜贈元十八、聞李六景儉自河東令授唐鄧行軍司馬以詩賀之、大林寺桃花、早發楚城驛、建昌江、哭從弟、香鑪峯下新卜山居草堂初成偶題東壁、重題、正月十五日夜東林寺學禪偶懷藍田楊主簿因呈智禪師、遺愛寺、山中與元九書因題書後、醉中戲贈鄭使君、酬元員外三月三十日慈恩寺相憶見寄、中秋月、謝李六郎中寄新蜀茶、彭蠡湖晚歸、登西樓憶行簡、羅子、讀靈徹詩、聽李士良琵琶、戲問山石榴、潯陽春三首、夢微之、問劉十九、十二年冬江西温暖喜元八寄金石凌到因題此詩、劉十九同宿、題詩屏風絶句等詩。

元稹仍在通州司馬任。有連昌宮詞等詩。劉禹錫在連州刺史任。

時唐軍討淮、蔡，累年無功。七月，以裴度爲淮西宣慰招討使，韓愈爲行軍司馬，率諸道軍往討。以户部侍郎崔羣爲中書侍郎、同中書門下平章事。十月，李愬夜襲蔡州，擒元濟，淮西亂平。是年春，席夔卒。

## 元和十三年戊戌（八一八），四十七歲。

在江州司馬任。春，弟行簡自梓州至。（城按：得行簡書聞欲下峽先以此寄詩云：「朝來又得東川信，欲取春初發梓州。」又對酒示行簡云：「兄弟唯二人，遠别恒苦悲。今春自巴峽，萬里平安歸。」後一首汪譜誤繫于元和十五年。）時至廬山，宿草堂。十二月二十日，代李景儉爲忠州刺史，崔羣之力也。有三謡、唐撫州景雲寺故律大德上弘和尚石塔碑銘、江州司馬廳記及白雲期、弄龜羅、對酒示行簡、詠懷、夜琴、達理二首、郭虚舟相訪、苦熱喜涼、早秋晚望兼呈韋侍御、司馬廳獨宿、夢與李七庾三十二同訪元九、答元郎中楊員外喜烏見寄、浩歌行、王夫子、元九以緑絲布白輕褣見寄製成衣服以詩報知、清明日送韋侍御貶虔州、九江春望、晚題東林寺雙池、贈内子、送客遊嶺南二十韻、自題、尋郭道士不遇、得行簡書聞欲下峽先以此寄、南湖早春、元十八從事南海欲出廬山臨別舊居有戀泉聲之什因以投和兼伸別情、題韋家泉池、醉中對紅葉、點額魚、聞龜兒詠詩、夢亡友劉太白同遊章敬寺、興果上人歿時題此決別兼簡二林僧社、山中酬江州崔使君見寄、聞李尚書拜相因以長句寄賀微之、雨中赴劉十九二林之期及到寺劉已先去因以四韻寄之、薔薇正開春酒初熟因招劉十九張大夫崔二十四同飲、題崔使君新樓、山中戲問崔侍御、贈曇禪師、寄微之、答元八郎中楊十二博士、湖亭與行簡宿、八月十五日夜湓亭望月、潯陽秋懷贈許明府、九日醉吟、自到潯陽生三女子因詮真理用遣妄懷、江西裴常侍以優禮見待又蒙贈詩輒叙鄙誠用伸感謝、自江州司馬授忠州刺史仰荷聖澤聊書鄙誠、除忠州寄謝崔相公、初除官蒙裴常侍贈鶻銜瑞草緋袍魚袋因謝惠貺兼抒離情、洪州逢熊孺登、初著刺史緋答友人見贈、又答賀客、李白墓等詩。

元稹在通州司馬任。有酬樂天東南行詩一百韻等詩。是年冬，移虢州長史。劉禹錫在連州刺史任。三月，李鄘罷。李夷簡同中書門下平章事。淮西亂既平，李師道、王承宗懼，各奉表納地自贖，赦承宗。六月，李程爲鄂岳觀察使。八月，王涯罷。九月，皇甫鎛、程异同中書門下平章事。同年，李石、劉軻進士登第。

## 元和十四年己亥(八一九)，四十八歲。

春，離江州赴忠州刺史任。弟行簡隨行。途中會鄂岳觀察使李程(表臣)於武昌。時元稹離通州赴虢州長史任，三月十一日相遇於黄牛峽口石洞中，停舟夷陵，置酒賦詩，三日而別。二十八日抵忠州。與萬州刺史楊歸厚以詩贈答。有東林寺經藏西廊記、三遊洞序、傳法堂碑、忠州刺史謝上表、賀平淄青表、賀上尊號後大赦天下表及初入峽有感、過昭君村、自江州至忠州、初到忠州登東樓寄萬州楊八使君、西樓夜、東樓曉、寄王質夫、南賓郡齋即事寄楊萬州、招蕭處士、庭槐、送客回晚興、東樓竹、九日登巴臺、東城尋春、江上送客、桐花、徵秋税畢題郡南亭、歲晚、負冬日、別草堂、鍾陵餞送、潯陽宴別、戲贈户部李巡官、行次夏口先寄李大夫、重贈李大夫、對鏡吟、江州赴忠州至江陵以來舟中示舍弟五十韻、題岳陽樓、入峽次巴東、十年三月三十日別微之于澧上十四年三月十一日夜遇微之於峽中停舟夷陵三宿而别……、題峽中石上、夜入瞿唐峽、初到忠州贈李六、郡齋暇日憶廬山草堂兼寄二林僧社三十韻多叙貶官已來出處之意、贈康叟、鸚鵡、京使回累得南省諸公書因以長句詩寄謝……、東城春意、木蓮樹生巴峽山谷間……因題三絶句云、種桃杏、新秋、龍昌寺荷池、聽竹枝贈李侍御、寄胡餅與楊萬州、感櫻桃花因招飲客、東亭閑望、畫木蓮花圖寄元郎中、和李澧州題韋開州經藏詩、九日題塗谿、即事寄微之、題郡中荔枝詩十八韻兼寄萬州楊八使君、留北客、重寄荔枝與楊使君時聞楊使君欲種植故有落句之戲、和萬州楊使君四絶句、和行簡望郡南山、種荔枝、陰雨、送客歸京、送蕭處士遊黔南、東樓醉、寄微之、東樓招客夜飲、醉後戲題、冬至夜、竹枝詞四首、酬嚴中丞晚眺黔江見寄、寄題楊萬州四望樓、答楊使君登樓見憶、除夜等詩。

元稹在虢州長史任。秋，女樊殤。冬，召還，授膳部員外郎。劉禹錫在連州刺史任。本年，母卒，奉柩返洛陽。柳宗元卒，年四十七歲。

正月，刑部侍郎韓愈諫迎佛骨，貶爲潮州刺史。旋移袁州。二月，李師道爲部下所殺，淄青亂平。四月，裴度罷。七月，令狐楚同中書門下平章事。十二月，崔羣罷爲湖南觀察使。

## 元和十五年庚子（八二〇），四十九歲。

夏，自忠州召還。經三峽，由商山路返長安，除尚書司門員外郎。（城按：陳譜、汪譜、元白詩箋證稿均誤繫于元和十五年冬。）十二月，充重考訂科目官。二十八日，改授主客郎中、知制誥。有續虞人箴、荔枝圖序、論重考科目人狀及東城尋春、江上送客、早祭風伯因懷李十一舍人、花下對酒二首、不二門、我身、哭王質夫、東坡種花二首、登城東古臺、哭諸故人因寄元八、郡中春宴因贈諸客、開元寺東池早春、東澗種柳、卧小齋、步東坡、登龍昌上寺望江南山懷錢舍人、郊下、遣懷、宿溪翁、重過壽泉憶與楊九別時因題店壁、東城春意、春至、感春、春江、題東樓前李使君所種櫻桃花、巴水、野行、送高侍御使回因寄楊八、奉酬李相公見示絶句、喜山石榴花開、戲贈蕭處士清禪師、錢虢州以三堂絶句見寄因以本韻和之、三月三日、寒食夜、代州民問、答州民、荔枝樓對酒、房家夜宴喜雪戲贈主人、醉後贈人、初除尚書郎脱刺史緋、留題開元寺上方、別種東坡花樹兩絶、別橋上竹、發白狗峽次黄牛峽登高寺却望忠州、棣華驛見楊八題夢兄弟詩、商山路有感、商山路驛桐樹昔與微之前後題名處、惻惻吟、吟元郎中白鬚詩兼飲雪水茶因題壁上、吴七郎中山人待制班中偶贈絶句、和張十八秘書謝裴相公寄馬、答山侶、早朝思退居、曲江亭晚望、初除主客郎中知制誥與王十一李七元九三舍人中書同宿話舊感懷等詩。

五月，以元稹爲祠部郎中、知制誥。劉禹錫在洛陽丁母憂。

正月二十七日，憲宗服柳泌金丹暴卒，傳爲宦官陳弘志所毒殺。右神策中尉梁守謙等立太子恒（穆宗），殺左神策中尉吐突承璀。皇甫鎛貶爲崖州司户。蕭俛、段文昌同中書門下平章事。李德裕、李紳、庾敬休爲翰林學士。七月，令狐楚罷爲宣歙池觀察使。八月，令狐楚再貶衡州刺史。崔植同中書門下平章事。九月，韓愈自袁州刺史召還，除國子祭酒。李絳爲御史大夫。十月，王承宗卒。十一月，檢校司徒鄭餘慶卒。是年，張籍爲秘書郎。

## 穆宗長慶元年辛丑（八二一），五十歲。

在長安。尚書主客郎中、知制誥。春，購新昌里宅，此爲居易第二次居新昌里。四月，充重考試進士官，覆試禮部侍郎錢徽主試下及第進士鄭朗等十四人。時李宗閔壻、楊汝士弟皆及第。李德裕、元稹與李宗閔有隙，因同李紳上言，以爲不公。詔居易與王起重試，黜朗等十人。錢徽、李宗閔、楊汝士皆遠貶。自是李德裕及李宗閔各分朋黨，相傾軋垂四十年。夏，與元宗簡同制加朝散大夫，始著緋，又轉上柱國。妻楊氏授弘農縣君。秋，奉命宣諭魏博節度使田布，贈絹五百匹，不受。十月十九日，轉中書舍人。十一月二十八日，充制策考官，崔龜從、龐嚴等十一人賢良方正能直言極諫科登第。是年，弟行簡授拾遺。與王建始贈答，時建自太府丞改官秘書郎。有畫鵰贊、祭李侍郎文、送侯權秀才序、贈劉總太尉册文、祭迴鶻可汗文、舉人自代狀、論重考試進士事宜狀、讓絹狀、論左降獨孤朗等狀、爲宰相賀赦表、爲段相謝恩賜設及酒脯等狀、爲段相謝借飛龍馬狀、爲段相謝手詔及金刀狀、有唐善人墓碑及西掖早秋直夜書意、竹窗、西省對花憶忠州東坡新花樹因寄題東樓、寄題忠州小樓桃花、中書連直寒食不歸因懷元九、春憶二林寺舊遊因寄朗滿晦三上人、和元少尹新授官、朝回和元少尹絶句、重和元少尹、中書夜直夢忠州、醉後、待漏入閣書事奉贈元九學士閣老、晚春重到集賢院、紫薇花、後宮詞、卜居、題新居寄元八、登龍尾道南望憶廬山舊隱、馮閣老處見與嚴郎中酬和詩因戲贈絶句、見于給事暇日上直寄南省諸郎官詩因以戲贈、題新昌所居、酬元郎中同制加朝散大夫書懷見贈、初著緋戲贈元九、和韓侍郎苦雨、初加朝散大夫又轉上柱國、行簡初授拾遺同早朝入閤因示十二韻、立秋日登樂遊園、新秋早起有懷元少尹、妻初授邑號告身、錢侍郎使君以題廬山草堂詩見寄因酬之、慈恩寺有感、酬嚴十八郎中見示、寄王秘書、中書寓直、曲江獨行招張十八、新昌新居書事四十韻因寄元郎中張博士等詩。

二月十六日，元稹自祠部郎中、知制誥充翰林學士。十七日拜中書舍人，仍充翰林學士。（餘思未盡加爲六韻重寄微之詩自注：「予除中書舍人，微之撰制。微之除翰林學士，予撰制詞。」）十月，遷工部侍郎出院。冬，劉禹錫除夔州刺史，由洛陽赴任所。

正月，改元。蕭俛罷。二月，段文昌罷。杜元穎同中書門下平章事。李建卒。七月，國子監祭酒韓愈爲兵部侍郎。十二月，獨孤朗、温造、李肇、王鎰坐與李景儉同飲醉詆宰相貶官。是年，張籍爲國子博士。

## 長慶二年壬寅（八二二），五十一歲。

在長安，爲中書舍人。春，元宗簡歿，有詩。又與張籍、韓愈以詩相贈答。時唐軍十餘萬圍王廷湊，久無功，居易上書論河北用兵事，皆不聽。復以朋黨傾軋，兩河再亂，國是日荒，民生益困，乃求外任。七月，自中書舍人除杭州刺史。宣武軍亂，汴河未通，乃取道襄漢赴任。途經江州，與李渤會，訪廬山草堂。十月，至杭州。（城按：居易除杭州刺史乃元藇之後任，陳譜據語林謂繼嚴休復，誤）是年，弟行簡仍爲拾遺。從祖弟白敏中進士登第，赴河東節度使李聽幕掌書記。有唐故通議大夫和州刺史吴郡張公神道碑銘、唐贈尚書工部侍郎吴郡張公神道碑銘、論行營狀、爲宰相謝官表、杭州刺史謝上表及喜敏中及第偶示所懷、久不見韓侍郎戲題四韻以寄之、長慶二年自中書舍人出守杭州路次藍溪作、初出城留別、過駱山人野居小池、宿清源寺、宿藍溪對月、自望秦赴五松驛馬上偶睡睡覺成吟、鄧州路上作、朱藤杖紫驄馬吟、桐樹館重題、過紫霞蘭若、感舊紗帽、思竹窗、馬上作、秋蝶、登商山最高頂、枯桑、山路偶興、山雉、初下漢江舟中作寄兩省給舍、自蜀江至洞庭湖口有感而作、初領郡政衙退登東樓作、清調吟、狂歌詞、郡亭、詠懷、吾雛、庭松、同韓侍郎遊鄭家池吟詩小飲、晚歸有感、曲江感秋二首、衰病無趣因吟所懷、逍遥詠、醉後狂言酬贈蕭殷二協律、和韓侍郎題楊舍人林池見寄、勤政樓西老柳、偶題閣下廳、予與故刑部李侍郎早結道友以藥術爲事與故京兆元尹晚爲詩侶……追感舊遊因貽同志、送馮舍人閣老往襄陽、莫走柳條詞送別、酬韓侍郎張博士雨後遊曲江見寄、元家花、代人贈王員外、惜小園花、蕭相公宅遇自遠禪師有感而贈、草詞畢遇芍藥初開因詠小謝紅藥當堦翻詩以爲一句未盡其狀偶成十六韻、喜張十八博士除水部員外郎、與沈楊二閣老同食勑賜櫻桃玩物感恩因成十四韻、送嚴大夫赴桂州、春夜宿直、夏夜宿直、七言十二句贈駕部吴郎中七兄、玉真張觀主下小女冠阿容、龍花寺主家小尼、訪陳二、晚庭逐涼、曲江憶李十一、江亭玩春、初罷中書舍人、宿陽城驛對月、商山路有感、重感、逢張十八員外籍、赴杭州重宿棣華驛見楊八舊詩、寓言題僧、内鄉縣村路作、路上寄銀匙與阿龜、山泉煎茶有懷、郢州贈別王八使君、吉祥寺見錢侍郎題名、重到江州感舊遊題郡樓十一韻、贈江州李十使君員外十四韻、題別遺愛草堂兼呈李十使君、重題、夜泊旅望、九江北岸遇風雨、舟中晚起、秋寒、初到郡齋寄錢湖州李蘇州、對酒自勉、郡樓夜宴留客、醉題候仙亭、東院、虚白堂、閑夜詠懷因招周協律劉薛二秀才、晚興、衰病、病中對病鶴、夜歸、臘後歲前遇景詠意、白髪、錢湖州以箬下酒李蘇州以五酘酒相次寄到無因同飲聊詠所懷、花樓望雪命宴賦詩、晚歲、宿竹閣、歲暮枉衢州張使君書并詩因以長句報之、和薛秀才尋梅花同飲見贈、與諸客空腹飲等詩。

二月，元稹以工部侍郎同中書門下平章事。三月，裴度以司空同平章事。裴度與元稹争相，或誣言稹遣刺客刺度，無佐驗。六月，罷度爲右僕射。罷稹爲同州刺史。以李逢吉同平章事。正月五日，劉禹錫至夔州刺史任。

正月，魏博軍亂，節度使田布自殺。二月，赦王廷湊。李德裕、李紳俱爲中書舍人、翰林學士。李聽爲太原尹、北都留守、河東節度使。九月，李德裕出爲浙西觀察使。是年，張籍除水部員外郎。崔韶殁。

## 長慶三年癸卯（八二三），五十二歲。

在杭州刺史任。屢遊西湖。秋初病。八月，遊靈隱冷泉亭。九月，遊恩德寺，看泉洞竹石。有禱仇王神文、祈皋亭神文、祭龍文、冷泉亭記及立春後五日、郡中即事、郡齋暇日辱常州陳郎中使君早春晚坐水西館書事詩十六韻見寄亦以十六韻酬之、官舍、題小橋前新竹招客、病中逢秋招客夜酌、食飽、醉歌、小歲日對酒吟錢湖州所寄詩、錢塘湖春行、題靈隱寺紅辛夷花戲酬光上人、重向火、候仙亭同諸客醉作、城上、早行林下、送李校書趁寒食歸義興山居、題孤山寺山石榴花示諸僧衆、獨行、二月五日花下作、戲題木蘭花、清明日觀妓舞聽客詩、西湖晚歸回望孤山寺贈諸客、湖中自照、贈蘇錬師、杭州春望、飲散夜歸贈諸客、湖亭晚歸、東樓南望八韻、醉中酬殷協律、孤山寺遇雨、樟亭雙櫻樹、湖上夜飲、贈沙鷗、餘杭形勝、江樓夕望招客、新秋病起、木芙蓉花下招客飲、悲歌、江樓晚眺景物鮮奇吟玩成篇寄水部張員外、夜招周協律兼答所贈、重酬周判官、飲後夜醒、代賣薪女贈諸妓、奉和李大夫題新詩二首各六韻、予以長慶二年冬十月到杭州明年秋九月始與范陽盧賈汝南周元範蘭陵蕭悅清河崔求東萊劉方輿同遊恩德寺之泉洞竹石籍甚久矣……遂留絶句、早冬、天竺寺七葉堂避暑、元微之除浙東觀察使喜得杭越鄰州先贈長句、席上答微之、答微之上船後留別、答微之泊西陵驛見寄、答微之誇越州州宅、微之重誇州居其落句有西州羅刹之謔因嘲茲石聊以寄懷、張十八員外以新詩二十五首見寄郡樓月下吟玩通夕因題卷後封寄微之、酬微之、餘思未盡加爲六韻重寄微之、答微之詠懷見寄、酬微之誇鏡湖、雪中即事答微之、醉封詩筒寄微之、除夜寄微之、祭社宵興燈前偶作、閑卧等詩。

八月，元稹自同州刺史遷浙東觀察使、越州刺史。十月，經杭州，與居易會，數日而别。别後二人詩筒往來，唱和甚富。元氏長慶集百卷編成。時崔玄亮爲湖州刺史，李諒爲蘇州刺史，張籍在長安，均與居易有詩篇酬唱。劉禹錫在夔州刺史任。

三月，牛僧孺同中書門下平章事，李德裕以爲李逢吉所引，牛、李之怨益深。六月，沈傳師爲湖南觀察使。十月，京兆尹韓愈爲兵部侍郎，再除吏部侍郎。杜元穎罷爲劍南西川節度使。是年，李訓進士及第。

## 長慶四年甲辰（八二四），五十三歲。

在杭州刺史任。修築錢唐湖堤，蓄水，可灌田千頃。又濬城中李泌六井，以供飲用，三月十日作記。五月，除太子左庶子分司東都。（陳譜據元稹白氏長慶集序作右庶子，今從舊唐書本傳。）月末離杭，過常州，宿淮口，經汴河路，秋至洛陽。買洛陽故楊憑舊履道里宅居之。冬，元稹爲編白氏長慶集五十卷，并制序。是年，弟行簡爲司門員外郎。有祭浙江文、錢唐湖石記及嚴十八郎中在郡日改制東南樓因名清輝未立標牓徵歸郎署予既到郡性愛樓居宴遊其間頗有幽致聊成十韻兼戲寄嚴、南亭對酒送春、玩新庭樹因詠所懷、仲夏齋戒月、除官去未間、三年爲刺史二首、別萱桂、自餘杭歸宿淮口作、舟中李山人訪宿、洛下卜居、洛中偶作、贈蘇少府、移家入新宅、琴、鶴、自詠、林下閑步寄皇甫庶子、晏起、池畔二首、歲假内命酒贈周判官蕭協律、與諸客攜酒尋去年梅花有感、醉送李協律赴湖南辟命因寄沈八中丞、内道場永讙上人就郡見訪善説維摩經臨別請詩因以此贈、見李蘇州示男阿武詩自感成詠、正月十五日夜月、題州北路傍老柳樹、題清頭陀、自歎二首、湖上醉中代諸妓寄嚴郎中、自詠、晚興、早興、竹樓宿、湖上招客送春汎舟、戲醉客、紫陽花、蘇州李中丞以元日郡齋感懷詩寄微之及予輒依來篇七言八韻走筆奉答兼呈微之、早春西湖閑遊悵然興懷憶與微之同賞因思在越官重事殷鏡湖之遊或恐未暇偶成十八韻寄微之、答微之見寄、新春江次、春題湖上、早春憶微之、失鶴、自感、得湖州崔十八使君書喜與杭越鄰郡因成長句代賀兼寄微之、同諸客攜酒早看櫻桃花、柳絮、早飲湖州酒寄崔使君、病中書事、與微之唱和來去常以竹筒貯詩陳協律美而成篇因以此答、醉戲諸妓、北院、酬周協律、題石山人、詩解、潮、聞歌妓唱嚴郎中詩因以絶句寄之、柘枝妓、急樂世辭、天竺寺送堅上人歸廬山、除官赴闕留贈微之、留題郡齋、別州民、留題天竺靈隱兩寺、西湖留別、重寄別微之、重題別東樓、別周軍事、看常州柘枝贈賈使君、汴河路有感、埇橋舊業、茅城驛、河陰夜泊憶微之、杭州回舫、途中題山泉、欲到東洛得楊使君書因以此報、洛下寓居、味道、好聽琴、愛詠詩、酬皇甫庶子見寄、卧疾、遠師、問遠師、小院酒醒、贈侯三郎中、求分司東都寄牛相公十韻、酬楊八、履道新居二十韻、九日思杭州舊遊寄周判官及諸客、秋晚、分司、河南王尹初到以詩代書先問之、池西亭、臨池閑卧、吾廬題新居寄宣州崔相公等詩。

元稹在浙東觀察使任。夏，劉禹錫移任和州刺史。

正月，穆宗服方士金石藥卒，太子湛（敬宗）即位。二月，户部侍郎李紳貶端州司馬。三月，張弘靖太子少師分司。令狐楚爲河南尹。五月，李程、竇易直同中書門下平章事。八月，楊虞卿爲吏部員外郎。九月，令狐楚爲宣武軍節度使。王起爲河南尹。十二月，吏部侍郎韓愈卒。時李逢吉用事，所親厚者甚衆，號「八關十六子」。

敬宗寶曆元年乙巳（八二五），五十四歲。

在洛陽。爲太子左庶子分司東都。春葺新居，王起爲宅内造橋。三月四日，除蘇州刺史。二十九日，發東都，過汴州，與令狐楚相會。渡淮水，經常州，五月五日，到蘇州任。秋，遊太湖，採橘獻上。與元稹、崔玄亮唱和，又與劉禹錫相贈答。是年，弟行簡遷主客郎中。從弟敏中從李聽於滑州。有如信大師功德幢記、吴郡詩石記、蘇州刺史謝上表、故饒州刺史吴府君神道碑銘及春葺新居、贈言、泛春池、郡齋旬假命宴呈座客示郡寮、題西亭、郡中西園、北亭卧、一葉落、崔湖州贈紅石琴薦焕如錦文無以答之以詩酬謝、九日宴集醉題郡樓兼呈周殷二判官、同微之贈别郭虚舟鍊師五十韻、霓裳羽衣歌、小童薛陽陶吹觱篥歌、啄木曲、和微之聽妻彈别鶴操因爲解釋其義依韻加四句、題故元少尹集後二首、憶杭州梅花因叙舊遊寄蕭協律、病中辱張常侍題集賢院詩因以繼和、早春晚歸、贈楊使君、贈皇甫庶子、池上竹下作、閑出覓春戲贈諸郎官、别春爐、汎小艑二首、夢行簡、題新居呈王尹兼簡府中三掾、雲和、春老、春雪過皇甫家、崔侍御以孩子三日示其所生詩見示因以二絶和之、與皇甫庶子同遊城東、洛城東花下作、晚春寄微之并崔湖州、城東閑行因題尉遲司業水閣、寄皇甫七、訪皇甫七、除蘇州刺史别洛城東花、奉和汴州令狐令公二十二韻、船夜援琴、答劉和州、渡淮、赴蘇州至常州答賈舍人、去歲罷杭州今春領吴郡慚無善政聊寫鄙懷兼寄三相公、宣武令狐相公以詩寄贈傳播吴中聊用短章用伸酬謝、自詠、吟前篇因寄微之、紫薇花、自到郡齋僅經旬日方專公務未及宴遊偷閑走筆題二十四韻兼寄常州賈舍人湖州崔郎中仍呈吴中諸客、題籠鶴、答客問杭州、登閶門閑望、代諸妓贈送周判官、秋寄微之十二韻、池上早秋、郡西亭偶詠、故衫、郡中夜聽李山人彈三樂、東城桂三首、聞行簡恩賜章服喜成長句寄之、喚笙歌、對酒吟、偶飲、早發赴洞庭舟中作、宿湖中、揀貢橘書情、夜泛陽塢入明月灣即事寄崔湖州、泛太湖書事寄微之、題新館、西樓喜雪命宴、新栽梅、酬劉和州戲贈、戲和賈常州醉中二絶句、歲暮寄微之三首等詩。

元稹在浙東觀察使任。劉禹錫在和州刺史任。

正月，牛僧孺罷爲武昌軍節度使。四月，李絳爲左僕射。六月，吴丹卒。閏七月，李聽爲義成軍節度使。十一月，韋覬卒。十二月，李絳爲太子少師分司。

## 寶曆二年丙午（八二六），五十五歲。

在蘇州刺史任。二月末，落馬傷足，卧三旬。（馬墜强出贈同座詩云：「足傷遭馬墜，腰重倩人擡。」又病中多雨逢寒食詩云：「三旬卧度鶯花月，一半春銷風雨天。」）五月末，又以眼病肺傷，請百日長假。九月初，假滿，罷官。（河亭晴望詩云：「郡静官初罷，鄉遥信未回。明朝是重九，誰勸菊花杯？」題下自注：「九月八日。」）十月初，發蘇州。與劉禹錫相遇于揚子津，結伴遊揚州、楚州。是年冬，弟膳部郎中行簡卒。城按：居易刺蘇甫一年，非報滿之時，何至請百日長告而亟亟去官？蓋寶曆元年乃李逢吉用事之時，而二年則裴度復入知政事，故由度之援手去官還京，相繼有秘書監、刑部侍郎之授。有華嚴經社石記及題靈巖寺、雙石、宿東亭曉興、日漸長贈周殷二判官、花前歎、自詠五首、和微之四月一日作、吴中好風景二首、答劉禹錫白太守行、别蘇州、卯時酒、自問行何遲、除日答夢得同發楚州、問楊瓊、歲日家宴戲示弟姪等兼呈張侍御二十八丈殷判官二十三兄、正月三日閑行、夜歸、自歎、郡中閑獨寄微之及崔湖州、小舫、馬墜强出贈同座、夜聞賈常州崔湖州茶山境會想羡歡宴因寄此詩、酬微之開拆新樓初畢相報末聯見戲之作、病中多雨逢寒食、清明夜、蘇州柳、三月二十八日贈周判官、偶作、重答劉和州、奉送三兄、城上夜宴、重題小舫贈周從事兼戲微之、吴櫻桃、春盡勸客酒、仲夏齋居偶題八韻寄微之及崔湖州、官宅、六月三日夜聞蟬、蓮石、眼病二首、題東武丘寺六韻、夜遊西武丘寺八韻、詠懷、重詠、百日假滿、九日寄微之、題報恩寺、晚起、自思益寺次楞伽寺作、松江亭攜樂觀漁宴宿、宿靈巖寺上院、酬別周從事二首、武丘寺路、齊雲樓晚望偶題十韻兼呈馮侍御周殷二協律、河亭晴望、留別微之、自喜、武丘寺路宴留別諸妓、江上對酒二首、望亭驛酬別周判官、見小姪龜兒詠燈詩并臘娘製衣因寄行簡、酒筵上答張居士、鸚鵡、聽琵琶妓彈略略、寫新詩寄微之偶題卷後、寶曆二年八月三十日夜夢後作、與夢得同登棲靈塔、夢蘇州水閣寄馮侍御、喜罷郡、答次休上人、感悟妄緣題如上人壁、思子臺有感二首、賦得邊城角、憶洛中所居、想歸田園、贈楚州郭使君、和郭使君題枸杞、醉贈劉二十八使君等詩。

元稹在浙東觀察使任。冬，劉禹錫罷和州刺史任返洛陽。

二月，山南西道節度使裴度同中書門下平章事。八月，王播爲河南尹。崔從爲東都留守。九月，李程罷爲北都留守。十一月，胡証爲廣州刺史、嶺南節度使。李逢吉罷。十二月，劉克明等宦官弒敬宗，立絳王悟。樞密使王守澄、中尉魏從簡以兵誅劉克明，迎江王（昂），立爲天子（文宗）。裴度以參予密謀功，加門下侍郎、集賢殿大學士、太清宫使，餘如故。韋處厚同中書門下平章事。是年，劉蕡進士登第。

## 文宗大和元年丁未（八二七），五十六歲。

春，經滎陽，返洛陽。三月十七日，徵爲秘書監，賜金紫。復居長安新昌里第。與楊汝士、裴度、庾敬休等交遊。十月十日，文宗誕日，詔居易與安國寺沙門義林、太清宫道士楊弘元于麟德殿論儒、釋、道三教教義。歲暮，奉使洛陽。在洛陽，與皇甫鏞、蘇弘、劉禹錫、姚合等交遊。有三教論衡、海州刺史裴君夫人李氏墓誌銘及宿滎陽、經溱洧、就花枝、喜雨、寄庾侍郎、初到洛下閑遊、過敷水、南院、閑詠、初授秘監并賜金紫閑吟小酌偶寫所懷、新昌閑居招楊郎中兄弟、秘省後廳、松齋偶興、和楊郎中賀楊僕射致仕後楊侍郎門生合宴席上作、松下琴贈客、秋齋、塗山寺獨遊、登觀音臺望城、登靈應臺北望、酬裴相公題興化小池見招長句、閑行、閑出、與僧智如夜話、憶廬山舊隱及洛下新居、晚寒、偶眠、華城西北雉堞最高崔相公首創樓臺錢左丞繼種花果合爲勝境題在雅篇歲暮獨遊悵然成詠、奉使塗中戲贈張常侍、有小白馬乘馭多時奉使東行至稠桑驛溘然而斃足可驚傷不能忘情題二十韻、題噴玉泉、酬皇甫賓客、種白蓮、答蘇庶子、寄答周協律。

九月，元稹加檢校禮部尚書，仍在浙東觀察使任。六月，劉禹錫爲主客郎中分司東都。

正月，宣歙觀察使崔羣爲兵部尚書。二月，崔植爲户部尚書。李絳爲太常卿。錢徽爲尚書左丞。四月，楊於陵以右僕射致仕。十二月，錢徽再除華州刺史。是年，楊嗣復爲户部侍郎，楊汝士爲職方郎中。

## 大和二年戊申（八二八），五十七歲。

春，自洛陽使還，返長安。二月十九日，由秘書監除刑部侍郎，封晉陽縣男。繼元稹所編白氏長慶集五十卷後，續編後集五卷，作後序。又續編與元稹唱和集因繼集二卷成，有因繼集重序。十二月，乞百日病假。又爲弟行簡編次文集二十卷，題爲白郎中集。是年有祭弟文及和微之詩二十三首之一和晨霞、之二和送劉道士遊天台、之三和櫛沐寄道友、之四和祝蒼華、之五至七和我年三首、之八和三月三十日四十韻、之九和寄樂天、之十和寄問劉白、之十一和新樓北園偶集從孫公度周巡官韓秀才盧秀才范處士小飲鄭侍御判官周劉二從事皆先歸、之二十和晨興因報問龜兒、答尉遲少監水閣重宴、和劉郎中傷鄂姬、贈東鄰王十三、早春同劉郎中寄宣武令狐相公、寄太原李相公、宿竇使君莊水亭、龍門下作、姚侍御見過戲贈、履道春居、題洛中第宅、寄殷協律、洛下諸客就宅相送偶題西亭、答林泉、將發洛中枉令狐相公手札兼辱二篇寵行以長句答之、臨都驛答夢得六言二首、喜錢左丞再除華州以詩伸賀、和錢華州題少華清光絶句、送陝府王大夫、代迎春花招劉郎中、閑出、座上贈盧判官、曲江有感、杏園花下贈劉郎中、花前有感兼呈崔相公劉郎中、微之就拜尚書居易續除刑部因書賀意兼詠離懷、喜與韋左丞同入南省因叙舊以贈之、伊州、早朝、答裴相公乞鶴、晚從省歸、北窗閑坐、酬嚴給事、大和戊申歲大有年詔賜百寮出城觀稼謹書盛事以俟采詩、贈悼懷太子挽歌辭二首、雨中招張司業宿、和集賢劉學士早朝作、送陝州王司馬建赴任、對琴待月、楊家南亭、早寒、齋月静居、宿裴相公興化池亭、和劉郎中望終南山秋雪、廣府胡尚書頻寄詩因答絶句、送鶴與裴相公臨别贈詩、令狐相公拜尚書後有喜從鎮歸朝之作劉郎中先和因以繼之、送河南尹馮學士赴任、讀鄂公傳、賦得烏夜啼、鏡换杯、冬夜聞蟲、雙鸂鶒、贈朱道士、昨以拙詩十首寄西川杜相公相公亦以新作十首惠然報示首數雖等工拙不倫重以一章用伸答謝、和令狐相公新於郡内栽竹百竿拆壁開軒旦夕對玩偶題七言五韻、重答汝州李六使君見和憶吴中舊遊五首、見殷堯藩侍御憶江南詩三十首詩中多叙蘇杭勝事余嘗典二郡因繼和之、聞新蟬贈劉二十八、贈王山人、和劉郎中學士題集賢閣、觀幻、病假中龐少尹攜魚酒相過、聽田順兒歌、聽曹剛琵琶兼示重蓮、戊申歲暮詠懷三首等詩。

十月，令狐楚爲户部尚書。馮宿爲河南尹。十二月，韋處厚暴卒。路隋中書侍郎、同平章事。

元稹在浙東觀察使任。春，劉禹錫至長安，除主客郎中、集賢殿學士。

## 大和三年己酉（八二九），五十八歲。

春，和微之詩四十二首詩成。（岑仲勉論白氏長慶集源流并評東洋本白集云：「和微之詩二十三首之序云：『微之又以近作四十三首寄來，命僕繼和。……四十二章麾掃並畢，不知大敵以爲如何，……況曩者唱酬，近來因繼已十六卷，凡千餘首矣。』全詩七函五册同。然前云四十三首，後云四十二章，大敵當前，居易未必示弱，則疑任一數目有誤。且今存二十三首，尤與册三、册二相差太遠，非白氏自行删汰，即傳本有闕矣。」盧文弨羣書拾補云：「四十二章當依前作二十三章。」城按：白氏此文並無脱誤，盧、岑兩氏均失考。詩序中所言「車斜二十篇者流」，蓋指白集卷二六和春深二十首而言，合和微之詩二十三首爲四十三首。考白氏大和二年十月十五日作之因繼集重序云：「和晨興一章録在別紙。」此文較和微之二十三首序之作爲早，和晨興即二十三首中之和晨興因報問龜兒，此一首詩蓋先草成寄與微之，故後成餘四十二章矣。又此二十三首中，大和三年春作約居半數。元稹深春二十首，今集中已佚。卞孝萱劉禹錫年譜謂即元稹生春二十首，亦誤。三月五日，編劉白唱和集二卷成。月末，百日假滿，罷刑部侍郎，以太子賓客分司東都。裴度等于興化里第置酒送行。四月初，發長安，經陝州，至洛陽。居履道里第，與崔玄亮往來，以詩贈答。九月，元稹自浙東觀察使徵爲尚書左丞，返長安途中，與居易會於洛陽。冬，居易生子阿崔，元稹亦生子道保，共喜作詩。十二月，從弟敏中隨李聽移邠寧。有蘇州重玄寺法華院石壁經碑文、池上篇并序、劉白唱和集解、祭中書韋相公文及和微之詩二十三首之十二和除夜作、之十三和知非、之十四和望曉、之十五和李勢女、之十六和酬鄭侍御東陽春悶放懷追越遊見寄、之十七和自勸之一、之十八和自勸之二、之十九和雨中花、之二十三和順之琴者、感舊寫真、授太子賓客歸洛、秋池二首、中隱、問秋光、引泉、知足吟、酬集賢劉郎中對月見寄兼懷元浙東、太湖石、偶作二首、葺池上舊亭、崔十八新池、玩止水、京路、華州西、從陝至東京、送春、宿杜曲花下、繡婦歎、春詞、恨詞、酬令狐相公春日尋花見寄六韻、和劉郎中曲江春望見示、送東都留守令狐尚書赴任、自題新昌居止因招楊郎中小飲、南園試小樂、和微之春日投簡陽明洞天五十韻、酬鄭侍御多雨春空過詩三十韻、和春深二十首、詠家醞十韻、池鶴二首、對酒五首、僧院花、老戒、贈夢得、想東遊五十韻、病免後喜除賓客、長樂亭留別、陝府王大夫相迎偶贈、別陝州王司馬、將至東都先寄令狐留守、答崔十八見寄、贈皇甫賓客、歸履道宅、問江南物、蕭庶子相過、答尉遲少尹問所須、詠閑、同崔十八寄元浙東王陝州、答蘇庶子月夜聞家僮奏樂見贈、偶吟、白蓮池汎舟、池上即事、酬裴相公見寄二絶、答夢得聞蟬見寄、令狐尚書許過弊居見贈長句、自題、答崔十八、偶詠、答蘇六、秋遊、偶作、遊平泉贈晦叔、不出門、歎病鶴、臨都驛送崔十八、對鏡、分司初到洛中偶題六韻兼戲呈馮尹、嘗黄醅新酎憶微之、予與微之老而無子發於言歎著在詩篇今年冬各有一子戲作二什一以相賀一以自嘲、自問、晚桃花、夜調琴憶崔少卿、阿崔、贈鄰里往還、王子晉廟等詩。

劉禹錫轉禮部郎中、依前充集賢學士。

正月，孔戢、錢徽、崔植卒。三月，令狐楚爲東都留守。八月，李宗閔同中書門下平章事。九月，兵部侍郎李德裕出爲義成軍節度使。陸亘爲越州刺史、浙東觀察使代元稹，以稹爲尚書左丞代韋弘景，以韋弘景爲禮部尚書。十二月，貶劍南西川節度使杜元穎爲韶州刺史，再貶循州司馬。太子少師李聽爲邠寧節度使。崔弘禮爲東都留守。是年，崔玄亮以秘書少監改曹州刺史，辭病不就歸洛。年終復赴長安爲太常少卿。楊汝士知制誥。楊虞卿爲左司郎中。

## 大和四年庚戌（八三〇），五十九歲。

在洛陽。爲太子賓客分司。屢遊龍門。與徐凝交遊。（有期宿客不至詩云：「宿客不來嫌冷落，一樽酒對一張琴。」徐凝有和侍郎遊宿不至詩，見全唐詩卷四七四。）冬，病眼。十二月二十八日，代韋弘景爲河南尹。（汪譜誤繫于大和五年。）有祭李司徒文及聞崔十八宿予新昌弊宅時予亦宿崔家依仁新亭一宵偶同兩興暗合因而成詠聊以寫懷、日長、三月三十日作、慵不能、晨興、朝課、香山寺石樓潭夜浴、嗟髮落、安穩眠、池上夜境、書紳、秋遊平泉贈韋處士閑禪師、勸酒十四首、即事、期宿客不至、問移竹、重陽席上賦白菊、偶吟二首、何處春先到、勉閑遊、洛陽春、恨去年、早出晚歸、魏王堤、晚起、酬皇甫賓客、池上贈韋山人、無夢、對小潭寄遠上人、閑吟二首、獨遊玉泉寺、晚出尋人不遇、苦熱、銷暑、行香歸、同王十七庶子李六員外鄭二侍御同年四人遊龍門有感而作、池上小宴問程秀才、橋亭卯飲、舟中夜坐、戲和微之答竇七行軍之作、閑忙、西風、觀游魚、看採蓮、看採菱、夭老、秋池、登天宮閣、新雪二首、日高卧、和微之任校書郎日過三鄉、和微之十七與君别及朧月花枝之詠、和微之歎槿花、思往喜今、題平泉薛家雪堆莊、和微之道保生三日、哭皇甫七郎中、晚起、疑夢二首、夜宴惜别、早飲醉中除河南尹勑到、除夜等詩。

正月，元稹自尚書左丞除武昌軍節度使代牛僧孺。劉禹錫在禮部郎中、集賢學士任。

正月，武昌軍節度使牛僧孺入朝，李宗閔引爲兵部尚書、同平章事，共排李德裕黨。二月，興元軍亂，殺節度使李絳。四月，崔元略爲東都留守。七月，宋申錫同中書門下平章事。十二月，楊於陵卒。韋弘景爲東都留守。是年，皇甫湜卒。

## 大和五年辛亥（八三一），六十歲。

在河南尹任。子阿崔夭，年三歲。從弟敏中旅洛陽，旋返豳寧幕。有祭微之文、唐故湖州長城縣令贈户部侍郎博陵崔府君神道碑銘及送敏中歸豳寧幕、宴散、人定、池上、池窗、花酒、題崔常侍濟源莊、認春戲呈馮少尹李郎中陳主簿、魏堤有懷、柘枝詞、代夢得吟、和令狐相公寄劉郎中兼見示長句、寄兩銀榼與裴侍郎因題兩絶、小橋柳、哭微之二首、馬上晚吟、醉中重留夢得、雪夜喜李郎中見訪兼酬所贈、春風、題西亭、歸來二周歲、吾土、題岐王舊山池石壁、病眼花、府西池、天津橋、不准擬二首、府中夜賞、府西池北新葺水齋即事招賓偶題十六韻、哭崔兒、初喪崔兒報微之晦叔、府齋感懷酬夢得、齋居、與諸道者同遊二室至九龍潭作、履道池上作、六十拜河南尹、重修府西水亭院、與諸公同出城觀稼、水堂醉卧問杜三十一、歲暮言懷、座中戲呈諸少年、雪後早過天津橋偶呈諸客、新製綾襖成感而有詠、送劉郎中赴任蘇州、福先寺雪中餞劉蘇州等詩。

七月二十二日，元稹卒於武昌任所。十月，劉禹錫除蘇州刺史。過洛陽，留十五日，與居易朝觴夕詠，極平生之歡。

二月，宋申錫爲神策中尉王守澄誣搆與漳王謀反罷相。七月，温造爲東都留守。八月，貶刑部員外郎舒元輿爲著作郎分司東都。李逢吉爲東都留守。京兆尹龐嚴卒。是年，楊虞卿爲弘文館學士。

## 大和六年壬子（八三二），六十一歲。

在洛陽。爲河南尹。夏，大旱熱，有詩。與舒元輿交遊。七月，元稹葬于咸陽。爲元稹撰墓誌，其家饋潤筆六七十萬錢，居易悉布施修香山寺。八月，修香山寺成。崔羣卒，有祭文。冬，與崔玄亮往還。十二月二十五日，循州司户杜元穎卒，有詩。（七年元日對酒五首詩之五云：「同歲崔何在，同年杜又無。」自注云：「余與吏部崔相公甲子同歲，與循州杜相公及第同年，秋冬二人俱逝。」）是年，劉白唱和集三卷編成。有沃州山禪院記、修香山寺記、薦李晏韋楚狀、河南元公墓誌銘、祭崔相公文、與劉蘇州書及六年春贈分司東都諸公、憶舊遊、答崔賓客晦叔十二月四日見寄、勸我酒、贈韋處士六年夏大熱旱、六年寒食洛下宴遊贈馮李二少尹、苦熱中寄舒員外、閑夕、寄情、舒員外遊香山寺數日不歸兼辱尺書大誇勝事時正值坐衙慮囚之際走筆題長句以贈之、早冬遊王屋自靈都抵陽臺上方望天壇偶吟成章寄温谷周尊師中書李相公、濟源上枉舒員外兩篇因酬六韻、洛橋寒食日作十韻、快活、送令狐相公赴太原、不出、惜落花、老病、憶晦叔、送徐州高僕射赴鎮、琴酒、聽幽蘭、六年秋重題白蓮、元相公挽歌詞三首、卧聽法曲霓裳、五鳳樓晚望、寄劉蘇州、送客、秋思、酬夢得秋夕不寐見寄、題周家歌者、憶夢得、贈同座、失婢、夜招晦叔、戲答皇甫監、和楊師皐傷小姬英英、池邊即事、聞樂感鄰、任老、勸歡、從龍潭寺至少林寺題贈同遊者、夜從法王寺下歸嶽寺、宿龍潭寺、嵩陽觀夜奏霓裳、遇元家履信宅、和杜録事題紅葉、題崔常侍濟上別墅、過温尚書舊莊、天壇峯下贈杜録事、贈僧五首、彈秋思、自詠、早春雪後贈洛陽李長官長水鄭明府二同年、醉吟、府酒五絶、晚歸早出、南龍興寺殘雪、天宫閣早春、履道居三首、和夢得冬日晨興、雪夜對酒招客、贈晦叔憶夢得、醉後重贈晦叔、睡覺、六年冬暮贈崔常侍晦叔、戲招諸客、十二月二十三日作兼呈晦叔、洛下送牛相公出鎮淮南、重修香山寺畢題二十二韻以紀之、初入香山院對月等詩。

劉禹錫在蘇州刺史任。

二月，令狐楚自天平軍節度使移任太原尹、北都留守、河東節度使。三月邠寧節度使李聽爲武寧軍節度使。十二月，牛僧孺罷爲淮南節度使。李德裕自西川節度使入爲兵部尚書，李宗閔、楊虞卿百計阻之。同年，楊虞卿自弘文館學士遷給事中。楊歸厚卒於虢州任所。

## 大和七年癸丑（八三三），六十二歲。

爲河南尹。二月，以病乞五旬假。四月二十五日，以頭風病免河南尹，再授太子賓客分司東都。七月，崔玄亮卒，有哭詩。閏七月，太子賓客李紳除浙東觀察使，將發洛陽，有詩送行。冬，送舒元輿赴長安。（城按：舒元輿與李訓鄭注深相結納，自著作郎分司擢右司郎中兼侍御史，見册府元龜卷九四五。）同年正月，叔父白季康妻敬氏卒於下邽，從弟敏中服喪。有詠興五首、再授賓客分司、把酒、首夏、代鶴、立秋夕有懷夢得、哭崔常侍晦叔、新秋曉興、秋日與張賓客舒著作同遊龍門醉中狂歌凡二百三十八字、履信池櫻桃島上醉後走筆送別舒員外兼寄宗正李卿考功崔郎中、秋池獨汎、冬日早起閑詠、歲暮、七年元日對酒五首、七年春題府廳、早春醉吟寄太原令狐相公蘇州劉郎中、箏、洛中春遊呈諸親友、酬舒三員外見贈長句、將歸一絶、罷府歸舊居、睡覺偶吟、問支琴石、自喜、裴常侍以題薔薇架十八韻見示因廣爲三十韻以和之、感舊詩卷、酬李二十侍郎、和夢得、贈草堂宗密上人、喜照密閑實四上人見過、贈皇甫六張十五李二十三賓客、微之敦詩晦叔相次長逝巋然自傷因成二絶、池上閑詠、涼風歎、和高僕射罷節度讓尚書授少保分司喜遂遊山水之作、送考功崔郎中赴闕、送楊八給事赴常州、聞歌者唱微之詩、醉送李二十常侍赴鎮浙東、醉别程秀才、自詠、把酒思閑事二首、衰荷、池上送考功崔郎中兼别房竇二妓、自問、送陳許高僕射赴鎮、青氈帳二十韻、答夢得秋日書懷見寄、同諸客題于家公主舊宅、答夢得八月十五日夜玩月見寄、初冬早起寄夢得、秋夜聽高調涼州、香山寺二絶、送舒著作重授省郎赴闕、同諸客嘲雪中馬上妓、喜劉蘇州恩賜金紫遥想賀宴以詩慶之、藍田劉明府攜酎相過與皇甫郎中卯時同飲醉後贈之、劉蘇州以華亭一鶴遠寄以詩謝之等詩。

劉禹錫在蘇州刺史任。

二月，李德裕同中書門下平章事。鄭注爲右神策判官。三月，張仲方爲太子賓客分司。二十九日，嚴休復除河南尹。楊虞卿自給事中出爲常州刺史。四月，楊汝士爲工部侍郎。六月，李宗閔罷爲山南西道節度使。高瑀爲太子少保分司。七月，楊嗣復爲劍南東川節度使。八月，高瑀爲忠武軍節度使。十二月，以給事中王質權知河南尹。又姚合爲杭州刺史約在本年，合有寄東都分司白賓客詩。

## 大和八年甲寅（八三四），六十三歲。

在洛陽。爲太子賓客分司。三月，裴度爲東都留守兼侍中至洛陽，於集賢里第築山穿池，居易頻與往來。又時與皇甫曙往還。七月，編集在洛所作詩而序之。十月，崔咸卒，有詩哭之。有唐故溧水縣令太原白府君墓誌銘、大唐泗州開元寺臨壇律德徐泗濠三州僧正明遠大師塔碑銘、序洛詩、畫彌勒上生幀讚及南池早春有懷、古意、山遊示小妓、神照禪師同宿、張常侍相訪、早夏遊宴、感白蓮花、詠所樂、思舊、寄盧少卿、池上清晨候皇甫郎中、詠懷、北窗三友、吟四雖、洛陽有愚叟、飽食閑坐、閑居自題、風雪中作、雪中晏起偶詠所懷兼呈張常侍韋庶子皇甫郎中、和裴侍中南園静興見示、菩提寺上方晚望香山寺寄舒員外、早春憶蘇州寄夢得、嘗新酒憶晦叔二首、負春、池上閑吟二首、早春招張賓客、營閑事、感春、春池上戲贈李郎中、玩半開花贈皇甫郎中、池邊、家釀新熟每嘗輒醉妻姪等勸令少飲因成長句以諭之、送常秀才下第東歸、且遊、題王家莊臨水柳亭、題令狐家木蘭花、拜表迴閑遊、西街渠中種蓮疊石頗有幽致偶題小樓、晚春閑居楊工部寄詩楊常州寄茶同到因以長句答之、玉泉寺南三里澗下多深紅躑躅繁艷殊常感惜題詩以示遊者、早服雲母散、三月晦日晚聞鳥聲、早夏遊平原迴、宿天竺寺迴、侍中晉公欲到東洛先蒙書問期宿龍門思往感今輒獻長句、奉和晉公侍中蒙除留守行及洛師感悦發中斐然成詠、送劉五司馬赴任硤州兼寄崔使君、菩提寺上方晚眺、讀老子、讀莊子、讀禪經、問鶴、代鶴答、喜閑、詩酒琴人例多薄命予酷好三事雅當此科而所得已多爲幸斯甚偶成狂詠聊寫愧懷、寄明州于駙馬使君三絶句、閑卧、春早秋初因時即事兼寄浙東李侍郎、新秋喜涼、哭崔二十四常侍、奉酬侍中夏中雨後遊城南莊見示八韻、送兗州崔大夫駙馬赴鎮、少年問、問少年、代琵琶弟子謝女師曹供奉寄新調弄譜、代林園戲贈、戲答林園、重戲贈、重戲答、早秋登天宮寺閣贈諸客、曉上天津橋閑望偶逢盧郎中張員外攜酒同傾、八月十五日夜同諸客玩月、對晚開夜合花贈皇甫郎中、醉遊平泉、題贈平泉韋徵君拾遺、酬皇甫郎中對新菊花見憶、夜宴醉後留獻裴侍中、和韋庶子遠坊赴宴未夜先歸之作兼呈裴員外、集賢池答侍中問、楊柳枝二十韻、答皇甫十郎中秋深酒熟見憶、老去、送宗實上人遊江南、和同州楊侍郎誇柘枝見寄、冬初酒熟二首、冬日平泉路晚歸、劉蘇州寄釀酒糯米李浙東寄楊柳枝舞衫偶因嘗酒試衫輒成長句寄謝之、除夜言懷兼贈張常侍、初冬即事憶皇甫十等詩。

七月，劉禹錫自蘇州刺史移任汝州刺史。

七月，楊汝士爲同州刺史。九月，鄭澣爲河南尹。十月，山南西道節度使李宗閔同平章事。罷李德裕爲山南西道節度使，改兵部尚書。十一月，出兵部尚書李德裕檢校右僕射、充鎮海軍節度使、浙江西道觀察等使。十二月，楊虞卿自常州刺史遷工部侍郎。張仲方爲左散騎常侍。裴潾爲華州鎮國軍防禦使。

大和九年乙卯（八三五），六十四歲。

在洛陽，爲太子賓客分司。春，自洛陽西遊，過稠桑、壽安、同州，至下邽渭村小住，約三月末返洛陽。夏，旱熱，憶楊虞卿，有詩。（時楊虞卿自京兆尹貶虔州司馬，故何處堪避暑詩云：「如何三伏月，楊尹謫虔州。」）九月，代楊汝士爲同州刺史，辭疾不赴。十月，改授太子少傅分司東都，進封馮翊縣開國侯。（城按：舊唐書白居易傳及汪譜俱誤作開成元年。）十一月二十一日，甘露變起，感而賦詩。冬，女阿羅嫁談弘謩。是年，自編白氏文集六十卷，計詩文二千九百六十四篇，藏于廬山東林寺。有唐故虢州刺史贈禮部尚書崔公墓誌銘、祭崔常侍文、磐石銘、東林寺白氏文集記及裴侍中晉公以集賢林亭即事詩二十六韻見贈猥蒙徵和才拙詞繁輒廣爲五百言以伸酬獻、晚歸香山寺因詠所懷、張常侍池涼夜閑讌贈諸公、和皇甫郎中秋曉同登天宮閣言懷六韻、送呂漳州、短歌行、詠懷、題裴晉公女几山刻石詩後、覽鏡喜老、對琴酒、春寒、二月一日作贈韋七庶子、犬鳶、夢劉二十八因詩問之、閑吟、西行、東歸、途中作、小臺、睡後茶興憶楊同州、題文集櫃、旱熱二首、偶作二首、池上作、何處堪避暑、詔下、七月一日作、開襟、自賓客遷太子少傅分司、自在、詠史、因夢有悟、閑臥有所思二首、初夏閑吟兼呈韋賓客、寄李相公、利仁北街作、洛陽堰閑行、過永寧、往年稠桑曾喪白馬題詩廳壁今來尚存又復感懷更題絕句、羅敷水、和楊同州寒食乾坑會後聞楊工部欲到知予與工部有宿醒、和楊同州寒食乾坑會後聞楊工部欲到予與工部有敷水之期榮喜雖多歡宴且阻辱示長句因而答之、和劉汝州酬侍中見寄長句因書集賢坊勝事戲而問之、池上二絕、白羽扇、五月齋戒罷宴徹樂聞韋賓客皇甫郎中飲會亦稀又知欲攜酒饌出齋先以長句呈謝、閑園獨賞、種柳三詠、偶吟、池上即事、南塘暝興、小宅、諭親友、龍門送別皇甫澤州赴任韋山人南遊、詔授同州刺史病不赴任因詠所懷、寄楊六侍郎、韋七自太子賓客再除秘書監以長句賀而餞之、酒熟憶皇甫十、九年十一月二十一日感事而作、即事重題、將歸渭村先寄舍弟、看嵩洛有歎、詠懷、從同州刺史改授太子少傅分司、奉和裴令公新成午橋莊緑野堂即事、喜見劉同州夢得、宿香山寺酬廣陵牛相公見寄、送張常侍西歸、和河南鄭尹新歲對雪、醉中見微之舊卷有感、西還壽安路西歇馬、壽安歇馬重吟、池畔閑坐兼呈侍中、別楊同州後却寄、狐泉店前作、贈盧績、與裴華州同遇敷水戲贈、閑遊、送姚杭州赴任因思舊遊二首等詩。

十月，劉禹錫自汝州刺史移任同州刺史，代白居易。

二月，庾敬休卒。四月，浙江西道觀察使賈餗爲中書侍郎、同中書門下平章事。工部侍郎楊虞卿爲京兆尹。浙西觀察使李德裕爲太子賓客分司東都，再貶袁州長史。五月，浙東觀察使李紳爲太子賓客分司東都。六月，貶李宗閔爲明州刺史。七月，以汝州刺史郭行餘爲大理卿，貶李宗閔黨楊虞卿爲虔州司馬，再貶虔州司户。以右司郎中兼侍御史知雜事舒元輿爲御史中丞。八月，蘇州刺史盧周仁爲湖南觀察使。九月，楊汝士自同州刺史入爲户部侍郎。（城按：舊唐書文宗紀誤爲駕部侍郎。）舒元輿、李訓同中書門下平章事。十月，加裴度中書令。十一月二十一日，宰相李訓、舒元輿及鄭注等謀誅宦官，左神策軍中尉仇士良殺李訓、舒元輿、王涯、賈餗、鄭注、王璠、郭行餘、李孝本、羅立言、韓約等，史稱「甘露之變」。鄭覃、李石同中書門下平章事。是年歲暮，楊虞卿卒於虔州。（陳譜謂卒于開成元年，誤。此據張采田玉溪生年譜會箋。）

## 開成元年丙辰（八三六），六十五歲。

在洛陽。爲太子少傅分司。春初，遊少室山，三宿。晚春，楊汝士將葬楊虞卿，至洛陽，居易有詩。閏五月，自編白氏文集六十五卷，共詩文三千二百五十五篇，藏于東都聖善寺。六月，避暑于香山寺。七月，皇甫鏞殁于洛陽宣教里第，居易爲撰墓誌銘。是年，劉白唱和集第四卷汝洛集編成。從弟敏中授右拾遺。有聖善寺白氏文集記、唐銀青光禄大夫太子少保安定皇甫公墓誌銘、東都十律大德長聖善寺鉢塔院主智如和尚荼毗幢記及府西亭納涼歸、老熱、新秋喜涼因寄兵部楊侍郎、懶放二首呈劉夢得吴方之、春遊、題天竺南院贈閑元旻清四上人、哭師臯、隱几贈客、夏日作、晚涼偶詠、閑卧寄劉同州、殘酌晚飡、裴令公席上贈别夢得、尋春題諸家園林、又題一絶、家園三絶、老來生計、早春題少室東巖、早春即事、歎春風兼贈李二十侍郎二絶、春來頻與李二賓客郭外同遊因贈長句、二月二日、春和令公緑野堂種花、清明日登老君閣望洛城贈韓道士、三月三日、雨中聽琴者彈别鶴操、酬鄭二司録與李六郎中寒食日相遇同宴見贈、喜與楊六侍御(郎)同宿、殘春詠懷贈楊慕巢侍郎、閑居春盡、春盡日天津橋醉吟偶呈李尹侍郎、池上逐涼二首、香山避暑二絶、老夫、香山下卜居、無長物、以詩代書寄户部楊侍郎勸買東鄰王家宅、贈談客、題龍門堰西澗、秋霖中奉裴令公見招早出赴會馬上先寄六韻、嘗酒聽歌招客、八月三日夜作、病中贈南鄰覓酒、曉眠後寄楊户部、秋雨夜眠、喜夢得自馮翊歸洛兼呈令公、齋戒滿夜戲招夢得、和令公問劉賓客歸來稱意無之作、酬夢得窮秋夜坐即事見寄、偶於維陽牛相公處覓得筝筝未到先寄詩來走筆戲答、答夢得秋庭獨坐見贈、長齋月滿攜酒先與夢得對酌醉中同赴令公之宴戲贈夢得、奉酬淮南牛相公思黯見寄二十四韻、吴秘監每有美酒獨酌獨醉但蒙詩報不以飲招輒此戲酬兼呈夢得、酬夢得霜夜對月見懷、初冬月夜得皇甫澤州手札并詩數篇因遣報書偶題長句、雪中酒熟欲攜訪吴監先寄此詩、酬令公雪中見贈訝不與夢得同相訪、題酒甕呈夢得、楊六尚書新授東川節度使代妻戲賀兄嫂二絶等詩。

秋，劉禹錫罷同州刺史，以太子賓客分司東都。

正月，改元。四月，李紳爲河南尹。李固言同中書門下平章事。六月，河南尹李紳除汴州刺史，宣武軍節度使。李珏爲河南尹。七月，滁州刺史李德裕爲太子賓客分司。十一月，太子賓客分司李德裕爲浙西觀察使。十二月，兵部侍郎楊汝士檢校禮部尚書，充劍南東川節度使。中書舍人崔龜從爲華州防禦使。

開成二年丁巳（八三七），六十六歲。

在洛陽。爲太子少傅分司。三月三日，與東都留守裴度、河南尹李珏、太子賓客分司劉禹錫等十餘人修禊于洛濱。十一月十七日，令狐楚卒于山南西道節度使任所，居易哀吟悲歎，寄情于詩。十一月二十二日，談氏外孫女引珠生。（小歲日喜談氏外孫女孩滿月詩云：「新年逢吉日，滿月乞名時。」城按：是年冬至爲十一月十六日丙子，冬至後第三戌十二月二十一日庚戌臘，臘後一日小歲爲十二月二十二日辛亥）是年，秘書監張仲方歿於長安新昌里第，居易爲撰墓誌銘。有唐故銀青光禄大夫秘書監曲江縣開國伯贈禮部尚書范陽張公墓誌銘、齒落辭、蘇州南禪院千佛堂轉輪經藏石記及秋涼閑卧、酬思黯相公見過弊居戲贈、六十六、三適贈道友、洛陽春贈劉李二賓客、寒食、和裴令公一日日一年年雜言見贈、酬牛相公宮城早秋寓言見示兼呈夢得、小臺晚坐憶夢得、種桃歌、狂言示諸姪、偶以拙詩數首寄呈裴少尹侍郎蒙以盛製四篇一時酬和重投長句美而謝之、詠老贈夢得、迂叟、洛下閑居寄山南令狐相公、惜春贈李尹、對酒勸令公開春遊宴、與夢得偶同到敦詩宅感而題壁、閑遊即事、池上早春即事招夢得、因夢得題公垂所寄蠟燭因寄公垂、令公南莊花柳正盛欲偷一賞先寄二篇、春夜宴席上戲贈裴淄州、贈夢得、晚春欲攜酒尋沈四著作先以六韻寄之、三月三日祓禊洛濱、同夢得寄賀東西川二楊尚書、喜小樓西新柳抽條、晚春酒醒尋夢得、感事、和裴令公南莊一絶、宅西有流水牆下搆小樓臨翫之時頗有幽趣因命歌酒聊以自娱獨醉獨吟偶題五絶、偶作、同夢得酬牛相公初到洛中小飲見贈、幽居早秋閑詠、和令狐僕射小飲聽阮咸、燒藥不成命酒獨醉、送盧郎中赴河東裴令公幕、送李滁州、長齋月滿寄思黯、冬夜對酒寄皇甫十、歲除夜對酒、司徒令公分守東洛移鎮北都……輒奉五言四十韻寄獻以抒下情、和東川楊慕巢尚書府中獨坐感戚在懷見寄十四韻、分司洛中多暇數與諸客宴遊醉後狂吟偶成十韻因招夢得賓客兼呈思黯奇章公、小歲日喜談氏外孫女孩滿月、閑吟贈皇甫郎中親家翁、夢得卧病攜酒相尋先以此寄、酬思黯戲贈、又戲答絶句、令狐相公與夢得交情素深眷予分亦不淺一聞薨逝相顧泫然旋有使來得前月未殁之前數日書及詩寄贈夢得哀吟悲歎寄情於詩詩成示予感而繼和、憑李睦州訪徐凝山人、立秋夕涼風忽至炎暑稍消即事詠懷寄汴州節度使李二十尚書、開成二年夏聞新蟬贈夢得、題牛相公歸仁里宅新成小灘等詩。

劉禹錫爲太子賓客分司。

春，皇甫曙罷澤州刺史歸洛陽。三月，裴潾爲河南尹。四月，陳夷行同中書門下平章事。五月，裴度自東都留守移太原尹、北都留守。牛僧孺自淮南節度使除東都留守。河南少尹李道樞除蘇州刺史。十月，李固言罷爲劍南西川節度使。是年，李商隱進士登第。

## 開成三年戊午（八三八），六十七歲。

在洛陽。爲太子少傅分司。春，裴度贈馬，居易酬之以詩。三月，遊龍門香山寺。是年作醉吟先生傳，自云：「性嗜酒，耽琴，淫詩，凡酒徒、琴侣、詩客多與之遊。遊之外棲心釋氏，通學小中大乘法。與嵩山僧如滿爲空門友，平泉客韋楚爲山水友，彭城劉夢得爲詩友，安定皇甫朗之爲酒友。每一相見，欣然忘歸。……」乃居易暮年生活之寫照。是年，從弟敏中爲殿中侍御史分司東都。有洛下雪中頻與劉李二賓客宴集因寄汴州李尚書、看夢得題答李侍郎詩詩中有文星之句因戲和之、閑適、戲答思黯、酬裴令公贈馬相戲、新歲贈夢得、早春持齋答皇甫十見贈、戲贈夢得兼呈思黯、早春憶遊思黯南莊因寄長句、酬皇甫十早春對雪見贈、奉和思黯自題南莊見示兼呈夢得、送蘄春李十九使君赴郡、自題酒庫、寒食日寄楊東川、醉後聽唱桂華曲、酬夢得以予五月長齋延僧徒絶賓友見戲十韻、奉和裴令公三月上巳日遊太原龍泉憶去歲禊洛見示之作、又和令公新開龍泉晉水二池、早夏曉興贈夢得、春日題乾元寺上方最高峯亭、奉和思黯相公以李蘇州所寄太湖石奇狀絶倫因題二十韻見示兼呈夢得、奉和思黯相公雨後林園四韻見示、晚夏閑居絶無賓客欲尋夢得先寄此詩、寄李蘄州、憶江南詞三首、酬思黯相公晚夏雨後感秋見贈、久雨閑悶對酒偶吟、雨後秋涼、酬夢得早秋夜對月見寄、題謝公東山障子、謝楊東川寄衣服、詠懷寄皇甫朗之、東城晚歸、與夢得沽酒閑飲且約後期、與牛家妓樂雨夜合宴、和楊六尚書喜兩弟漢公轉吳興魯士賜章服命賓開宴用慶恩榮賦長句見示、自詠、夢得相過援琴命酒因彈秋思偶詠所懷兼寄繼之待價二相府、九月八日酬皇甫十見贈、慕巢尚書書云室人欲爲買置一歌者非所安也以詩相報因而和之、杪秋獨夜、蘇州故吏、得楊湖州書頗誇撫民接賓縱酒題詩因以絶句戲之、天宮閣秋晴晚望、酬夢得暮秋晴夜對月相憶、同夢得和思黯見贈來詩中先叙三人同讌之歡次有歎鬢髮漸衰嫌孫子催老之意因酬妍唱兼吟鄙懷、聽歌、三年冬隨事鋪設小堂寢處稍似穩暖因念衰病偶吟所懷、初冬即事呈夢得、自罷河南已換七尹每一入府悵然舊遊因宿内廳偶題西壁兼呈韋尹常侍、天寒晚起引酌詠懷寄許州王尚書汝州李常侍、遊平泉宴浥澗宿香山石樓贈座客、池上幽境、夏日閑放、和思黯居守獨飲偶醉見示六韻時夢得和篇先成頗爲麗絶因添兩韻繼而美之、和夢得洛中早春見贈七韻、櫻桃花下有感而作、洗竹、新沐浴、三年除夜、自題小園等詩。

劉禹錫爲太子賓客分司東都。

正月，楊嗣復、李珏同中書門下平章事。韋長爲河南尹。二月，衡州司馬李宗閔爲杭州刺史。四月，兵部侍郎裴潾卒。五月，前江西觀察使吳士矩坐贓長流端州。七月，王彦威爲忠武軍節度使。九月，東都留守牛僧孺爲左僕射。十月，崔琯爲東都留守。冬，裴度乞歸洛陽。

## 開成四年己未（八三九），六十八歲。

在洛陽。爲太子少傅分司。二月，以白氏文集六十七卷，凡詩文三千四百八十七篇，藏于蘇州南禪院。十月六日（甲寅）旦，始得風痺之疾，乃放妓賣馬。（見病中詩十五首）八月，從弟敏中自殿中侍御史分司出爲邠寧節度副使。歲暮，猶患足疾。有蘇州南禪院白氏文集記、白蘋洲五亭記、不能忘情吟及四年春、白髮、追歡偶作、公垂尚書以白馬見寄光潔穩善以詩謝之、西樓獨立、書事詠懷、酬夢得比萱草見贈、問皇甫十、早春獨登天宮閣、送蘇州李使君赴郡二絶句、長洲曲新詞、病中詩十五首、歲暮病懷贈夢得、雪後過集賢裴令公舊宅有感、酬夢得貧居詠懷見贈、酬夢得見喜疾瘳、夜聞箏中彈瀟湘送神曲感舊、感蘇州舊舫、感舊石上字、見敏中初到邠寧秋日登城樓詩詩中頗多鄉思因以寄和、齋戒、戲禮經老僧、近見慕巢尚書詩中屢有歎老思退之意又於洛下新置郊居然寵寄方深歸心太速因以長句戲而諭之、對鏡偶吟贈張道士抱元、春日閑居三首、病中宴坐、戒藥等詩。

劉禹錫爲太子賓客分司東都，是年加尚書銜。十二月，改秘書監分司東都。閏正月，蘇州刺史李道樞除浙東觀察使。三月，裴度卒，年七十五。李道樞卒。户部侍郎崔龜從爲宣歙觀察使。六月，苻澈爲邠寧節度使。七月，刑部侍郎高鍇爲河南尹。八月，給事中姚合爲陝虢觀察使。牛僧孺爲山南東道節度使。九月，劍南東川節度使楊汝士爲吏部侍郎。蘇州刺史李穎爲江西觀察使。十月，陳王成美立爲皇太子。十二月，杭州刺史李宗閔爲太子賓客分司東都。

## 開成五年庚申（八四〇），六十九歲。

在洛陽。爲太子少傅分司。春，風疾稍瘳。三月末，出妓樊素。（春盡日宴罷感事獨吟云：「五年三月今朝盡，客散筵空獨掩扉。病共樂天相伴住，春隨樊子一時歸。」又會昌元年作對酒有懷寄李十九郎中云：「往年江外拋桃葉，去歲樓中別柳枝。」桃葉謂陳結之。柳枝謂樊素。）夏，談氏外孫玉童生，喜而作詩。（城按：玉童，白氏集後記作閣童。）十一月，自編洛中集十卷，共格律詩八百首，藏于香山寺。是年冬，以病請百日假。有畫西方幀記、畫彌勒上生幀記、香山寺新修經藏堂記、香山寺白氏洛中集記、唐東都奉國寺禪德大師照公塔銘并序及病入新正、卧疾來早晚、强起迎春戲寄思黯、夢得前所酬篇有鍊盡美少年之句因思往事兼詠今懷重以長句答之、病後寒食、老病相仍以詩自解、皇甫郎中親家翁赴任絳州宴送出城贈別、春暖、殘春晚起伴客笑談、送唐州崔使君侍親赴任、春晚詠懷贈皇甫朗之、春盡日宴罷感事獨吟、病中辱崔宣城長句見寄兼有觥綺之贈因以四韻總而酬之、前有別楊柳枝絶句夢得繼和云春盡絮飛留不得隨風好去落誰家又復戲答、池上早夏、談氏外孫生三日喜是男偶吟成篇兼戲呈夢得、開成大行皇帝挽歌詞四首奉勅撰進、時熱少見客因詠所懷、宣州崔大夫閣老忽以近詩數十首見示吟諷之下竊有所喜因成長句寄贈郡齋、足疾、晚池汎舟遇景成詠贈吕處士、夢微之、感秋詠意、老病幽獨偶吟所懷、和楊尚書罷相後夏日遊永安水亭兼招本曹楊侍郎同行、在家出家、夜涼、繼之尚書自余病來寄遺非一又蒙覽醉吟先生傳題詩以美之今以此篇用伸酬謝、五年秋病後獨宿香山寺三絶句、題香山新經堂招僧、偶題鄧公、早入皇城贈王留守僕射、寄題廬山舊草堂兼呈二林寺道侶、改業、山中五絶句、自戲三絶句、閑題家池寄王屋張道士、閑居、喜老自嘲、秋霖即事聯句三十韻、喜晴聯句等詩。

劉禹錫爲秘書監分司。

正月，文宗卒。中尉仇士良、魚弘志以兵迎立太弟瀍（武宗），殺太子成美。春，皇甫曙爲絳州刺史。八月，楊嗣復罷爲湖南觀察使，李珏罷爲桂管觀察使，裴夷直出爲杭州刺史，皆坐劉弘逸、薛季稜黨故也。是年冬，楊嗣復貶爲潮州刺史，李珏貶爲昭州刺史。九月，淮南節度使李德裕同中書門下平章事。宣武軍節度使李紳代德裕鎮淮南。是年秋，王起爲東都留守。武宗召道士趙歸真等八十一人入禁中，帝幸三殿，於九天壇親受法籙。

## 武宗會昌元年辛酉（八四一），七十歲。

春，與劉禹錫屢會飲。百日長告滿，停少傅官。（陳譜會昌元年云：「有百日假滿少傅官停自喜言懷詩。除刑部尚書致仕時，李德裕初用事也。」汪譜會昌二年云：「公年七十一，罷太子少傅，以刑部尚書致仕。紀事作元年致仕。按：公詩有『七年爲少傅』。又寫真詩序：『會昌二年，罷太子少傅，爲白衣居士。』以年考之，自是會昌二年。」城按：居易除太子少傅分司在大和九年十月，其官俸初罷親故見憂以詩諭之云：「七年爲少傅，品高俸不薄。乘軒已多慚，況是一病鶴。又及懸車歲，筋力轉衰弱。……今春始病免，纓組初擺落。」達哉樂天行詩云：「七旬纔滿冠已挂，半禄未及車先懸。」均謂七十歲罷少傅，未致仕請到半俸前已先停官。大和九年至會昌元年亦正合七年之數。唐制，致仕可得半俸，見唐會要卷六七「致仕官」條下。居易未致仕，故罷少傅後亦停俸。又香山居士寫真詩序云：「會昌二年，罷太子少傅爲白衣居士，又寫真於香山寺經堂，時年七十一。」蓋謂會昌二年已罷少傅官，尚未致仕，非謂是年始罷也。陳譜謂居易以刑部尚書致仕在會昌元年，世界思想社一九七一年版花房英樹白居易研究據汪譜謂居易罷太子少傅在會昌二年，俱非是。）秋，東都留守李程過居易宅，有感作詩。是年夏，從弟敏中自侍御史分司除户部員外郎赴長安。居易送行贈詩。（送敏中新授户部員外郎西歸云：「千里歸程三伏天，官新身健馬翩翩。」城按：此詩陳譜誤繫于會昌二年。）有淮南節度使檢校尚書右僕射趙郡李公家廟碑銘、六贊偈及感秋詠意、山下留別佛光和尚、會昌元年春五絶句、過裴令公宅二首、百日假滿少傅官停自喜言懷、早熱、題崔少尹上林坊新居、新澗亭、對酒有懷寄李十九郎中、楊六尚書頻寄新詩詩中多有思閑相就之志因書鄙意報而諭之、偶吟自慰兼呈夢得、寄潮州繼之、雪暮偶與夢得同致仕裴賓客王尚書飲、雪朝乘興欲詣李司徒留守先以五韻戲之、贈思黯、逸老、遇物感興因示子弟、首夏南池獨酌、官俸初罷親故見憂以詩諭之、春池閑汎、池上寓興二絶、和敏中洛下即事、送敏中新授户部員外郎西歸、南侍御以石相贈助成水聲因以絶句謝之、李留守相公見過池上汎舟舉酒話及翰林舊事因成四韻以獻之、閏九月九日獨飲、覽盧子蒙侍御舊詩多與微之唱和感今傷昔因贈子蒙題於卷後、寒亭留客、新小灘、和李中丞與李給事山居雪夜同宿小酌、偶吟、雪夜小飲贈夢得、病中數會張道士見譏以此答之、卯飲、寄題餘杭郡樓兼呈裴使君、楊六尚書留太湖石在洛下借置庭中因對舉杯寄贈絶句、昨日復今辰、會昌春連宴即事、僕射來示有三春向晚四者難并之説……走呈僕射兼簡尚書等詩。

劉禹錫加檢校禮部尚書、兼太子賓客。

三月，楊嗣復自潮州刺史再貶爲潮州司馬，桂管觀察使李珏爲端州司馬，杭州刺史裴夷直爲驩州司户。六月，李程爲東都留守。

## 會昌二年壬戌（八四二），七十一歲。

在洛陽。以刑部尚書致仕，給半俸。三月，牛僧孺除東都留守至洛陽，居易屢贈詩。七月，劉禹錫卒，年七十一，贈户部尚書。居易有哭詩。（哭劉尚書夢得二首，其一云：「四海齊名白與劉，百年交分兩綢繆。同貧同病退閑日，一死一生臨老頭。杯酒英雄君與操，文章微婉我知丘。賢豪雖殁精靈在，應共微之地下遊。」）時壻談弘謩亦殁，女阿羅自太原來歸，有詩。自編後集二十卷，納於廬山東林寺，至此白氏文集七十卷成。是年九月十三日，從弟敏中自右司員外郎充翰林學士。（見丁居晦重修承旨學士壁記，舊傳及新傳俱誤作左司員外郎，勞格郎官石柱題名考二已辨之。又舊傳云：「武宗皇帝素聞居易之名，及即位，又徵用之，宰相李德裕言居易衰病不任朝謁，因言從弟敏中辭藝類居易，即日知制誥，召入翰林充學士，遷中書舍人。」通鑑卷二四六會昌二年九月記此則云「甲辰，以敏中爲翰林學士」。考重修承旨學士壁記復云：「其月（九月）十五日，改兵部員外郎。十一月二十九日，加知制誥。」則與通鑑所記同，先充學士而後知制誥也。）有佛光和尚真贊及閑樂、北窗竹石、飲後戲示弟子、閑坐看書貽諸少年、夢上山、對酒閑吟贈同老者、晚起閑行、香山居士寫真詩、二年三月五日齋畢開素當食偶吟贈妻弘農郡君、不出門、感舊、達哉樂天行、宴後題府中水堂贈盧尹中丞、履道西門二首、歲暮夜長病中燈下聞盧尹夜宴以詩戲之且爲來日張本也、喜入新年自詠、灘聲、老題石泉、出齋日喜皇甫十早訪、會昌二年春題池西小樓、酬南洛陽早春見贈、對新家醖玩自種花、攜酒往朗之莊居同飲、以詩代書酬慕巢尚書見寄、春盡日、招山僧、夏日與閑禪師林下避暑、題新潤亭兼酬寄朝中親故見贈、病中看經贈諸道侶、遊豐樂招提佛光三寺、醉中得上都親友書以予停俸多時憂問貧乏偶乘酒興詠而報之、池畔逐涼、談氏小外孫玉童、送後集往廬山東林寺兼寄雲皐上人、客有説、答客説、哭劉尚書夢得二首、刑部尚書致仕、戲問牛司徒、酬寄牛相公同宿話舊勸酒見贈、寄黔州馬常侍等詩。

二月，淮南節度使李紳爲中書侍郎、同中書門下平章事。（此據新紀及通鑑卷二四六。城按：王惲玉堂嘉話卷一載孔温業李紳拜相制所叙爲「會昌二年二月十二日」，與新紀合。舊紀、册府元龜卷七四帝王部七四命相、舊傳謂紳自淮南入相在會昌元年，俱誤。）春，牛僧孺繼李程爲東都留守。皇甫曙自絳州刺史罷歸洛陽。五月，宰相李德裕兼守司徒。

## 會昌三年癸亥（八四三），七十二歲。

在洛陽。刑部尚書致仕。春，王卿除蘇州刺史，有詩送之。五月，爲牛僧孺作太湖石記。同月二十九日，從弟敏中轉職方郎中，依前充翰林學士。十二月七日，加承旨。有送王卿使君赴任蘇州因思花迎新使感舊遊寄題郡中木蘭西院。

二月，天德軍行營副使石雄及回鶻戰於殺胡山，大破之，烏介可汗遁走。雄迎太和公主歸。五月，李德裕言太子賓客分司李宗閔與劉從諫交通，不宜寘之東都，以李宗閔爲湖州刺史。六月，仇士良卒。九月，以石雄代李彦佐爲晉絳行營節度使。（據通鑑卷二四七）是年，賈島卒。

## 會昌四年甲子（八四四），七十三歲。

在洛陽。刑部尚書致仕。春，屢出遊。（問諸親友云：「七十人難到，過三更較稀。占花租野寺，嗜酒典朝衣。

趁醉春多出，貪歡夜未歸。」遊趙村杏花云：「七十三人難再到，今春來是别花來。」城按：趙村在洛陽城東，有杏花千株。見開成二年作洛城春贈劉李二賓客詩自注。）四月十五日，從弟敏中拜中書舍人，依前充。九月四日，遷户部侍郎、知制誥，依前充。是年，施家財，開龍門八節石灘，以利舟楫。有開龍門八節石灘詩二首、喜裴濤使君攜詩見訪醉中戲贈、狂吟七言十四韻等詩。

閏七月，李紳罷爲淮南節度使。九月，以牛僧孺爲太子少保分司，李宗閔爲漳州刺史。再貶僧孺汀州刺史，宗閔漳州長史。十一月，復貶牛僧孺循州長史。李宗閔長流封州。十二月，以忠武軍節度使王宰爲河東節度使，河中節度使石雄爲河陽節度使。（城按：此據通鑑卷二四八會昌四年。胡注：「考異曰：實録：九月，盧鈞奏，十七日，石雄回軍赴孟州。按：雄於時未爲河陽節度使，實録誤也。」）

## 會昌五年乙丑（八四五），七十四歲。

在洛陽。刑部尚書致仕。三月二十一日，于洛陽履道里第爲「七老會」。（白氏詩云：「七人五百七十歲，拖紫紆朱垂白鬚。」七老者：胡杲、吉皎、鄭據、劉真、盧貞、張渾及居易也。城按：此詩汪立名本補遺卷下作「七人五百八十四。」）夏，又合僧如滿、李元爽寫爲「九老圖」，有詩。新唐書白居易傳云：「嘗與胡杲、吉旼、鄭據、劉真、盧真、張渾、狄兼謨、盧貞燕集，皆高年不事者，人慕之，繪爲『九老圖』」。陳譜：「秘書監狄兼謨、河南尹盧貞以年未七十，雖預會而不及列，故又稱九老會。是會蓋有兩盧貞也。」汪譜：「三月，於洛中爲七老會。夏，又合如滿僧、李元爽爲『九老圖』。」城按：陳譜雖因襲新唐書本傳之誤，以狄兼謨、盧貞爲九老之數，而汪立名本復承新唐書之誤作「前侍御史内供奉范陽盧真」。「真」，據宋紹興本、那波道圓本、盧文弨校當作「貞」。此「范陽盧貞」即居易詩中之「盧子蒙侍御」，與河南尹盧貞非一人。唐詩紀事卷四九盧貞條及全唐詩卷四六三盧貞小傳亦誤二盧貞爲一人。又吉皎，新唐書本傳作「吉旼」。五月一日，白氏文集七十五卷編成，凡詩文三千八百四十首。又河陽石尚書破迴鶻迎貴主過上黨射鷺鷥繪畫爲圖猥蒙見示稱歎不足以詩美之一詩，亦作於是年。（城按：石雄爲河陽節度使在會昌四年十二月，見通鑑卷二四八。則此詩之作不得早於會昌五年初。花房英樹白氏文集の批判的研究謂此詩作於會昌三年，後其所撰之世界思想社一九七一年版白居易研究又謂此詩作於會昌四年，俱非是。）有白氏集後記及宿府池西亭、閑眠、楊柳枝詞、齋居春久感事遺懷、胡吉鄭劉盧張等六賢皆多年壽予亦次焉偶於弊居合成尚齒之會七老相顧既醉甚歡静而思之此會稀有因成七言六韻以記之傳好事者、九老圖詩等詩。

正月，李石爲東都留守。七月，毁天下佛寺四萬餘所，僧尼二十六萬還俗。

## 會昌六年丙寅（八四六），七十五歲。

在洛陽。刑部尚書致仕。正月，賦詩憶牛僧孺等。（六年立春日人日作詩云：「試作循潮封眼看，何由得見洛陽春。」自注云：「循、潮、封三郡遷客。」城按：會昌元年三月，楊嗣復貶爲潮州司馬。會昌四年十一月，牛僧孺貶爲循州長史。李宗閔長流封州。）春尚作詩。八月，卒於洛陽履道里第。贈尚書右僕射。（汪譜：「是年八月，公卒，年七十五。宣宗以詩弔之，贈尚書右僕射。」李商隱墓碑銘：「公以致仕刑部尚書，年七十五，會昌六年八月，薨東都，贈右僕射。」新唐書白居易傳：「會昌初，以刑部尚書致仕。六年，卒，年七十五，贈尚書右僕射，宣宗以詩弔之。」舊唐書白居易傳：「大中元年卒，時年七十有六。贈尚書右僕射。」城按：舊唐書本傳誤，當以墓碑銘及新唐書本傳爲正。又「右僕射」，陳譜作「左僕射」，疑誤。）十一月，葬龍門香山如滿師塔之側。（李商隱墓碑銘：「十一月，遂葬龍門。」舊唐書白居易傳：「遺命不歸下邽，可葬於香山如滿師塔之側，家人從命而葬焉。」唐語林：「河南尹盧貞刻醉吟先生傳於石，立於墓側。相傳洛陽士人及四方遊人過矚墓者，必奠以卮石，故塚前方丈之土常成渥。」)是年五月，從弟敏中以兵部侍郎、同中書門下平章事。(此據新唐書宣宗紀，新唐書卷六三宰相表，通鑑卷二四八與新紀同。舊唐書宣宗紀則云：「(會昌六年)四月辛未，……以兵部侍郎、翰林學士承旨白敏中守本官同中書門下平章事。」)大中三年，李商隱爲撰墓碑。同年十二月，敏中上疏請謚，曰文。(新唐書本傳：「敏中爲相，請謚，有司曰文。」汪立名云：「商隱碑文，未嘗稱謚，賜謚之説，恐未足據也。」城按：唐會要卷七九謚法門云：「故太子少傅白居易，大中三年十二月，中書侍郎平章事白敏中上疏請行謚典，從之。下太常，謚曰文。」則新傳必另有所本。蓋商隱碑先成，後賜謚，汪説誤也。)又唐摭言載宣宗弔以詩云：「綴玉聯珠六十年，誰教冥路作詩仙？浮雲不繫名居易，造化無爲字樂天。童子解吟長恨曲，胡兒能唱琵琶篇。文章已滿行人耳，一度思卿一愴然。」可爲居易一生之概括。

三月，武宗卒。立皇太叔忱(宣宗)。宣宗惡李德裕，四月，罷爲荆南節度使。七月，李紳卒於淮南節度使任所。八月，以循州司馬牛僧孺爲衡州長史，封州流人李宗閔爲郴州司馬，恩州司馬崔珙爲安州長史，潮州刺史楊嗣復爲江州刺史，昭州刺史李珏爲郴州刺史。僧孺等五相皆武宗所貶逐，至是同日北遷。宗閔未離封州而卒。(據通鑑卷二四八。)至大中元年七月，李德裕貶潮州司馬。(新唐書宣宗紀謂在大中元年十二月)大中三年九月，復貶崖州司户參軍，是年十二月卒於貶所。(此據舊唐書宣宗紀。舊唐書李德裕傳謂大中二年冬再貶崖州。)

## 十八劃



## 十九劃



## 二十劃



## 二十一劃



## 二十二劃



## 二十四劃



## 二十五劃



## 二十六劃



## 二十八劃



## 二十九劃

## 十一劃



## 十二劃



## 十三劃

## 六　劃



## 七　劃



## 八　劃

# 筆劃順序檢字

## 説　明

本檢字供習慣於使用筆劃順序檢字者查檢本書索引之用。凡索引中的第一字,按筆劃順序排列;同筆劃的,再按横起、直起、撇起、點起、折起排列。每字後注明四角號碼,可憑此以檢索引字頭。本檢字之筆劃,悉以繁體字計算,唯"艹"字,按書中字形作三劃。

### 一　劃



### 二　劃



### 三　劃



### 四　劃



### 五　劃

# 白居易集箋校篇目索引

一、本索引採用四角號碼檢字法編排，先取篇目第一字的四角及附角號碼爲序，第一字號碼相同者，再次取第二字第一、二號角爲序，依此類推。

二、相同篇目者，附首句，以便檢索。

三、索引每條下的數字，斜綫前爲卷數，斜綫後爲頁數其中補遺外集卷上、卷中、卷下三卷則簡稱爲外上、外中、外下。

聊齋志異會校會注會評本　［清］蒲松齡著　張友鶴輯校
敬業堂詩集　［清］查慎行著　周劭標點
納蘭詞箋注　［清］納蘭性德著　張草紉箋注
方苞集　［清］方苞著　劉季高校點
樊榭山房集　［清］厲鶚著　［清］董兆熊注　陳九思標校
劉大櫆集　［清］劉大櫆著　吴孟復標點
儒林外史彙校彙評（增訂版）　［清］吴敬梓著　李漢秋輯校
小倉山房詩文集　［清］袁枚著　周本淳標校
忠雅堂集校箋　［清］蔣士銓著　邵海清校　李夢生箋
甌北集　［清］趙翼著　李學穎、曹光甫校點
惜抱軒詩文集　［清］姚鼐著　劉季高標校
兩當軒集　［清］黄景仁著　李國章校點
惲敬集　［清］惲敬著　萬陸、謝珊珊、林振岳標校　林振岳集評
茗柯文編　［清］張惠言著　黄立新校點
瓶水齋詩集　［清］舒位著　曹光甫點校
龔自珍全集　［清］龔自珍著　王佩諍校點
龔自珍詩集編年校注　［清］龔自珍著　劉逸生、周錫䪖校注
水雲樓詩詞箋注　［清］蔣春霖著　劉勇剛箋注
人境廬詩草箋注　［清］黄遵憲著　錢仲聯箋注
嶺雲海日樓詩鈔　［清］丘逢甲著　丘鑄昌標點

| | |
|---|---|
| 隱秀軒集 | [明]鍾惺著　李先耕、崔重慶標校 |
| 譚元春集 | [明]譚元春著　陳杏珍標校 |
| 張岱詩文集（增訂本） | [明]張岱著　夏咸淳輯校 |
| 陳子龍詩集 | [明]陳子龍著<br>施蟄存、馬祖熙標校 |
| 夏完淳集箋校（修訂本） | [明]夏完淳著　白堅箋校 |
| 牧齋初學集 | [清]錢謙益著　[清]錢曾箋注<br>錢仲聯標校 |
| 牧齋有學集 | [清]錢謙益著　[清]錢曾箋注<br>錢仲聯標校 |
| 牧齋雜著 | [清]錢謙益著　[清]錢曾箋注<br>錢仲聯標校 |
| 牧齋初學集詩注彙校 | [清]錢謙益著　[清]錢曾箋注<br>卿朝暉輯校 |
| 李玉戲曲集 | [清]李玉著<br>陳古虞、陳多、馬聖貴點校 |
| 吴梅村全集 | [清]吴偉業著　李學穎集評標校 |
| 歸莊集 | [清]歸莊著 |
| 顧亭林詩集彙注 | [清]顧炎武著　王蘧常輯注<br>吴丕績標校 |
| 安雅堂全集 | [清]宋琬著　馬祖熙標校 |
| 吴嘉紀詩箋校 | [清]吴嘉紀著　楊積慶箋校 |
| 陳維崧集 | [清]陳維崧著　陳振鵬標點<br>李學穎校補 |
| 屈大均詩詞編年校箋 | [清]屈大均著　陳永正等校箋 |
| 秋笳集 | [清]吴兆騫撰　麻守中校點 |
| 漁洋精華録集釋 | [清]王士禛著<br>李毓芙、牟通、李茂肅整理 |

渭南文集箋校　　[宋]陸游著　朱迎平箋校
范石湖集　　[宋]范成大撰　富壽蓀標校
范成大集校箋　　[宋]范成大撰　吴企民校箋
于湖居士文集　　[宋]張孝祥著　徐鵬校點
稼軒詞編年箋注(定本)　　[宋]辛棄疾撰　鄧廣銘箋注
辛棄疾詞校箋　　[宋]辛棄疾著　吴企明校箋
姜白石詞編年箋校　　[宋]姜夔著　夏承燾箋校
後村詞箋注　　[宋]劉克莊著　錢仲聯箋注
瀛奎律髓彙評　　[元]方回選評　李慶甲集評校點
雁門集　　[元]薩都拉著　殷孟倫、朱廣祁校點
揭傒斯全集　　[元]揭傒斯著　李夢生標校
高青丘集　　[明]高啓著　[清]金檀注　徐澄宇、沈北宗校點
唐寅集　　[明]唐寅著　周道振、張月尊輯校
文徵明集(增訂本)　　[明]文徵明著　周道振輯校
震川先生集　　[明]歸有光著　周本淳校點
海浮山堂詞稿　　[明]馮惟敏著　凌景埏、謝伯陽標校
滄溟先生集　　[明]李攀龍著　包敬第標校
梁辰魚集　　[明]梁辰魚著　吴書蔭編集校點
沈璟集　　[明]沈璟著　徐朔方輯校
湯顯祖詩文集　　[明]湯顯祖著　徐朔方箋校
湯顯祖戲曲集　　[明]湯顯祖著　錢南揚校點
白蘇齋類集　　[明]袁宗道著　錢伯城校點
袁宏道集箋校　　[明]袁宏道著　錢伯城箋校
珂雪齋集　　[明]袁中道著　錢伯城點校

| | |
|---|---|
| 嘉祐集箋注 | [宋]蘇洵著　曾棗莊、金成禮箋注 |
| 王荆文公詩箋注(修訂版) | [宋]王安石著　[宋]李壁箋注　高克勤點校 |
| 王令集 | [宋]王令著　沈文倬校點 |
| 蘇軾詩集合注 | [宋]蘇軾著　[清]馮應榴注　黄任軻、朱懷春校點 |
| 東坡樂府箋 | [宋]蘇軾著　[清]朱孝臧編年　龍榆生校箋 |
| 東坡詞傅幹注校證 | [宋]蘇軾著　[宋]傅幹注　劉尚榮校證 |
| 欒城集 | [宋]蘇轍著　曾棗莊、馬德富校點 |
| 山谷詩集注 | [宋]黄庭堅著　[宋]任淵、史容、史季温注　黄寶華點校 |
| 山谷詩注續補 | [宋]黄庭堅著　陳永正、何澤棠注 |
| 山谷詞校注 | [宋]黄庭堅著　馬興榮、祝振玉校注 |
| 淮海集箋注 | [宋]秦觀撰　徐培均箋注 |
| 淮海居士長短句箋注 | [宋]秦觀著　徐培均箋注 |
| 清真集箋注 | [宋]周邦彦著　羅忼烈箋注 |
| 石門文字禪校注 | [宋]釋惠洪撰　周裕鍇校注 |
| 石林詞箋注 | [宋]葉夢得著　蔣哲倫箋注 |
| 樵歌校注 | [宋]朱敦儒著　鄧子勉校注 |
| 李清照集箋注(修訂本) | [宋]李清照著　徐培均箋注 |
| 吕本中詩集箋注 | [宋]吕本中著　祝尚書箋注 |
| 陳與義集校箋 | [宋]陳與義著　白敦仁校箋 |
| 蘆川詞箋注 | [宋]張元幹著　曹濟平箋注 |
| 劍南詩稿校注 | [宋]陸游著　錢仲聯校注 |
| 放翁詞編年箋注(增訂本) | [宋]陸游著　夏承燾、吴熊和箋注　陶然訂補 |

劉禹錫集箋證　　[唐]劉禹錫著　瞿蜕園箋證
白居易集箋校　　[唐]白居易著　朱金城箋校
柳宗元詩箋釋　　[唐]柳宗元著　王國安箋釋
柳河東集　　[唐]柳宗元著　[宋]廖瑩中輯注
元稹集校注　　[唐]元稹著　周相録校注
長江集新校　　[唐]賈島著　李嘉言新校
張祜詩集校注　　[唐]張祜著　尹占華校注
三家評注李長吉歌詩　　[唐]李賀著　[清]王琦等評注　蔣凡校點
樊川文集　　[唐]杜牧著　陳允吉校點
樊川詩集注　　[唐]杜牧著　[清]馮集梧注
温飛卿詩集箋注　　[唐]温庭筠著　[清]曾益等箋注
玉谿生詩集箋注　　[唐]李商隱著　[清]馮浩箋注　蔣凡校點
樊南文集　　[唐]李商隱著　[清]馮浩詳注　錢振倫、錢振常箋注
皮子文藪　　[唐]皮日休著　蕭滌非、鄭慶篤整理
鄭谷詩集箋注　　[唐]鄭谷著　嚴壽澂、黄明、趙昌平箋注
韋莊集箋注　　[五代]韋莊著　聶安福箋注
李璟李煜詞校注　　[南唐]李璟、李煜著　詹安泰校注
張先集編年校注　　[宋]張先著　吴熊和、沈松勤校注
二晏詞箋注　　[宋]晏殊、晏幾道著　張草紉箋注
乐章集校箋　　[宋]柳永著　陶然、姚逸超校箋
梅堯臣集編年校注　　[宋]梅堯臣著　朱東潤編年校注
歐陽修詩文集校箋　　[宋]歐陽修著　洪本健校箋
歐陽修詞校注　　[宋]歐陽修著　胡可先、徐邁校注
蘇舜欽集　　[宋]蘇舜欽著　沈文倬校點

| | |
|---|---|
| 蕭繹集校注 | ［南朝梁］蕭繹著　陳志平、熊清元校注 |
| 玉臺新咏彙校 | 吴冠文、談蓓芳、章培恒彙校 |
| 王梵志詩校注（增訂本） | ［唐］王梵志著　項楚校注 |
| 盧照鄰集箋注 | ［唐］盧照鄰著　祝尚書箋注 |
| 駱臨海集箋注 | ［唐］駱賓王著　［清］陳熙晉箋注 |
| 王子安集注 | ［唐］王勃著　［清］蔣清翊注 |
| 陳子昂集（修訂本） | ［唐］陳子昂撰　徐鵬校點 |
| 孟浩然詩集箋注（增訂本） | ［唐］孟浩然著　佟培基箋注 |
| 王右丞集箋注 | ［唐］王維著　［清］趙殿成箋注 |
| 李白集校注 | ［唐］李白著　瞿蜕園、朱金城校注 |
| 高適集校注（修訂本） | ［唐］高適著　孫欽善校注 |
| 杜詩趙次公先後解輯校 | ［唐］杜甫著　［宋］趙次公注　林繼中輯校 |
| 新刊校定集注杜詩 | ［唐］杜甫著　［宋］郭知達輯注　聶巧平點校 |
| 新定杜工部草堂詩箋斠證 | ［唐］杜甫著　［宋］魯訔編　［宋］蔡夢弼會箋　曾祥波新定斠證 |
| 杜詩鏡銓 | ［唐］杜甫著　［清］楊倫箋注 |
| 錢注杜詩 | ［唐］杜甫著　［清］錢謙益箋注 |
| 杜甫集校注 | ［唐］杜甫著　謝思煒校注 |
| 岑參集校注 | ［唐］岑參著　陳鐵民、侯忠義校注 |
| 戴叔倫詩集校注 | ［唐］戴叔倫著　蔣寅校注 |
| 韋應物集校注（增訂本） | ［唐］韋應物著　陶敏、王友勝校注 |
| 權德輿詩文集 | ［唐］權德輿撰　郭廣偉校點 |
| 王建詩集校注 | ［唐］王建著　尹占華校注 |
| 韓昌黎詩繫年集釋 | ［唐］韓愈著　錢仲聯集釋 |
| 韓昌黎文集校注 | ［唐］韓愈著　馬其昶校注　馬茂元整理 |

# 《中國古典文學叢書》已出書目

| | |
|---|---|
| 詩經今注 | 高亨注 |
| 楚辭集注 | [宋]朱熹撰　黄靈庚點校 |
| 楚辭今注 | 湯炳正、李大明、李誠、熊良智注 |
| 司馬相如集校注 | [漢]司馬相如著　金國永校注 |
| 揚雄集校注 | [漢]揚雄著　張震澤校注 |
| 張衡詩文集校注 | [漢]張衡著　張震澤校注 |
| 阮籍集 | [魏]阮籍著　李志鈞等校點 |
| 陸機集校箋 | [晉]陸機著　楊明校箋 |
| 陶淵明集校箋(修訂本) | [晉]陶潛著　龔斌校箋 |
| 世説新語箋疏(修訂本) | [南朝宋]劉義慶撰　余嘉錫箋疏　周祖謨等整理 |
| 世説新語校釋(增訂本) | [南朝宋]劉義慶撰　[南朝梁]劉孝標注　龔斌校釋 |
| 鮑參軍集注 | [南朝宋]鮑照著　錢仲聯增補集説校 |
| 謝宣城集校注 | [南朝齊]謝朓著　曹融南校注集説 |
| 江文通集校注 | [南朝梁]江淹著　丁福林、楊勝朋校注 |
| 文心雕龍義證 | [南朝梁]劉勰著　詹鍈義證 |
| 詩品集注(增訂本) | [梁]鍾嶸著　曹旭集注 |
| 文選 | [梁]蕭統編　[唐]李善注 |